SCHUIM D

Arian Wildschut
26 juli 2021
Amsterdam

Roxane van Iperen

Schuim der aarde

Roman

LEBOWSKI PUBLISHERS
AMSTERDAM 2021

Voor Joris, Josephine, Duc en Cees

Eerste druk, juli 2016
Tweede druk, september 2019
Derde druk, mei 2021

Omslagontwerp: Dog and Pony, Amsterdam
Typografie: Crius Group, Hulshout

ISBN 978 90 488 6107 1
ISBN 978 90 488 2421 2 (e-book)
NUR 301

www.lebowskipublishers.nl
www.overamstel.com

OVERAMSTEL
uitgevers

Lebowski Publishers is een imprint van Overamstel uitgevers bv

Hij, die op deze miserabele aarde
tussen de roofdieren leeft, voelt onvermijdelijk
de noodzaak er zelf een te worden

– Augusto dos Anjos, *Versos Intimos*

I

De stad

De massa beangstigt haar. Uit stegen en straten rondom komen studenten naar het plein voor de kathedraal, waar ze zich aansluiten bij demonstranten die stapvoets dreigende cirkels rond het standbeeld van de generaal trekken. Ze moet nú beslissen, voor de stroming haar meezuigt. Met haar handen beschermend om haar buik kijkt ze naar rechts en naar links. Er is geen ruimte meer om langszij het plein over te steken. De stoepen, de terrassen, iedere tegel is gevuld met voeten. Ze wil zich omdraaien en wordt bijna omvergelopen door een jongen met halflang haar en een bord in zijn hand. Zweetdruppels in zijn bakkebaarden. Hij ziet haar buik en schrikt, deinst terug en probeert de stuwende krachten achter zich tegen te houden. Verontschuldigend heft hij beide handen en wordt meegevoerd, het plein op, de draaikolk in. Hij loopt achterwaarts en gebaart naar haar dat ze zich moet laten gaan; zijn vingers doen twee benen na in de lucht. Dan draait hij zich om en verdwijnt in de massa. Als ze in functie was geweest, had ze zich veilig gewaand in de ruimte die haar uniform creëert. Nu voelt ze zich kwetsbaar, anoniem tussen de duizenden jongeren. Maar anonimiteit is precies wat ze vandaag nodig heeft. Elizabet sluit haar ogen, laat zich een beetje naar achteren vallen en geeft zich over.

Uitgerekend vandaag. Een gewone werkdag, dacht ze nog toen ze hadden afgesproken. Naarmate de datum dichterbij kwam, begon haar lichaam meer te protesteren. Een knoop hoog in haar buik, net onder haar borsten, waar ze haar adem langs moest persen. Het leek wel of de gewrichten in haar knieën steeds losser gingen zitten, als trillende bouten in een oude kar; een laatste waarschuwing om geen meter verder te gaan. En boven op dat krakkemikkige lijf die gave, ronde bol. De bol die haar bijzonder maakt. De bol die haar de afgelopen maanden het respect van haar collega's had verschaft, de blikken van voorbijgangers, maar bovenal: het ontzag van Hugo. Zijn verbazing gevolgd door opwinding, die overging in dankbaarheid namens de hele familie Dos Santos. *Nageslacht.* Hij, de hele familie, kijkt al zo lang uit naar een kroonprins. Een kleine Hugo. Met het schuim op de mond had hij een paar weken geleden nog verteld over de praktijken van een illegale abortuskliniek die hij met zijn team had opgerold. Het in stukken gesneden lichaam van een vrouw in een uitgebrande auto had hen ernaartoe geleid. Haar vingers en tandbogen waren weggesneden, maar binnen vierentwintig uur traceerde Hugo het hoofd van de bende dat de ondergrondse kliniek leidde. De vrouw was overleden aan de complicaties van abortus, uitgevoerd door een voormalig automonteur die was bijgestaan door een vroedvrouw. Althans: de complicaties waren aanleiding geweest de vrouw te vermoorden, uit angst voor ontdekking. De straf zou namelijk zwaar zijn; geen ergere misdaad in dit land dan die gepleegd op het ongeboren kind. De afgelopen jaren tijdens de dienst op zondag, als de pastoor en de andere kerkgangers weer eens meewarig naar haar platte buik hadden gekeken, had ze weleens gedacht dat ze het gebed beter met 'In naam van de Heilige Vrucht' konden eindigen. Een vrouw was pas volwaardig een vrouw nadat ze had geworpen.

Stapvoets voert de stroom haar verder mee richting het plein, waar tientallen colonnes marcherende studenten een menselijke rotonde vormen. Ze probeert te lopen zoals ze zich de afgelopen weken heeft aangeleerd: met holle rug, haar buik naar voren, beide handen erop. Maar niemand ziet het in het gedrang; haar uitzonderingspositie gaat hier niet op. Ze voelt paniek vanuit haar tenen omhoogkruipen. Had ze nou maar een andere route genomen. Maar alle straten rondom het plein zijn dichtgeslibd en ze móét naar de andere kant van de stad. Is het een teken? Een laatste waarschuwing, een laatste kans dit plan af te blazen? Ze denkt aan Hugo, hoe hij de laatste maanden naar haar kijkt. Zachtjes haar hand pakt, over haar hoofd aait en verder op afstand blijft uit respect voor haar toestand. Hij heeft weer promotie gemaakt en geeft nu leiding aan het hele centrum. Ze stelt zich voor hoe hij op dit moment op het bureau zit, alle districtshoofden bij hem, gebogen over een kaart van de stad terwijl hij bedenkt hoe ze dit zullen aanpakken. Sinds de herverkiezing van *O Presidente* bloeit de economie als nooit tevoren, maar dissidenten strooien zand in de geoliede machine. Zoals deze studenten. *Comunistas*, zoals Hugo ze spottend noemt. Hoelang zal hij deze demonstratie nog toestaan. Eén uur? Twee uur? Tot laat in de avond zal hij bezig zijn. Misschien komt hij niet eens thuis, hij denkt dat zij veilig bij haar moeder is. Als hij wel thuiskomt, zal hij voor hij naar bed gaat nog even een blik in de babykamer werpen, waarin zijn eigen wieg van vroeger staat te wachten op zijn zoon. Dat het een dochter zou kunnen zijn komt niet eens in hem op. Elizabet strekt de vingers van haar rechterhand en kijkt naar de ring, de steen schittert in het zonlicht. Samen hebben ze alles, behalve dat ene. Ze kan niet met lege handen thuiskomen.

Het standbeeld van de generaal komt dichterbij, de carrousel van mensen draait er rechts omheen. Nog een paar meter en ze wordt erin opgenomen, dan is het zaak op drie kwart van de cirkel uit te stappen, de weg in die naar het noordelijke deel van de stad leidt. Ze hoeft er alleen maar voor te zorgen dat ze op de been blijft. De ene voet voor de andere te zetten. Zweet loopt langs haar ruggengraat, de stof van haar jurk plakt tegen haar blote huid. De steeg waarin ze loopt ligt in de schaduw van de hoge gebouwen, maar het plein licht op als een stalen schietschijf in de zon. Nog twee meter. Ze herschikt de buik onder de gebloemde jurk en balt haar vuisten. Doorlopen. Gewoon doorlopen. Er is geen weg terug.

Elizabet knijpt haar ogen dicht tegen het felle zonlicht. Ze wordt opgezogen in de massa en verdwijnt tussen de duizenden hoofden die dezelfde kant op gaan. Handen, armen, schouders vloeien in elkaar over, er is geen begin of einde meer aan de lichamen te ontdekken. Als dikke bonensoep bewegen ze zich voort, in banen getrokken met een onzichtbare pollepel. Ze ziet opbollende aderen in de halsen van de mensen vlak bij haar, de mensen zetten hun eisen kracht bij met ritmisch stotende vuisten in de lucht. De woorden worden overgenomen door het helse lawaai dat boven het plein hangt.

Langzaam bewegen ze zich voort, Elizabet zet haar ene voet voor de andere. Als ze zich niet aan de situatie overgeeft, zal ze in paniek raken. Ze denkt aan de lessen op de politieacademie. Ademen. Niet verzetten. Ze is over de helft van de cirkel, ziet het bordje met de straatnaam al verschijnen in de steeg waar ze moet afslaan. Een golfbeweging in de menigte veegt haar bijna onderuit, mannen die koppen groter zijn worden tegen haar aan geduwd. Haar buik verschuift onder haar jurk. Snel duwt ze hem terug op zijn plek, slaat haar armen eromheen en keert haar gezicht omhoog, naar het helle blauw van de hemel. *Ademen.*

Ze duwt haar schoenen stevig in de stenen ondergrond en laat zich niet meer meevoeren. Ze marcheert. Overal vissenbekken, happend naar lucht. Een donkere zee met golven die zich steeds verder uitstrekken, stegen en lanen in, stoeptegel na stoeptegel overnemen, tot de hele stad is overspoeld. Een natuurgeweld dat niet te stoppen is. Maar daar ergens middenin dobbert zij, als een rode boei onaangedaan door het getij. De boei gaat nog een stukje mee met de stroming maar slaat dan af, beweegt zich moeiteloos tegen de massa in, met een onzichtbare lijn verbonden aan een lot dat ligt verankerd op een plek elders in de stad, een plek die niemand kent behalve zij. Aan het einde van die lijn ligt haar toekomst. Hún toekomst. Ze hoeft die alleen maar binnen te halen.

*

Lucy staart naar zichzelf. De aanslag die zich vanuit de bovenhoek van de spiegel over het oppervlak verspreidt, ontneemt haar deels het zicht. Ze heeft zin in vanavond. Zin om te flaneren, te dansen, zich laveloos te drinken met haar vriendinnen. Misschien al wat geld te verdienen.

Ze kijkt naar haar opgezwollen borsten, dunne aderen schijnen door de huid heen. Nog geen half jaar geleden was haar borstkas zo plat als die van een jongetje. Ze plant haar handen in haar zij en draait een kwartslag. Hoe vaak heeft ze zo gestaan de afgelopen tijd, om zichzelf te bekijken? Ze kon zich niet voorstellen dat het ooit nog goed zou komen, maar toen ze vanmorgen wakker werd, plat op haar buik, voelde het alweer bijna zoals vroeger.

De eerste maanden was er niets aan de hand; ze voelde geen verandering, had nergens last van en hield ook nergens rekening mee. Pas de laatste twee maanden veranderde haar lichaam, iedere dag, op het laatst bijna elk uur. Dat ding in haar nam haar over; iedere ochtend als ze wakker werd, sprong ze uit bed en ging voor de spiegel staan om te kijken wat er die nacht was gebeurd. Haar stakerige kinderlijf, met de rechte heupen en vierkante schouders, begon te golven. Zonder dat ze er iets aan kon doen gingen haar billen steeds meer naar achteren staan, zodat ze een holle rug kreeg. Haar armen iets verder van haar lichaam, haar borstkas die zich opdrong. En dan die buik. Ze durfde hem niet aan te raken. Opeens meldde zich ook een ander soort klanten aan haar deur. Vaste bezoekers bleven weg, de nieuwe bekeken haar van top tot teen voordat ze zich aan haar vergrepen. Vroegen haar hoelang ze nog had en of ze voor die tijd nog wel konden terugkomen. Lucy vond het best, dan had ze er tenminste nog voordeel van. De afgelopen weken had het storm gelopen, ze was doodop. Steeds als ze even met de andere meiden op het stoepje zat uit te rusten, wijdbeens om haar buik ruimte te gunnen, verscheen er weer een hoofd om de hoek. Dan lachten de meiden en wezen allemaal naar Lucy.

'Daar zit ze!'

Zuchtend verdween ze naar haar kamer, de klant achter haar aan. Ze is blij dat het achter de rug is.

Lucy wendt zich af van de spiegel. Het komt wel goed; het is pas een dag geleden. Ze loopt naar het bed dat bijna de gehele oppervlakte van de kamer inneemt en streelt de stof van het jurkje dat ze erop heeft uitgestald. Haar mooiste. De pailletten voelen als schubben. Ze pakt een roze onderbroek met een stripfiguur erop van de grond en trekt hem aan. Met gestrekte tenen stapt ze in het jurkje en schuift de bandjes over haar schouders. Twee zilveren hoepels in haar oorlellen, slippers aan, klaar.

Met haar vuist bonkt ze tegen de dunne muur. Het dak schudt.

'Ik ben weg!'

Even hoort ze niets. Dan de hoge stem van Angelica.

'Tot zo! Kijk uit in de stad. Wil je echt niet dat ik meega?'

Het klinkt alsof ze naast haar staat. Lucy ziet voor zich hoe Angelica zich aan de andere kant van de muur staat op te maken.

'Nee, echt niet. Ik beloof dat ik snel terug ben. Tot zo!'

Ze grist het in een laken gewikkelde pakketje van haar bed, doet het in de jutezak en verlaat haar kamer. Aan het einde van de nauwe steeg trippelt ze de trap af die doorgang biedt aan een steil pad naar beneden. Behendig manoeuvreert Lucy tussen uitstekende golfplaten, met sprongetjes om het rioolwater onder haar voeten te vermijden. Wat gaat het makkelijk! Ze neemt grote stappen, huppelt bijna van opluchting, maar is voorzichtig met de tas in haar hand. De vrouw had hem aan haar gegeven, ze hoopt dat ze 'm mag houden. Ze heeft nog nooit zo'n mooie tas gehad: het jute van de zak heeft dezelfde kleur als de ronde, houten handvaten.

Het aantal huizen wordt minder, hier moet ze opletten. Een steil pad is uit de rotsen gehouwen, gladde stukken met af en toe een trede. Uit de wanden groeien wilde planten, zwiepende takken graaien haar na. Een sprongetje en ze is weer op een zanderig stuk, volgebouwd met huisjes. Ze zwaait naar een bekende en struikelt bijna over een hond. De aansteller rent jankend weg. In de verte licht de zee op, daarvóór de strakke lijnen van het strand als buffer tegen de oprukkende stad, die erbij ligt alsof een kind zijn blokkendoos heeft omgegooid. Even houdt ze in om te kijken, het is prachtig op deze hoogte.

Na bijna een uur lopen heeft ze de berg achter zich gelaten en worden de wegen beter begaanbaar. Lange, deinende straten met huizen, winkels en scholen die goed in de verf staan. Ze passeert een kerk, een park met ijzeren hekken en bankjes met oude mannen die zitten te schaken. De vertrouwde omgeving met krioelende bergbewoners maakt plaats voor toeristen met grote apparaten op hun buik. Als buitenaardse wezens komen ze haar stad bekijken. Ze bewegen in zo'n ander ritme dan zij; het lijkt of hun silhouetten met een vochtige duim zijn uitgeveegd. Langzaam. Nee, vertraagd. Eigenlijk is ze hier net zo vreemd als zij. Ze verlaat zelden de berg.

Lucy mindert vaart om niet uit de toon te vallen. Haar slippers kletteren op de stenen. Aan het einde van de straat doemt het plein op, met in het midden de fontein met de draak. Met iedere stap die ze zet, wordt de omtrek van de vijver een beetje meer zichtbaar, tot ze aan de voet ervan staat. Het klaterende water verspreidt nevel. Ze laat het op zich neerdalen, gaapt en kijkt om zich heen. Het is druk. Perfect. Op de rand om de vijver zitten mensen. Stelletjes. Een oud vrouwtje met sokken in haar sandalen leunt op een wandelstok. Vriendinnen met snoepzakjes van de kiosk. Een kleuter spettert zijn moeder nat. Ze gilt, maar het lawaai wordt gedempt door het gekletter uit de bek van de draak. Tussen zijn kaken is een waterslang geklemd.

Lucy gaat ook op de rand zitten en zet de tas in de schaduw achter haar kuiten. De zon die haar gedurende de tocht van de berg naar de stad als een ruggensteun begeleidde, schijnt nu recht in haar gezicht. Ze voelt haar wangen en borst opgloeien, koude druppels spatten tegen haar nekvel. Met gesloten ogen denkt ze aan de avond die zal komen, de avond waarop ze iedere herinnering aan de afgelopen maanden zal wegspoelen. Een rituele reiniging, zoals Angelica het noemt.

Ze tuurt naar de straatjes die op het plein uitkomen. Mensen lopen langs elkaar heen, de stegen in en uit, doorkruisen het plein. Het is een ander soort mensen. Mensen van de berg herkent ze uit duizenden. Ze hebben een andere huid, grauwer en donkerder, en kijken je aan met een blik alsof ze je ieder moment kunnen bespringen. Behalve de werkers natuurlijk, die kijken naar de grond. Bij hen zie je het aan de handen: de huid droog, met nagelriemen die wit wegtrekken. De vrouwen van de berg grossieren in vaseline, overal zie je ze 's avonds handenwringend staan. In een hoek van het plein heeft zich een rij mensen verzameld voor de toonkasten van een chique ijssalon. Okergele zonwering beschermt de bakken. Lucy neemt zich voor zichzelf op een chocoladeijsje te trakteren zodra dit achter de rug is.

Dan ziet ze haar uit een van de straatjes opduiken. Het smalle hoofd met groeven langs de mondhoeken: een erfenis van een leven in de schemerwereld, waar de zwaartekracht harder aan mensen trekt. Geel haar in een middenscheiding van zwarte uitgroei. Met een stuurse blik speurt ze het publiek rond de fontein af. Haar gezicht wordt zacht als hun blikken kruisen en met kleine passen loopt ze op Lucy af. De vrouw voelt zich duidelijk ook niet op haar gemak hier. Na een korte omhelzing nemen ze plaats op de rand, heupen tegen elkaar. Met haar ogen op een punt in de verte gericht begint de vrouw te spreken.

'Sorry dat ik zo laat ben, het is al de hele week een gekkenhuis in de stad. Het hele centrum is afgesloten. Die studenten, *idiotas*.'

Maria spuugt het laatste woord uit, snuift en kijkt het plein rond alsof ze ieder moment hier kunnen verschijnen. Dan legt ze haar hand op Lucy's blote been.

'Hoe voel je je?'

Het kletterende water creëert een cocon om hen heen waarbinnen ze vrijuit kunnen praten.

'Goed.' Lucy meent het. Ze heeft zich in tijden niet zo goed gevoeld. 'Ik heb voor het eerst in weken weer eens lekker geslapen. Zo, plat op mijn buik. Niet één keer wakker geworden.'

Maria trekt haar wenkbrauwen op, of wat daarvan over is. Bijna alles is weg geëpileerd, op twee boogjes na. Horizontale plooien duwen de huid van haar voorhoofd omhoog. Lucy kijkt er gefascineerd naar.

'Weet je het zeker?' probeert Maria nog eens. Ze gaat verder op fluistertoon. 'Buikpijn, nabloedingen?'

Lucy haalt haar schouders op en schudt haar hoofd.

'Ik had die verbanden van jou. En, nou ja, lekker zit ik niet.' Lucy lacht schamper, maar Maria doet niet mee. Als een havik houdt ze de omgeving in de gaten, haar ogen knipperen niet in het zonlicht. Lucy helt iets naar achteren en kijkt langs de rug van de vrouw naar de ijssalon. De rij wordt korter.

'En het kind?'

Maria doet alsof ze naar een bloemenvrouwtje op de hoek van het plein kijkt. De moeder met de kleuter vindt het welletjes en maakt aanstalten te vertrekken. Het kind plant zijn voeten in de grond en begint te krijsen. Onaangedaan pakt de vrouw het bij zijn bovenarm en doorkruist het plein, de spartelende benen van haar zoon raken de grond niet. Lucy doet haar knieën uit elkaar en buigt zich naar de tas.

'Hier.'

De vrouw pakt de tas aan en gluurt naar binnen.

'Heeft het nog geluid gemaakt?'

Maria probeert te praten zonder haar mond te bewegen, wat mislukt. Lucy houdt haar lach in.

'Nee,' antwoordt ze. 'Ik heb die kruidenbladeren tegen zijn mond gedrukt, zoals je zei. Dan was 'ie zo weer stil. Ik heb hem in ieder geval de hele nacht niet gehoord.'

'Mmm,' mompelt Maria instemmend. 'Wil je weten waar het naartoe gaat?'

Ze draait zich naar Lucy toe en kijkt het meisje strak aan. Lucy denkt na. Ze had kunnen kiezen voor een van de andere gangbare oplossingen. Een kussen op zijn hoofd, hem ergens achterlaten of in de snelkookpan. De echt stoere meiden laten eerst, gehurkt, het hoofdje geboren worden en gaan er vervolgens op zitten zodat het nekje breekt. De grootste idioten zijn degenen die het houden. De meiden in de steeg zijn niet gediend van het gejank en gejengel als een constante herinnering aan hun eigen keuzes. Bovendien stoot het klanten af. Tijdens werkuren, als de meisjes hun kamer nodig hebben, wordt het kind onder het bed gelegd of in een hoek van de kamer achter een doek verstopt, tot het te groot is of te temperamentvol. Dan wacht het een leven op straat of krijgt het de eer moederlief op te volgen. Zoals zij.

Nee, dit is het beste. Ze was nieuwsgierig of het op haar zou lijken, en dat is zo. Dezelfde fijne trekken, lichte teint en groene ogen. Hij komt vast goed terecht; ze vertrouwt Maria, zoals iedereen op de berg. Een van de andere meiden in haar steegje was eerder deze maand bevallen. Lucy had nog even gekeken: een mormel met een bos donker haar en donkere ogen, zoals ze hier aan de lopende band worden uitgespuugd. Het domme wicht was van plan het te houden.

'Ik hoef het niet te weten,' zegt Lucy terwijl ze opstaat. Even verderop probeert het vrouwtje met de sokken hetzelfde te doen. Ze leunt zwaar op haar stok, maar komt niet overeind. Een schoolklas verschijnt uit een van de steegjes, geschater vult het plein. Het wordt te druk.

Ze omhelst Maria kort maar hevig.

'*Você é um anjo.*'

Nauwelijks hoorbaar plant ze de woorden achter de oorschelp van de oudere vrouw; haar bovenlip streelt langs het droge, kapotgeblondeerde haar.

Ze wacht tot Maria de tas heeft opgepakt en geruisloos in een van de steegjes is verdwenen. Jammer van die tas. Lucy smakt met haar lippen, ze heeft een vieze smaak in haar mond. Chocoladeijs. Het kost haar een halve avond werk, maar ze vindt dat ze het verdiend heeft.

Lichter dan ze zich in maanden heeft gevoeld loopt ze richting de vitrines, waar tientallen soorten ijs op toeristen liggen te wachten. De oorringen dansen tegen haar hals. Nog eenmaal kijkt ze achterom naar het steegje waarin Maria met het pakketje is verdwenen.

Lucy strijkt de pailletten op haar jurkje glad en zet haar verleidelijkste blik op. De jongen achter de toonbank kijkt onmiddellijk haar kant op. Zonder acht te slaan op de mensen die voor haar staan, wijst ze naar de donkerbruine bak en zegt luid: 'Twee bolletjes, alsjeblieft.'

De avond wacht op haar.

2

De sertão

Mijn voeten zitten vast in een veld van distels – ze prikken in mijn enkels, ik kom niet vooruit. In een reflex mep ik naar beneden. Ik open mijn ogen en zie de staart van een mierencolonne wegsnellen. Eén dode mier kleeft aan mijn palm. Voorzichtig maak ik me vrij uit de ledematen van de andere kinderen. Zodra ik me heb losgemaakt, hergroeperen de lijven zich om de ruimte op te vullen. Het trappenhuis is donker, maar ik vind de weg naar beneden blind. Mijn vingertoppen strijken langs het beton. Langzaam haal ik de grendel van de deur en duw omhoog en naar links, een precies werkje om het schrille gepiep te voorkomen. Mijn huid reageert op de zonnestralen. De dag is begonnen.

Op het erf begin ik aan mijn routine. Ik heb een uur voor de rest wakker wordt. Ik geef de kippen een beetje maïs – net genoeg om aan de leg te blijven. Daarna loop ik met twee lege emmers naar de put. Op mijn knieën laat ik het touw vieren, voorzichtig, zodat ik niet vooroverval. Het muurtje eromheen is afgebrokkeld. Met de volle emmers slof ik terug over het erf en vul de waterbak bij de varkens. Zodra ze me zien, komen ze aandraven en duwen hun snuit tegen mijn kuiten. Ik krab ze achter hun oren, maar heb geen tijd om te blijven staan. Als ik me strikt aan mijn programma houd, heb ik aan het einde ervan een paar minuten voor mezelf, voor de rest beneden is. Bij het vuur controleer ik de pan en tinnen eetbakjes. Gisteravond heb ik alles afgewassen, maar je kunt nooit weten. Ik raak ze allemaal even aan, pulk een opgedroogde rijstkorrel weg. Met mijn bezem van bijeengebonden twijgen veeg ik het zand voor de schuur in lange rechte banen, onderweg raap ik bierblikken en sigarettenpeuken op. Zweet loopt over mijn voorhoofd naar mijn ogen, zonder te stoppen knipper ik het weg. Met stevige halen laat ik de borstel over de grond gaan, op de maat verzin ik er windvlagen bij die me verkoelen. Na een tijdje ligt het erf er netjes bij; niets herinnert nog aan gisteren.

Ik gluur omhoog, naar de tweede verdieping. Geen geluid, geen beweging. Ik ga in de schaduw onder de oude boom zitten en Donkey ploft met zijn magere lijf tegen me aan, zijn kop op mijn been. Een passerende Amerikaanse trucker had hem als pup gevonden en bij ons achtergelaten. De man kwam op het heetst van de dag met zijn door stof bedekte oplegger het erf op rijden, de ramen aan weerszijden geopend. Chico en Negro, die ergens in de schaduw lagen te slapen, kwamen al snel tevoorschijn met de andere kinderen argwanend achter ze aan. De trucker had zich gevoegd naar de omvang van zijn wagen en toen hij uitstapte zagen we dat hij van zijn broekriem tot aan zijn kruin geel zag van het opstuivende zand. Zijn ogen priemden er als twee glinsterende kralen doorheen. We proestten het uit. Dit was precies de reden dat binnenlandse truckers, die deze route op hun duimpje kennen, de ramen altijd dichthielden – hitte of geen hitte. In zijn armen hield de man een hond in precies dezelfde kleur geel.

'Olá, como estaai?'

De man sprak met een raar accent en rekte de woorden te ver uit, met klinkers als ongelijke leggers. Chico en Negro lachten schamper. Wij deden opgelucht mee. De trucker vertelde met handen en voeten dat hij op doortocht naar het zuiden was en het beestje onderweg op de zandvlakte had zien lopen. Met in de wijde omtrek alleen maar dorre grond, was hij gestopt en had hij het uitgedroogde dier opgepikt. Hij had onze schuur bij toeval in de verte zien liggen; bij nader inzien wilde hij het beest liever kwijt. Toen Negro hoorde dat de man niet door onze wijven in de stad was gestuurd, maar een wildvreemde passant was, verstrakte hij. Pottenkijkers konden we niet gebruiken. Hij knikte kort naar mij en ik deed een stap naar voren. Zonder oogcontact te maken nam ik de hond van de man over.

'Nome e Donkey!' zei hij. Hij sprak de woorden uit met een zware tong en bolle wangen. Niet scherp en zangerig zoals wij.

Met de hond onder mijn arm dirigeerde ik de kinderen naar de schuur, waar we op de eerste verdieping in stilte wachtten. We luisterden hoe Negro buiten de man terug naar zijn cabine loodste, zogenaamd met als reden dat wij weer aan het werk moesten. We zaten met zijn zessen naast elkaar op de grond, één met het beton. Alleen de tegensputterende pup op mijn schoot gaf blijk van leven; ik klemde hem vast onder mijn oksel. Ik bad dat de man niet zou protesteren, niet opeens om een glas water zou vragen, zich niet zou afvragen wat voor werk we hier in godsnaam konden doen. We hoorden een deur dichtslaan, het geluid resoneerde over de vlakte. De motor werd gestart en we hielden onze adem in. Een seconde lang vonden de wielen geen grip op de droge aarde, maar toen begon alles te trillen en vervolgde de man zijn weg. Het gele beest was in mijn houdgreep gestopt met spartelen. Ik voelde iets warms op mijn schoot en keek naar beneden. De hond staarde me aan terwijl hij zijn plas liet lopen.

De volgende dag was ik het dier kwijt. Hij was niet in de schuur, bij de varkens of op het erf. Na lang zoeken vond ik hem een eind buiten het terrein in de hete middagzon, zijn poten en bek vastgebonden met vissnoer. De draad was strak over zijn lijf gedraaid en door zijn pogingen los te komen was hij in zijn vlees gesneden. Zijn vacht was bedekt met een rood strepenpatroon. Nadat ik de draad had losgepeuterd, nam ik hem onder mijn arm mee terug naar het erf; vanaf dat moment week hij niet meer van mijn zijde. Zijn wonden smeerde ik iedere dag in met stukjes rauwe aardappel, zoals ik ooit een van de wijven had zien doen bij open wonden van

Negro, als hij weer eens in een dronkenmansgevecht met Chico was beland, of de korsten op zijn armen had opengekrabd. De wonden van het dier genazen langzaam maar zeker tot zijn vacht weer egaal geel was, met een paar kale strepen overdwars.

'Anjo!'

Ik duw Donkey van me af en sprint naar de waterput, vul een ijskoude emmer water en ren terug naar de schuur. Met een ruk trek ik de stalen deur open, zonder acht te slaan op de herrie die dat veroorzaakt. De vier trappen naar de tweede verdieping neem ik met grote stappen, in het voorbijgaan zie ik op de eerste verdieping een kluwen lichamen in losse elementen uiteenvallen. Sinds de echo van mijn naam verwaaide, zijn nog geen zestig seconden verstreken.

Het licht in de deuropening wordt geblokkeerd door het postuur van Negro, dat er maar net in past. Zand plakt op zijn lichaam, om zijn kruis is een doek gewikkeld. Zijn armen wijken wat van zijn romp, de vuisten nu al gebald. Soms denk ik dat hij zo slaapt. Negro rukt de emmer uit mijn handen en duwt me zo hard tegen mijn borst dat ik met een klap op mijn rug op de betonnen vloer van het trappenhuis val.

'Slome.'

Een ochtendrochel raakt op een centimeter na mijn hoofd. Hij draait zich om en smijt de deur dicht.

Ik krabbel overeind en loop de trap af. Een verdieping lager staat mijn zusje te wachten, de slaap nog in haar ogen.

'Kom.' Ik pak Alma's hand en ga haar voor naar beneden.

Samen lopen we over het erf naar de waterbak bij de varkens, waar twee van de jongens zich al staan te wassen. Ik pak een doek van de lijn en dompel hem in het water. De harde stof smelt in mijn handen.

'Bukken.'

Ik was haar nek, rug, billen en voorkant.

'Voeten.'

Ik inspecteer haar voetzolen.

‘Hé!’ roep ik en ik gebaar naar João en Davi, die net willen weglopen. Met tegenzin laten ze me hun handen zien. Zwarte nagelranden.

‘Wassen.’

Ze sloffen terug naar de drinkbak en dompelen hun handen onder. Ik geef Davi, die het dichtst bij me staat, een pets in zijn nek. Hij bromt wat, maar beide jongens schrapen het vuil onder hun nagels vandaan. Ik loop naar Alma, die in de schaduw van de oude boom staat, en ga naast haar zitten. Het zweet staat op mijn rug. Binnen een uur zal de laatste kou in mijn botten zijn verdreven door de hitte. Zoals ik vannacht hunkerde naar de eerste zonnestralen, zo verlang ik nu alweer naar de koelte van de nacht.

João en Davi zitten verderop op hun hurken en prikken met stokjes in een colonne mieren. Alma aait Donkey.

‘Waar zijn Mano en Raull?’

Niemand reageert. Ik sta op en kijk bij de waterput, op onze verdieping en zelfs bij de overkapping aan de rand van het erf – verboden terrein voor ons. Niets. Ik raap een stok op en sla ermee tegen een boom terwijl ik nadenk. Zoveel mogelijkheden om je te verstoppen zijn hier niet. Wij vormen het centrum van een wijds niets, van een lege vlakte zo ver het oog reikt of tot waar de wereld stopt. Welke van de twee het is weet ik niet, ik ben nooit van ons erf af geweest. Onze schuur lijkt recht uit de hemel op deze van God verlaten plek te zijn neergeploft, alsof daarboven iemand per ongeluk iets uit zijn handen heeft laten vallen.

Ik kijk weer naar de schuur en de vierkante openingen op de eerste en tweede verdieping. Geen beweging. Waar zouden ze nou kunnen zijn? Mano en Raull hebben samen het brein van een muskiet. Ze lijken er zelfs op. Mager en spits, met van die wriemelende vingertjes. Ze zouden toch niet achter de schuur zitten? Met grote stappen loop ik via de linkerkant van het gebouw naar achteren, bij iedere stap tik ik dreigend met de stok tegen de muur. Ik heb amper de draai gemaakt of zie ze al zitten. Verschrikt kijken ze omhoog.

Ik zie nog net hoe Raull zijn hand uit zijn broek trekt en een grijns op zijn gezicht tovert.

'Weg hier, hoerenjong!'

Ik jaag ze met mijn stok voor me uit en op een drafje lopen ze de hoek om. Ze weten heel goed dat ik ze in het zicht wil hebben; achter de schuur is verboden terrein, net als de overkapping.

'Wassen!' roep ik ze na.

Soms, als ik in de ogen van Raull kijk, ben ik bang voor hem. Hij vormt geen echte bedreiging voor me, maar ik zal hem nooit de rug toekeren. Alle zes de kinderen zijn gehard door het leven hier, maar ik verdenk Raull er als enige van dat hij ook uit vrije wil zou blijven. Hij lijkt te gedijen in dit niemandsland waarin wij afhankelijk zijn van de grillen van Chico en Negro. Zonder merkbare voorkeur vervult hij de ene keer de rol van slachtoffer, de andere keer die van dader. Vorige week riepen Chico en Negro hem bij hen en boden hem een stuk worst aan. Watertandend wilde hij het aannemen, maar dit mocht pas nadat Negro zijn geslacht uit zijn broek had gehaald en er grijnzend overheen had gepist. Ze zagen erop toe dat hij het tot het laatste stukje wegkauwde. In diezelfde week had Raull Alma aan haar haren door de lucht gezwierd, waarbij hij een hele pluk uit haar hoofd trok. Woedend was ik, en voor straf had ik hem een aframmeling gegeven en een avond geen eten gegeven.

De andere jongens, Davi, João, Mano en ik, hebben ons erbij neergelegd dat niemand van ons bestaan op de hoogte is en we hier nooit zullen wegkomen. Maar we blijven dromen – hoewel we er nooit met elkaar over zullen praten. En Alma? Alma is een meisje. Ze doet altijd de verkeerde dingen op het verkeerde moment. Dit is geen plek voor meisjes. Soms hoop ik dat ze door een van de wijven mee terug naar de stad wordt genomen. Tegelijkertijd vrees ik dat moment en denk ik dat ze hier, bij mij, beter af is.

Ik slenter verder rond met de stok in mijn hand, maar ondertussen kam ik nauwgezet het erf af. Alles houd ik schoon, ik wis de sporen van de vorige dag uit en trek met mijn bezem een kaarsrecht lijnenpatroon in het zand, op het gebied rond de overkapping na. Op ongeveer dertig meter ten westen van de schuur staat een schuin golfplaten dak op palen, met een kalkmuurtje ernaast. Het geheel ziet eruit als een opgedroogde zeem omhooggehouden door lucifers, alsof iedere zucht wind of druppel water het geraamte uit zijn lijden zal verlossen. Toch staat het er al zo lang ik me kan herinneren. Geen van de kinderen mag er van mij komen, tenzij Chico of Negro het beveelt. De grond rond de overkapping is bezaaid met het bewijs van hun nachtelijke activiteiten. Spuiten, glasscherven, uitwerpselen, braaksel waarvan het vocht dankbaar is opgenomen door de uitgedroogde grond.

Donkey en Alma volgen me op een meter afstand. Donkey met zijn neus over de grond en Alma ook met een stok in haar hand. Haar voeten nu alweer gehuld in sokjes van stof. Daarboven twee smalle kuiten onder knokige knieën die tegen elkaar aan duwen. Soms heb ik de aandrang haar onderbenen beet te pakken en een kwartslag naar buiten te draaien zodat ze weer recht in haar knieën staan. Alma's te grote broek hangt halverwege haar heupen, daarboven een hemdje met een vale palmboom en strandstoel erop. Ik heb haar maar één keer horen schreeuwen, en dat was toen ik haar dat aantrok. De hand zonder stok hangt slap langs haar lichaam. Uit automatisme brengt ze hem naar haar gezicht, denkend dat ze haar knuffel nog vast heeft. Als ze met de lege hand tegen haar neus botst, zie ik haar ogen even wegdraaien. Haar konijn ligt, vertrapt en bedolven onder een dikke laag vuil, bij de overkapping.

Tijdens Alma's eerste nacht bij ons lag ze tussen ons in te slapen. Ze snurkte een beetje. Het klonk anders dan dat van de jongens, zelfs haar ademhaling vormde een breuk in ons front. Ik was klaarwakker. Buiten gingen ze flink tekeer en mijn hersenen draaiden overuren. Ik wist niet wat ik moest denken van de komst van dit meisje. Tot dan toe waren we met alleen maar jongens geweest: Chico, Negro en wij vijven. Of eigenlijk: João en Davi met zijn tweeën, Raull en Mano met zijn tweeën, en ik. We waren allemaal ergens tussen de zes en tien jaar oud, en wat ieder ontbeerde om hier te kunnen overleven, vond hij bij een ander. Mano was dom en mager met een gezichtsuitdrukking alsof hij ieder moment in huilen kon uitbarsten. Hij deed wat van hem verlangd werd en daar bleef het bij. Nooit week hij van de zijde van Raull; met zijn pezige lijf dat immuun leek voor letsel, een kort voorhoofd en dicht bijeen staande ogen waarover een waas van opwinding trok zodra er iets naars gebeurde. João was de clown van de groep; hij leek in zijn eigen cocon te leven, waardoor alles maar gedeeltelijk tot hem doordrong. Die cocon was tegelijk een scherm voor zijn maatje Davi, die zo weinig weerbaar was dat het leek of hij geen huid had. Het leven hier kwam rechtstreeks op zijn zenuwen binnen, sijpelde zonder filter zijn bloed in en soms werd de vergiftiging hem te veel. Dan trok hij zich terug en sneed met een stuk glas diepe halen in zijn huid, alsof hij al het vuil naar buiten wilde laten stromen.

Ik hoorde bij de kinderen, maar ook weer niet. Ik hoefde geen maatje, had genoeg aan de vlakte. Door op te gaan in de omgeving probeerde ik onzichtbaar te zijn voor Chico en Negro. Zo pasten we als een puzzel in elkaar. Soms namen de wijven een paar kinderen mee, maar die hielden zich nadrukkelijk afzijdig van ons en gingen na een dag of twee weer mee terug naar de stad. Maar de dag dat Alma kwam was het anders gegaan.

Een trucker had twee van onze wijven een lift gegeven en was bij de schuur gearriveerd. Alma kwam mee in hun kielzog. Het was onmiddellijk duidelijk dat ze was zoals wij: in plaats van het meisje uit de hoge cabine te helpen, lieten ze haar daar achter met de deur open. Chico en Negro namen de trucker, de hoeren en de proviand mee naar de overkapping. De jongens en ik zaten met onze rug tegen de schuur en hielden ons gedeisd. Zeker vijf minuten verstreken zonder dat onze starende blikken het meisje tot beweging aanzetten. Toen zagen we hoe het kind met moeite de cabine uit klauterde en het erf overstak richting de schuur. De schemering zette net in, wat het beeld extra vreemd maakte: dat kleine meisje met donker haar dat in een rechte lijn op ons af kwam lopen, een groezelig pluchen konijn in haar rechterhand. Haar ogen stonden net zo gekruist als haar knieën. Stilletjes kwam ze naast ons zitten en stopte de duim van dezelfde hand waarin ze het konijn hield in haar mond. Niemand keek haar aan of zei iets tegen haar, en toen ik vond dat het tijd was om te gaan slapen volgde ze ons naar de eerste verdieping. Als vanzelfsprekend schikten we ons als een menselijk harnas om haar heen. Binnen een minuut lag ze tussen ons in te slapen, nog steeds met haar duim in haar mond, het konijn tegen haar kin geduwd.

Negro en Chico hadden een vuurtje gestookt bij de overkapping, ik hoorde ze lachen met de vreemde trucker en dansen op liedjes die ze zelf verzonnen. Af en toe klonk het geluid van een leeg bierblik dat werd geplet. De vrouwen waren laveloos achter het kalkmuurtje in slaap gevallen. Plotseling hoorde ik Negro roepen.

'Een konijn!'

Mijn lichaam verstrakte. Het was even stil; waarschijnlijk dachten de andere twee mannen dat hij daadwerkelijk ergens een konijn had gezien en keken ze om zich heen over de donkere vlakte, maar toen bulderden ze het uit.

'Ja! We villen het konijn!'

Razendsnel reikte ik met mijn hand tussen de warme benen en greep de enkel van het meisje. Ik hoorde gestommel in het trappenhuis en zette me schrap. Op dat moment was zij de enige die nog sliep; de andere lichamen waren gestopt met ademen. Opeens was hij daar. Een walm van zweet en drank vulde de kamer. Ondanks zijn toestand had Negro haar met één doelgerichte graai te pakken, of liever gezegd: dat stomme beest. In een reflex klikte Alma's hand zich vast om het konijn. Ik zag de aderen op Negro's onderarm vlak naast mijn gezicht terwijl hij met zijn knuist het beest vastgreep en de kamer uit beende. Hij had niet door dat hij ook het meisje achter zich aan sleepte, en mij erbij, want ik had nog steeds haar enkel vast. Zo voltrok zich een bizar schouwspel, waarbij Negro de betonnen trap af snelde met het meisje als een lappenpop achter zich aan en ik die mijn benen onder mijn lijf probeerde te plaatsen zonder haar enkel los te laten.

Onder aan de trap stopte Negro en keek verbaasd om naar de menselijke keten die hij had meegesleurd. Zonder het konijn los te laten bulderde hij het uit van het lachen. De mannen bij het vuur keken op.

'Kijk! Ze wil mee!'

Negro gromde en wilde verder lopen, bedacht zich en draaide zich om. Hij zwaaide zijn been naar achteren en met één gerichte trap schopte hij me in mijn nek, precies tussen mijn oor en mijn sleutelbeen. Ik liet de enkel los en schoof meters over de grond tot ik tot stilstand kwam. Het voelde of hij een mes in mijn nek had gestoken en met mijn vingertoppen tastte ik langs mijn kaak en hals. Geen bloed. Ik duwde mezelf half omhoog op handen en knieën en keek op. Negro was inmiddels bij het kampvuur aangekomen. Ik durfde er niet achteraan te gaan. Mijn oor suisde zo hevig dat ik mijn voorhoofd op de grond moest laten rusten, tussen mijn handen. Aanmoedigende kreten van de andere mannen leken opeens van boven te komen, uit de lucht. Mijn ellebogen trilden en de kiezeltjes onder mijn vingers werden groter, zwollen aan tot keien waarop ik balanceerde, tot ik van de grond af leek te vallen. De aarde begon nu ook te golven en ik verloor mijn evenwicht, plofte plat op mijn rug.

De hemel was zo zwart dat ik niet zeker wist of ik mijn ogen open of dicht had, maar naarmate de seconden verstreken verschenen steeds meer witte spikkels boven mijn hoofd. Het was prachtig, alsof iemand speciaal voor mij met duim en wijsvinger sterren op het plafond sprenkelde. Zo lag ik daar tot de steken in mijn kaak en schedel doffer werden. De stemmen zwollen weer aan, ze kwamen nu van achteren. Gejoel en gelach. Met al mijn kracht draaide ik me een kwartslag om en zag hoe Negro het konijn als een braadstuk boven het vuur hield, met de hand van het meisje er nog aan. Ze was klaarwakker, haar kin rood van het bloed. Haar voeten zetten zich schrap in het zand in een poging het beest naar zich toe te trekken, maar ze had geen schijn van kans. Negro stompte het kind met zijn vrije arm tegen haar borst; het geluid deed me denken aan die keer dat hij een van de kippen tegen de zijkant van de schuur had gegooid. Maar ze liet niet los. Met twee handen pakte Negro het knuffelbeest vast en rukte er wild aan, waarbij het kind als een pop door de lucht zwiepte. Vervolgens gaf hij haar met zijn vuist zo'n harde klap dat haar lijf slap aan zijn voeten ineenzakte.

Nog steeds op een arm steunend, onzichtbaar in het nachtelijke donker, staarde ik naar Negro. Zijn blote bast achter de oplaaiende vlammen, het konijn triomfantelijk in zijn handen en Alma in een vreemde houding in het zand voor hem. Een grijns vervormde zijn gezicht. Gigantisch was hij, alsof hij geen mens was maar een wezen samengesteld uit alle zongebleekte botten van het achterland. Hij kreeg een blik bier aangereikt, dat hij met drie gulpen leegde.

Op handen en voeten kroop ik terug naar de schuur en sloop de trap op. De jongens zaten met grote ogen in de hoek, dicht tegen elkaar aan. Ik ging op de grond liggen, op mijn zij met mijn knieën opgetrokken. Niet lang daarna voegde iedereen zich weer naar de andere lichamen, en binnen tien minuten hoorde ik hun vertraagde ademhaling. Ik voelde niets, dacht niets, maar tegelijkertijd leek het alsof krioelende beesten zich een weg door mijn aderen zochten. Er was niet genoeg ruimte in mijn lichaam. Ik dwong mezelf niet toe te geven aan de neiging mijn huid open te krabben. Het gekriebel was gekmakend, ze zaten overal. Ik durfde niet naar mijn armen te kijken, uit angst dat ik mijn huid zou zien bewegen. Ik kneep mijn ogen dicht en ademde langzaam uit. In gedachten probeerde ik beestje voor beestje door te laten, in nette rijen. Ze buitelden over elkaar heen, verdrongen elkaar in opwinding, hun minuscule pootje krasten tegen de binnenkant van mijn huid, maar het lukte me uiteindelijk ze te kalmeren. Met iedere uitademing ontspanden mijn spieren zich een beetje en werden de beestjes rustiger, een voor een, minuut na minuut, tot ik aan het begin van de morgen in slaap viel.

Ik loop verder met de stok in mijn hand, Alma en Donkey volgen in mijn schaduw. De zon kruipt omhoog en binnen niet al te lange tijd is ze zo fel dat ze de schaduw onder ons eigen lichaam wegtrekt. De vlakte om ons heen wordt doorkruist door één weg, die van noord naar zuid loopt. Onze schuur staat op een afstandje van die weg, zoals er her en der wel meer hutten en schuren staan. Bijna allemaal onbewoond, geraamtes van riet en steen als laatste herinnering aan het lot van de Sertanejos: dood of weggetrokken. De weg wordt alleen nog gebruikt door truckers die hun lading van de ene stad naar de andere rijden. Zover het oog reikt zie je alleen maar gele aarde en een helblauwe lucht, als een tunnel zonder einde. Dat is ook de reden dat de kinderen van mij op het erf voor de schuur moeten blijven.

Vorig jaar liep een dronken trucker in de nacht de vlakte op, op zoek naar een struik om in te plassen. Hij keerde nooit meer terug – 's nachts is de leegte van de *sertão* het geniepigst. Niemand ondernam iets om de man te vinden en pas maanden later stuitten Chico en Negro op zijn lichaam, toen ze op zoek waren naar sigarettenpeuken richting de weg ver buiten het erf, waar ik niet schoonmaakte. Hij lag ergens onder een grote doornstruik, zo plat als een dubbeltje – alleen kledingstukken, nagels en haar rond zijn skelet verraadden dat er ooit een silhouet was geweest. Ze lieten de man liggen en kwamen opgetogen terug met zijn leren riem en veterschoenen.

Om te voorkomen dat er nog iemand bij ons naar een vermiste vrachtwagen kwam zoeken, had Negro een geweldig idee. Hij haalde de sleutels uit de zak van de dode trucker en nam plaats in de vrachtwagencabine met de deur open. Negro startte de truck en zette hem in de eerste versnelling. Met een stok zette hij het stuur vast. Langzaam liet hij de koppeling opkomen, het gevaarte brulde terwijl de rits wielen zich schrap zette in het zand. Stofwolken waaiden op terwijl de truck aan zijn laatste rit begon. Aan weerszijden renden wij mee naast de wagen tot Negro uit de cabine sprong. Het logge monster reed onbemand richting de horizon en wij vergezelden het zo ver we konden, gevaarlijk dicht rennend naast de roterende moordwapens, die groter waren dan elk van ons. Een voor een gaven de kinderen het op, behalve ik. Honderden, duizenden meters rende ik mee, alsof het mijn enige kans was van die plek weg te komen. Steeds groter werd de afstand tussen de vrachtwagen en mijn voeten, tot ik me gewonnen moest geven en me op het zand liet vallen. Op mijn buik lag ik in het stof en keek de vrachtwagen na die over hobbels en door kuilen verder reed. Het gegrom van de motoren werd steeds zwakker, tot het helemaal was weggeëbd en ik met toegeknepen ogen niet meer dan een stipje kon ontwaren. De stilte daalde weer op me neer. Met mijn wang op de hete aarde bleef ik liggen, tot ik iets op mijn schouder voelde. Ik sloeg mijn oogleden op en zag een broekje met twee benen eronder. Met grote ogen en buiten adem van het hele stuk lopen keek Alma me aan. Ik stond op, klopte me af en liep terug naar het erf.

Alma en ik hebben alles schoongeveegd en zijn bij de onzichtbare grens van het terrein aangekomen. Alma wist met de rug van haar hand het snot van haar bovenlip. Ik sla haar hand weg.

'Laat dat.'

Met duim en middelvinger pak ik een stukje van haar hemd en veeg haar neus ermee af.

Sinds de nachtelijke kennismaking met de mannen is ze niet meer van mijn zijde geweken. *Anjo e Alma.* De engel en de geest. Ik vraag me af wie ons zo genoemd heeft. Waarom haar naam een negatieve bijklank heeft en de mijne een positieve.

De ochtend na de welkomstceremonie met Alma's konijn sloop ik in alle vroegte naar beneden om te kijken wat er van het meisje over was. Ik vond haar koud en versuft op de grond naast de overblijfselen van het vuur. Haar gezicht zat onder het opgedroogde bloed en haar mond was zo opgezwollen dat ze ’m niet kon sluiten. Ik knielde naast haar neer en duwde met twee vingers haar lippen van elkaar; ze miste een paar tanden. Ik wist niet of dat van de voorgaande nacht was of omdat ze de leeftijd had. Ik bevoelde haar armen en benen terwijl ze me met lodderige ogen volgde. Ik reikte haar de hand.

‘Kom.’

Ze maakte geen aanstalten en ik zag dat haar onderlip begon te trillen. Ik stond op en wilde weglopen, maar een koud handje om mijn enkel weerhield me ervan de eerste stap te zetten. Ik pakte het meisje onder de oksels en zwaaide haar op mijn heup; ze woog minder dan een zak aardappelen. Haar voeten raakten bijna de grond, ik was niet zoveel groter dan zij. Ik nam haar mee richting de varkens, naar het water, waar ik haar uitkleedde.

Haar kleren zaten onder het bloed. Ze hield automatisch haar armen omhoog zodat ik haar shirt kon uittrekken. Ik vroeg me af of ze hiervoor bij haar moeder woonde. Tegelijkertijd kon ik het me niet voorstellen, zo gelaten als ze zich bij ons aansloot, zonder enig verzet. Aan de andere kant: niemand van ons had ooit verzet getoond. Alsof tijdens de urenlange tocht hierheen, waarbij het beeld achter de voorruit bestond uit enkel zand tot aan de horizon, het besef wortelde dat er geen weg terug was, en de seconde dat onze voetzolen voor het eerst de droge ondergrond raakten, we er onderdeel van werden.

João en Davi had ik als eersten zien aankomen. Er waren al vaker kinderen gebracht, maar die werden vrij snel ook weer opgehaald, alsof het lot een foutje had gemaakt. Bij hen tweeën was het me onmiddellijk duidelijk dat ze waren zoals ik. *Párias.* João klom voorzichtig achterwaarts uit de cabine en ging op het erf radslagen maken, alsof hij een dag eerder midden in zijn bezigheid was onderbroken, in de vrachtwagen was gegooid en zijn spel nu kon afmaken.

Davi was jonger, kleiner en doodsbang. Een uur na aankomst zat hij nog in de snikhete cabine, tot Negro er snoeihard een stok tegenaan gooide. Binnen een seconde was hij eruit. Gedurende die hele eerste week beefde zijn lichaam alsof hij in de loop van een aanstormende kudde buffels stond. Als ik al een hand hief, kromp hij ineen. Ik liet Davi en João zo veel mogelijk samen doen, tot Davi zich langzaam maar zeker begon te voegen naar de situatie.

Na een tijdje kwam Raull. Hij was wat ouder dan João en Davi, ongeveer van mijn leeftijd. Zodra de wagen zwaar verend tot stilstand was gekomen sprong hij eruit, alle spieren in zijn lichaam gespannen en klaar voor een confrontatie. Zijn zwarte huid was bezaaid met zachtroze littekens. Over zijn onderbuik liep een streep wild vlees. In ons vond hij geen tegenstander en tegen Chico en Negro keek hij op; vanaf de eerste dag straalde hij uit dat zijn nieuwe leefomgeving een vooruitgang was vergeleken met zijn vorige. Zijn komst ontregelde me en ik was dan ook blij toen kort daarna Mano meekwam met een paar van onze wijven. Raull eigende zich hem onmiddellijk toe en de balans herstelde zich.

Niemand wist waar Raull vandaan kwam, daar wilde hij niet over praten. De andere kinderen waren bang voor hem, omdat hij onvoorspelbaar en wreed kon zijn. Ik verdacht Negro er weleens van zijn vader te zijn. Net zo donker, hetzelfde postuur, dezelfde blik in de ogen. Negro deed het met alle wijven, en alle wijven hadden kinderen. Die hielden ze thuis, op de berg in de grote stad. Maar wie zei me dat Raull niet te lastig was geworden? Dat de politie naar hem op zoek was, zoals bij Chico en Negro het geval was? Of dat zijn moeder was doodgegaan en ze hem daarom maar hierheen hadden gebracht? Ik begreep wel dat hij was verstoten – ik zou hem ook niet willen.

Ik wist nog niet wat ik vond van de komst van dit meisje, dat me met scheve ogen in haar bebloede gezicht aanstaarde. Ik schepte water uit de drinkbak over haar lichaam. Gestold bloed weekte zich langzaam los van de huid terwijl ik de handeling keer op keer herhaalde. De droge aarde nam het met bloed vermengde water razendsnel op. Ik liet het glinsterende kind op haar billen zitten en rende naar de schuur. Ik wrong me door de deuropening en liep op mijn tenen naar de voorraden op de begane grond. Nog geen geluid van onze verdieping of van de tweede, waar Negro en Chico hun roes uitsliepen. Achter in het donker stonden een paar plastic tonnen met het kleine beetje voorraad dat we hadden. De wijven hadden aardappelen, rijst en maïs meegenomen, wat gedroogde worst. Rechts stond een blauwe ton met doeken, lappen en kleding. Ik graaide erin en vond een rood broekje en een wit hemdje met een palmboom en strandstoel erop die niet belachelijk groot waren.

Het meisje zat nog steeds waar ik haar had achtergelaten bij de varkens, ze stonden op een afstandje naar haar te kijken. Haar handen rustten in haar schoot en haar donkere ogen leken dwars door me heen te kijken. Ik stroopte de stof van het hemdje in mijn handen op en wilde het over haar kruin schuiven, maar toen ze in de gaten kreeg dat het laatste stukje van haar oude leven haar werd afgenomen, verzette ze zich zo hevig, dat ik achter haar neerknielde en mijn hand tegen haar mond drukte. Zo zat ik daar met dat kind op schoot, mijn ene arm rond haar middel geklemd en mijn andere hard op haar gezicht gedrukt. Alma's ogen flitsten van links naar rechts en ze brieste snot door haar neusgaten. Ik hield mijn mond bij haar oor.

'Luister, *menina*. Ik wil je alleen maar helpen.'

Haar gesnuif loste op in de lauwe lucht.

'Je werkt nu mee, of ik ga weg en dan zoek je het maar zelf uit.'

Na enkele seconden verslapten haar spieren; ik wachtte even en liet haar toen los. Ik duwde het meisje van me af, wierp haar het stapeltje kleren toe en draaide me om. Even later stond ze achter me, in het rode broekje en het hemd met de palmboom waarvan de halsopening zo groot was dat haar beide tepels erbovenuit piepten.

Vanaf die dag noemde iedereen haar mijn zusje.

Het is inmiddels zo heet dat de lucht trilt, waar je ook kijkt lijkt het of er een douchegordijn voor je ogen hangt. Ik wil het met mijn handen wegslaan; het enige wat ik kan doen is wachten tot de avond valt. Overdag doorloop ik steeds hetzelfde ritueel zodra het onder mijn huid begint te jeuken. Kippen, varkens, honden, waterbak, erf. Op goede dagen hoef ik het maar twee keer te doen, één keer 's ochtends en één keer 's avonds. Op slechte dagen, als mijn lijf, mijn huid, mijn bloed zo erg jeukt dat ik denk dat ik gek word, wel twaalf keer. Ik vraag me soms af of het mogelijk zou kunnen zijn dat er daadwerkelijk vlooien of mieren in mijn bloed zitten, dat ze kans hebben gezien via de poriën van mijn huid naar binnen te dringen.

Van de andere kinderen eis ik ook dat ze alles schoonhouden – in ieder geval ons slaapvertrek op de eerste verdieping. Eén keer trof ik Mano boven aan terwijl hij zijn ochtendplas aan het doen was. Slaapdronken stond hij in een hoek van de kamer, terwijl een donkergele straal op de vloer uiteenspatte. Met één stap was ik bij hem en klemde mijn hand om zijn nek. Met volle kracht duwde ik zijn gezicht in zijn eigen pis, zoals ik Chico weleens met een van de honden had zien doen. Toen Mano dreigde te gaan huilen, duwde ik hem nog eens met zijn neus in het vocht.

'*Als je als een varken wil leven, ga je maar buiten slapen*,' siste ik hem toe.

Ik liet hem een emmer water halen en samen boenden we de vloer schoon. Pas toen de avond inzette en we iedere centimeter van onze verdieping hadden schoongemaakt, waren de beestjes onder mijn huid weer een beetje tot bedaren gebracht.

Alma en ik zijn teruggelopen naar de boom, waar we in de schaduw kunnen zitten. Ze zit met haar rug tegen de schors, haar ogen gefixeerd op een punt in de verte. Het kind kan uren zo zitten zonder één keer met haar ogen te knipperen. Soms vrees ik dat als ik zelf een keer te vaak met mijn ogen knipper, zij is verdwenen. Opgegaan in de bruine schors achter haar. Dat ze al die tijd alleen maar een product van mijn verbeelding is geweest, een verzonnen lijn naar een wereld hier ver vandaan. Een wereld waarvan de contouren ergens diep in mijn achterhoofd zitten, maar die ongrijpbaar blijft in het zwarte gat van mijn geheugen.

Nooit zegt ze iets over waar ze vandaan komt, waar ze woonde, wie haar moeder is. Nooit vraagt ze waarom wij hier zijn, waarom zij hier is, alsof ze het heel normaal vindt. Maar ze ruikt anders dan wij, voelt anders. Wij, de jongens, voelen als het gortdroge zand dat ons omringt en verspreiden de geur van zweet dat iedere dag een nieuw vlies op onze huid legt. Alma niet. Als we 's nachts met zijn zessen tegen elkaar aan liggen is zij de enige die ik ruik en voel. Haar zachte kuiten langs onze uitgedroogde schenen. Een zoete geur die de rest overstijgt en me ergens ver van hier plaatst.

Ik vraag me af of ze het gesprek tussen Chico en Negro eerder vandaag heeft opgevangen. Ze verwachten vanavond een paar van onze wijven. Als we dit van tevoren weten is iedereen in opperste staat van paraatheid. Met de angst komt ook een gevoel van opwinding. Want ze nemen altijd wat mee: kleding, sigaretten, drank en drugs voor de mannen, een beetje voorraad voor ons. Soms ook iets totaal nutteloos als een tube crème of een zaklantaarn, zonder batterijen. Heel af en toe zit er onbedoeld iets waardevols bij.

Zo zat er eens een zakje ballonnen in het plastic tasje waarin sigaretten hadden gezeten. Het tasje lag al een paar dagen achteloos in een hoek van de voorraadkamer toen ik ontdekte dat het niet helemaal leeg was. We bliezen de ballonnen op en speelden er om beurten mee, eerst wild maar toen knalde er een kapot, die slap neerstortte. Zelfs Chico en Negro deden mee; ze legden knopen voor ons en sloegen de ballonnen lachend uit onze handen. We renden door elkaar heen en hielden ze hoog. Alleen Alma stond ertussen en keek er met open mond naar, haar ogen groot en helder.

De dagen daarop gingen ze allemaal stuk. Een aantal knapte in de lucht met een schel geluid waarvan we steeds weer schrokken, de rest werd door Negro kapotgemaakt. De allerlaatste ballon, een rode, hield ik stiekem bij me tot er een moment kwam dat ik zeker wist dat Chico en Negro boven diep lagen te slapen. Ik blies 'm op, knoopte de tuit dicht zoals ik Negro had zien doen en liet de kinderen hem een voor een vasthouden. Uiteindelijk lieten we de ballon met de opkomende avondwind de lucht in gaan en renden er op de open vlakte achteraan tot ik zei dat we niet verder konden gaan. Terwijl de hemel langzaam donkerder kleurde, keken we in stilte hoe de ballon met de ondergaande zon in de verte verdween. In de dagen die volgden werd de glans in onze ogen weer langzaam met het stof van de vlakte bedekt.

Ik besluit de kinderen nog een paar uur van de rust te laten genieten en niets te vertellen. Ik sta op en laat de hitte op me indalen. Chico en Negro zijn nergens te bekennen. Ze sparen hun energie voor vanavond. João en Davi zitten een paar meter verderop nog steeds de mieren te pesten met hun stokjes. Ik ga bij ze staan.

'Ik ga water halen,' zeg ik. 'Blijven jullie hier?'

Ze kijken even op, knikken en gaan weer door met porren. Het korte oponthoud heeft een aantal mieren het leven gered, maar de laatste die in het holletje wil verdwijnen wordt in zijn kont gespiest. Ik loop door. Alma's voeten maken snelle passen terwijl ze me met Donkey probeert bij te houden. Bij de varkensbak pak ik twee lege emmers.

Als een natuurlijke begrenzing van het erf aan de westkant staat een oude waterput. Alleen de twee oudere jongens, Raull en João, mogen van mij water halen. Rondom het gat in de grond heeft ooit een muurtje gestaan, dat is afgebrokkeld tot een paar broze stenen. Als je erop leunt terwijl je een volle emmer naar boven trekt, is het niet ondenkbaar dat je met stenen en al de diepte in stort.

Een van de varkens was eens uitgebroken en recht op de put afgestormd, terwijl wij hem joelend op de hielen zaten. Alsof de aarde zich ter plekke onder hem spleet, stortte het domme beest midden in zijn vaart met een noodgang de diepte in. In plaats van een plons hoorden we een doffe knal. De grond beefde onder onze voeten en gedurende een paar seconden was het stil. Zijn val was blijkbaar gebroken door een plank of een richel. Het daaropvolgende gekrijs van het gewonde dier onder in de put staat nog steeds met een naald in mijn trommelvliezen gekrast. Het hoge, snerpende geluid afgewisseld met briesende ademstoten was gekmakend. We waren niet gewend aan zoveel lawaai, het was alsof hij met zijn gegil de hele wereld naar ons toe trok. De kinderen bedekten met hun handen hun oren en Chico en Negro kregen ruzie, schreeuwden tegen elkaar en tegen het beest in de diepte dat het moest stoppen. Vervolgens probeerden ze hem met grote keien het zwijgen op te leggen, maar hij wilde maar niet dood. De ene na de andere steen verdween in het donkere gat. Soms klonk er een plons, dan weer een dreun gevolgd door een zucht. Waar het dier de kracht vandaan haalde weet ik nog steeds niet, maar na iedere pauze – waarin wij onze adem inhielden – vonden zijn longen weer voldoende lucht om ijselijk te gillen.

Uiteindelijk nam ik de kinderen mee naar binnen en sloot alle deuren. De pauzes werden langer en er meldden zich geen ongewenste bezoekers op ons erf. Ik voelde opluchting, maar ook verslagenheid. Al zouden wij elkaar hier met de blote hand afmaken, de hele boel bij elkaar schreeuwen; het zou niets uitmaken. Ik dacht aan het verhaal dat ik een passerende trucker eens bij het avondvuur had horen vertellen. Over de oude veeboer Riobaldo die samen met zijn vrouw diep in het achterland woont, net als wij. Hun dochter is decennia eerder naar de stad getrokken en het enige wat het bejaarde echtpaar op de been houdt is de hoop dat zij ooit weer voor de deur staat. In zijn jongere jaren was Riobaldo huurling in dienst van een grootgrondbezitter, zoals zoveel jonge mannen van de sertão. Ze brachten ontsnapte slaven terug en handelden privézaken af voor de landheer. Riobaldo's bendeleider werd vermoord door een van zijn mede-*Jagunços* en hij is nog altijd kwaad dat hij geen wraak heeft kunnen nemen. Nu is hij een verbitterde oude man die zijn vrouw als een hond behandelt. Op een dag klopt een vreemdeling aan bij het echtpaar. Hij blijft slapen, de twee roosteren geitenvlees boven het vuur onder de sterrenhemel en de gast wint het vertrouwen van de gepensioneerde bandiet. Als hij de volgende morgen wil vertrekken, heeft hij nog een voorstel. Hij kan ervoor zorgen dat Riobaldo alsnog wraak kan nemen op de verrader die zijn leider ooit vermoordde; zou hij dat willen? De oude Riobaldo twijfelt geen moment: hij wil niets liever dan op de drempel van de dood zijn eer herstellen. De vreemdeling vertrekt en Riobaldo bereidt zich voor. Die middag wordt er op de gammele deur geklopt en Riobaldo heeft zijn jachtgeweer in de aanslag. Hij gluurt van achter het verweerde gordijn naar buiten en ja hoor: daar staat hij, de verrader. Ingeteerd en oud, maar onmiskenbaar in zijn traditionele leren gilet met kogelriem en oude hoed met het touwtje slap onder zijn kin. Zijn vrouw wil hem nog tegenhouden, maar terwijl Riobaldo met één hand de deur openzwaait, haalt hij met een vinger van de andere hand de trekker al over. Een lichaam zakt neer in het gele stof, de grond trilt even, fruit rolt uit een mand en komt tot stilstand tegen Riobaldo's voet. Voor hem ligt zijn dode dochter.

Het was een pact met de duivel. Ik luisterde naar de flarden gegil die met steeds grotere tussenpozen onze verdieping bereikten en bedacht dat alles een pact met de duivel was. Met iedere beslissing die je nam was de kans groot dat je verder het moeras in werd getrokken. Alleen niets doen was erger. Als ik op een dag de kans zou krijgen het erf te verlaten, wist ik niet of ik die zou grijpen; misschien was het een test. Of ik sterk genoeg was; of ik, door de anderen in de steek te laten, daarna zoveel gruwelijke ontberingen te verduren zou krijgen dat ik alleen nog maar zou terugverlangen naar het erf, naar de droge aardkorst onder mijn voeten. Die morgen was ik net wat langer bij de varkens blijven staan, had het krijsende beest net wat langer achter de oren gekrabd. En zie wat er gebeurde. Er was geen goed of kwaad, er was alleen de uitkomst van dingen.

Pas een dag later werd het helemaal stil. Ik vroeg Chico of hij me wilde helpen het kadaver uit de put te takelen. Als we het daar lieten liggen, zou het ons drinkwater vervuilen. Na tientallen pogingen slaagden we erin een touw om het lijf te krijgen en het naar boven te trekken. De verrotting was al ingetreden en het kadaver stond bol van de gassen. Zijn huid was op verschillende plekken opengescheurd, winkelhaken van de keien die we hadden gegooid. Chico maakte zich kokhalzend uit de voeten. Terwijl de anderen op een afstandje stonden te kijken, sleepte ik het beest met Raull en João aan zijn achterpoten ver weg van het erf, waar we met stenen een kuil groeven die net diep genoeg was om het dier in te begraven. Daarna takelde ik tientallen emmers water omhoog uit de put in een zinloze poging het van de besmette bovenlaag te ontdoen. Pas toen het al uren donker was, goot ik met een laatste krachtinspanning de zoveelste emmer water op de grond en sleepte mezelf naar boven, waar ik tussen de andere kinderen in slaap viel. De echo van het gegil klinkt nog altijd in de put, iedere keer als ik water haal.

Met twee gevulde emmers loop ik terug naar de varkens. Alma blijft op een afstandje achter me staan tot ik de waterbakken heb bijgevuld. Ik grijp haar bovenarm en trek haar zachtjes naar me toe.

'Kom eens hier. Wat doe je toch, waar heb je nou weer gezeten?' mompel ik.

Ik was haar opnieuw, hoewel het pas een paar uur geleden is.

'Het zou fijn zijn als je het zelf eens in de gaten hield. Als je het laat aankoeken, krijg je het er op een gegeven moment niet meer af. Wil je er soms uitzien als Negro? Of Chico?'

Terwijl ik met mijn natte hand over haar gezicht ga deinst ze naar achteren. Ik bied haar met één arm achter haar rug tegenwicht.

'Was jezelf maar.'

Ze dompelt haar handen in de bak en wast haar gezicht en voeten. Ik wijs naar haar broek. Weer steekt ze haar handen in de bak en vervolgens in haar broek.

'Nog eens.'

Ze staart me uitdrukkingloos aan en herhaalt het ritueel. Ik was mezelf ook. Terwijl ik voorovergebogen over de waterbak sta, zie ik de reflectie van mijn gezicht. Ik staar naar het lichte haar en de lichte ogen. Ik kan ze bijna niet vinden. Ik zie ze wel, maar het lukt me niet mezelf aan te kijken, ze zijn te licht. Ik gebied Alma naast me te komen staan.

'Kijk eens in het water.'

Alma gaat op haar tenen staan en kijkt over de rand van de bak. Haar gezicht verschijnt naast het mijne en ik focus op haar ogen. Ik zie duidelijk de onbeweeglijke pupillen, gefixeerd in hun iris. Ik kijk weer naar mezelf. Een blonde lok haar zit tegen mijn voorhoofd geplakt en ik zie mijn tanden glinsteren achter mijn lippen. Maar mijn ogen lijken op te gaan in het water. Er is geen contrast.

Met mijn vlakke hand sla ik mijn spiegelbeeld kapot en kom overeind.

*

Die avond zitten we met z'n zessen onder de boom te eten. Ik heb rijst gekookt. Je hoort alleen het tikken van de lepels tegen de kommen en het gesmak van João en Alma, die er altijd lang over doen hun bord leeg te eten. Raull is met vijf happen klaar en kijkt met een schuine blik naar João, die op zijn dooie gemak afgemeten babyhapjes neemt.

'Hapje?' Met een blij gezicht houdt João zijn lepel voor het gezicht van Raull. Die vertrouwt het niet en trekt een wenkbrauw op.

'Het mag wel. Anders eet ik het zelf op.'

João stopt snel de lepel in zijn mond en smakt zo hard dat klodders fijngekauwde rijst uit zijn mond in de kom vallen. Ik zie Raulls neusvleugels zich verwijden.

'Heerlijk hoor,' zegt João met volle mond, terwijl hij grinnikend zijn maatje Davi aanstoot. Samen proesten ze het uit en ik zie hoe Raull zich schrap zet om een van hen naar de keel te vliegen.

Mano kijkt me opeens recht aan.

'Komen de wijven?'

Ik knik langzaam en zie hoe Raull zijn blik naar mij verschuift, zijn vuisten balt, loslaat en zijn ogen samenknijpt. João stopt met eten. Zijn ogen zoeken de mijne.

'Misschien nemen ze wat mee,' zeg ik terwijl ik mijn schouders ophaal en in mijn kom tuur.

Niemand reageert. De vrolijke stemming van daarnet is omgeslagen.

'Pak de kommen en ga je wassen,' zeg ik tegen niemand in het bijzonder. Ik sta op en kijk naar de horizon in het westen, waar de truck vandaan zal komen.

'Nu.'

Langzaam komen de kinderen overeind, alsof hun vertraagde bewegingen het verstrijken van de tijd kunnen beïnvloeden.

'Alma!' roept Raull schel. 'Misschien komt je moeder wel, die vieze *puta feia*!'

Lachend gooit hij zijn hoofd achterover en schopt een steentje haar kant op. Het mist haar oog op een haar na en ik geef hem een klap op zijn achterhoofd. Als ik me omdraai hoor ik hem op de grond spugen, maar als ik kijk zie ik hem afdruipen richting de waterbak, Mano in zijn kielzog.

Binnen enkele minuten is het donker. Ik kijk in het niets. Voor de zekerheid knijp ik even mijn ogen dicht, en doe ze weer open. Nog voor ik de koplampen van de truck zie opdoemen, voel ik de warme aarde onder mijn voeten trillen. Lichtbanen schijnen dreigend door de lucht, steeds groter worden ze, tot het twee enorme ogen zijn die ons recht aankijken. Met Alma sta ik onder de boom te wachten, mijn rug en handpalmen tegen de schors gedrukt. João en Davi staan naast ons, Mano en Raull verderop tegen de schuur. De truck mindert vaart, het ijzeren gevaarte kraakt. Dan maakt het een draai van negentig graden en verlaat de verharde weg voor het laatste stuk. Als een dronkenman legt de truck zijn laatste meters af, de wielen zoekend naar vaste grond tussen hobbels en kuilen. Negro en Chico zijn ook tevoorschijn gekomen en hebben een vuurtje gestookt bij de overkapping als oriëntatiepunt voor de bezoekers. Ze kraaien van plezier. Als kwispelende honden staan ze hun bezoek op te wachten. Schaduwen springen uit de hoge cabine, ik kan er geen bekenden tussen ontdekken. Chico gaat de cabine in om de trucker de weg door het donker te wijzen, zodat hij zijn vrachtwagen achter de schuur kan parkeren. Een overbodige handeling, aangezien hier verder nooit iemand langskomt.

Voor de zoveelste keer die dag vraag ik me af of mama er misschien bij is. Het kan. De anderen denken het ook. Ze zeggen dat ik op haar lijk. Mager, met lichte ogen en een karamelkleurige huid.

Ik staar naar de grond. Het is zo donker dat ik mijn voeten niet meer kan onderscheiden. Zelfs de maan laat het afweten vanavond, een slappe melkachtige waas hangt linksboven in de lucht. Ik grijp naast me naar Alma's hand, draai me weg van de boom en loop richting de schuur. João en Davi volgen. Zwijgend laten we ons naast Mano en Raull op de grond zakken, onze ruggen glijden langs de muur. Minutenlang staren we naar de silhouetten die zich voor ons hebben verzameld; dansende marionetten tegen de achtergrond van het flakkerende vuur. Het zijn er zes. Twee vreemde mannen, twee van onze wijven en Negro en Chico. Uitgelaten slaan ze elkaar op de schouders. Er worden nieuwtjes uitgewisseld, over de andere vrouwen en een steekpartij op de berg. Hoe de Organisatie het heeft opgelost en de dader aan zijn enkels achter een brommer door de wijk heeft getrokken. Tot ieders verbazing had hij het overleefd. Ze bespreken welke drugs ze bij zich hebben en hoeveel bier. Chico maakt kleine dribbelpasjes op de plaats en wrijft in zijn handen, Negro blaast zijn borstkas op, kantelt zijn hoofd een stukje naar achteren en laat een enorme boer. De mannen schateren het uit, de vrouwen duwen zichzelf als flemende katten tegen de mannen aan die hen hard in de billen knijpen.

'Het zijn Mayse en Cucci,' fluistert Davi.

Dat had ik al gezien. Cucci is klein met vetlaagjes over haar hele romp en jurkjes zo strak dat het lijkt alsof ze op haar huid geschilderd zijn. Haar dijen zijn zo dik dat pas vanaf kniehoogte duidelijk wordt dat ze twee benen heeft. Mayse is een jong en stil meisje, zo flets in voorkomen dat ik pas weer weet hoe ze eruitziet als ze voor me staat. Geen mama. Ik dwing mezelf me te concentreren op het schouwspel voor me. Het wachten is begonnen.

Ik trek mijn knieën op en duw mijn achterhoofd in de muur. Hoewel het snel afkoelt, voel ik de hitte nog uit de stenen zuchten. Alma's hand zoekt de mijne.

'Anjo,' lispelt ze, nauwelijks hoorbaar. 'Ik moet plassen.'

Ik klak geïrriteerd met mijn tong tegen mijn gehemelte.

'Niet nu.'

'Maar...'

'Sst!'

Ik wil iedere suggestie van onze aanwezigheid uitwissen. Aan de andere kant naast me stijgen lage klanken op uit Davi's keel. Hij ademt zwaar; bij iedere uitademing stoot hij zijn eigen angst naar buiten.

Ik por hem in zijn zij. Hij is direct stil. Ik weet niet hoelang we daar zitten te kijken, minuten, uren, maar als iemand mijn naam brult, schrik ik op.

'Anjinho!'

Het uitgehouwen silhouet van Negro's zwarte lijf staat voor het vuur, wijdbeens, de handen in de zij. Met één sprong sta ik rechtop, bijt Alma toe dat ze moet blijven zitten en ren naar de overkapping. Ik ga bijna op Negro's tenen staan als ik voor hem tot stilstand kom. Ik herstel me en kijk omhoog om hem in de ogen te kunnen zien, mijn handen op mijn rug. Ik hoop dat hij me eerst de opdracht geeft de spullen uit de truck te laden, maar zie de grote bierblikken al staan. Vreemd dat ik dat heb gemist terwijl ik al die tijd zat te kijken. Ik weet wat de verdere volgorde van de avond zal zijn. Een grijns vertrekt Negro's gezicht.

'Anjo.'

Zijn flemende kopstem bezorgt me de rillingen.

‘Deze mannen hebben een lange reis achter de rug. Laat jij ze even hun slaapplek zien?’

Ik knik en draai me om.

‘Heren, loop maar met Anjinho mee. Hij zal jullie de weg wijzen.’

Als een perfecte gastheer maakt Negro een sierlijke armbeweging naar mij. De twee vreemde mannen buigen zich voorover om een nieuw blik bier te pakken en te proosten met Chico en Negro voordat ze me volgen. Cucci drukt zichzelf nog even tegen de dikste van de twee aan, die achter het stuur van de truck zat.

‘Veel plezier.’

Ze giechelt. Als antwoord kletst de trucker haar met zijn vlakke hand op haar kont. De vetlagen golven mee.

Ik draai me om en begin terug te lopen. Zodra we uit de gloed van het vuur stappen, kun je geen hand voor ogen meer zien.

‘Hé, niet zo snel!’ zegt een van de mannen achter me.

‘Godver…’ De ander struikelt over een steen.

Ik dwing mezelf langzamer te lopen. Elke zandkorrel voelt als een kei onder mijn blote voetzolen en de avondwind blaast langs elk haartje op mijn lichaam. De kleren die ik draag voelen als schuurpapier, alsof mijn huid verbrand is en de stof niet kan verdragen. Stapje voor stapje schuifel ik de laatste meters naar de schuur.

Daar staan de andere kinderen netjes naast elkaar tegen de muur. Iedereen staart naar de grond, behalve Alma. Ik kijk haar strak aan en vernauw mijn blik. Stoïcijns staart ze terug. Ik schraap mijn keel en duw mijn borst naar voren.

‘Volg mij.’

Ik trek de stalen deur open en ga rechtsaf voor het trappenhuis langs naar de begane grond. Achterin tekenen zich de zwarte schaduwen af van de kisten met voorraad. Op drie kwart van de ruimte bevindt zich een raamopening waardoor het flauwe schijnsel van de maan naar binnen schijnt. Het had fel zonlicht kunnen zijn; ik zie alles haarscherp.

‘Ik zie niks!’ blaft de trucker achter mij.

Ik pak de lantaarn van de grond en steek de kaars aan. Binnen een paar seconden is de ruimte verlicht. Met een zucht draaien de mannen zich naar me om. De vrachtwagenchauffeur is de brutaalste van de twee. Met zijn handen op zijn heupen steekt hij zijn pens naar voren, waardoor zijn T-shirt omhoogkruipt en een stuk zwartbehaard vlees zichtbaar wordt. Ergens daaronder moet zijn broek in zijn huid knellen. Zijn shirt is nat van het zweet, net als zijn gezicht. Alles aan hem is uitvergroot: zijn volle, natte lippen, de dikke zweetdruppels die sporen over zijn gezicht trekken.

Hij neemt een teug van zijn bier en veegt met de rug van zijn hand het schuim van zijn snor. Zijn kompaan staat schuin achter hem. Ongemakkelijk staat hij om zich heen te kijken, zijn voeten naar binnen gedraaid en zijn handen doelloos langs zijn spichtige lichaam. Ik heb geen haast, duw het verloop van de avond nog even voor me uit. De trucker doorbreekt de stilte.

'Het was een lange reis.'

Niemand reageert.

'Wie kan mij wat ontspanning bieden?'

Snel neem ik het initiatief.

'Ik,' zeg ik kalm. Dit is een belangrijk moment. 'En dan zorg ik meteen dat je vriend zich alvast kan ontspannen tot ik klaar ben.'

Hij hapt niet.

'Waar is het meisje?' vraagt hij terwijl hij om zich heen kijkt. João is voor Alma gaan staan, haar hoofd is verdwenen achter zijn schouderbladen.

'Dat is een bijtertje,' zeg ik en ik maak een draaiend gebaar met mijn wijsvinger bij mijn slaap. 'Als je begrijpt wat ik bedoel.' Ik haal mijn schouders op. 'Maar je moet het zelf weten.'

De man kijkt me enkele seconden strak aan. Iedereen houdt zijn adem in. Ik zie hoe João's schouders zich aanspannen, hoe hij zich breder maakt. Ieder van ons zou, als we de kans kregen, zich nu onmiddellijk uit de voeten maken. Ook als dat betekende dat we de rest moesten achterlaten. Maar ieder van ons – zelfs Raull – zou nog liever zichzelf aanbieden dan te moeten toekijken hoe die kerels met Alma bezig zijn.

'Nee, laat maar.'

De trucker beent op me af en laat zijn broek zakken. Ik kan nog net naar João gebaren dat hij naar de andere man moet gaan voordat ik de enorme buik in mijn gezicht geduwd krijg. Zijn lichaamsgeur beneemt me de adem. Ik sluit mijn ogen, zak op mijn knieën en dwing iedere vezel in mijn lijf zich te ontspannen tot ik helemaal slap ben. Dan hap ik naar lucht en duik.

3
De berg

'Whoopsiedaisy!'

Lucy schiet uit met het kohlpotlood en raakt bijna het linkeroog van Angelica. Snel scheurt ze een dot watten af, spuugt erop en veegt de zwarte streep weg.

'Hou toch op met dat belachelijke woord.'

Lucy lacht.

'Niet zo chagrijnig! Wacht maar tot ik klaar met je ben, dan piep je wel anders.'

Met haar benen wijd zit ze dicht tegen Angelica aan. Tevreden bestudeert ze de sierlijke bogen op de oogleden van haar vriendin en dept dan een kwastje in donkerpaarse oogschaduw. John zou het prachtig vinden de meisjes zo bezig te zien. Hij gebruikte dat rare woord aan de lopende band; ze was er nooit helemaal achter gekomen wat het betekende.

'Nog iets gehoord?'

Ze voelt Angelica's lippen tegen haar handpalm bewegen.

Lucy legt het kwastje neer. Ze leunt achterover op het krukje om het resultaat te bekijken. Nog iets meer mascara.

Angelica heft haar wenkbrauwen als een antwoord op haar vraag uitblijft.

Nee, Lucy heeft niets meer van John gehoord. Maar ze weet zeker dat dat een reden heeft. Hij zit vast in zijn huisje op het platteland, in de regen. Want in Engeland regent het altijd, heeft hij haar verteld. Misschien duurt het daarom zo lang voor ze iets hoort: als het altijd regent, komt niemand buiten. En als niemand naar buiten gaat, werkt de post niet.

'Zo!'

Met een welgemikte worp gooit Lucy de mascararoller in het make-uptasje op de kaptafel. Angelica staat op en loopt naar de spiegel.

'Goedenavond, heren!'

Heupwiegend blaast ze kushandjes naar zichzelf. Dan grijpt ze de handen van haar vriendin en samen maken ze een dansje. Lachend zwieren ze rond in het piepkleine kamertje, hun ruggen scheren rakelings langs de muren.

'*Whoopsiedaisy, whoopsiedaisy!*' zingt Angelica. Met haar lange nagels prikt ze Lucy in haar zij, tot die het uitschatert en probeert weg te komen. Samen vallen ze op bed, maar Lucy duwt haar er onverbiddelijk weer van af.

'Hup, opstaan en aankleden. Anders is al mijn werk voor niets geweest.'

Met kleine danspasjes vertrekt haar buurvrouw naar haar eigen kamer en laat Lucy met haar armen boven haar hoofd gestrekt op bed achter. Ze voelt met haar vingers aan de gehaakte bloemensprei onder haar, de stiksels van het patroon her en der ontrafeld waardoor sommige bloemen een blad missen. Voor iedere steek een klant. Tot alle bloemen weg zijn. Ze moet lachen. Als John nu toch naast haar lag, dan zou ze over hem heen kruipen, met haar vingers door zijn grijze borsthaar gaan. Hij zou proberen haar weg te duwen.

'Stop, Lucy. Niet op klaarlichte dag.'

Hij hield er rare regels op na. John is de enige man die ze in haar leven heeft ontmoet die ze iedere keer moest overreden seks met haar te hebben. Het lijkt alweer zo lang geleden.

Ze hadden elkaar ontmoet in het buurthuis van de naastgelegen wijk, Bairro Vijf. Met een paar andere meiden uit haar steeg ging ze naar een feest dat was georganiseerd door vrijwilligers.

Angelica en zij wonen in Bairro Zes, maar met het Vijfde bestaat de stilzwijgende afspraak dat ze naar elkaars buurtfeesten mogen komen. Er is altijd gratis limonade – de vrijwilligers willen niet dat er alcohol gedronken wordt –, wat te eten, muziek, en er zijn volop potentiële klanten. De vrijwilligersorganisaties hebben klinkende namen als 'Opgeruimd staat netjes' en 'Samen sterk' en bestaan voor de helft uit buurtgenoten. Mensen met het hart op de juiste plaats, die niet onder de indruk zijn van de kinderen uit de bairro. De andere helft daarentegen bestaat uit idealistische buitenlandse jongeren: ziekelijk wit, met glad achterovergekamde haren in fleurige T-shirts en een stompzinnig vrolijke blik in de ogen. Voordat ze weer naar huis gaan is die blik van hun gezicht verdwenen en zijn de T-shirts van hun lijf getroggeld, waardoor je overal in de bairro kinderen tegenkomt met teksten op hun borst als CHICAGO UNIVERSITY en I LOVE GUINNESS BEER. Aan de buitenlandse meisjes hebben Lucy en haar vriendinnen een enorme hekel; het zijn knappe grieten met blozende wangen en iedere week nieuwe teenslippers. Voor hun eigen veiligheid worden de buurtfeesten voornamelijk door mannelijke vrijwilligers begeleid. Nog steeds kunnen Lucy en de andere meiden gieren van het lachen als ze vertellen over de Amerikaanse studentes die ze op hun blinkende sandaaltjes de wijk uit hebben gejaagd. De blonde meisjes stonden in fleurige jurken met hun beste bedoelingen achter de tafel met limonade. De eerste had een stapel plastic bekers, de volgende een fles rode grenadine en de laatste hanteerde een vijflitertank water. Met een brede glimlach en stralende ogen toverde het drietal steeds een rij met lichtroze gevulde bekertjes voor de wachtende jongeren tevoorschijn, precies volgens de instructies. Sandra, een uit de kluiten gewassen griet uit het Vijfde met kortgeschoren haar en een beruchte reputatie, pakte een bekertje van tafel, nam een slok en vertrok haar gezicht.

'Meer grenadine,' beval ze terwijl ze de beker voor zich uitstak. Ze duwde haar kin omhoog en kneep haar oogleden tot spleetjes zodat ze door haar wimperharen op de buitenlandse meiden neerkeek. Een houding die ze had afgekeken van de buurtbewakers, die zo urenlang op hun post konden staan, hun armen gekruist voor hun borst.

De studentes staarden haar aan en keken toen vertwijfeld naar elkaar, hun glimlach vervormd in een mengeling van welwillendheid en angst. De voorschriften van de leiding waren duidelijk geweest: zuinig met de grenadine. Sandra duwde het bekertje nog wat verder in hun gezicht.

'*Não mais*,' hakkelde het middelste meisje terwijl ze verontschuldigend haar schouders ophaalde en haar hoofd kantelde.

Met een armgebaar zo vliegensvlug dat niemand precies zag wat er gebeurde gooide Sandra de inhoud van haar beker in het gezicht van het meisje, en wandelde nonchalant weg uit de rij. De vrijwilligster was in shock. Terwijl Lucy en alle andere jongeren het uitschaterden, stond ze met grote ogen en haar mond wijd open achter de tafel en maakte hapbewegingen, terwijl het plakkerige spul vanaf haar voorhoofd over haar gezicht liep. De natte jurk zat tegen haar borstkas geplakt en haar bh scheen erdoorheen. Ze hield haar armen in een vreemde hoek van haar lichaam. Ze leek wel een vis in een aquarium. De kinderen rolden over de grond van het lachen. Terwijl haar ene Amerikaanse vriendin haar onhandig probeerde te omhelzen, rende de andere met geheven handen weg, en riep: '*Oh my God! Oh my God!*'

Wat was de leiding boos geweest. Een blauwe zuster – zoals ze de nonnen in babyblauw gewaad van een van de vrijwilligersorganisaties noemen – had zich over de meisjes ontfermd en binnen vijf minuten zagen ze haar met het drietal de berg af snellen, de bovenlichamen voorovergebogen en hun voeten er met kleine passen achteraan.

Met de buitenlandse jongens kunnen ze ongemerkt net zoveel grappen uithalen, maar die voelen zich minder bedreigd. Hoewel de naïeve knullen vooraf uitgebreid worden gewaarschuwd, zit er altijd wel weer eentje bij die zich na een avond muziek en hem door knappe meisjes aangeboden 'limonade' – stiekem aangelengd met sterke alcohol – laat verleiden. Ver van huis, met de hitte van de dag nog na dampend in zijn lijf, denkt zo'n jongen een vakantieliefde te kunnen beleven met een onderontwikkelde leeftijdgenoot. In het donker achter een muurtje, net buiten het lichtschijnsel van het buurthuis en de zware bastonen van de muziek, geeft hij zich over aan een tienermeisje dat hem de hele avond smachtend heeft aangekeken. Het gezicht als hem na de beste pijpbeurt van zijn leven geld wordt gevraagd, is onbetaalbaar. Weigeren doen ze nooit. Terugkeren wel.

Op de avond dat ze John ontmoette, stond Lucy in een kort geel rokje te dansen met Angelica. Plagend draaiden de meisjes een rietje tussen hun lippen en duwden hun heupen tegen elkaar. Het was Lucy opgevallen dat een vreemde man, veel ouder dan de rest, zich afzijdig hield. Buitenlandse vrijwilligers waren meestal twintigers. De leiding was over het algemeen ouder, maar bestond uit mensen van de berg zelf, soms iemand uit de stad. De oude man droeg een keurig gestreken wit linnen overhemd met korte mouwen en een kaki bermuda. Zijn desinteresse irriteerde haar.

'Wie is die vent met die bril?' schreeuwde Lucy in het oor van een van de meisjes van het Vijfde.

'Een Engelsman, saai type. John heet 'ie.'

Ze dansten weer, nippend van hun drankje.

'Wat doet 'ie hier?'

Het meisje trok onverschillig haar wenkbrauwen op.

'Vrouw verloren, en nu de wereld aan het redden.'

Lucy's nieuwsgierigheid was gewekt. De hele avond had ze de man vanuit haar ooghoeken in de gaten gehouden. Hij was niet van zijn plaats gekomen, behalve om een blauwe zuster te helpen een tafel te verzetten, en had niet één keer haar kant op gekeken, hoezeer ze ook haar best deed. Na een paar plastic glazen limonade gemengd met zelfgestookte drank werd haar lievelingsnummer gedraaid – 'Stir It Up' van Bob Marley – en was ze brutaal en licht aangeschoten op hem afgelopen.

'Dansen?'

Zonder zijn antwoord af te wachten pakte ze zijn hand en trok hem tussen de dansende jongeren. Op de maat van de muziek liet Lucy haar heupen loom draaien zonder te dichtbij te komen. Haar blik hield ze strak op de man gericht terwijl ze speelde met het rietje tussen haar lippen. Even leek hij zich te zullen verzetten, maar toen gaf hij zich over en bewoog ongemakkelijk met haar mee. Toen het laatste basloopje klonk, was zijn overhemd doorweekt en stond hij breeduit te lachen. Iedereen had luid voor hem gejoeld en geapplaudisseerd.

De weken die volgden waren fantastisch geweest. De taal vormde geen enkele barrière. Onder het mom van een rondleiding door de bairro hadden ze voor de volgende morgen afgesproken. Door een wirwar van straatjes en trappen loodste ze een hijgende John naar een doodlopend steegje. Ze doken onder een waslijn door en daarachter leek een rotswand verdere doorgang te belemmeren; John keek haar verbaasd aan toen ze er recht op afliep. Met twee handen greep Lucy een streng planten die tegen de muur omhoog groeide, zette haar slippers in een inham en klom in een paar tellen behendig naar boven. Soepel zwaaide ze haar benen over de rots heen en liet zich aan de andere kant naar beneden vallen. Even leek het erop dat John daar gewoon zou blijven staan. Toen hoorde ze hem voorzichtig zijn weg vinden, met zijn leren sandalen zoekend naar inkepingen tussen de stenen. Na vijf minuten verscheen zijn rode hoofd eindelijk boven de muur, met zijn bril op het puntje van zijn neus.

'Spring maar,' lachte ze terwijl ze hem de hand reikte.

John bleef even met zijn romp op de rotswand hangen, als een boot op een zandbank. Uiteindelijk zwaaide hij zijn benen naar de andere kant, zette zich af en landde met een plof naast haar.

'Whoopsiedaisy!' riep hij uit zodra hij zag waar ze waren beland, en hij drukte zijn rug tegen de muur.

Ze stonden op een klein, vlak plateau dat hoog boven de sloppenwijken uittorende. Enkele meters voor hen begon een steile afgrond die, ergens in de diepte, uitkwam op de vuilnisbelt van de stad en de berg. Iedere dag werd de afgrond wat minder diep als een verse aanwas van stront, etensresten, plastic en kadavers werd gestort. Lucy vond het de mooiste plek die ze kende. De enige die ze met niemand hoefde te delen, waar niemand haar kon vinden. Ze kwam hier al toen ze een klein meisje was, maar ook later, toen haar moeder haar had achtergelaten. De stank deerde haar niet, dit stukje aarde was van haar, en als je de troep vergat, was het uitzicht prachtig.

Hoewel John in eerste instantie doodsangsten uitstond, liet hij zich overhalen naast haar te komen zitten, maar hij hield zijn rug tegen de rotswand. Ze moest lachen om hoe hij met grote ogen naar de afgrond staarde, alsof die zich ieder moment kon verbreden tot de grond onder hun billen verdween. Na een tijdje ontspande hij wat en begon hij te praten. Urenlang, in zijn eigen taal. Lucy begreep het maar half, of minder nog, maar het was duidelijk dat hij over zijn overleden vrouw vertelde. Ze knikte, keek soms vragend en dan weer aanmoedigend opzij. Vergeleken met de scherpe geluiden die ze elke dag moest horen, de krijsende wijven, de jengelende kinderen, de scheldende mannen, de oefensessies van de percussiegroepen en de samba die uit de radio's schalde, voelde dit stemgeluid als een langgerekt slaaplied. Johns kalme toon, zonder dreiging of haast, de manier waarop hij met zijn tong de woorden verzwaarde voor ze zijn mond verlieten, in plaats van ze af te kappen zoals zij deed; het suisde als een ventilator om haar heen en spon een onzichtbare deken waaronder ze zich veiliger voelde dan ze ooit had gedaan.

Op een gegeven moment ging Lucy dichter tegen hem aan zitten en weer wat later legde ze haar hoofd in zijn schoot en genoot van hoe het timbre van zijn stem via zijn onderbuik resoneerde. John praatte maar door. Zijn hand streelde achteloos Lucy's haar. Ze reageerde soms, in haar eigen taal, met felle handgebaren.

Ze moest lachen om zijn onnozele blik, zijn wenkbrauwen permanent vragend opgetrokken. Ze nestelde haar wang op zijn gekruiste kuiten, sloot haar ogen en snoof de geur van nieuw, stug leer op. De banden van zijn sandalen waren nog maar net ingevet; ze zag voor zich hoe de schoenverkoper een oude doek in een pot doopte en langs het ruwe leer ging, de rafelranden gladstreek en de bovenkant boende tot die glom.

Pas toen de schemering inviel pauzeerde John. Van het ene op het andere moment viel hij stil, alsof hij jaren van zwijgzaamheid was ingelopen en weer bij was. Terwijl het donker hen langzaam omsloot, gingen in de verte de lantaarns van de stad aan. De wereld lag aan hun voeten met als verdeellijn de horizontale lichtstrip die het land van het water scheidde. Toen ze John voelde rillen, stelde ze voor noedelsoep te gaan eten bij een straatkar. Met tegenzin kwamen ze in beweging en iets minder onhandig klom hij terug naar de bewoonde wereld.

Lucy loodste hem de vele traptreden en slingerweggetjes af terug naar de hoofdweg, waar aan weerszijden karren, kratten en zeildoeken met eten uitgestald stonden. Samen slurpten ze hete slierten uit plastic bakjes, te midden van het rumoer van de duizenden berggenoten om haar heen, van wie de ene helft terugkeerde na een lange dag werken en de andere zich klaarmaakte voor de nacht. Na de noedels namen ze afscheid. John liep de brede weg af richting de stad, Lucy de steegjes in omhoog, naar Angelica.

Toen ze die avond terug naar haar kamer wandelde tintelde iedere vezel van haar lichaam; nooit eerder had ze zich zo gevoeld. Volwassen. Rustig. Nieuw. Ze was binnengelopen bij Angelica, die net haar benen stond te scheren, en had daar languit op bed over John verteld.

Vanaf dat moment nam Lucy John dagelijks mee naar hun geheime plek om naar zijn raadselachtige verhalen te luisteren. Ze voelde dat het verhalen waren van verlies en pijn. Op een van die dagen, terwijl ze weer naast elkaar op het plateau zaten, stortte hij zich in Lucy's armen en begon te huilen als een bejaarde baby. Krampachtig ineengedoken, met lange hikkende uithalen. Lucy schrok ervan. Ze keek naar de keel van de man, waarin de adamsappel heen en weer schokte. Ze wiegde hem, droogde zijn tranen en kamde met haar vingers de laatste haren op zijn roodverbrande schedel. Hij huilde maar door. Zonder bijbedoelingen kuste ze hem; op zijn voorhoofd, zijn wangen en uiteindelijk op zijn met kleurloos snot bevochtigde lippen. Johns hartstochtelijke reactie verbaasde haar, hij had tot dan toe geen enkele seksuele interesse getoond. Met de gretigheid van een puberjongen klampte hij zich aan haar vast. Hij trok haar borsten boven haar hemdje uit en zoog eraan alsof zijn leven ervan afhing.

Daar zaten ze, op hun stoffige troon hoog boven de opstijgende walmen van het open riool. Zij op haar billen met half ontbloot bovenlijf, een keurige Engelsman met beslagen brillenglazen over haar heen gedrapeerd, onhandig sabbelend aan haar tepels. Haar blonde lokken vielen aan weerszijden over zijn gezicht. Nog voor Lucy een vinger naar hem kon uitsteken, verkrampte Johns lichaam in een spasme en tekende zich langzaam een donkere plek af in zijn leverkleurige bermuda.

'Whoopsiedaisy,' stamelde hij weer, terwijl hij overeind kwam en zijn bril over zijn neusbrug omhoogschoof. Lucy barstte in lachen uit en uiteindelijk lachte John met haar mee.

Lucy schrikt op van de harde bonk tegen het muurtje achter haar bed.

'Hé!'

Nog twee bonken. Angelica. Lucy kijkt opzij naar de toilettas op de kaptafel; het kohlpotlood steekt eruit. Ze duwt zichzelf omhoog; zij moet zich ook klaarmaken om te werken. Terwijl ze met de ene hand de volumeknop van de oude radio op de vensterbank opendraait, grist ze met de andere een sjaal van het bed. Met één beweging van haar duim en wijsvinger knipt ze achterlangs haar bh los. In een flits vangt ze haar spiegelbeeld op: de borsten die als te opgeblazen ballonnen met tuiten op haar ribbenkast prijkten zijn allang weer verdwenen. Niets herinnert nog aan dat lichaam van toen. Ze laat de sjaal achter haar schouderbladen vallen en haalt de twee stukken stof links en rechts onder haar oksels naar voren. Dan kruist ze de uiteinden voorlangs over haar blote borsten en legt een knoop achter in haar nek. Ze stroopt haar onderbroek naar beneden, stapt eruit en doet de bovenste la van de kaptafel open. Voorzichtig en maar een klein stukje, anders valt het hele ding om. Het hout protesteert piepend en krakend in zijn voegen. Ze pakt het eerste dat ze tussen de opgepropte kledingstukken ziet liggen, een broekje van pluizig badstof met een ster op de rechterbil. Het glijdt makkelijk over haar kuiten en over haar knieën, tot halverwege haar dijen. Lucy springt op en neer en sjort aan de stof tot het broekje haar billen omspant. Ze is klaar.

'Angelica!'

Met platte hand bonst ze tegen de muur, die daardoor zo hard begint te beven dat het lijkt of de hele berg op instorten staat. Maar het huisje houdt stand. Aan de andere kant hoort ze opeens ook de radio harder gaan, zodat de muziek in stereo door het steegje galmt. Dan zwaait Lucy's deur open en met haar handen boven haar hoofd danst Angelica de kamer binnen, haar benen en armen als slangen die uit hun mand worden gelokt.

'Taj Mahahaaal, ohoo, Taj Mahaaal.'

Op de klanken van het liedje van Jorge Ben Jor stampt ze de kamer in en duwt zichzelf tegen Lucy's heupen aan.

'Tê-tê-tê-tê-tê-re
Tê-tê-tê-tê-tê-re
Tê-tê-tê-tê-tê-re
Tê.'

Luidkeels zingen ze allebei mee en slaan het ritme van de tamboerijn op de muis van hun hand. Lucy gooit haar hoofd in haar nek en zwaait haar blonde haren door de lucht. Ze draaien pirouetten om elkaar heen en tegen de tijd dat de blazers het eindrefrein aankondigen, hebben alle meiden in de steeg hun radio opengedraaid en weerkaatst het gekletter van dansende slippers tegen de rotswand die boven hen uit rijst.

Als het lied is afgelopen pakken alle meisjes hun handtas uit hun kamer, gevuld met een standaarduitrusting: lippenstift, kauwgom, kleingeld en vaseline. In uitgelaten stemming, gehuld in een wolk goedkope parfum, trekken ze achter elkaar aan de helling af, Lucy met de ster op haar bil als hekkensluiter. Een lange nacht werken wacht hun.

4

De sertão

Niemand van ons vraagt zich af waar hij vandaan komt. Toen we hier kwamen waren we te jong om het ons te herinneren, of onze herinneringen te zwart om onder woorden te brengen. Dus verzinnen we maar wat. Over een familie die ergens op ons wacht. Een moeder, radeloos van verdriet; een vader die stad en land afstruint op zoek naar zijn verloren kind. Alles beter dan een pária.

Mano is de laatste die vóór Alma hierheen werd gebracht. Ik weet nog hoe hij stilletjes uit de vrachtwagen kroop, zijn gezicht onder het snot en strepen opgedroogde tranen over zijn stoffige gelaat. Broodmager en op blote voeten; zelfs wij haalden onze neus voor hem op. Alsof het feit dat zich in een eerder leven al niemand om hem had bekommerd het bewijs van zijn waardeloosheid was. Raull had zich hem onmiddellijk toegeëigend.

We zitten met zijn zessen in de schaduw onder de oude boom en kijken hoe de ochtendzon het zand dat ons omsingelt langzaam naar een kookpunt brengt. De vlakte tekent zich nu nog helder af; over een paar uur zal alles golven en sidderen. De lucht, de aarde, de dorre takken aan de struiken, zelfs de keien op de grond; alles wordt vloeibaar. Pas als de zon zich weer langzaam terugtrekt krijgen de dingen de kans te stollen. Soms tot andere vormen – dan heeft een cactus een arm die ik eerder niet zag, of is een struik verdwenen of gekrompen. Ik voel weleens aan mijn gezicht, langs de lijn van mijn kaken, bevreesd dat het ook mij kan gebeuren. Maar wij blijven hetzelfde.

Niemand beweegt, de hitte duwt nu al zo zwaar op ons dat een vinger optillen te veel moeite kost. Daarnaast zijn we moe. Gisteravond kwam er bezoek en we zijn de hele nacht opgebleven. Chico, Negro en de bezoekers slapen nog. Iedereen is stil, behalve Mano. Hij vertelt weer het verhaal over hoe hij altijd bij zijn vader op de wagen zat en ze oud ijzer in de stad gingen verzamelen. Ze kwamen in alle buurten en iedereen kende hen. Terwijl zijn vader schroot inlaadde, kreeg Mano een stuk worst van de slager, een koek van de bakker en een kneepje in zijn wang van de vrouw die lootjes verkoopt voor de ingang van het park. Terwijl ik bij Alma naast me de oogleden steeds zwaarder zie worden, komt Mano op dreef. Hij springt op en zet zijn verhaal met wilde armgebaren kracht bij: zijn vader is een enorme, gespierde man, met armen zo dik als de boomstam waar ik met Donkey tegenaan leun. Hij droeg Mano rond op zijn arm en wee je gebeente als je iets onaardigs tegen zijn zoon durfde te zeggen. Dan sloeg hij je, met Mano nog op de andere arm, met één vuistslag de lucht in. Terwijl hij vertelt, slaat hij met zijn vuisten tegen een onzichtbare tegenstander en valt met zijn magere lijf bijna achterover. Niemand reageert.

Er is helemaal geen vader. Toen ik eens bier naar de overkapping moest brengen, hoorde ik de wijven praten over Mano. Het jong was zo vaak doorgegeven op de berg, dat op een zeker moment niemand meer wist wie zijn moeder was. Omdat hij altijd ziek was en zo vaak huilde, wilde niemand hem nog hebben. Cucci had aangeboden hem mee te nemen en zo geschiedde. Cucci liep met het kind, een kleuter nog, het hele eind van de berg naar een van de grote parkeerplaatsen aan de rand van de stad, waar truckers zich verzamelen voor ze met hun lading over het land uitzwermen. Met het joch in de aanbieding kon ze vrij makkelijk een lift voor hen tweeën over de sertão regelen. Hoe meer kinderen er waren om voor diensten en eten te betalen, op welke manier dan ook, hoe minder de wijven ervoor op hoefden te draaien. Ik had het verhaal nooit aan iemand verteld.

Mano staat nog steeds zijn stoere vader na te doen en bokst in de lucht met spoken.

'Die vader van jou kan niet anders dan een kreupel scharminkel zijn geweest, Mano, kijk naar jezelf!' lacht João terwijl hij opstaat, een paar schlemielige boksbewegingen maakt en zich dan dramatisch ter aarde stort.

João's maatje Davi rolt over de grond van het lachen.

Alma's hoofd schiet naast me overeind. Raull staat Mano onmiddellijk bij en loopt dreigend naar Davi.

'Hou je bek, *filho da puta*!' zegt hij met geheven vuist.

Al snel liggen de twee jongens rollend in het opstuivende zand en ik weet dat als ik niet tussenbeide kom, ze elkaar flink zullen toetakelen. Raull is iedereen de baas – behalve mij misschien; ik hoop er nooit achter te hoeven komen.

Door het lawaai zijn Chico en Negro wakker geworden. In plaats van woedend te reageren dat ze in hun roes zijn gestoord, komen ze aansnellen om de jongens toe te juichen. Als ik een einde aan de worsteling wil maken, trekt Negro me hard weg aan mijn shirt. Ik tuimel achterover en beland op mijn billen in het stof. Een nevel van oud zweet en brakke adem komt me tegemoet, Negro's oogleden zijn dik van de slaap. Hij loopt door naar Raull, die inmiddels boven op Davi zit. Negro balt zijn vuisten en de aderen op zijn onderarm bollen op terwijl hij Raull voordoet hoe het moet.

'En nu dóór! Kom op!' schreeuwt hij Raull toe terwijl hij neermaaiende bewegingen in het luchtledige maakt. 'Zo doe je dat, afmaken!' Spuug ketst tegen Raulls schedel.

De jongen aarzelt even, maar herpakt zich dan en slaat vol in op Davi, die weerloos op de grond ligt. Zijn voeten zijn lichtjes naar buiten gekanteld en zijn armen liggen wijd gespreid op het zand, alsof hij naar de hemel ligt te staren. Ik krijg geen lucht. Alles staat stil en er is geen geluid of beweging, behalve die van de twee jongens. Ze vloeien in elkaar over, worden één bruine vlek waar af en toe een een arm of been uit steekt. Het donkere wezen rekt zich uit en krimpt weer ineen, richt zich hoog op en smelt dan weer dik en rond samen op de grond. De jongens zijn één en ik vraag me af of dit komt door de zon, de hitte die alles vervormt. En dat ze, als ze vanavond weer afkoelen en hard worden, samen één misvormd mens zijn geworden. Het hoofd van Raull veroordeeld tot het tot moes geslagen lichaam van Davi. Ik vernauw mijn pupillen en probeer met opperste concentratie twee mensen te onderscheiden. Geluiden komen terug. Het geschreeuw van de mannen, zacht gejammer van João ergens achter mij. De doffe stompen van Raull, *pof, pof, pof,* en het gesmoorde protest van het lichaam van Davi, dat zucht bij iedere klap.

Dan gebeurt er iets onverwachts: Alma – die onbewogen van onder de boom heeft staan toekijken – breekt zich los uit het vacuüm en neemt een duikvlucht. Zonder vaart te minderen stort ze zich tussen de vechtende jongens. Iedereen houdt de adem in.

Precies op dat moment laat Raull zijn vuist weer neerdalen en Alma vangt de klap op. Dan merkt Raull wat er gebeurt en stopt prompt met vechten. Hij spreidt zijn verkrampte vingers en springt van Davi's lichaam af. Iedereen staart naar de grond, naar het gezicht van Davi, dat met een wang plat tegen het zand ligt. Na een tiental seconden knippert hij met zijn ogen en duwt zich op zijn ellebogen overeind. Beide jongens houden hun handen omhoog, de handpalmen in overgave naar Alma gekeerd. Ze zit op haar billen in het zand tussen beide jongens in, bedekt door het stof. Langzaam licht haar mond felrood op in haar doffe gezicht. In een halve cirkel staan we om Alma heen en staren naar haar. Negro lijkt wat te willen zeggen, maar sluit zijn mond weer en gromt alleen. Chico krabt zich op zijn achterhoofd. Mijn zicht is weer helder en ik kijk naar de vale palmboom op haar shirt, druppels bloed vallen er in dieprode cirkels omheen.

Iedereen komt weer in beweging. Negro spuugt een rochel in het stof naast Alma en loopt weg richting de overkapping, Chico snelt achter hem aan. Ik loop naar Alma en trek haar omhoog. Raull en

Davi stuur ik naar de waterbak om zichzelf op te knappen. Nadat ik Alma heb afgeklopt, lopen we achter ze aan. Haar hand rust in de mijne en ze staart onbewogen in de verte; niets herinnert aan wat zo-even is gebeurd. Het water klotst over de rand van de stenen bak terwijl de jongens hun handen erin scheppen. Mano staat nog steeds bij de boom, zijn mond is halfopen en zijn ogen flitsen heen en weer. Ik vraag me af hoelang het zal duren tot hij weer over zijn vader begint. Als hij er ooit nog over durft te beginnen.

Ik hoef geen verhalen te verzinnen, want ik weet wie mijn moeder is en bovendien: ik zie haar af en toe. Dat is meer waard dan dromen over iemand van wie je niet weet of ze nog leeft of waar ze is. Ik herinner me niets van de tijd voor ik op de vlakte kwam. Ik probeer weleens greep te krijgen op die jaren; dan knijp ik mijn ogen dicht en probeer mezelf voor te stellen in een andere omgeving, met andere mensen om me heen, broers en zussen, ooms en tantes, vrolijke muziek en de geur van warm eten. Maar steeds weer dringt het beeld van het erf zich aan me op, waar ik in de hitte met mijn blote voeten over het zand loop, zeulend met emmers water. In de wind die langs mijn oorschelpen scheert denk ik soms stemmen te horen van heel ver weg. Van heel ver weg in mijn geheugen, of van heel ver weg uit de stad, van de berg, alsof iemand ze speciaal voor mij heeft ingefluisterd. Maar telkens als ik me omdraai om ze beter te kunnen horen, zijn ze weg. Toch weet ik het zeker: ik heb hiervoor bij mijn moeder gewoond. Geen van de andere kinderen is hier geboren, ik weiger te accepteren dat dat bij mij wel het geval zou zijn. Ik ben dan misschien een pária net als zij, maar bij mij komt dat door omstandigheden, niet omdat mijn moeder me niet meer wilde. Er komt een dag dat ze me mee terugneemt, naar de stad, naar de berg, waar alle wijven samen wonen.

De eerste keer dat ik haar zag zal ik nooit vergeten. Een trucker, zijn bijrijder en drie van onze wijven waren op bezoek. Het gebruikelijke tafereel van voorraden uitladen, eten, drinken en drugs gebruiken volgde, met wat ontspanning op het eind. Chico en Negro vermaakten zich met de wijven en wij beloonden de truckers in de schuur voor de lift en de gulle boodschappen waar we zelf amper wat van zagen, waarna iedereen in een diepe slaap viel. Ik was als enige nog op en stond mezelf in het nachtelijke donker te wassen bij de waterbak, toen ik iemand zachtjes aan de zoom van mijn T-shirt voelde trekken. Geschrokken draaide ik me om; het was Alma.

'Hé! Ga naar bed, ik kom er zo aan,' fluisterde ik. Ik spatte met mijn vingers druppels water in haar gezicht. Het leek haar niet te deren, ze knipperde niet eens met haar ogen. Toen ik me omdraaide om me verder te wassen, trok ze weer aan mijn shirt. Ik zuchtte.

'Wat?'

Ze gebaarde me haar te volgen en rende voor me uit de nacht in, haar voetstappen nauwelijks hoorbaar. De maan gaf net voldoende licht om de contouren van de schuur te zien. Ik dacht dat ze naar de ingang liep, maar tot mijn verbazing glipte ze via de linkerzijde naar de achterkant van de schuur, waar ze van mij niet mocht komen. Op een drafje ging ik achter haar aan. Alma stond bij de achtermuur, haar ogen gericht op de vrachtwagen die eerder die avond achter de schuur was geparkeerd. Nog voor ik boos op haar kon worden, werd ik afgeleid door een geluid dat uit de vrachtwagen leek te komen. Ik greep Alma's hand en trok haar naar achteren. Plots zwaaide het portier open en werd de cabine fel verlicht. Daar was ze, als een lichtgevende boei op open zee. Slaapdronken zat de vrouw op de bestuurdersstoel, haar benen naar buiten gezwaaid en één hand op de open deur. Ze keek ons recht aan, maar zag ons niet. Ik stond haar met open mond aan te staren, Alma dicht tegen me aan. De gelijkenis was treffend. Het steile, blonde haar dat in strengen over het honingkleurige gezicht viel. Het spitse gezicht, de rechte schouders. Het was alsof ik naar mijn eigen weerspiegeling in het water keek.

Onhandig probeerde de vrouw uit de cabine te klimmen. Toen ze niets vond om haar voeten op te zetten waagde ze de sprong, maar belandde op haar kont in het zand. Vloekend als een bootwerker klopte ze haar mini-jurkje af. Ik trok Alma nog verder mee naar achteren, tot we met onze rug tegen de muur van de schuur gedrukt stonden. Het dichtklappende staal van het portier maakte zoveel lawaai dat ik vreesde dat de hemel boven ons zou opensplijten, als omgekeerde bliksem. Maar het licht in de cabine doofde langzaam uit en de vrachtwagen loste op in het donker. Ik knipperde met mijn ogen, nog eens en nog eens, draaide mijn hoofd, maar alles om me heen bleef zwart. Ik raakte in paniek. Door hard met mijn vingertoppen over het reliëf van de muur te wrijven kon ik mezelf ervan overtuigen dat ik niet achterover in een gat was gevallen. Langzaam kwamen de spikkels aan de hemel weer tevoorschijn. Opeens voelde ik het warme lichaam van de vrouw heel dicht bij me. Ik wurgde Alma bijna met mijn arm en hield mijn adem in.

'*Merda!*'

Haar zoekende handen botsten tegen de stenen vlak naast mijn gezicht en ik kon haar bitterzoete adem ruiken. Heel even dacht ik haar hand langs mijn wang te voelen. Ik kneep mijn ogen dicht maar de vrouw liep verder, één hand tegen de muur. Vloekend en tierend zocht ze haar weg langs de schuur naar voren, tot ze de ingang vond en door de kier naar binnen glipte, waar ze in de voorraadkamer op de grond als een blok in slaap viel. Ik keek naar Alma en hoewel ik haar ogen niet kon zien, wist ik zeker dat zij hetzelfde dacht.

*

Mijn moeder is meegekomen met het bezoek van gisteravond. Ze heeft ogenschijnlijk niets meegekregen van de vechtpartij van vanmorgen en steekt pas in de middag haar gezicht om de hoek van de schuurdeur. Met haar oogleden dichtgeknepen tegen het felle zonlicht stapt ze het erf op en rekt zich eerst uitgebreid uit, voor ze naar Chico en Negro bij de overkapping sloft en een peuk opsteekt. In de schaduw onder de oude boom bespied ik haar, observeer haar, kerf iedere beweging, ieder beeld in mijn geheugen, zodat ik er nog maanden uit kan putten. Haar magere, kuitloze benen, net als de mijne. Haar lichte teint en ogen, zo anders dan de andere wijven. Haar zenuwachtige tred op afgedragen slippers. De manier waarop ze een lange hijs van haar sigaret neemt en lachend haar hoofd in haar nek gooit om iets wat de mannen zeggen. Het hese geluid dat wegwaait over het achterland. Ik probeer het te vangen en in mijn gehoor te prenten, zodat mijn geheugen het kan verbinden aan stemmen uit het verleden.

De zon is naar haar hoogste punt geklommen en alweer halverwege de terugweg, mijn schaduw is om mij heen gekropen. Zweet druipt van mijn slapen en voorhoofd; ik veeg het niet weg. Alma zit al die tijd naast me op het zand. Niets herinnert aan de bizarre vechtpartij, behalve het opgedroogde bloed op haar onderlip. De vlekken heb ik uit het hemdje gekregen met koud water. De schemering zal nu snel invallen; ik merk het aan het onrustige gedrag van Chico, Negro en de gasten. De groep valt uiteen, ieder maakt zich op voor nog een lange nacht. Twee van de wijven lopen naar de waterbak om zich te wassen en Negro blaft Raull toe dat hij hout moet sprokkelen voor het vuur bij de overkapping. Mijn moeder loopt neuriënd over het erf richting de schuur, ik volg haar nauwgezet. Ik voel Alma's ogen branden.

'Wat?' snauw ik.

Onnozel steekt ze haar onderlip naar voren en kijkt weer recht voor zich uit. Alma praat niet. Ze kan het wel; heel af en toe hoor ik haar kinderliedjes zingen. Die lijken in haar op te komen zonder dat ze er iets aan kan doen. Pas als ze merkt dat ik naar haar luister, sluit ze weer abrupt haar lippen. Ik begrijp het wel. De varkens en de honden praten ook niet; ze eten en drinken en gaan slapen als de zon onder is, tot ze op een dag niet meer wakker worden.

Met twee handen duw ik mezelf moeizaam omhoog en ik beveel Alma onze verdieping in orde te maken. Zelf loop ik naar de waterput om emmers te vullen, mijn spieren stram van het urenlange zitten. Ik ben al bij de rand van het erf als ik Alma vanuit de schuur op haar kromme pootjes aan zie komen rennen. Buiten adem staat ze voor me en pakt mijn hand.

'Wat is er? Laat me los, zo laat ik die emmer vallen.'

Ik duw haar hand weg. Ze grijpt mijn andere hand en begint eraan te trekken. Met tegenzin laat ik de lege emmers vallen en loop met haar mee.

'Is er iets met de jongens?'

Ze reageert niet.

Bij de schuur aangekomen aarzelt ze even. Voorzichtig opent ze de deur en schuifelt het trappenhuis binnen, mij nog steeds met één hand achter zich aan trekkend.

'Alma!'

Ik ben niet van plan nog een stap te verzetten als ik niet weet wat er aan de hand is. Met een ongekende felheid in haar ogen snoert ze me de mond.

'Goed dan,' mompel ik.

Na de eerste twee trappen wil ik automatisch afslaan naar ons slaapvertrek; het is verboden verder te gaan, naar de verdieping van Negro en Chico. Mijn spieren zetten zich schrap als Alma onverstoord haar weg naar boven vervolgt.

'Ben je gek geworden?' fluister ik.

Er zijn mensen boven. Geschuifel komt door de half gesloten deur via het trapgat naar beneden. Alma negeert me en is al halverwege. Ondanks mijn angst betrapt te worden volg ik haar de laatste treden naar boven, laag gebukt tegen de betonnen vloer. Bijna boven houdt ze in tot ik bij haar ben.

Alma kijkt me aan en verplaatst haar blik naar de deuropening boven ons. Ik kom iets omhoog en gluur over de rand van de laatste traptrede. Ik zie de kamer, de kale muren en het licht dat door het grote raam naar binnen valt. Op de grond staat een plastic bak met troebel water. De vloer is bezaaid met stof en troep. Midden in de kamer staat het bedframe zonder matras – Negro slaapt er normaal op, met een doek over de ijzeren spiralen. Dan zie ik mijn moeder, haar verbeten gezicht is naar mij toe gericht, haar ogen zijn gesloten. Ze staat voorovergebogen met haar handen om de rand van het bedframe geklemd. Blonde plukken haar bungelen aan weerszijden van haar gezicht. Heel voorzichtig kom ik een stukje omhoog van het beton zodat ik verder kan kijken. Dan zie ik Negro. Hij staat achter haar, met bezweet bovenlijf en ontblote tanden, zijn schedel helt achterover. Hij stoot tegen het achterlijf van mijn moeder, het bedframe kraakt en piept.

Ik laat me weer zakken op de traptrede en kijk Alma vragend aan; waarom wil ze me dit laten zien? Ze perst haar lippen opeen en knikt weer met haar kin naar boven.

Ik zucht en werp opnieuw een blik op mijn moeder, die nog steeds als een ezel in de kamer staat. Haar strakke jurk zit omhooggeschoven rond haar middel. Dan zie ik het, en ik val bijna achterover de trap af. Daar, tussen die knokige knieën die zo op de mijne lijken, bungelt het bewijs dat ze niet mijn moeder kan zijn.

Terwijl ik Alma aan haar pols achter me aan trek, snel ik de trap af, waarbij mijn voeten mijn hoofd amper kunnen bijhouden. Ik schraap mijn schenen langs het beton en bots met mijn teen tegen de stalen deurpost beneden. Dan is daar de verlossende buitenlucht. Even houd ik in om de verse zuurstof tot diep in mijn longen naar binnen te zuigen, maar de gore smaak in mijn mond raak ik niet kwijt. Ik ren door, naar de varkens, en duik rechtstreeks met mijn kop in het ijskoude water van de drinkbak. Met mijn ogen wijd open blaas ik bellen naar het oppervlak tot mijn borstkast bijna openbarst. Hijgend kom ik overeind. Als ik het water van mijn voorhoofd wil vegen, merk ik dat ik Alma's pols nog steeds vast heb. Ze legt haar hoofd schuin in haar nek om me aan te kunnen kijken, haar kaken wijken licht van elkaar. Zo staart ze me aan, zonder te knipperen. Ik zie de klitten op haar kruin en bedenk dat ik die vandaag met mijn vingers moet ontwarren, voor het niet meer kan. Ik ben blij dat de vlekken uit haar hemd zijn. Een paar strepen herinneren nog aan de palmboom die erop stond, de strandstoel is bijna helemaal vervaagd. Ik denk aan die ochtend, lang geleden, dat ik haar hier waste en probeerde aan te kleden. Haar verzet, alsof ze met het aantrekken van de nieuwe kleren pas echt in haar nieuwe leven stapte. En toen het besef dat dat leven al was begonnen op het moment dat ze uit de vrachtwagencabine was gestapt. Waar zij vijf minuten voor nodig had, heb ik uitgesmeerd over jaren. Dit is het. Het erf, wij zessen, Chico en Negro en het opkomen en ondergaan van de zon.

5

De sertão

De bezoekjes van de wijven zijn een bittere noodzaak om ons van voedsel en basisbehoeften te voorzien. De uitgeputte grond om ons heen brengt niets vruchtbaars voort, bovendien zijn Chico en Negro te lui en te dom iets te produceren. Uit verhalen over vroeger tijden, verteld door truckers die al hun leven lang deze route rijden, sommigen hadden hier zelfs nog met hun familie gewoond, weet ik dat er ooit uitgestrekte plantages moeten zijn geweest, waartussen ossenkarren heen en weer reden om handel te drijven. Toen iedere druppel vocht uit de grond was gezogen en jaar in jaar uit niet meer werd aangevuld van boven, maakten de plantages plaats voor vee. Runderen, paarden, geiten. Steeds verder kneep de zon het achterland af, tot het laatste stroompje water was verdampt en er niets restte dan droge aarde, zo ver je kon kijken. De mensen trokken richting de steden, alleen degenen die bereid waren toevallige medereizigers te offeren overleefden de tocht, en uiteindelijk bleven slechts de tienduizenden inheemse geiten over, die zich voedden met doornige struiken die als borstels her en der uit de grond staken. Hun eigenaren bleven veilig op de boerderij of ver weg in de stad, terwijl herders met een huid zo strak als het trommelvel van de *atabaque* over de vlakte zwierven.

De geworpen geitenlammeren werden genummerd en aan het eind van het seizoen kregen de herders volgens de *quarteação* uitbetaald: de nummers van alle nieuwgeborenen gingen in een schaal en de herders kregen een op de vier lammeren toebedeeld. Aangezien niemand van tevoren wist welke dieren hij uiteindelijk zou trekken, werden alle geiten – ziek, gezond, mager of vet – even goed verzorgd. Na maanden keerden de herders met hun loon huiswaarts, waar een vrouw en kinderen hun wachtten, tot ze weer werden opgeroepen. Zo'n enorme geitenkudde die over de vlakte trekt: het moet magisch zijn geweest. Als een veld van wattenbollen dat zich golvend voortbeweegt. Al jaren hoop ik een glimp ervan op te vangen, van één geit desnoods; maar zelfs de mascottes van de sertão redden het niet tot hier.

Het is altijd afwachten wanneer het volgende bezoek van de wijven komt. Meestal bevoorraden ze ons wel op tijd, met rijst, aardappelen, soms wat gedroogd vlees. Maar er is iets aan de hand. Tijdens het laatste bezoek – toen ik erachter kwam dat mijn moeder een man is – heb ik gesprekken opgevangen over oproer in de stad. Er waren opstanden van bendes in de gevangenis, die hard zijn neergeslagen door de politie. In reactie hierop werden handlangers in de stad geïnstrueerd: soldaten van de Organisatie pleegden aanslagen op onschuldige burgers. Inmiddels is een avondklok ingesteld en O Presidente heeft aangekondigd hard te zullen optreden. Als gebaar naar de inwoners van de stad laat hij het leger schoonmaakacties uitvoeren op de berg, een van 's lands grootste sloppenwijken, die hoog boven de stad uittorent. De berg waar onze wijven wonen. De berg waar wij waarschijnlijk vandaan komen. Een aantal van hen is tijdens die acties opgepakt. Het is alweer enkele weken geleden dat er iemand langskwam en onze voorraad is bijna op. We zijn gewend aan weinig eten, maar onze lichamen beginnen zwaarder te voelen en naar de aarde te trekken, de kracht neemt sneller af dan de kilo's. De laatste keer brachten ze twee grote zakken rijst, een net aardappelen en een plastic tasje met knollen mee. Als extraatje hadden ze een kistje met in plastic verpakt gedroogd pekelvlees bij zich, waarvan de aanblik alleen al me het water in de mond deed lopen. Uit voorzorg had ik een deel van de vleesverpakkingen en een handjevol knollen onder in de plastic ton met kleding verstopt. Een noodvoorraad voor het geval Chico en Negro weer eens te veel voor zichzelf namen.

Eerder vandaag heb ik met João en Alma een inventarisatie gemaakt en ik ben geschrokken.

'We hebben nog één beker rijst per dag, met één aardappel en een halve knol. Eens in de vijf dagen een reep pekelvlees.'

Alma en João knikten zwijgend. Het is niet eens een fatsoenlijke maaltijd voor één persoon; wij delen dit met zijn zessen. Eenmaal per dag. Bovendien moeten we al minstens tien dagen toezien hoe Chico en Negro op het heerlijke gedroogde vlees zitten te knagen. Daar zouden we normaal weken mee doen. Maar we kunnen niets anders doen dan wachten en hopen dat de wijven snel zullen komen.

Als ik 's middags mijn ronde loop, brandt de zon zo fel dat alles vloeibaar lijkt. De beelden voor mijn ogen golven en mijn maag is gevuld met lucht. Bij de overkapping is de grond bezaaid met de lege verpakkingen van het pekelvlees, lichtstralen weerkaatsen op het zilverfolie aan de binnenkant. Ik knipper met mijn ogen. Even verderop wordt een uitgehongerde Alma op het erf in de zon gebakken als een worstje. Negro knabbelt grijnzend aan haar been. Ik schud mijn hoofd en knipper met mijn ogen, maar de beelden gaan niet weg, ze worden alleen in de breedte uitgerekt. Ik raak in paniek. Wat als er niemand meer komt? Wat als we de kippen en varkens hebben opgegeten, beginnen ze dan aan Donkey? Zwarte bellen verschijnen voor mijn ogen en knappen open; ik probeer te slikken, maar heb niet genoeg speeksel in mijn mond. Waar is Donkey? Waarom is hij niet bij me? Ik kijk rond, maar het lijkt of ik stilsta en het erf om mij heen draait. Ik wankel op mijn benen, maar dwing mezelf stappen te nemen richting het tastbare punt in de draaikolk: de schuur.

Ik druk mijn handpalmen tegen de stenen en kom op adem. Het draaien stopt en ik zie Donkey in een kuiltje tegen de zijmuur liggen. Alma staat er met grote ogen naast; waarschijnlijk heeft ze daar al die tijd naar me staan kijken. Ik wil niet dat ze me zo ziet.

'Blijf hier.'

Ik herken mijn eigen stem niet. Het lijkt of ik blaf. Alma zakt neer naast de hond, één hand op zijn kop, en ik haast me naar binnen om de voorraad te tellen. Nog een keer. Eén beker rijst, twee aardappelen en een handvol graan voor de kippen. Ik kijk achterom om te zien of niemand me gevolgd is en loop dan naar de blauwe ton. Met mijn handen graai ik door de stof bovenop, op zoek naar mijn geheime reservevoorraad. Ik verwacht ieder moment het knisperende plastic onder mijn vingers te horen, maar: niets. Ik hark wild door de ton, maar ik voel alleen de lichte weerstand van katoen. Dan keer ik de ton in één keer om en spreid de kledingstukken uit over de stoffige vloer.

Geen vlees.

Ik laat me achterovervallen op de grond en druk mijn vuisten tegen mijn ogen. Ik druk door tot alles effen zwart is. Mijn ademhaling versnelt en het is alsof iemand zijn hand om mijn keel sluit. Ik haal mijn vuisten van mijn oogleden en open ze. Het zwart maakt plaats voor dansende strepen en cirkels in alle kleuren. Daartussen verschijnt Alma's gezicht, ze staart me aan. Ik kan haar niet geruststellen, deze keer niet. Ik weet ook niet meer hoe ik dit moet oplossen. De band rond mijn strot vernauwt en ik hijg als een opgejaagd beest. Alma blijft me aankijken terwijl ze met haar hand de mijne pakt. Ze knijpt hard in het velletje tussen mijn duim en wijsvinger.

'Hé!'

Ze knijpt nog eens, harder.

'Wat doe je!'

Ik trek mijn arm weg en kom half overeind op mijn ellebogen. Met mijn duim wrijf ik over mijn hand. Het velletje is rood. Alma zit op haar knieën naast me en staart me nog steeds aan.

'Het gaat wel weer,' mompel ik terwijl ik mezelf omhoogduw. Voorovergebogen leun ik met beide handen op mijn knieën. De vlekken zijn weg en ik kan weer helder zien. Snel kijk ik naar de deur of er niemand is binnengekomen. Ik stof me af en recht mijn rug.

'Kom.'

Met grote stappen loop ik richting het licht, stof dwarrelt van mijn kleding. Vanavond slachten we de laatste kip en verder kan ik alleen maar hopen dat die wijven ons niet laten zitten.

Later die middag is de angst weggeëbd en heeft hij plaatsgemaakt voor een nieuw inzicht. De dreiging hangt niet alleen ons zessen boven het hoofd, dit nieuwe gevaar treft ook Chico en Negro. Als zij de hele voorraad erdoorheen jagen terwijl we geen idee hebben wanneer de wijven komen, moeten ze nu maar met ons ervaren wat de gevolgen zijn. Dat idee smaakt zoeter dan alle stukken pekelvlees bij elkaar.

Alma zit naast me. Haar benen zijn dunner dan ooit, met uitstekende botten bij haar enkels en knieën. Het lijkt alsof ze is gekrompen, of het hemdje gegroeid: de armsgaten zijn zo groot dat ze aan weerszijden tot de broekrand haar lichaam bloot laten. Het rode broekje wil niet meer blijven hangen rond haar heupen, waardoor ze het honderdmaal per dag omhoogtrekt; dan weer met links, dan weer met rechts. Ze zit met haar rug tegen de boomstam en kijkt in de verte, Donkey tegen zich aan. Met een luide haal snuift ze snot terug haar keel in.

Ik kom met een ruk overeind en been rechtstreeks naar de overkapping. De mannen kijken verbaasd op als ze me over het erf zien aankomen.

'Hé!' brult Negro.

Mijn bloed pompt door mijn aderen en het gerommel in mijn maag is voor het eerst in dagen verstomd. Vlak voor de twee mannen houd ik stil. Chico is opgesprongen; ik zie hem twijfelen of hij me direct zal slaan of nog even zal wachten.

'We moeten praten.'

Mijn stem komt van een punt laag in mijn lichaam. Even denk ik dat ik alleen in mijn verbeelding heb gesproken, niets wijst erop dat ze me hebben gehoord.

Dan kijkt Chico naar Negro. Een grijns verschijnt op zijn gezicht.

'Is het nu echt zo dat deze kleine flikker iets tegen ons zei?'

Negro zegt niets, maar knikt langzaam. Zijn ogen houdt hij strak op mij gericht terwijl zijn handen onverstoorbaar verdergaan met het bewerken van een houtje. Ik haal diep adem en hoor in de verte mijn stem.

'We hebben een probleem. De voorraad is op.'

Negro knikt langzaam.

'Ga verder.'

'Hebben jullie enig idee wanneer de wijven weer deze kant op komen?'

Ik voel mezelf groeien in mijn rol als boodschapper van het slechte nieuws. Met hernieuwde energie hef ik de moker boven hun hoofd, wachtend op het juiste moment hem te laten neerdalen.

'Of hebben ze misschien problemen door de rellen in de stad?'

Chico's vuisten ontspannen zich en zijn blik wordt onnozel, ik kan de raderen in zijn kop bijna horen bewegen. Hij keert zich naar Negro, maar die negeert hem. Onder de namiddagzon smelten de machtsverhoudingen tussen ons weg. Ik ga verder.

'Als dat zo is, betekent het dat we nog maar voor een paar dagen aan eten hebben.'

Ik zie hoe de mokerslag vertraagd aan zijn val begint, een laatste keer knipperen de mannen met hun ogen en dan daalt de hamer op hen neer. Chico staart naar de lege verpakkingen om hen heen, alsof ze zojuist uit de hemel zijn gevallen. Dan richt hij zijn blik weer op mij. Zijn rechtervuist raakt me toch nog onverwacht en ik hoor mijn neus kraken. Even blijf ik staan; dan zak ik door mijn enkels.

Ik lig plat op mijn rug en kijk naar de helblauwe lucht. Met mijn tong proef ik de zoete smaak van bloed, maar ik voel me prima en kan een glimlach niet onderdrukken. Een schaduw trekt over me heen en biedt verkoeling; de pezige benen van Chico vormen een tentje. Hij schreeuwt iets naar me, heft zijn vuist en laat hem neerdalen. Ik draai mijn hoofd weg en hij raakt me vlak achter mijn oor.

Opspattend zand in mijn mond. Iemand duwt hem van me af, de zon schijnt weer in mijn gezicht.

'Wat doe je nou, klootzak!' schreeuwt Negro tegen zijn maat terwijl hun neuzen elkaar bijna raken.

Chico deinst terug.

'Hoor je niet wat die kleine hond zegt?'

Met zijn blote borst duwt Negro hem een meter naar achteren. Hij lijkt opeens koppen groter.

'Omdat jij met die vieze bek van je zo nodig alles moest opvreten, ga ik misschien wel dood hier in die klotewoestijn!'

Weer duwt hij Chico een meter naar achteren.

'En neem maar van mij aan dat ik de laatste ben die gaat, al moet ik jouw zwarte reet ervoor opeten!'

Het lichte gevoel in mijn hoofd heeft deze keer een lekkere bijsmaak. Mijn oor brandt. Ik voel dat ik grijns. Vaag zie ik Negro mijn kant op komen.

'Ga staan!'

Hij schopt met zijn voet in mijn flank.

'Ik ga ervan uit dat een van die wijven binnen een week komt. Wat hebben we nog te eten?'

Ik had mijn antwoord klaar, dus laat het zo uit mijn mond vallen.

'Voor hooguit twee dagen rijst met aardappel. Twee kippen en twee varkens, maar niets om ze mee te slachten.'

Ook al zouden we iets vinden om ze mee af te maken, ik kan me niet voorstellen dat die magere, oude beesten nog wat vlees opleveren. Zachtjes laat ik mijn achterhoofd weer vallen op de aarde, die aanvoelt als een kookplaat. Het deert me niet. Ik voel hoe ik steeds meer begin te vervloeien met de omgeving; het zou me niets verbazen als ik binnenkort wakker word en mijn handen in de takken van een doornstruik zijn veranderd.

De realiteit begint Negro te dagen. Hij kijkt van Chico naar mij en weer terug. Als hij eindelijk spreekt, spat het vocht op mijn gezicht.

'Ik vreet jullie een voor een op. Ik hang dat achterlijk zusje van je als eerste aan het spit, daarna de jongens en jou als laatste.'

Ik sta inmiddels weer op mijn benen, wankel, maar zonder de trilling in mijn lijf die ik gewoonlijk voel als we tegenover elkaar staan.

'Je hebt ons nodig,' fluister ik terwijl ik met mijn handen op mijn knieën steun.

Negro's rood doorlopen ogen puilen uit hun kassen. Even ben ik bang dat ze eruit vallen.

'Wat zeg je?'

'Je hebt ons nodig,' herhaal ik, iets luider. 'Als de wijven allemaal vastzitten. Hoe wil jij een passerende trucker betalen voor eten? Wie wil je erop uitsturen als er niemand komt?'

Ik knik met mijn hoofd naar de horizon. Waar je ook kijkt strekt de zandvlakte zich uit. Slechts hier en daar wordt de rechte lijn onderbroken door een kale boom of struik. Negro volgt mijn blik en wordt zich bewust van de omgeving, voor het eerst, lijkt het wel. Langzaam krijgen mijn woorden grip op hem. Ik ben klaar, voor nu.

Ik draai op mijn hielen en begin met sloffende voeten aan de weg terug naar de schuur. Hoofdpijn komt in volle hevigheid opzetten en ik hoop dat ik de schuur haal voor ik instort. Maar het idee dat ik hen achterlaat met hetzelfde gevoel van machteloosheid en wanhoop is de fysieke pijn waard. De sensatie die ik ervaar voelt als een emmer ijskoud water over mijn gloeiende wangen.

Ik voel Negro's adem pas in mijn nek als het te laat is. Zijn wreef raakt me achterlangs vol in mijn kruis. De pijn is erger dan ik ooit eerder heb gevoeld, alsof alle klappen en vernederingen van de afgelopen jaren slechts oefeningen waren. En als dit het dan is, weet ik nu dat de pijn niet groter is dan ik ben. De angst voor wat ze met ons doen, voor wat ze met ons kunnen doen; het is alleen maar pijn, en ik leef nog. Ik zweef boven het erf en zie mezelf daar staan, dubbelgeklapt met mijn handen tegen mijn kruis gedrukt en Negro voldaan naast me. Dan wordt alles zwart.

Als ik mijn ogen open is het donker. Na een tijdje kan ik het dichtgetimmerde raam op onze verdieping onderscheiden. De kamer ademt vochtige lucht in en weer uit. Ik zie de muren meebewegen. Mijn kruis voelt alsof het tot enorme proporties is opgezwollen. Moeizaam kom ik overeind en kijk om me heen. Er is niemand in de kamer. Ik haal diep adem en duw mezelf op mijn voeten.

Waar is Alma? Ik tast met mijn vingers langs de betonnen muur, alsof ze daarin verstopt zou kunnen zitten. Ik heb geen idee hoelang ik daar heb gelegen. Uren? Dagen? Centimeter voor centimeter schuifel ik voort met de muur als houvast. Het lukt me de trap af te strompelen, maar ik kan me niet oprichten door het geklop in mijn kruis. Mijn huid staat te strak gespannen, ik ben bang dat ik openbarst.

Op de trap lijken mijn benen korter geworden, of de afstand tussen de treden zo groot dat mijn voet steeds in het luchtledige tast naar vaste grond. Als ik eindelijk beneden kom rust ik met mijn voorhoofd tegen de stalen deur, mijn ogen dichtgeknepen. Ik durf niet naar beneden te kijken. Opeens moet ik denken aan een joekeltje dat we ooit hadden, met korte poten en hangoren. Zijn buik schraapte bijna over de grond. Altijd als hij van ons wegliep, rolden we over de grond van het lachen: zijn zwarte ballen waren zo groot dat zijn achterpoten zich er in twee bogen omheen hadden gevormd, als de metalen driepoot met emmers die boven de waterput had gehangen. Op een dag had het dier de lege rijstkom van Chico bij de overkapping gejat en stond die naast de schuur uit te likken. Chico had het hondje met één vuistslag tegen de grond gewerkt en doodgetrapt. Nog dagen liepen wij er met een boog omheen en zagen het beest op zijn zij in het zand liggen, zijn stijve achterpoten als twee wijkende vlaggenstokken in de lucht, met daartussen die groteske ballen.

Als ik eindelijk de stalen deur naar het erf heb geopend, lijkt het of het er verlaten is. Even denk ik dat ze me hebben achtergelaten. Zouden ze dat doen? Geleidelijk aan worden beelden scherper, alsof het vlies over mijn hoofd een stukje wordt opgetild. Tussen waar ik sta en de overkapping aan het einde van het erf gebeuren verschillende dingen, ik heb geen overzicht. Het dichtst bij me zie ik Raull. Zijn silhouet vormt twee aaneengeschakelde driehoeken: hij leunt achterover op zijn handen en heeft zijn knieën opgetrokken. Ik knijp mijn oogleden bijeen en zie een paar voeten uit de onderste driehoek steken. Het is Mano.

Ik kan me niet bewegen, alleen mijn ogen functioneren. Ik tuur het terrein verder af. Bij de overkapping brandt een vuurtje. In de schaduw ervan dansen mannen. Of misschien zijn het de schaduwen van de vlammen die dansen op de lichamen van de mannen. Het ziet er mal uit, zo in de doodse stilte. Er hangt iets boven het vuur. De herinnering aan de nacht dat Negro Alma's knuffelkonijn had afgepakt komt boven. Is dit die nacht? Of droom ik? Negro die het beest boven het vuur hield, met Alma's handen die maar niet los wilden laten. Ik sta op hetzelfde punt als toen, vlak voor de schuur. Mijn oogleden worden zwaar en ik laat mijn hoofd hangen. Ik weet niet wat echt is en wat niet. De schop van Negro, was die echt? De voorraad die bijna op is? Mijn rommelende buik en de pijn tussen mijn benen helpen me. Ik ben wakker en alles wat ik zie gebeurt echt.

Mano ligt nog steeds met zijn hoofd tussen de benen van Raull, zijn kruin veert zachtjes op en neer. Het vuur brandt in de verte. Waar zijn João en Davi? Ik kam het terrein af en mijn ogen belanden rechts naast de overkapping. Ik zoom in en zie twee paar handen en ogen boven het witte kalkmuurtje uit komen. Ik kan een glimlach niet onderdrukken; het verstopspelletje van João lijkt deze keer te hebben gewerkt. Hoelang zouden ze daar al zitten? Een gestalte verplaatst zich achter het vuur en ontneemt me het zicht op het muurtje. Het maakt niet uit, ik weet nu waar ze zijn. In mijn ooghoeken zie ik nog steeds vaag iets boven het vuur hangen. Wat is dat? Twee stokken zijn aan weerszijden van het vuur in de grond geprikt. Daartussen is nog een stok gespannen. Negro staat achter de stok en draait eraan. Het kost hem zichtbaar moeite.

In het oplaaiende licht van de vlammen zie ik, op het ritme van de draai, een opengesperde mond voorbijkomen.

Achter mijn oor wordt de geluidsknop geleidelijk aangedraaid. Geroezemoes zwelt aan, het gehijg van Raull links voor me, opgewonden kreten bij het vuur. En dan, opeens, dwars door alles heen, het afgrijselijke gegil van Alma als een constante fluittoon.

De spanning die me in een houdgreep hield vervliegt in de sterrenhemel en ik reageer als een dier. Op handen en voeten sprint ik voorwaarts. Halverwege het erf, tussen de schuur en het vuur, graai ik van de grond een vuistgrote kei, die ik met al mijn kracht richting Negro slinger. Hij kijkt verbaasd omhoog alsof hij God zelf hoort brullen en zet een stap opzij, waardoor hij met zijn linkerzijde naar me toe komt te staan. Een doffe klap en een handgebaar dat in de lucht blijft steken. Dan stort het zware lijf ineen.

Alles wordt stil, ook het gekrijs boven het spit. Niet lang, want zodra Alma mij tijdens haar laatste draai in het vizier krijgt, zet ze een tandje bij. Het gillende varken in de waterput echoot in mijn hoofd en ik schud als een hond mijn kop heen en weer. Terwijl ik Mano versuft zie opstaan en João en Davi over het muurtje springen, snel ik naar Alma.

Het spit is gestopt met draaien, met het gezicht van het meisje naar het vuur gericht. Met een paar keer stampen zijn de vlammen uit en kan ik beginnen Alma te bevrijden. João en Davi helpen me. Doodstil nu, volgt Alma slechts de beweging van mijn handen met haar ogen. Onze handen trillen en met moeite krijgen we het strakgetrokken rafelige touw los. Davi vangt haar op in zijn armen.

Ik ga hem voor naar de schuur. Onderweg passeren we Raull en Mano, die zich in een denkbeeldige schaduw proberen schuil te houden, maar door een heldere maan worden uitgelicht. Ik houd de deur open voor Davi en knik naar de voorraadkamer. Uit de blauwe ton achterin vis ik een doek die ik over de stoffige vloer spreid, voorzichtig legt hij het meisje neer. Gedrieën zakken we op onze knieën en bekijken het aangetaste lichaam. De stof van het rode broekje en het hemdje is op verschillende plaatsen samengesmolten met haar huid. Het ziet er vreemd uit, alsof iemand haar steeds een stukje heeft opengeklapt, de kleding heeft ingestopt en de huid weer heeft dichtgeslagen. Sierlijke lijnen lopen over haar benen en verdelen diverse kleurvlakken: zwart, helrood, karamel en wit. Ik kijk naar de geblakerde armen langs haar lichaam, die uitmonden in vijf gave vingers met nagels als heldere maantjes. Triomfantelijk, alsof een brand aan de voet van een boom de hoogste takken niet heeft weten te bereiken. Alma's ogen staan wijd open als altijd, haar blik gefixeerd op een punt in de verte. Alsof ze gewoon op het erf staat en iemand haar als een plank negentig graden achterover gekanteld heeft. Mijn vingers reiken naar haar, maar blijven in de lucht zweven. Ik tref de hulpeloze blik van João en Davi.

'Ga water halen!'

Razendsnel komen ze omhoog en rennen de schuur uit.

De steen raakte Negro op zijn linkerslaap – en schakelde hem in één keer uit.

Als ik later die nacht ga kijken waar hij en Chico zijn gebleven, tref ik ze precies aan waar ik ze heb achtergelaten. Chico zit op de grond naast het gestrekte lichaam van Negro; bloed loopt van zijn slaap naar zijn oor naar de grond en glinstert in het maanlicht. Hij ligt erbij als een voddenpop die uit de lucht is gevallen, zijn handen en voeten slap naar buiten gekanteld, zijn nek in een rare knik.

'Wat moet ik doen?'

Chico kijkt me aan met een van doodsangst vertrokken gezicht. Ik haal mijn schouders op en loop weg, terug naar de rest.

In de schuur staan de jongens ongemakkelijk rond Alma. Ik kniel naast haar neer, pak een voor een de vochtige doeken waarmee ik haar verbrande lichaam bedekt heb, doop ze in een emmer vers water en verspreid ze weer over haar kleine lijf. Ze heeft geluk gehad. Een combinatie van het slechts smeulende vuurtje, de afstand van het spit tot de vlammen en het enthousiaste gedraai van Negro, maken dat ze over haar hele lichaam aangebrand is – en niet op één plaats geconcentreerde wonden heeft. Maar haar rode broekje en hemdje met de palmboom zaten vast aan haar huid. Pas nadat ik er minstens tien keer natte kompressen op had gelegd en de huid week was als snot, kon ik die voorzichtig weg pulken. De restanten stof liggen in een hoek van de kamer.

Alma heeft geen kik meer gegeven sinds we haar hebben bevrijd. Ook de jongens lijken hun tong te zijn verloren. Iets in mij vraagt zich nog steeds af of alles wat ik heb gezien wel heeft plaatsgevonden, of dat het de honger is die aan onze hersenen knaagt. Het geklop tussen mijn benen, de uitschakeling van Negro en Alma die doodstil aan mijn voeten ligt zijn het bewijs dat, in welk universum dan ook, er iets heeft plaatsgevonden dat fysieke gevolgen heeft.

Dagenlang zit ik in de schuur naast Alma op de stoffige grond, af en toe afgelost door Davi en João. Raull en Mano houden zich afzijdig; eenmaal kruiste mijn blik die van Raull, die zwarter leek dan ooit. Beetje bij beetje wordt de geur van rook en verschroeid vlees in de voorraadkamer aangelengd met de gruizige lucht van de vlakte. Ik ververs de kompressen en waai Alma's lichaam koelte toe met een zelfgemaakte waaier: een stukje stof dat ik met drie takjes strak heb gespannen. Ik ben blij te zien dat ze af en toe haar ogen sluit en enkele uren lijkt te slapen. De rest van de tijd staart ze naar het plafond. Ik praat tegen haar, vertel verhalen over de mythes van het achterland, over bandieten met gegroefde koppen die met hun paarden over de kleigrond galopperen en onderweg dood en verderf zaaien. Ze geeft geen enkel teken van leven. Dan herinner ik me een liedje over de zangvogel dat ik haar weleens in zichzelf heb horen zingen tijdens het schoonmaken van het erf, alsof de klanken ooit in haar gezaaid waren en op een dag spontaan tot bloei kwamen. Terwijl ik de waaier zachtjes boven haar gezicht heen en weer laat gaan, fluister ik haar de woorden in:

Ga, zangvogel, mijn kameraad, ga!
Vind mijn ondankbare lief
en zeg haar dat zonder haar
de sertão niet langer de sertão is.
Ga nu maar, zangvogel
en zeg het haar, mijn kameraad

Er is geen blijk van herkenning, maar door te zingen plaats ik ons weer even op het erf, samen.

Chico en Negro hebben tijdens die bewuste nacht van het vuur ook de laatste twee kippen de nek omgedraaid. We hebben er niets aan: als ik de kadavers een dag later in de felle middagzon vind, zijn de lichamen al opgezwollen van de maden. De buiken van de kippen dansen, hun poten steken doelloos in de lucht.

Behalve Raull hebben alle jongens geïnformeerd of het goed komt met Alma. Niet één keer hoor ik iets over de honger die als een zak lucht onze buikholten vult. Davi is weer begonnen met krabben. Hele dagen zitten João en hij in de schaduw tegen de zijmuur van de schuur; João aan de erfzijde in het zicht, als een buffer voor zijn vriend. Davi zit onderuitgezakt achter hem, amper zichtbaar, en bewerkt zichzelf in alle rust met een stuk glas. Terwijl João verveeld met een stokje in de aarde port, druppelt naast hem donker vocht op het zand en vormt een poeltje om mee te spelen. Iedereen heeft tijd nodig om tot rust te komen, niemand kan bevatten wat er die nacht is gebeurd. Het druppelende bloed verslaat als een zandloper het verstrijken van de tijd en het afnemen van de spanning. De beestjes in mijn lijf zijn klaarwakker en marcheren in een parade onder mijn huid. Davi's snijden verlicht mijn eigen jeuk.

Na een paar dagen valt het me op dat Negro geen vooruitgang boekt. Chico heeft zijn maat naar de tweede verdieping getild en ijsbeert dag en nacht om het stalen bedframe heen. Maar het ijlen wordt alleen maar erger en koortsstuipen volgen elkaar steeds sneller op. Afgesneden van de rest van de wereld en overgeleverd aan elkaar vraag ik me af welk kwaad ons het eerst zal vellen. Honger? Infectie? Gekte? Maar na een week gebeurt het ongelofelijke: de aarde begint te trillen.

Bezoek!

Als zombies sloffen we naar het midden van het erf. Op honderd meter van ons vandaan rijdt een trekker met ronde ogen en een vierkante grill ons tegemoet, zijn oplegger springt alle kanten op en verspreidt stofwolken die tot hoog in de lucht reiken. Hij rijdt hard. Wie heeft in hemelsnaam het risico genomen op klaarlichte dag hierheen te rijden?

Terwijl de truck nog niet tot stilstand is gekomen, zwaait de passagiersdeur al open en zwiert er een vrouwenbeen naar buiten. Het is een raar gezicht, omdat de grond nog zeker anderhalve meter lager is en er van normaal uitstappen geen sprake kan zijn. Direct daarop verschijnt een tweede been, waardoor nu een heel onderlijf buiten de cabine hangt. De trucker ziet eruit alsof hij in paniek is. Hij zit voorovergebogen achter het stuur en schreeuwt naar zijn bijrijder. Dan herken ik het gezicht van een van onze wijven: het is Teresa, de kromme. 'Een grote mond en een dikke kont,' fluisteren we tegen elkaar als ze op haar kromme benen voorbijloopt. Ze is al in geen tijden meer hier geweest.

De truck komt verend tot stilstand. Het gegil van Teresa haalt ons uit onze mijmering.

'Help me dan toch! Ik kan niet meer, het komt!' schreeuwt ze.

Tegelijkertijd komen we in beweging en rennen over het erf met zijn vijven naar haar toe. De trucker is uit zijn cabine gesprongen en naar het portier van zijn bijrijder gesneld; hij probeert Teresa uit de vrachtwagen te helpen. Haar naar buiten bungelende benen liggen in zijn nek en ze valt bijna achterover met haar hoofd tegen de wagen. Scheldend en steunend belandt ze op de grond. Nu pas zien we haar kogelronde buik.

Haar benen staan nog krommer dan normaal: ze houdt ze wijd

uiteen en steunt met haar handen op haar knieën. Hijgend gebaart ze naar me.

'Anjo! Ik moet liggen, ik kan niet meer. Het is zo zwaar. *Meu Deus*, ik ga dood.'

We staan gebiologeerd naar het opgeblazen mens te kijken en doen een stap achteruit als haar graaiende vingers te dichtbij komen.

Ik probeer na te denken. Alma ligt al op de begane grond en die wil ik niet storen. Haar genezing is het belangrijkste. Teresa op onze verdieping leggen is ook geen mogelijkheid; ik wil dat wijf met haar gekrijs niet bij ons hebben.

'Kom, Teresa,' zeg ik terwijl ik haar arm over mijn schouder leg. De trucker neemt de andere arm. De jongens sluiten zich stilletjes achter ons aan, tot ik João gebaar de stalen deur voor ons open te houden. Terwijl hij dat doet, roep ik Raull om Teresa over te nemen van de trucker; ik heb geen idee wie deze man is en in hoeverre hij onze situatie kent. Ik kan geen enkel risico nemen.

Raull neem Teresa's arm niet al te zachtzinnig van de trucker over. Ik richt me tot de man.

'Mijnheer, Davi zal u wat fris water geven, ik ben zo terug. Wij redden het nu wel.'

Hij kijkt me dankbaar aan en gaat met Davi mee. Het lijkt me geen kwade man. Aan Raull en mij de taak de kromme vier trappen omhoog te krijgen.

Ondanks al het tumult treffen we Chico op de tweede verdieping snurkend op de grond aan. Negro ligt op het bedframe naast hem, zijn lichaam nat van het zweet en zijn ademhaling traag.

'Hé!' brul ik.

Chico schrikt overeind en kijkt of hij een spook ziet. We moeten snel zijn.

'Ze krijgt een baby. Haal Negro van dat bed, snel!'

Chico staart me aan, kijkt dan afwisselend van Teresa naar Raull en Negro.

'Wil je een baby op je vloer hebben? Schiet op!'

Ik herken mijn eigen stem niet en Raull en ik laten de kromme, die inmiddels als een vaatdoek tussen ons in hangt, bijna boven op Negro vallen.

Chico legt zijn ene arm onder de knieën van Negro en zijn andere onder zijn stierennek en probeert hem op te tillen. Hij valt achterover met Negro groot en slap over zich heen. Snel leggen Raull en ik de kromme op de bedspiraal; net op tijd voordat ze weer begint te gillen.

'Ik kan niet meer, ga weg!'

Ze maakt slaande bewegingen naar ons.

'Kom hier, Anjo! Hou mijn hand vast!'

Snel doe ik een stapje achteruit, buiten haar bereik. Ik staar naar de puntige buik, die de stof van haar jurk tot het uiterste oprekt. Beide lijken ieder moment te kunnen ontploffen.

'Hoe durven jullie me hier neer te leggen, geef me een matras!'

Als ze de kale bedspiraal in haar achterwerk voelt prikken, duwt ze zichzelf woedend een stukje omhoog. Het lijkt mij juist een uitkomst. Ik heb al eerder een van de wijven zien bevallen en weet dat er een hoop viezigheid bij komt kijken. Die kan zo door de open veren naar beneden lopen.

Ik draai me om en gebaar Raull me te volgen.

Terwijl we de trap af lopen schreeuwt Teresa ons na.

'Anjo! Kom terug jij, kleine flikker! Laat me hier niet creperen, Anjo, kom toch terug.'

Ik loop rechtstreeks naar de trucker. Hij staat in de schaduw onder de boom. Davi, João en Mano staan zwijgend om hem heen en kijken naar de grond.

'Ze ligt boven. Het komt goed, er is iemand bij haar.'

De man knikt, zichtbaar opgelucht. Hij haalt zijn afhangende schouders op. 'Ik moet weer verder.'

Hij gebaart met zijn hoofd naar de weg en neemt nog een slok water. Davi heeft hem de enige mok gegeven die we hebben. Ik probeer ons door zijn ogen te zien en heel even denk ik dat we gewoon op een arme plattelandsfamilie lijken, waarvan de moeder uit de stad terugkomt om haar zoveelste vrucht op de wereld te zetten.

'Zal ik met je meelopen?'

Ik wil dat hij weggaat. Dit gaat me te soepel. Ik kijk naar de aderen die over de rug van zijn handen kringelen, als de barsten in de klei van een droge rivierbedding.

De trucker knikt, neemt een laatste slok en geeft de mok aan Davi. Samen lopen we naar zijn vrachtwagen, die aan het einde van het erf staat te wachten, als een hond op zijn baas.

De man opent het portier en trekt zichzelf omhoog aan een ijzeren beugel. Ik staar omhoog. Het ziet er mooi uit daarbinnen. Het leer van zijn stoel, de rubberen mat onder zijn voeten; een trosje speelgoed hangt aan de spiegel.

'Wil je er een?

De trucker gebaart naar iets in de cabine. Ik volg zijn blik naar een hoopje groen plastic en haal mijn schouders op. De man buigt zich naar het voeteinde van de bijrijdersstoel en opent een kastje.

'Hier heb je er ook een paar voor je broers.'

Hij doet twee handen met groene verpakkingen in een plastic tas. Ik neem het aan en bid dat het iets eetbaars is. De gedachte aan eten doet het speeksel in mijn mond omhoog komen en ik probeer niet al te luid te slikken. Mijn adamsappel blijft steken tussen de samengetrokken wanden van mijn keel. De realiteit dringt weer tot me door: als deze man wegrijdt zijn we verloren. Er klopt iets niet, het gaat allemaal te makkelijk. De man is te aardig. Ik wrijf nerveus met mijn vingers over het plastic tasje. Zei hij nou 'broers'? Dat is vreemd; we zijn allemaal van rond dezelfde leeftijd en verschillend van kleur, van *preto* tot *pardo*, en als hij Alma zou zien, had hij in haar onmiskenbaar de indiaanse trekken van een *cafuzo* herkend. Een van de wijven heeft weleens gezegd dat we blij moeten zijn dat we hier zitten; dat kinderen zonder ouders door de politie worden verzameld en opgesloten. Zou hij van de politie zijn?

Ik kan niet meer nadenken en doe een stap achteruit zodat de man zijn deur kan dichttrekken. Hij start de brullende motoren, een warme luchtzak onder de wagen barst open. Ik sluit mijn ogen. Dit was het dus. Dan slaat de deur van de schuur met een klap achter me open.

'Hé, wacht! Wacht even!'

Chico staat voor de schuur met Negro in zijn armen. Hij probeert te rennen, maar is amper in staat overeind te blijven onder het gewicht.

De trucker draait de sleutel van de motor weer om en de grond onder mijn voeten stopt met trillen. Via het trapje daalt hij achterwaarts af en wacht naast mij met zijn handen in zijn zij tot Chico bij ons is. Chico laat het levenloze lichaam vlak voor onze voeten op het droge zand vallen. Verschrikt doet de trucker een stap naar achteren.

'Wacht even,' hijgt Chico. 'Dit is mijn broer. Hij is ziek. Neem hem mee en ik zal je belonen.'

Het tafereel is zo krankzinnig dat ik bijna hardop in de lach schiet. Maar de trucker trekt alleen zijn wenkbrauwen op.

'Tja. Ik ga een heel eind die kant op, hoor.'

Hij knikt naar het zuiden.

'Je mag hem wel achter in de laadbak leggen, dan kan 'ie een stuk meerijden.'

Dit is geen politieagent. Maar wat is hij dan wel? Het verhaal van Riobaldo en de duivel schiet door mijn hoofd.

'Moet ik 'm in de stad op de stoep van een ziekenhuis afleveren?'

Ik staar Chico aan en sper mijn ogen nadrukkelijk. De mannen hebben zulke zware delicten op hun kerfstok dat ze zich nooit meer in de bewoonde wereld kunnen vertonen.

'Nee, nee, nee,' zegt hij snel. 'Eh, nee, hij moet naar, eh, familie!'

De trucker maakt aanstalten te vertrekken en zet een voet op de treeplank.

'Oké. Schrijf het adres maar op, dan breng ik hem daar wel heen. Als het maar niet te ver buiten mijn route ligt, anders krijg ik gedoe met mijn baas.'

Bij die laatste opmerking knipoogt hij even naar mij. Ik dwing mijn gezicht in een grimas, te verbaasd over wat er gebeurt. Negro weg? Het is te mooi om waar te zijn, ware het niet dat wij zullen wegteren hier, als voer voor de gieren.

'Weet je wat?' zegt Chico met hernieuwde energie. 'Als je nou even wacht, dan sturen we zijn vrouw met je mee, die weet waar jullie moeten zijn.'

Mijn mond valt open. Het voorstel verbaast ook de trucker. Hij hangt halverwege tussen de grond en zijn cabine.

'Bedoel je de vrouw die aan het bevallen is?'

Opgewonden knikt Chico.

'Jazeker! Die is zo weer op de been. Zij kan ook meteen je vergoeding regelen.'

Dat laatste lijkt eventuele twijfels bij de man weg te nemen.

Ik voel een hevige steek in mijn borst. Ik krijg de buitenlucht nog maar nauwelijks door mijn strot gezogen en sterretjes barsten uiteen voor mijn ogen. Dit gaat niet goed. Deze man doet dit allemaal niet voor niets. Ik bedenk dat hij Alma nog niet gezien heeft.

Mijn vingers knijpen de plastic zak die ik achter mijn rug houd bijna fijn.

'Als jullie denken dat het verstandig is, wil ik haar wel meenemen.'

De trucker kijkt naar mij en krabt op zijn hoofd, ik meen dat hij weer knipoogt. Ik probeer zelfverzekerd terug te kijken, maar ik vermoed dat de poging meer weg heeft van een stuiptrekking. Ik wil dit toneelstuk verlaten.

'Ik ga wel kijken hoe het met haar is.'

Ik ren naar de schuur met de tas tegen me aan gedrukt; in mijn ooghoeken zie ik hoe Raull en Mano Chico helpen het slappe lijf van Negro naar de achterkant van de oplegger te dragen. Ze lijken mieren die een dode zwerfspin verplaatsen. De verpakkingen in de tas maken een knisperend geluid, zo luid dat ik bang ben dat Chico het op die afstand kan horen.

Ik gebaar João en Davi me te volgen en glip de schuur binnen.

'Dit heb ik gekregen,' fluister ik.

Ik pak een groene verpakking uit de tas en trek die met een hoektand open. De zilte lucht van vlees vult de ruimte en ik wankel.

Worst. Maar dan niet van die taaie, niet kapot te krijgen, gedroogde; maar zachte, druipende worst. Witte vetdraden lopen door het grof gemalen, doorregen varkensvlees. Ik neem een kleine hap en probeer rustig van elke vezel te genieten, ieder uitgekauwd stukje weer in mijn mond te laten terugkomen, tot er niets meer over is. João en Davi kijken me begerig aan. Ik geef ze allebei een hap en ze eten in stilte. Ze zijn zo mager. De ogen groot in hun schedel, met oogleden die nog maar zelden knipperen, de schouderbotten uitstekend als tentstokken.

De trucker is een engel. Of een duivel, met een plan dat ik niet snap. Dit zal ons weer wat tijd geven. Ik kijk snel in het tasje. Een, twee, drie, vier… elf stuks.

'Leg dit onder het palet naast Alma.'

Ik duw João de tas in handen en hij sluipt ermee weg alsof hij een baby in zijn armen heeft. Ik vervolg mijn weg naar boven en constateer onderweg dat Teresa is gestopt met gillen.

Eenmaal boven aarzel ik. Vanuit de deuropening kijk ik op de kruin van Teresa, die op haar rug op het bedframe ligt. Ik probeer over haar heen te kijken. Haar benen liggen plat op het bed. Voorzichtig nader ik haar van achteren. Haar borst gaat loom op en neer en ik tuur naar haar ontblote middenrif. De strakgespannen puntbuik is weg en heeft plaatsgemaakt voor golvend vlees. Ik rek mijn hals en dan zie ik het.

Een glanzend hoopje onder haar oksel. Een zwarte pluk haar steekt eruit omhoog.

Met twee stappen ben ik bij haar en schud aan haar schouder.

'Teresa.'

Ze rolt met haar ogen.

'Hé, Teresa.'

‘Hm?’

Een geluid diep uit haar keel.

Ik kijk naar de bloederige worm onder haar arm en doe een stapje terug.

‘Teresa!’

Ik por haar nog een keer, harder.

‘Je moet opschieten. Die trucker gaat zo rijden en jij moet mee, met Negro.’

‘Hè?’

Nu gaan de oogleden open. Ze kijkt me woedend aan en buigt haar hoofd richting haar linkerarm. Ze knijpt het kind tussen haar arm en haar lichaam, maar het reageert niet. Dan zie ik de kleine borstkas zachtjes deinen. Teresa volgt mijn blik.

‘Het leeft.’

Het komt er bijna verwijtend uit.

Ik pak haar arm.

‘Kom, je moet mee naar beneden. Neem dat kind mee en ga naar die trucker, hij brengt jullie naar de stad. Wij hebben voedsel nodig en Negro een dokter.’

Mijn woorden kletteren neer in haar hoofd en voor ik kan wegstappen boort ze haar nagels in mijn onderarm.

‘Ik kan dat kind niet mee terug nemen!’ snerpt ze. ‘Als ik een kind meeneem, ben ik mijn kamer kwijt. Dan kan ik niets verdienen en kom ik hier nooit meer terug.’

Haar ogen puilen uit hun kassen en ze perst haar lippen samen. Ze lijkt wel een roofvogel.

Ik hoor iemand de trap op komen.

‘Waar blijven jullie nou, zo meteen vertrekt die vent!’ roept Chico. ‘Is dat kind eruit?’

Ik gebaar met mijn hoofd naar de worm.

‘Kun je lopen?’ vraagt hij aan Teresa. Met een van afkeer vertrokken gezicht bekijkt Chico de smurrie die van de dijen van de Kromme tussen de bedspiraal loopt. Ik volg zijn blik. Het meeste is door de cirkelvormige openingen op de grond gesijpeld, en het vocht verspreidt zich langzaam over de stoffige vloer naar een patroon van de minste weerstand, ieder steentje voldoende om de route links- of rechtsom te verleggen. Teresa's jurk, die tot onder haar borsten zit opgetrokken, is niet eens vies geworden.

Ik pak de kom met brak water die op de vloer staat, waarschijnlijk dagenlang door Chico gebruikt om Negro te verzorgen.

'Hier,' zeg ik, terwijl ik hem Teresa aanreik. 'Knap jezelf wat op, dan kunnen jullie gaan.'

Zuchtend en steunend duwt ze zich overeind en zwaait haar benen over de bedrand. Ik ben al op weg naar de deur als Chico me terugroept.

'Hé! En dat kind dan?'

Ik sla mijn ogen neer en haal licht mijn schouders op. Ik denk aan Alma. Haar doeken moeten ververst worden.

'Ze wil het niet meenemen,' mompel ik.

Chico kijkt naar Teresa, die niet volledig rechtop lijkt te kunnen komen.

'Ik breng Negro weg en kom meteen weer terug,' zegt Teresa vermoeid. 'Dan ben ik uiterlijk overmorgen weer hier. Als ze zien dat ik gewoon kan werken, krijg ik wel wat geld los.'

Het is even stil.

'Wat moet 'ie dan eten?' vraagt Chico.

Teresa denkt na.

'Hebben jullie koffie?'

'Nee, mens!' Chico spuugt in haar gezicht. Ik denk even dat hij haar gaat slaan. De leegte die Negro nog maar amper heeft achtergelaten wordt gretig opgevuld.

'Wij zitten hier te verhongeren omdat jullie *putas* ons wekenlang zonder vreten laten zitten. Dan kom je uiteindelijk opdagen zonder ook maar iets mee te nemen en zadel je ons op met een kind. Natuurlijk hebben we geen koffie!

Teresa's blik wordt steenkoud. Terwijl ze Chico blijft aankijken veegt ze langzaam met de achterkant van haar hand zijn speeksel van haar gezicht.

'Je zorgt maar dat je binnen twee dagen terug bent, anders is dat kind dood en wij niet lang daarna.'

Zijn nieuwe rol van de man die de bevelen uitdeelt geeft Chico energie; hij beent de kamer uit, waarbij hij mijn schouder schampt. Teresa tilt het blote kind op en legt het in het midden van het bedframe. Drie spiralen buigen amper zichtbaar onder het gewicht. Met haar hand giet ze wat water uit de vieze kom over het lijfje. Het kind reageert niet.

'Heb je misschien een doek?' Teresa kijkt me verslagen aan. Het is een mooie gelegenheid naar Alma te gaan.

Ik glip de gang op en blijf boven aan de trap stilstaan. Ik druk mijn achterhoofd tegen de muur en sluit mijn ogen. Mijn hoofd is zo licht dat ik bang ben dat ik vooroverval, en alleen nog op mijn plaats word gehouden door de broeierige lucht die zwaar in het trappenhuis hangt. Alles tolt. De worst in de groene verpakking, de schop in mijn kruis, Alma's opengesperde mond boven het spit, het bloed dat uit Davi's armen druppelt, de puntbuik van de kromme, Negro die ter aarde stort, de trucker; de beelden vervormen tot een kokende brei.

Ik open mijn ogen, haal diep adem en laat me vooroververvallen in het trapgat. Ik neem twee treden per stap, mijn voeten raken amper de grond. Alma ligt er nog precies zo bij als ik haar heb achtergelaten. Ik voel aan de doeken op haar lichaam, ze zijn droog en hard. Ik twijfel. Eerst dat kind maar. Ik graai een stuk gerafelde rode stof uit de ton en sprint weer naar boven.

Teresa staat inmiddels naast het bed, klaar voor vertrek. Haar zwarte haren zijn glad achter haar oren gestreken, de jurk is weer over haar heupen naar beneden getrokken en slippers steken aan haar voeten. Niets herinnert aan wat er zo-even heeft plaatsgevonden, behalve de pop op het bedframe, zijn mollige benen in een perfecte ruit: de knieën opengeklapt en de voetzolen tegen elkaar.

Zijn haren zijn met water in een zijscheiding geplet, daaronder een mopsneusje en naar buiten gekrulde lippen. Hij doet me denken aan João toen hij net hier kwam, en ik voel een vreemd soort afgunst in mijn onderbuik. Dit kind is zo gaaf en ongeschonden, met zoveel vet op zijn lijfje dat zijn gewrichten erin verdwijnen. João lijkt een slap aftreksel van hem: alsof er in de loop der tijd net zo lang en hard aan hem is getrokken tot er niets meer van hem overbleef dan een hoofd met daaronder botten, ternauwernood door pezen bijeengehouden.

Ik overhandig Teresa de stoffige doek en ze rolt het kind er twee keer in, als een worstje. Nu heeft het helemaal geen menselijke kenmerken meer; de cocon met het hoofdje dat erboven uitpiept lijkt op een tor. Ze legt de rol op het bed. Ik verwacht dat het zich ieder moment kan omdraaien en er op zes poten vandoor gaat.

Teresa waggelt moeizaam langs me heen naar het trapgat, haar benen nog krommer dan toen ze aankwam. Ik werp een laatste blik op het bed, draai me om en loop achter haar aan.

Met Negro en Teresa als twee vaatdoeken languit in de laadbak zet de vrachtwagen met brullende motoren koers naar het zuiden. João, Davi, Mano, Raull en ik staan op een rij aan de rand van het erf en kijken hem na, totdat ook de stofwolk achter het glinsterende puntje aan de horizon verdampt. Negro is weg. Vreemd genoeg voelt het niet als een opluchting hem te zien gaan. Met zijn aanwezigheid had ik de illusie zicht te hebben op naderend gevaar, hoe onvoorspelbaar ook. Zijn vertrek laat een doodse stilte achter. Ik zou nu het dagelijks leven kunnen overnemen. Maar ik zit vast. Ik niet alleen; ik merk het ook aan de andere jongens. De leegte om ons heen voelt beklemmend, alsof de vlakte zich tergend langzaam om ons sluit en iedere beweging dat proces versnelt, tot we letterlijk verzanden en het gele oppervlak zich boven ons sluit. Het moeras en de duivel. Als je denkt dat de vijand is verslagen, moet je het meest op je hoede zijn.

De eerste die beweegt is Raull, als Chico hem bij zich roept.

Hij slaat een arm om zijn schouder en samen lopen ze richting de overkapping. Chico praat honderduit, alsof Negro nooit heeft bestaan.

'Wat een puta feia, dat wijf!' roept hij.

Raull buigt zijn knieën en waggelt een paar stappen, terwijl hij zijn gezicht in een kramp trekt. Chico schatert het uit en slaat zich op de knieën.

'Ja, ja, zo!' En hij doet Raull na. Ze lachen nog even, maar dan zakt hun energie weer weg. Ze ploffen neer op de boomstronken onder het schuine bouwsel en praten op fluistertoon verder. Raull pakt een mes en een tak van de grond waar Negro het heeft achtergelaten en kapt stukjes van het hout alsof hij nooit anders heeft gedaan. Het dak tekent een vierkant van schaduw om hen heen, met grillige stippen waar het zonlicht door de gaten schijnt. Iets verderop liggen de verkoolde overblijfselen van een vuurtje, alweer dagen geleden. Of is het weken? Alma verschijnt weer voor me, draaiend aan het spit met haar mond open. Ik schud met mijn hoofd en dwing mezelf in beweging.

'Kom.'

Mano kijkt nog een laatste keer naar Raull en werpt dan een weifelende blik in de richting van João en Davi, maar die wenden zich van hem af en sloffen naar de schuur.

*

Voor de avond valt en een donkere kap ons in een oogwenk omsluit, moet ik Alma nog wassen. Ik ben gaan uitzien naar het verschonen van de wonden. Het is een nieuw ritueel dat me houvast biedt, zodra ik de ruimte binnenkom daalt de rust op me neer. Het is net of we samen op het erf zitten, zoals vroeger. Donkey volgt me trouw en vlijt zich op een meter van Alma op de grond, zijn kop op zijn voorpoten. Het gaat beter. Op haar lichaam vormen zich steeds meer korsten. Haar ledematen en gezicht zijn aan het genezen: de vlammende rode waas is lichter geworden en de huid droger.

Ik leg mijn hand onder haar nek en giet wat water in haar mond. Dunne stralen lopen langs haar gezicht naar haar oren, in de sierlijke kromming van de schelp, om via de lob op de grond te druppelen. Er is bijna niets van haar over. Ze moet wat eten.

Plotseling slaat ze haar oogleden op en kijk me recht aan. Niet naar een willekeurig punt op het plafond, maar naar mij. Ik laat van schrik bijna haar hoofd op de vloer vallen.

'Alma,' fluister ik. Ze knippert met haar ogen.

'Alma,' zeg ik nog een keer. Ik lach naar haar en voel iets exploderen in mijn lichaam, duizenden glassplinters verspreiden zich in mijn bloed en ik voel de kracht terugkeren.

'Hé *menina*,' zeg ik. 'Ik ben bij je.' Ik moet me inhouden haar niet fijn te knijpen.

Ze knippert nog een keer met haar ogen, haar blik nog steeds op mij gericht.

'Heb je pijn?'

Geen reactie.

'Wil je nog wat drinken?'

Ik zet de kom voorzichtig weer aan haar lippen. Ze neemt twee slokjes. Ik zet de kom op de grond en strijk met mijn vrije hand een stuurse pluk plat op haar hoofd.

'Het komt goed,' fluister ik in haar oor.

De pluk veert weer terug. Zachtjes leg ik haar hoofd neer en ga verder met de doeken terwijl ik het liedje van de zangvogel neurie.

Alma volgt me een tijdje met haar ogen, maar laat ze dan dichtvallen. Achter het blankhouten palet ligt een geopende groene verpakking. Er zit nog een kwart stuk worst in. Ik stop het in mijn mond. Alma opent haar ogen weer en kijkt begerig naar mijn mond. Ik kauw stevig en neem de hap uit mijn mond, duw met een vinger haar lippen van elkaar en schuif de voorgekauwde homp vlees naar binnen. Ze kan het zo doorslikken. Even gebeurt er niets, maar dan beginnen haar kaken te bewegen. Ik glimlach en adem uit.

Die avond probeer ik voor het eerst de groep weer in een ritme te krijgen. Ik laat Alma beneden liggen en roep Davi, João en Mano bij elkaar om op de eerste verdieping te gaan slapen. Na een tijdje volgt zelfs Raull ons naar boven. Chico is een paar uur eerder al afgezwaaid. Zodra we ons hebben geschikt, val ik in een diepe slaap.

Ik schrik wakker van een klem rond mijn pols. Mijn adem stokt en met opengesperde ogen probeer ik te zien wat er gebeurt. Twee ogen staren terug vanuit het donker en het duurt even voor ik begrijp dat ze bij Chico horen. Ik probeer mijn pols los te wrikken.

'Wat is er?' fluister ik.

Hij laat niet los en ik verbaas me over zijn kracht. Ik ruk met mijn arm, maar hij geeft geen millimeter mee.

'Hé, laat los, Chico, wat is er,' zeg ik, nu wat harder.

Ik schrik van de enorme pupillen in zijn strakgetrokken gelaat. Het lijkt of er over zijn mond een elastiek is gespannen dat de mondhoeken aan weerszijden ruw naar achteren trekt.

Chico rukt aan mijn arm, ik lijk gewichtloos in zijn handen: in één vloeiende beweging trekt hij me mee de trap op naar de bovenste verdieping. Ik moet mijn verzet opgeven en dribbel in het donker achter hem aan. Er zijn nog geen dertig tellen verstreken tussen het moment dat hij me wakker heeft gemaakt en het moment dat we boven staan; ik vraag me af wat er in godsnaam aan de hand is. Bij de laatste trede maakt Chico zich klein en trekt mij mee naar de grond.

'Kijk!' Hij fluistert zo hard dat hij het net zo goed door de hele schuur had kunnen schreeuwen, en wijst naar het stalen bedframe in zijn kamer.

Een halve maan werpt een beetje licht in de baan van het kozijn, verder is het aardedonker in de kamer.

'Kijk dan!'

Hij geeft weer een harde ruk aan mijn arm. Mijn schouder kraakt terwijl ik mijn ogen ingespannen door de kamer laat gaan. Ik denk de tor op het bed te kunnen onderscheiden, maar dat is waarschijnlijk omdat ik weet dat die daar ligt.

'Bedoel je dat kind?' Mijn stem klinkt hoog en raar, als de piepende spiralen waarop Teresa het kind heeft neergelegd.

'Nee! Het is Negro.'

Chico gromt van onder uit zijn keel; het geluid maakt me bang. Het lijkt wel of hij gebruikt heeft. Heeft Teresa iets voor hem achtergelaten toen ze vertrok?

'Hij zit me achterna,' lispelt Chico, terwijl hij bescherming achter mij zoekt, een trede lager.

Ik draai me om en kijk hem aan, onze gezichten ongemakkelijk dicht bij elkaar. Chico lijkt doodsbang, zijn hoofd misvormd in een pijnlijke grimas. Zweetdruppels persen zich uit de poriën op zijn voorhoofd en vinden aansluiting bij elkaar voor ze in een delta verder stromen, langzaam hun weg zoekend langs zijn glinsterende neus en lippen.

'Chico! We hebben Negro vandaag met Teresa weggestuurd. In die vrachtwagen. Daar op het bed ligt de baby van Teresa. Negro is hier niet.'

Het blijft stil. Plotseling pakt hij mijn bovenarmen beet en brengt zijn hoofd zo dicht bij het mijne dat onze neuzen langs elkaar glijden.

'Luister, flikkertje. Ik heb spul van Negro gevonden en nu komt hij achter me aan.'

Klodders schuim spatten tegen mijn gezicht, maar ik durf ze niet weg te vegen. Ik begin over mijn hele lijf te trillen. Dit is niet goed. Ik heb mezelf jarenlang getraind alle gebeurtenissen over me heen te laten komen, maar toch heb ik er altijd weer een fysieke reactie op. Ik haat het, ik haat mezelf en de zwakte van mijn zenuwen.

Chico verschuilt zich weer achter me alsof ik een schild ben, zijn vingers boren zich dieper in mijn vlees.

'Ga naar hem toe en zeg hem dat ik nergens aan heb gezeten,' gromt hij in mijn oor en hij geeft me een zet naar voren.

Ik duw mijn wankele benen stevig in de grond om niet in elkaar te storten en schraap mijn keel.

'Negro!' zeg ik luid.

Het geluid vervliegt in de zwarte nacht.

'Chico heeft niets van je spul genomen, hoor.'

Mijn ogen wennen aan de duisternis. De tor ligt inderdaad nog precies waar Teresa hem heeft achtergelaten. Ik doe nog een stap voorwaarts en sta bijna met mijn knieën tegen het bed.

Opeens draait het nekje boven de doek. Een korte smakbeweging met zijn mond en het ligt weer doodstil.

Ik tril inmiddels zo hevig dat ik moeite heb rechtop te blijven staan. Ik probeer mijn spieren te ontspannen, wat resulteert in kleine schokbewegingen over mijn hele lijf. Hij is gek geworden. Ik moet hier weg. Aan de andere kant: als ik wegren, gaat hij misschien naar Alma. Ik probeer na te denken.

'Chico,' fluister ik naar achteren, 'hij zegt dat het oké is.'

Stilte.

Voor ik goed en wel doorheb wat er gebeurt, neemt Chico een sprong en landt met zijn volle gewicht boven op me. Ik klap op de grond en sla met mijn hoofd tegen de rand van het bed. Binnen een tel heeft Chico me omgedraaid en zit hij schrijlings boven op me. Zijn hand sluit zich rond mijn keel.

'Wat heb je hem verteld?'

Weer die stem. Blikkerig, alsof het geluid niet uit hemzelf komt, maar uit ijzer dat bij iedere lettergreep tegen ijzer slaat.

Ik probeer te antwoorden, maar de grip om mijn nek is zo stevig dat ik niet meer dan een piep produceer. Ik raak in paniek. Ik wil gebaren dat hij me moet loslaten zodat ik kan ademen en antwoorden, maar zijn andere hand heeft me klem bij mijn polsen.

'Probeer het eens!' roept hij dreigend, terwijl hij mijn rechterhand boven mijn hoofd tegen de vloer slaat en bijna mijn halsslagader doorknijpt. Het lijkt alsof hij tweehonderd kilo weegt; ik kan mijn heupen geen haarbreedte verschuiven.

Mijn ogen en tong duwen zich een weg naar buiten in hun zoektocht naar ruimte, maar mijn lichaam laat ze niet gaan. Mijn longen zijn gevuld met verzuurde lucht, felle pijnscheuten in mijn borst. Ik kijk omhoog en zie hoe de lucht zich langzaam vult met paarse sterren, alsof het dak is opgelost en we buiten liggen. Ik word er rustig van. Mijn handen ontspannen zich, waardoor ik de greep niet meer voel. Dan kijk ik weer naar het gezicht van Chico. Zijn mond staat wijd open en slijmdraden trillen, maar ik hoor niets. Hij beweegt langzaam boven me op en neer. Fonkelende sterren vloeien in elkaar over. Het is prachtig. Van lichtpaars naar donkerpaars naar zwart en ik val achterover in een zachte, warme vacht, alsof ik tussen de poten van Donkey lig te slapen.

Ik weet niet hoelang ik daar heb gelegen, maar als ik mijn ogen open lig ik op het beton van de tweede verdieping, geen Donkey te bekennen. Maar ook geen Chico. De kou van de vloer is in mijn botten gekropen. Mijn hoofd bonkt; een vertrouwd gevoel. Niet onaangenaam.

Waar is Chico? Ik hoor geschuifel en duw mezelf omhoog. Ik ga rechtop tegen het bed zitten en het eerste dat me opvalt is dat de tor weg is.

Weer dat geluid, het komt uit de donkere hoek van de kamer aan de andere kant van het bed. Ik trek mezelf op aan de bedrand, maar word verrast door de onderkoelde stem van Chico.

'Ga zitten zodat ik je kan zien.'

Razendsnel zak ik weer op mijn hurken en wacht tot mijn ogen gewend zijn aan het licht voor ik ze durf op te slaan. Als ik weer opkijk tekent de kamer zich in grove lijnen voor me af.

Chico zit met zijn rug tegen de muur tegenover me, met het bed als barrière tussen ons in. Hij heeft zijn knieën opgetrokken. Een spier in zijn kaak bolt op.

'Op het bed, waar ik je kan zien, tyfusjong.'

Snel kruip ik op de tjirpende bedspiraal en blijf daar zitten. Dan zie ik het. Hij heeft de tor vast. Met zijn linkerarm houdt hij het kind in een wurggreep, vlak onder het hoofdje. De rode cocon hangt voor zijn bezwete bast.

'Blijf daar.' Wild zwaait hij met zijn vrije arm. 'Of ik doe je wat!'

Ik probeer me niet te verroeren. Maar mijn lichaam trilt alweer zo hard dat ik bang ben dat ik van het bed af val. De spiralen onder mijn voeten produceren een schel geluid.

Na wat een eeuwigheid lijkt buigt Chico zich naar me toe en fluistert: 'Ik heb hem overmeesterd.'

Hij knikt naar de bungelende tor in zijn arm.

'Hij wilde me te grazen nemen, maar ik ben hem nu eens sneller af geweest. Ha!'

Zijn kreet schalt over mijn hoofd het raam door, de nacht in.

Ik zie iets glinsteren in zijn rechterhand. Hij heft zijn arm omhoog; een injectienaald licht op in het maanlicht.

'Zie je dit? Die vieze hond van een Negro had dit achtergehouden, helemaal voor zichzelf. En nu is hij boos dat ik het heb gevonden.'

Chico giechelt. Of zijn het de tingelende spiralen?

'Wie weet welke schatten hij nog meer voor ons verborgen houdt. Hè?'

Bij dat laatste kijkt hij naar beneden en trekt zijn arm even aan onder de kin van het kind. Het spert zijn ogen open en zet het op een oorverdovend krijsen.

Ik schrik. Chico ook. Zijn greep verslapt, hij deinst achteruit en ik verlies mijn evenwicht. In paniek door het gekrijs begint Chico wild naar mij te zwaaien met zijn rechterhand, waarmee hij nog steeds de spuit vasthoudt.

'Zitten jij. Merda! Nú zitten!'

Ik maak mezelf zo klein mogelijk, steek mijn hoofd tussen mijn knieën en klem mijn armen rond mijn benen.

'Hou je bek, goddomme, hou je bek!'

Hij brult naar de tor. Ik gluur over mijn knieën heen en zie de doek opbollen bij de protesterende ledematen. Het kind begint alleen maar harder te krijsen.

Het schuim staat Chico op de lippen. Dan gebeurt het. Mijn ogen registreren het vertraagd. Chico's rechterarm maakt een boog omhoog en daalt vervolgens als een vogel in duikvlucht neer, precies in de zijkant van het hoofd van de tor. De spuit steekt recht in zijn wangetje.

Ik adem lang en gedoseerd uit. De spiralen zijn stil.

Chico laat beide armen slap naast zijn lichaam vallen, waarbij de spuit automatisch uit het hoofd wordt getrokken en de armgreep wegvalt. De tor valt voorwaarts op de grond, zijn hoofd eerst.

Pok.

Het doet me denken aan de keer dat Negro een van de honden met een balk op zijn kop sloeg. Een droog geluid, zonder nagalm. Het kind rolt even door en blijft dan stil liggen. Ik kantel mijn hoofd en zie dat er zand is gekomen in de zijscheiding die Teresa in zijn haren heeft gemaakt. Dan voel ik mijn broek warm en zwaar worden, vocht loopt langs mijn kuiten en voeten. Door de ijzeren krullen onder me zie ik een ovale plas groter en groter worden.

6

De berg

Lucy's haren worden te lang. Ze heeft er een nieuwe gewoonte door ontwikkeld: een aantal keer per dag buigt ze haar hoofd achterover en voelt hoe de droge, gespleten punten tegen haar billen strijken. Het kriebelt. Ze sluit haar ogen en deint met een flauwe lach op haar gezicht heen en weer. Dan komt ze met een ruk overeind.

Klaar. Vandaag gaat het eraf.

Ze loopt naar de spiegel en tuurt tussen de schimmelplekken door naar zichzelf. Links onder in de hoek is een onbesmet stukje waarin ze altijd kijkt als ze een lange vlecht maakt, voorlangs over haar schouder.

Waar heeft ze de schaar ook alweer gelaten? Ze had hem van de week met Angelica gebruikt om hun jurkjes korter te maken. Toen de meisjes klaar waren, bedekte de stof nog nauwelijks de bolling van hun billen. Wat hadden ze een succes die avond. Lucy gniffelt bij de herinnering.

Ze ziet het oranje handvat onder een paar onderbroeken op de grond uitsteken. Terwijl ze de broekjes wegschopt raapt ze de schaar op, haalt haar haren over een schouder naar voren en grijpt ze vast. Het geheel wikkelt ze rond haar wijsvinger in één streng, in de spiegel kijkt ze waar ze de schaar zal zetten. Net onder haar borsten, besluit ze. Dan kan ze de zeemeermin nog doen. Vinden de klanten mooi.

Terwijl ze met een gesloten vuist de haren strak bijeenhoudt, zet ze boven haar hand de schaar erin tot ze een pluizige pluk dood haar vast heeft. Ze schudt de haardos weer naar achteren, draait een kwartslag en knikt tevreden.

Ze zoekt iets om de pluk in weg te gooien en trekt een lege plastic tas onder een stapel kleding vandaan. Het tasje vangt even wat lucht en dwarrelt dan aan haar hand mee naar haar lichaam. Er staan paarse letters op, die ze niet meer kan lezen; ze zijn vervaagd. John bracht altijd van alles voor haar mee. Met een plechtig gebaar had hij haar dit tasje overhandigd, en verbaasd had zij er een rechthoekige, bijna doorzichtige bak uit gevist. Er zat een deksel op. Toen ze het deksel opende vond ze nog zo'n rechthoekige bak, maar dan een maat kleiner. En daarin nog een. En nog een. Uiteindelijk lagen er zes plastic bakken met deksels op haar bed gespreid en kwam ze niet meer bij van het lachen. Ze had Angelica erbij geroepen.

'Wat is dit in godsnaam!' had haar vriendin gezegd, terwijl ze met een zuur gezicht naar het bed wees.

'Vertel het haar, John,' zegt Lucy.

'Dit,' John tilde een bakje in de lucht, 'is nou *Tupperware*.'

Hij leek op een vis toen hij het woord uitsprak, zijn getuite lippen gingen ritmisch op en neer.

'Dat is echt ontzettend handig. Voor het bewaren van van alles en nog wat.'

Zijn uitspraak, met de te lang aangehouden klinkers en langzame articulatie, droeg alleen maar bij aan de pret. De meisjes gierden het uit.

Zijn eerdere cadeaus waren beter in de smaak gevallen. Een rol paars lint waarmee ze elkaars haar hadden versierd, een setje met zeven onderbroekjes met alle dagen van de week erop – die ze natuurlijk door elkaar haalde –, een kronkelende plastic slang die discolicht gaf en die ze onmiddellijk om haar deuropening had gedrapeerd. Maar dit?

'Wij gebruiken dit voor alles,' vervolgde John serieus, zonder acht te slaan op het gegiebel van de meisjes. 'Voor eten dat overblijft, voor suiker, zout, stukjes appel die je later wil opeten.'

Lucy en Angelica lieten zich melodramatisch achterover op bed vallen, tussen de doosjes en deksels.

'Tup-per-ware,' kirde Lucy naar Angelica.

'Whoopsiedaisy!' riep Angelica terug, terwijl ze de spullen de lucht in gooide, zodat ze als hagelstenen weer op hen neer klaterden.

Maar John was niet van zijn stuk te brengen. Op die ene keer na, toen hij als een kind in haar schoot had liggen huilen, had Lucy hem nooit de controle over zichzelf zien verliezen. Hij werd nooit boos, snauwde haar niet af, was nooit chagrijnig en vergreep zich niet aan haar. Dat laatste vond ze dan wel weer jammer.

Rustig stapelde John de bakjes keurig in elkaar en zette ze in een hoek van de kamer.

'Jullie zullen zien: die komen vast nog van pas.'

De meisjes hadden hem tussen hen in op het bed getrokken en plagend over zijn hele lijf gekriebeld. Op elkaar ingespeeld streelden ze hem van top tot teen, waarbij Angelica naar het onderste gedeelte van zijn lichaam werd verwezen. John was van Lucy.

Terwijl hij voor de vorm tegenstribbelde, stroopten ze zijn bermuda af en trokken zijn shirt over zijn hoofd. Lucy had zich tegen hem aan gevlijd, kuste zijn gezicht, zijn roze tepels, zijn spierwitte buik. Angelica masseerde zijn voeten en benen en wreef de striemen van zijn sandalen op zijn wreven weg. Op een onzichtbaar teken van Lucy verdween ze naar haar eigen kamer.

Lucy bespeelde zijn bovenbenen en dijen; met de toppen van haar vingers trommelde ze van boven naar beneden en weer terug. Plagend duwde ze haar borstbeen tegen zijn navel, streelde met haar tepels zijn buik, aan weerszijden van de dunne streep haar die verticaal zijn romp verdeelde. Tegen de tijd dat ze zijn hoofd weer had bereikt, lag hij als een vis op het droge naar adem te happen, zijn mond op zoek naar de hare.

De herinnering knijpt haar adem af en de haartjes op haar onderarm staan overeind. Het tasje knispert tussen haar vingers. Ze kijkt ernaar en de gedachte aan het verraad maakt haar misselijk. Lucy slikt zwaar en stopt de afgeknipte pluk haar resoluut in het tasje. Het is tijden geleden dat John naar huis is teruggekeerd; jaren die zich aaneenregen terwijl de naden van de bloemensprei op haar bed zich ontrafelden. De sprei ligt nog opengeklapt van de laatste klant, de roze binnenkant als een verontschuldigende handpalm naar haar opgeheven. Boos slaat Lucy hem dicht.

Hoe had ze ook zo stom kunnen zijn. Te geloven dat hij niet zou zijn als de anderen. Dat hij iets van zich zou laten horen. Dat hij haar zou komen halen. Ze is niet gek of naïef zoals sommige meiden hier, die denken dat de eerste de beste seksbeurt met een buitenlandse jongen hun verlossing van de berg betekent. Ze spuugt op dat soort meiden. Bovendien: ze heeft nooit de behoefte gehad de berg te verlaten. Haar berg. Haar thuis. De broeierige lucht, gevuld met de geuren van gekruide kip in kokende olie, urine en rode kleigrond. De vrouwen die overal op trapjes bij elkaar zitten, elkaars haar vlechten, elkaars nagels lakken, elkaars baby's wiegen. De kinderen met kapotte fietsjes en zelfgemaakte voetballen; de mannen met geweren op iedere hoek. In tegenstelling tot de vele voorbijgangers hier die komen en gaan, voelt Lucy zich als de onverwoestbare begroeiing die zijn weg blijft vinden tussen de steeds weer bijgebouwde huizen, trappen en muurtjes. Ze is uit de berg ontsproten en ermee vergroeid, en Angelica is haar familie. Alleen voor John zou ze zichzelf hebben ontworteld. Alleen voor John zou ze alles wat ze liefheeft hebben achtergelaten voor een onzeker bestaan in een koud land, hier ver vandaan. Het was niet eens haar idee geweest, maar het zijne.

Maar zoals altijd slaat haar woede al snel om in wanhoop. Wanhoop om de post, die haar natuurlijk nooit kan bereiken op een plek waar straatnamen noch huisnummers zijn. Dat een van de vrijwilligers een fout nummer heeft opgeschreven. Wanhoop dat er iets met hem is gebeurd in Engeland. Dat hij ziek is. Dood misschien. Dat ze zal sterven zonder hem ooit nog te zien. Zonder hem ooit nog zijn lievelingsliedje 'Lucy in the Sky with Diamonds' in haar oor te horen brommen.

De eerste keer dat John het haar liet horen, stonden ze in haar kamer en luisterde Lucy vol afschuw. Het slome, monotone begin met die afgeknepen, snerpende stemmen. Pas toen op enig moment de drum driemaal sloeg en het refrein losbarstte, had ze hard met haar hoofd staan meedeinen. Tussendoor zakte het lied weer helemaal in, maar de refreinen waren een explosie van geluk, waarbij John en zij aan elkaars handen rondzwaaiden en hij de woorden meezong.

Klootzak.

Lucy gooit het tasje in een hoek van de kamer en bonkt op de muur.

'Angelica!'

Gestommel.

'Sim!' Angelica's hoge stem.

'Kom eens kijken, ik heb mijn haar geknipt.'

Binnen een paar tellen verschijnt het verhitte hoofd van Angelica om de hoek.

'Niet!' zegt ze met een overdreven verbaasd gezicht en beide handen demonstratief in haar zij.

'Kijk maar!'

Lucy danst heen en weer, zwierend met haar blonde haren. Angelica haakt in en samen draaien ze door het kamertje.

Die paar centimeter hebben haar hoofd verfrist. Vanavond trekt ze het korte jurkje weer aan en gaat ze met Angelica en de andere meiden flaneren en dansen.

*

Rond zeven uur 's avonds kleden de meisjes zich aan om naar het buurthuis van het Zesde te gaan. Angelica trekt uiteindelijk Lucy's jurkje aan en Lucy leent Angelica's blauwe hotpants. Haar billen komen er prachtig in uit, de stof bedekt ze maar net voldoende om geen bikinibroekje te zijn – ze kan niet ophouden met over haar schouder in de spiegel te kijken. Met een geel hemdje erboven lijkt ze net een gewoon pubermeisje. De vrijwilligers van het buurthuis zijn niet gek, maar zo lang ze het er niet al te dik op leggen knijpen ze een oogje toe.

Zodra de duisternis valt wandelen de meisjes vrolijk via de wirwar aan steegjes naar beneden. Stegen met meisjes zoals zij liggen traditiegetrouw hoog in de wijk, onbereikbaar voor de toch al karige voorzieningen van de berg. De huizen staan er dicht tegen elkaar aan gebouwd en de begroeiing heeft er vrij spel. Hier geen stenen buiten-wc's of voetbalveldjes, scholen of winkeltjes. Hoe hoger op de berg, hoe meer de natuur overheerst, op alle fronten.

Achter elkaar aan lopend ontwijken ze behendig waslijnen en elektriciteitskabels, springen van verhoging naar verhoging over de geulen met rioolwater om hun voeten droog te houden. Hun teennagels zijn met zorg gelakt en ze kijken neer op meiden die met ranzige voeten rondlopen. Dat soort noemen ze gniffelend 'poepvoet'. Steeds lager komen ze, tot de nauwe, handmatig uitgehakte treden tussen de rotsmuren zich verbreden in egale trappen tussen muren beschilderd met de portretten van voetbalvedetten, en de krakkemikkige hutjes die als vogelnesten tegen de berg hangen plaatsmaken voor stenen huizen in de kleur van de kleigrond. De rode bakstenen met raatmotief zijn een symbool voor de hoogste rang op de berg, nog maar één stap verwijderd van een huis in een legale buurt, waarvan de muren zijn gestuukt met een dun laagje beschaving.

Onderweg sluiten zich steeds meer meisjes bij hen aan, met net gevlochten haren en de geur van bloemenzeep, en als ze bij het buurthuis aankomen heeft zich een druk kakelend gezelschap gevormd, als paradijsvogels tijdens de balts. De jongens hebben gel in hun haar en trappen nonchalant een balletje of hangen op een laag muurtje. De vrijwilligers hebben weer hun best gedaan. Rondom het dak van het buurthuis bungelen oude olielampen, wat het geheel een egaal lichtpunt in de onregelmatig bespikkelde bebouwing maakt. Kilometers verder in de diepte beginnen de buitenwijken van de stad en straalt de verlichting volgens een vast patroon.

Een tafeltje staat uitgeklapt met daarop bekers ranja. Rayane staat erachter alsof ze een schat bewaakt. De donkere vrouw met het glanzend zwarte haar is de koningin van het buurthuis. Nadat er te veel incidenten met buitenlandse vrijwilligers en lokale jeugd waren geweest, waardoor er steeds minder aanmeldingen – en dus geld – binnenkwamen, hadden de verschillende organisaties besloten een conciërge aan te stellen: iemand van de berg. Rays omvang heeft zich gevormd rond haar karakter: flink en onvermurwbaar. Met haar handen in haar zij, of waar die zou moeten zitten, houdt ze nauwlettend in de gaten of iedereen zich aan de regels houdt. Wie het waagt een tweede bekertje ranja te pakken, krijgt een draai om zijn oren. In bairro's zonder vrouwen als Ray kunnen buurthuizen binnen enkele weken na opening sluiten – tenzij ze een samenwerking met de Organisatie aangaan, wat ze juist niet willen. Een jongetje van nog geen acht jaar had laatst een lief lachende vrijwilligster uit Italië vol tussen haar benen gegrepen, waarop het mens in huilen was uitgebarsten. Ray had het jong bij de pols gepakt en zijn arm zo ver achter zijn rug gedraaid dat hij nog zeker een week met een slap armpje en een besmuikt gezicht rondliep. De Italiaanse vrouw zat toen al in het vliegtuig naar huis.

Angelica en Lucy nippen van hun bekertje ranja.

'Dag meisjes,' zegt Ray. 'Geen gedoe vanavond, hè!'

'Nee, Ray!' lachen ze in koor.

Ray trekt hen aan weerszijden van haar borstpartij naar zich toe en drukt ze bijna fijn onder haar natte oksels.

'Goed zo, meisjes,' bromt ze, 'zo hoor ik het graag.'

Als de twee meiden weglopen trekt Lucy snel met haar wijsvinger het broekje tussen haar billen uit, in de hoop dat de stof haar eer voor de duur van drie stappen kan hooghouden. Het geklak van Rays tong maakt duidelijk dat ze daarin faalt.

Iedereen staat buiten voor het buurthuis, dat niet meer is dan een paar muren met een golfplaten dak. Hier in Bairro Zes geen *summer camp*-project, zoals het mooie buurthuis met het lekkende dak in het Vijfde waar ze ooit John ontmoette, maar de ijver van wat vaders en het toezicht van vrouwen zoals Ray om te voorkomen dat het geconfisqueerd wordt door opgeschoten pubers of de loopjongens van de Organisatie. Niemand gaat naar binnen. Zwarte lakens hebben de hemel boven hen afgesloten en langzaam beginnen de sterren zich erdoorheen te duwen. Voor de kinderen van de berg is dit het vertrouwde plafond van hun jeugd.

De oudere jongens stellen zich schuin op tegenover de meisjes en het hormonale duw- en trekspel kan beginnen. De meiden giechelen, ze plukken aan elkaar en vlechten elkaars haren voor de zoveelste keer. Het is te donker om nog te voetballen, dus de jongens houden zich bezig met dobbelen of voeren op lage toon quasi-serieuze gesprekken. Alleen de weerkaatsing van een terloopse blik over en weer in het flauwe licht van de olielampen verraadt het besef van elkaars aanwezigheid, als mimespelers in een schouwspel dat alleen zij begrijpen. Angelica is al een tijdje verliefd op een jongen die verder naar beneden woont, op de rand van het Zesde. Hij heet Pãozinho, Broodje. Die bijnaam heeft hij te danken aan het feit dat hij jaren geleden, toen hij nog een klein schoffie was, in het Vierde een stuk brood had gejat. Pãozinho had helaas een verkeerde bakker uitgekozen. Waar in alle andere wijken overal vrouwen in kleermakerszit voor hun huisje deeg kneden en in geïmproviseerde oventjes bakken, had een hoge pief van de Organisatie in het Vierde bedacht dat hij het professioneler aan ging pakken. Hij leende een groepje vrouwen geld om een heuse oven aan te schaffen en liet deze midden in het Vierde installeren. De vrouwen werkten samen om kaasbroodjes voor de hele bairro te bakken. Een paar loopjongens waren als beveiliger aangesteld. Pãozinho had de pech de allereerste dief van deze moderne bakkerij te zijn; de eigenaar wilde meteen een voorbeeld stellen. Het hongerige knulletje had zijn kruimel brood nog niet weggegrist of hij hing al ondersteboven aan zijn enkels. Onder luid gejoel van de toegesnelde kinderen was hij door de loopjongens rechtstreeks naar de eigenaar gebracht, die zijn positie binnen de Organisatie niet voor niets had verdiend.

Voor zijn huis, zodat iedereen het kon zien, had hij het joch met zijn blote vuisten bewerkt alsof het een deegbal was. Het schouwspel eindigde ermee dat hij Pãozinho, die inmiddels slap over zijn knieën lag, een trechter in de mond deed, die hij vulde met graan en alcohol. Nadat Pãozinho in een diepe coma was gegleden, gaf de man zijn loopjongens opdracht het kind aan zijn voeten naar zijn moeder, twee wijken hoger, terug te slepen.

Enkele honderden traptreden verder, waarbij de jongens zich ervan hadden verzekerd dat Pãozinho's achterhoofd geen trede had gemist, lieten ze het jong voor dood achter op zijn moeders drempel.

Tegen alle verwachtingen in stierf het kind niet. Zes maanden later verscheen hij, lijkbleek en slap als een stuk kauwgom, in de deurpost van zijn huisje.

Via de onzichtbare connectie die vrouwen met elkaar verbindt, had zijn moeder uit alle hoeken en gaten van het Zesde hulp ingeroepen. 's Nachts hadden verpleegsters haar geholpen de botbreuken in het kinderlijf van haar zoon te zetten. De kneuzingen had ze met brouwseltjes ingesmeerd tot haar eigen handen met blaren waren bedekt. De alcoholvergiftiging behandelde ze met aftreksels van wilde passiebloem, aangeleverd door kruidenvrouwen. Alles wat maar enige helende werking suggereerde, greep ze aan.

Het verhaal gaat dat ze Pãozinho maandenlang sprookjes vertelde en bij ieder sprookje een bijbehorende oefening met hem deed om zijn lichaam weer op gang te helpen. Ze boog zijn armen en benen, draaide zijn gewrichten en masseerde zijn rug. In de jaren nadien riepen de andere kinderen als ze Pãozinho zagen: 'Vertel eens van de jaguar en de geit die samen een hut bouwden?' Dan begon hij tegen wil en dank met zijn armen te zwaaien, kniebuigingen te maken of zijn vingers te strekken, tot hilariteit van de omstanders.

Zijn moeder had gevochten voor het herstel van haar kind en zonder dat hij wist waarom, kon de kleine jongen in de jaren daarna overal rekenen op de zorg van moeders op de berg. Het slappe aftreksel dat van hem overbleef ging vanaf dat moment door het leven als Broodje.

Verscholen achter de stoere jongens staat hij nu in het zand te schuifelen, in de hoop dat zijn ene slappe been niet zo opvalt.

'O, *amiga*,' lacht Lucy naar haar vriendin, 'ga toch naar hem toe. Hij kijkt de hele tijd jouw kant op.'

'Niet waar!' protesteert Angelica. 'Hij heeft me niet eens gezien.'

'Dat lijkt alleen maar zo, omdat hij zo scheel kijkt,' zegt Lucy.

Angelica maakt een dramatisch wegwerpgebaar met haar hand.

Nu duwen ook de jongens Pãozinho naar voren; hij hinkt en struikelt bijna.

'Ga naar haar toe, man, ze is er klaar voor!'

Onder luid protest zetten ze hem buiten de veilige muur van de groep. Lucy bidt dat niemand nu de naam van een sprookje naar hem roept en hij met zijn armen gaat zwaaien.

'Ga!' zegt Lucy in Angelica's oor en ze geeft haar een zet in de rug. Angelica's gebruikelijke bravoure met mannen is opeens ver te zoeken. Wetend dat de publieke vernedering alleen maar groter wordt naarmate ze daar langer blijft staan, neemt ze twee grote stappen, grijpt de jongen bij de hand en trekt hem weg uit het licht. De gelederen sluiten zich weer in afwachting van het volgende verzetje, dat niet lang op zich laat wachten.

Het schotensalvo doet in eerste instantie niemand schrikken. Ze zijn het gewend. Eén schot voor een vreemde in de wijk, twee schoten voor een concurrerend bendelid, en drie voor de politie. Het zijn er drie. Dat is op zich vreemd, aangezien een politie-inval vooraf wordt aangekondigd bij de leiding van de Organisatie. Infiltranten bij de politie informeren hen exact over het waar en wanneer van een gepland bezoekje, zodat iedereen de tijd heeft zich voor te bereiden. Maar bij een aangekondigde politie-inval worden de buurthuizen uit voorzorg gesloten.

Weer drie schoten, nu dichterbij. Lucy kijkt naar Ray. Die blikt verschrikt om zich heen. Plukken ravenzwart haar zijn uit de helm van lak ontsnapt en steken omhoog vanaf haar voorhoofd; ze slaat ze bruusk naar achteren alsof het muskieten zijn. Ray is het aanspreekpunt voor de Organisatie, maar dit is voor haar overduidelijk ook een verrassing. Lucy kijkt naar de jongens, die weten vaak meer. Maar zij staan dommig om zich heen te kijken met hun armen slap langs hun lichaam, de dobbelstenen roerloos in een kuiltje in het zand.

Pok, pok, pok.

Het droge geluid van een automatisch geweer, dichtbij. Nu komen de jongens wel in beweging; een aantal zet het op een lopen, terwijl anderen onder de olielampen door het buurthuis in duiken. Meisjes beginnen te gillen. Geschreeuw en gestommel zwelt aan, een paar niveaus lager. Ray begint gejaagd plastic bekertjes op te stapelen en roept naar de andere vrijwilligers dat ze de lampen moeten doven. De kinderen staan er schaapachtig bij te kijken, niet gewend iets te ondernemen zonder instructies. Babygekrijs klinkt dichtbij uit verschillende huizen, en nu ook waarschuwingssalvo's in wijken verderop. Gespannen turen de jongeren gezamenlijk over het donkere doolhof van daken dat hun het zicht op de grond ontneemt. Door de dichte begroeiing schieten af en toe lichtballen. De vrijwilligers hebben door de zenuwen pas één olielamp weten te doven.

Dan zwelt het lawaai vliegensvlug aan en van het ene op het andere moment spugen de steegjes rond het buurthuis groepjes zwaar bewapende mannen uit. Stampende voeten, geschreeuw, de grond trilt. Als een mierenzwerm omsluiten ze hen. Lucy hoort nog net hoe Ray achter haar gilt voor ze zelf tegen de muur wordt gesmeten. De impact op haar hoofd en borstkas is zo groot, dat ze even geen adem kan halen. Paniek sluit zich als een zak om haar hoofd. Het lawaai om haar heen verstomt, het geschreeuw en de schotensalvo's vervagen tot het niet meer dan verre echo's zijn, en dan wordt alles stil in haar hoofd.

Lucy probeert te slikken. Ze voelt hoe haar wang en borst tegen de muur van het buurthuis wordt gedrukt, de stilte en de koude stenen tegen haar huid kalmeren haar. Als ze haar ogen opslaat, ziet ze Rays hysterische gezicht een paar meter verderop. Een jonge knul in uniform pint haar tegen de muur. Haar mond beweegt, maar Lucy hoort niets. Langzaam zwelt gesuis aan in haar oren, het lijkt of een zwerm muggen vanaf grote hoogte in duikvlucht op haar afkomt. Met een klap landt ze terug op aarde. Overal is herrie en chaos. Geschreeuw van agenten, geworstel met jongens en mannen die proberen te ontsnappen, machinegeweren die tegen botten slaan, huilende kinderen.

Lucy blijft zich concentreren op Ray, een eindje rechts van haar. Beide vrouwen staan met hun wang tegen de muur gedrukt. De oude vrouw heeft haar mond wagenwijd open, slijmdraden verbinden haar onder- en bovenlip als wiebelige tralies. Rays ogen vangen de hare. Bij het zien van de paniek in de ogen van het meisje kalmeert de vrouw en hervat ze haar rol. Haar gezicht ontspant zich, ze knippert rustig met haar oogleden en maakt susgebaren met haar mond. Lucy krijgt haar gedachten weer een beetje op een rij.

Angelica!

Waar is haar vriendin heen gegaan met Pãozinho? Misschien zijn ze recht in de armen van de politie gelopen. Ze hoopt dat Angelica ergens in een doodlopend steegje onder een waslijn zit te zoenen en dit alles aan haar voorbijgaat.

Dan begint de mierenkolonie zich terug te trekken, als een film die wordt teruggespoeld. Iedere agent heeft ten minste één persoon bij zich. Allemaal hebben die hun handen voor hun lichaam, bij de polsen vastgebonden met wit plastic. Lucy probeert haar eigen polsen te bewegen, maar het gladde snoer wijkt geen millimeter. Het doet pijn. Ze is niet zo snel onder de indruk, maar fysieke pijn kan haar ontregelen. Als een ballon waarin een gaatje wordt geprikt: het effect groter dan de feitelijke schade.

Achter haar worden bouwlampen aangezet. Een harde stem deelt bevelen uit. Ze hoort een vrouw tegenstribbelen, Lucy denkt in de stem een van de vrijwilligsters van het buurthuis te herkennen.

'Mijn kindjes! Ze liggen alleen te slapen, ik moet naar ze toe!'

De vrouw wordt hardhandig afgevoerd, komt ten val en begint te huilen. Er komt beweging in Lucy's rij en een bizarre stoet trekt onder escorte de donkere berg af. Tientallen jongeren met blote benen, blote armen en op teenslippers, begeleid door mannen van top tot teen ingepakt en beschermd, uitgelicht door schijnwerpers. Donkere hemden met daaroverheen dikke, mouwloze vesten. Zware broeken behangen met riemen en holsters, plastic kommen om hun knieën gebonden, de pijpen ingestopt in veterlaarzen. Hun handen steken in vingerloze handschoenen, sommigen dragen op hun hoofd een zwarte baret, anderen hebben een kaalgeschoren schedel die weerkaatst in het licht van de schijnwerpers. Met een schuine band hangt een geweer zo groot als een kleuter langs hun schouder, de loop naar beneden gericht. De mannen dragen ieder in hun eentje meer dan haar voltallige huisraad aan hun lichaam, terwijl de mensen van de berg bijna naakt zijn; het geheel ziet er zo wonderlijk uit dat Lucy op haar wang moet bijten om niet in lachen uit te barsten.

Die aandrang vergaat haar snel: vlak voor haar probeert een potige knul uit te breken door in een nauwe opening tussen twee krotten weg te schieten. Hij draagt alleen knalgele shorts, zijn zwarte lijf valt weg in het donker. Een van de robots blaft een bevel en vier agenten maken zich los uit de groep. Als insecten schieten ze gebukt weg tussen de huizen in een cirkel rond de plek waar de jongen verdween, hun voetstappen snel en gelijkmatig. Het gebeurt allemaal zo snel dat Lucy's rij als één man stil is blijven staan. Een harde por met de loop van een geweer brengt iedereen weer in beweging; Lucy blijft met de zool van haar slipper achter een steen hangen, struikelt en haalt haar teen open. Iets lager ziet ze de jongen in de gele short opeens opdoemen tussen de huizen: hij wordt over de grond gesleept door de agenten en op een kleine open plek voor de voeten van de commandant gegooid. Weer probeert hij er op handen en voeten tussenuit te glippen, maar de harde slag met een geweerkolf op zijn schedel velt hem definitief. Hij ploft plat op de aarde, zijn bijeengebonden polsen steken als een offer voor hem uit. Terwijl Lucy doorloopt en steeds dichterbij komt, ziet ze hoe de agent met de achterkant van zijn geweer blijft inhakken op het hoofd van de jongen. Het doet haar denken aan de vrouwen die hele dagen voor hun huisje maniok zitten te stampen. Met onbewogen gezicht laten ze de zware vijzel ritmisch neerdalen, keer op keer. Ze passeert het tafereel en hoort het kraken. Met een gelaarsde voet op de gele shorts fixeert de agent de jongen terwijl hij doorgaat, bijgelicht door de schijnwerper van een collega. Langzaam kleurt de grond rond het hoofd van de jongen donker van het nat, als een pan die overkookt. Dan is Lucy er voorbij en ziet ze in de verte de brede weg opdoemen die naar de eerste buitenwijken leidt. Lantaarnpalen rijgen een ovale kring rond de stad, als lumineuze afweer tegen de donkere massa van de berg.

Op een braakliggend terrein staan tientallen busjes klaar, met schijnwerpers in alle hoeken om de politiemacht bij te lichten. Lucy laat zich in een busje leiden en is blij als ze Ray in hetzelfde voertuig ziet zitten. Uitgeput van alle inspanning dommelt ze in, leunend op de schouder van haar buurvrouw.

Als ze eindelijk worden uitgeladen is de stad nog in stilte gehuld, maar laat de zon een eerste rode laag uit de hemel zakken. De luchtvochtigheid is hoog; Lucy voelt nauwelijks verschil als de portieren openslaan en ze uit het benauwde busje de parkeerplaats bij het politiebureau op stapt. In rijen worden ze naar een politiecel gebracht. De cel is een soort hondenhok, met twee wanden van tralies van vloer tot plafond. Alle meiden van die avond zijn er, behalve Angelica en de buitenlandse vrijwilligers. Zodra de bewaker de deur heeft afgesloten, haast Lucy zich naar Ray om haar zorgen te delen. Is het misschien mogelijk dat Angelica zich in een andere cel bevindt? Ray stelt haar gerust.

'De andere cellen vullen ze met mannen, menina. Als ze hier niet is, is ze waarschijnlijk gewoon thuis. Is Pãozinho toch niet voor niks door zijn moeder gered,' voegt Ray er met een schor lachje aan toe.

'Ray? Waarom zijn we niet gewaarschuwd?'

Lucy's stem klinkt hoog en raar.

'Ik weet het niet, Lucy. Er zijn opstanden in de gevangenis geweest waarbij doden zijn gevallen, waaronder een hoge pief uit een van onze bairro's. Hierop hebben soldaten van de Organisatie de afgelopen weken aanslagen in de stad gepleegd, auto's in brand gestoken en gevochten met de politie. Onschuldige burgers zijn in vuurgevechten terechtgekomen. O Presidente wil een daad stellen, denk ik.'

Iedereen in de cel luistert als Ray spreekt, maar niemand snapt wat ze zegt. Lucy staart haar met open mond aan. Wat hebben zij hiermee te maken?

'Zolang de Organisatie op de berg blijft, is alles goed. Maar er is een ongeschreven regel dat ze normale mensen met rust moeten laten, anders staat de politie voor schut. Uit wraak houden ze nu samen met het leger schoonmaakacties in onze bairro's. Begrijp je het?'

Ze begrijpt er niets van. Lucy pakt haar lange blonde vlecht voorlangs en kijkt naar het bosje dat onder het elastiekje uit komt. Mooi recht. Gezond. Ze friemelt ermee met haar vingers en denkt aan de knipbeurt van die ochtend. Dat is alweer een dag geleden.

Ondanks de open tralies drukt de lucht in de cel zwaar op haar, en ze kan geen goede houding vinden op de betonnen vloer.

Deze wereld is gekleurd.

Naast haar begint Ray zachtjes te zingen.

Met wit, zwart en geel.

Lucy sluit haar ogen. Onder de lichte klanken trekken haar schouders naar de grond.

De andere meisjes vallen Ray bij. Het is een bekend kinderliedje en het duurt niet lang voor alle vrouwen in de cel zachtjes meezingen.

Als daarin de liefde woont
wordt alles mooier.

Heen en weer wiegend fluisteren ze de woorden. Het eenduidige gezoem verzacht de spanning van die nacht en de lichamen geven zich even over. Tweemaal, driemaal zingen ze het liedje, tot een knuppel tegen de tralies slaat en hun cocon doorbreekt. Abrupt houden de vrouwen stil. Een iele agent staat buiten het staal te grijnzen, hij laat zijn knuppel in zijn handpalm rusten alsof hij een jong vogeltje vast heeft. Zo'n jongen zou Lucy normaal gezien om haar vinger winden. Maar de verhoudingen liggen hier anders. De agent opent de deur en slaat nog een paar keer tegen de tralies. Het trillende ijzer zendt schokgolven door haar zenuwen.

'Jij, jij, en jij!' brult hij terwijl hij met de knuppel een paar vrouwen aanwijst.

Lucy kijkt naar de buurvrouwen rechts en links van haar. Geen van beiden reageren. Ze houden hun kin stijf op de borst. Wanhopig kijkt Lucy naar Ray. Die knikt kort naar haar.

Met haar polsen nog steeds bijeengebonden duwt Lucy zichzelf omhoog en loopt naar de deur. Zou ze worden vrijgelaten?

Pats!

De knuppel daalt hard neer op haar rechterbil. Een pijnscheut schiet door haar vlees.

'Ik kom al!'

Ze voelt haar bil gloeien – dat kan haar werk kosten. Kleine opneuker, denkt ze terwijl ze de jongen een vieze blik toewerpt.

'Kijk naar beneden!'

Hij schreeuwt in haar gezicht. De knuppel hangt dreigend boven haar hoofd en speeksel spat tegen haar wangen. Lucy begrijpt niet hoe ze zich moet gedragen, welke rol ze hier vervult. Buiten de cel wacht een vrouwelijke agent haar op. Zonder haar aan te kijken pakt ze Lucy's bovenarm en leidt haar door een lange gang. Ze houdt in voor een deur en laat Lucy los om de juiste sleutel te zoeken.

Lucy gluurt opzij. Het is een jonge vrouw, misschien iets ouder dan zij, maar dat kan ook zo lijken omdat ze zo anders gekleed is. Ze zijn even groot, maar daar houdt iedere vergelijking op. Het donkere haar van de vrouw is steil geföhnd en in een staart onder in haar nek bijeengebonden. Een zweem van parfum hangt om haar uniform, subtiel, en ze draagt knopjes in haar oren. Op een plaatje op haar borst staat een naam, maar Lucy kan niet zo snel lezen. De agente worstelt met het slot en kijkt even opzij. Hun gezichten zijn zo dicht bij elkaar dat Lucy haar adem inhoudt; die van de vrouw strijkt langs haar wang en voelt fris. Lucy voelt zich opeens bloot en vies.

De agente draait de deur van het slot, lacht even opgelucht, maar lijkt dan te beseffen in welke situatie het meisje naast haar zich bevindt. Ze legt haar hand op Lucy's schouder en slaat haar ogen neer.

'Ga maar.'

Lucy doet een stap naar voren en voelt de luchtverplaatsing tegen haar kuiten als de deur gesloten wordt. Zweetstraaltjes lopen in haar ogen en ze knippert. De ruimte explodeert van licht. Het komt uit drie lange buizen aan het plafond en uit een kaal bolletje dat in een hoek hangt. Ze is even gedesoriënteerd. Is het ochtend? Of middag? Ze kijkt naar beneden, naar haar handen, en een druppel zweet valt van haar wimpers in haar palm. Het plastic snijdt in haar vlees. Opeens denkt ze aan John en de scherpe witte strepen op haar polsen vervagen tot een krijtachtige wolk. Als hij wist wat er nu gebeurde, zou hij haar direct komen ophalen.

Achter haar zwaait de deur open en Lucy springt naar voren. Een oudere man en het iele ventje met de knuppel van daarnet stappen naar binnen. De vrouwelijke agent is nergens te bekennen. De deur valt vanzelf dicht en gedrieën staan ze in de kleine ruimte, niemand kan zijn armen strekken zonder iets te raken. De oudere man lijkt een reus in een babykamer en ook zijn uniform past hem niet; de knopen houden de stof rond zijn buik met een uiterste krachtinspanning bijeen. Zijn kleine collega laat de knuppel ritmisch op zijn handpalm neerkomen.

'Zo. Meisje.'

De reus neemt het initiatief.

'Vertel jij maar eens aan papá wat je allemaal hebt uitgespookt.'

Lucy pijnigt haar hersenen. Gejaagd bladert ze door haar register van rollenspellen in de hoop de juiste aan te treffen.

'Nou?'

De reus wordt ongeduldig. De kleine zet de woorden van zijn collega kracht bij door zijn knuppel onder haar kin te zetten en haar gezicht hard omhoog te duwen, haar ogen naar het plafond gericht. Ze wil slikken, maar haar keel is zo strak uitgerekt dat de bal erin niet kan bewegen. Ze voelt de andere man ook dichterbij komen.

'Wie betaalt jou, *puta*!'

Zijn woorden blazen haar bijna onderuit. Lucy voelt hoe ze begint te trillen, de knuppel houdt haar lichaam als een stutpaal overeind. Met opengesperde ogen torent de reus boven haar uit. De knuppel boort zich dieper in haar kin, ze kan het gewaxte hout ruiken. Lucy staart naar een ader in de hals van de grote man.

'Wat bedoelt u?' piept ze. Ze kan haar kaken amper bewegen.

'Wie geeft jullie geld om van die vieze berg af te komen, dát bedoel ik.'

Opeens voelt ze hoe vol haar blaas is. Met alle macht trekt ze haar buik in. Ze perst haar lippen en oogleden op elkaar. De knuppel wordt weggetrokken, haar hoofd valt naar beneden en bijna zakt ze door haar knieën. De reus grijpt haar bovenarm, drukt zijn lippen tegen haar oor en fluistert.

'We weten dat jullie erachter zitten. Vertel me maar wie het zijn. Wie zijn jouw suikeroompjes, *putinha*?'

De reus probeert heen en weer te lopen in het kamertje, maar komt niet verder dan één stap heen en één stap weer terug. Hij priemt een dikke vinger in haar richting.

'Ondankbare honden! We laten jullie met rust en nu komen jullie ons lastigvallen in onze eigen stad. *Bandidos!*'

Het woord spat uit zijn mond als murw gekauwde tabak. Lucy kan haar plas bijna niet meer ophouden.

'Zeg me wie erachter zit!' Hij wordt steeds driftiger.

Ze heeft nog steeds geen idee waar hij het over heeft. Ze is de berg al in geen tijden meer af geweest. Ze eet, slaapt en werkt er.

Dan barst de reus in lachen uit. Lucy's lijf schokt mee op de maat van zijn gebulder.

'Kijk!' Hij wijst met zijn vinger naar haar kruis. 'Die slet wordt opgewonden van me.'

Geschrokken laat Lucy haar handen zakken.

'Ik kan het me wel voorstellen, hoor, als je je hele leven omringd bent door apen. Normale mannen zoals wij heb je nog nooit gehad zeker?'

Hij knipoogt naar zijn collega.

'Zeker eerst een paar jaar door je vader uitgewoond, toen door je broers, en nu laat je de rest van die kakkerlakken over je heen gaan.' Gehinnik stijgt op vanuit de hoek.

'Gadverdamme,' de reus vertrekt zijn gezicht alsof hij met zijn blote voet op een naaktslak is gaan staan. 'Ik zou er mijn hond nog niet op loslaten. Jij mag haar hebben.'

Hij grijpt Lucy en zwiert haar in één vloeiende beweging naar de tafel in de hoek, onder het peertje. De kleine agent zet een stap opzij en drukt haar over de tafel heen. Ze ligt voorover met haar bijeengebonden armen tussen haar lichaam en de tafel geklemd en haar wang tegen het koude staal geduwd. Ze denkt terug aan de muur van het buurthuis en het gezicht van Ray. De gedachte dat zij maar enkele meters van haar verwijderd is, is onverdraaglijk.

Het broekje kruipt omhoog tussen haar billen. Het broekje van Angelica. Zodra ze thuis is zal ze het goed uitwassen in een sopje en er een beetje parfum op spuiten. Dan pas geeft ze het aan haar vriendin terug en zal ze haar alles vertellen over deze nacht.

De jongen staat achter haar en pint haar hoofd met zijn vingers vast op tafel; een blonde pluk haar die is losgeschoten uit haar vlecht valt voor haar gezicht. Ze voelt iets tegen haar billen prikken. Lucy haalt diep adem en sluit haar ogen. *Kom op dan.*

Laat het maar gebeuren, dan kan ik tenminste terug naar Ray.

Sneller dan ze had verwacht flitst er iets door haar onderlichaam en Lucy's hoofd schiet in een reflex omhoog. Ergens achter zich hoort ze de reus lachen. De jonge agent slaat haar direct weer plat tegen de tafel en haar benen vallen onder haar weg. Iedere spierspanning is uitgeschakeld. Haar oogleden vallen dicht, ze voelt zich zwaar en loom worden. Een warme sensatie trekt over haar heen, het voelt alsof ze een riool in tuimelt en kopje-onder gaat. De laatste gedachte die ze heeft is dat ze nooit meer zal lachen om meisjes met een poepvoet.

In de verte hoort ze de reus zijn collega aanmoedigen met lage, uitgerekte klanken. De agent staat zijwaarts tegen haar aan, ze ziet de arm met de knuppel heen en weer gaan. Lucy voelt niets. Ze beeldt zich in dat ze thuis in bed ligt, onder haar bloemensprei, klaar om te gaan slapen terwijl Angelica een liedje voor haar zingt.

7

De sertão

Elke dag worden we lustelozer. Het hoogtepunt is het hompje gekookte rijst dat we 's ochtends eten met een mespuntje worst. Het levert net voldoende energie om de dag door te komen. Als de avond valt en het helblauw boven ons in een oogwenk zwart wordt, vallen we in een rusteloze nacht. Onze lichamen zijn te hongerig om zich over te geven aan de slaap en te futloos om op te staan. Onze huid is vaal en dof, net als onze ogen. Mijn vingertoppen voelen hetzelfde aan als het zand dat ons omringt en er zijn momenten dat ik denk dat mijn lichaam begint te vervloeien in de omgeving.

Na de dood van de kippen, hebben de varkens er ook een voor een de brui aan gegeven. Het laatste varken heeft nog een halfslachtige poging gedaan zijn stervende lotgenoot aan te vreten, maar zelfs daar ontbeerde het de kracht voor. Sinds het vertrek van Negro is alles zo normaal dat het eng is. Het voelt als luchtboksen: ik ben ieder moment alert op een stoot, maar ik weet niet wanneer en uit welke hoek die zal komen. Raull zit steeds vaker bij Chico. Af en toe gluurt hij vanaf de overkapping mijn kant op, zijn wenkbrauwen lager dan ooit. Soms denk ik dat hij zijn lip naar me optrekt, maar dat kan ik me ook inbeelden. Mano zit hele dagen tegen de zijkant van de schuur in zijn eentje voor zich uit te mompelen. Met zijn knieën opgetrokken praat hij over schroot en oud ijzer, de zaken die goed gaan, en dan opeens gooit hij zijn hoofd in zijn nek en schatert het uit. Davi en João negeren hem en ik ben druk met Alma.

Ze is op wonderbaarlijke wijze opgeknapt. Ik laat haar nog steeds beneden slapen – voor haar verzorging is het niet meer nodig, maar ik voel dat ze het prettig vindt. Omdat ze 's nachts de warmte van onze lichamen moet missen, hebben we haar onze beste doek gegeven. Niemand protesteerde. Met het verbranden van het vaalrode broekje en het hemdje met de palmboom, lijkt ook de oude Alma te zijn verbrand. Ze is niet langer een buitenstaander; ze is een van ons. Haar littekens zijn een brandmerk van de initiatierite.

De ochtend na het incident met Chico heb ik het kind bij Alma gelegd en daar ligt het nog steeds. Toen ik diezelfde middag weer kwam kijken had Alma zichzelf omhooggeduwd en leunde ze schuin over het palet naast haar heen. Geschrokken bleef ik in de deuropening staan. Ik dacht geluid te horen, maar kon niet onderscheiden of het uit de baby of uit Alma kwam. Pas toen ik mijn ogen sloot en mijn oren spitste, hoorde ik een ijle stem melodieus zingen.

Ga, zangvogel, zangvogel, kameraad, ga.

Iets in me leek te knappen. Ik leunde met mijn handen op mijn knieën om niet op de grond te vallen. Zo bleef ik daar voorovergebogen staan tot het liedje klaar was. Zonder dat Alma me had gezien, draaide ik me om en ging terug naar de jongens.

*

Een paar dagen later lig ik 's ochtends in de schaduw onder de boom en tuur naar de effen blauwe lucht. Geen teken van Teresa. Er is geen enkele kleurschakering, geen stipje te bekennen aan de wijde horizon. De hemel lijkt zich als een waaier uit te vouwen, met mij als middelpunt. Er is geen dreiging meer. Geen knagende honger in mijn maag, geen beelden in mijn hoofd die zo vaak mijn dromen beheersen. Alleen maar blauw. Naast me in de lucht zweven de andere kinderen met hun armen gespreid in de stralende hemel.

Een donkere schaduw valt over me heen. Ik klap weer terug op aarde en voel het fijne zand als grindkorrels tegen mijn handpalmen schuren. Alma's gezicht is vertrokken van de pijn, haar mond een smalle streep en de ogen wijd open. Haar lichaam ziet eruit als een versleten jutezak, op verschillende plaatsen met grote steken dichtgenaaid. Ze gaat gebukt onder het succes van haar genezing. Ik duw mezelf omhoog.

'Wat is er?'

Haar mond trekt zich verder samen.

'Heb je pijn?'

Ik zie hoe haar pupillen zich vernauwen. Ik duw de pijp van haar broekje omhoog en zie de scheuren in haar huid vanaf de knieën omhooglopen. Naar haar kruis, verder door naar haar buik en achterlangs naar haar billen en rug. Glinsterende strepen op de breuklijn tussen oude huid en korsten. Het krijgt geen gelegenheid te hechten, het scheurt iedere dag weer open. Ze zou de hele dag stil moeten liggen, maar ze verzorgt de baby: een paar druppels water, het vocht uit voorgekauwd vlees. Het huilt nog amper, zo verzwakt is het. Ik zucht.

'Alma, je moet gewoon een paar dagen stil blijven liggen. Als je blijft bewegen, gaat het steeds weer open. Begrijp je dat?'

Geen reactie.

'Ga maar weer terug naar de schuur en blijf daar. Ik kom je morgenochtend wel eten brengen.'

Langzaam draait ze zich op haar hielen om en probeert zo goed en zo kwaad als dat gaat terug naar de schuur te lopen. Ze durft haar knieën niet te buigen, dus het ziet er belachelijk uit, alsof ze een houten pop is.

De volgende ochtend ben ik vroeg wakker. De klamme lijven van de jongens liggen nog in elkaar verstrengeld op de grond; aan hun lichte ademhaling hoor ik dat ook zij ieder moment kunnen ontwaken. Ik begin aan mijn routine, maar ben al na enkele minuten uitgeput. Donkey heeft zich niet bij me gevoegd, ik heb de fut niet hem te gaan zoeken. Hij ligt vast bij Alma te slapen.

Ik bezem het erf, haal water en maak de pan klaar om rijst in te koken. Ik zoek twijgjes bij de rand van het erf. Als ik een tweede keer naar de waterput loop, vind ik aan de achterkant van het muurtje het kadaver van een van de honden. Weer een. Even schiet het door me heen dat we hem kunnen roosteren. Maar ik weet niet hoelang het beest al dood is; op het vlees van zijn grijnzende bek hebben vliegen eitjes gelegd en verder in de bek zie ik al maden. Over korte tijd zal zijn vacht weer bewegen alsof hij tot leven is gekomen. Ik kijk even omhoog of ik gieren zie en ga dan aan de slag.

Met de laatste energie die ik in me heb graaf ik met een steen in de harde grond. Het lukt me amper een paar centimeter aarde te verplaatsen, mijn spieren voelen als uitgerekte elastieken die niet meer terug in vorm springen. Ik schuif het slappe lijf van de hond in de geul en bedek het met zand. Trillend van de inspanning leun ik met mijn rug tegen het muurtje en gooi een ijskoude emmer water over me heen. Daarna drink ik een halve emmer in één keer leeg en staar weer omhoog naar de lucht. Die is anders. Grijzig en zwaar. Zou het gaan regenen?

Ik vul nog twee emmers en slof ermee terug naar de schuur. Nog steeds geen teken van Donkey of de jongens. Ik kijk omhoog naar de tweede verdieping en zie opeens de schedel van Raull in de raamopening voorbijschuiven, als een halve zwarte maan. Met een klap glijden de zware emmers uit mijn handen op de grond; het water gutst over de rand op mijn blote voeten. Ik tast mijn herinnering af: waren we vanmorgen nou met zijn vieren of met zijn vijven? Hij ging met ons mee naar boven gisteravond, dat weet ik zeker.

Mijn hart klopt hard, ik blaas de adem tussen mijn lippen uit. De druk is zo groot dat ik bijna fluit. Mijn ogen turen het erf af, op zoek naar een teken. Niets. Weer probeer ik de afgelopen nacht te reconstrueren. Ik heb geen geluiden gehoord, geen licht gezien, geen stemmen horen praten. Maar er is iets helemaal mis.

De angst verspreidt zich via mijn kaken naar mijn armen, mijn bovenlijf, mijn benen. *Ademen.* Ik kan niet bewegen, alles verkrampt. Met gebalde vuisten probeer ik het bloed in mijn aderen te verdunnen met zuurstof, tot mijn spieren weer reageren. Ik laat de emmers voor wat ze zijn en ren naar de schuur. Mijn voeten raken de grond niet, zo snel ben ik bij de deur. Ik glip erdoorheen, direct rechtsaf naar de voorraadkamer. Ik sta stil en adem uit.

Daar ligt ze. Vredig. Maar toch klopt het niet. Hoewel de zon niet schijnt, heb ik helderder zicht dan ooit. Op het palet ligt de tor nog op zijn rode doek. Dan, bij Alma's schouder, zit Donkey. Zijn ogen neergeslagen, de oren plat tegen zijn kop geklapt. Zijn voorpoten licht naar buiten gekanteld, als een Jezusbeeld dat zijn handen verontschuldigend voor zich uit houdt. Alma's armen liggen naast haar naakte lichaam met de palmen naar boven gericht. Haar knieën, normaal onafscheidelijk in hun x-stand, liggen uiteen in een rare knik, de voetzolen tegen elkaar. Ik kom dichterbij tot mijn tenen tegen haar voeten stoten en staar naar Alma's lichaam, dat als een bouwpakket is herschikt. Nu pas zie ik dat haar silhouet is omlijnd met rode verf. En ik sta er met mijn blote voeten in.

Mijn benen vallen onder me vandaan en ik beland met mijn volle gewicht boven op Alma, mijn gezicht verdwijnt in haar nek. Het treft me hoe klein ze is en ik denk terug aan de dag dat ze hier aankwam, met haar konijn. Ik snuif haar geur diep in me op. Dan duw ik mezelf een stukje omhoog en kijk naar haar gezicht. Haar neergeslagen oogleden, met minuscule slangetjes erop geschilderd, begrensd door twee halvemanen met zwarte haren. Met een katachtige sprong schiet ik omhoog. Ik draai me om en ren naar de deur. De schuur uit, het erf af, de vlakte op. Ik ren zoals ik nog nooit heb gerend. Ik ren tot mijn benen, mijn longen en mijn hart het begeven en mijn hoofd ervan overtuigd is dat ik dood ben.

8

De stad

Lucy wordt het trottoir op geduwd; de glazen deur klapt achter haar dicht. Auto's, bussen en brommers razen langs haar. Het lawaai overvalt haar en even is ze gedesoriënteerd. Op de stoep voor haar dribbelen voetgangers; ze wordt geschampt door een man in pak en valt bijna achterover. Dit is het centrum. Ze doet een paar stappen achteruit, tot ze met haar rug tegen de muur van het politiebureau staat. Ze duwt haar achterhoofd tegen het steen, haar handpalmen strijken over het ruwe oppervlak. Het voelt hetzelfde als de vloer van de cel binnen. Ze huivert als ze denkt aan wat zich de afgelopen uren, etmalen, heeft afgespeeld in het gebouw achter haar. Het idee dat ze in dit broekje naar huis moet lopen maakt haar woedend. Ze balt haar vuisten en snuift.

De glazen deur zwaait weer open en iemand komt naar buiten. Het is de agente met de donkere staart die Lucy naar de verhoorkamer bracht. De vrouw houdt de deur vast en blijft ook even staan om aan het licht te wennen. Lucy neemt haar op. Ze heeft haar uniform uitgetrokken en draagt een spijkerbroek met een wit T-shirt. Een handtas bungelt aan haar schouder, een hand om het hengsel: verzorgde nagels begrensd door geschilderde witte randjes. In deze kleding lijkt ze jonger. De vrouw kijkt opzij en ziet Lucy tegen de muur gedrukt staan. Ze staren elkaar aan. Dan wijst de agente naar rechts en zegt zachtjes: 'Deze straat helemaal uitlopen en onderaan naar rechts. Dan zie je de berg vanzelf.'

De deur valt dicht en de vrouw loopt weg, richting de parkeerplaats. Lucy kijkt haar na tot ze achter een muurtje verdwijnt.

Ze begint met kleine stapjes aan haar tocht, en voelt meteen felle steken in haar onderlichaam. Tegen de stroom in, weg van deze vreemde wereld waarin geen plaats is voor mensen zoals zij. Lucy heeft altijd geweten dat ze het best goed hebben met elkaar op die berg. Het waren anderen die klaagden en spraken over een betere wereld waartoe zij geen toegang hebben. Lucy weet nu dat ze gelijk heeft gehad. Het leven op de berg is eerlijker en veiliger dan hier.

Steeds sneller loopt ze, af en toe schampt iemand haar met zijn schouder. Ze sluit zich af voor de toeters, het gerinkel, het gesis van de stad. Op de berg kent ze elk geluid, wie daar roept, welke baby huilt, waarom een sirene afgaat. Hierbeneden is er alleen een kakafonie waaraan ze geen betekenis kan ontlenen.

Als ze een uur heeft gelopen wordt het rustiger om haar heen en Lucy houdt even in om zich te oriënteren. Ze staat op een hoger gelegen punt. De brede weg onder haar voeten verdwijnt in de diepte; in de verte ziet ze een heuvel bezaaid met duizenden daken, die oplichten in de felle zon. Ze heeft de berg nog nooit van zo'n afstand gezien. Vanaf hier ziet hij eruit als een gigantisch mozaïek van gekleurde huisjes, trapsgewijs onder, boven en naast elkaar. Veel mooier dan de koude blokkendozen waar ze nu tussen staat, of de verlichte cilinders en strakke torenflats die haar uitzicht vormen als zij en Angelica 's nachts op hun stoepje een sigaret zitten te roken, als er even geen klanten zijn. De huisjes lijken verzonken in de berg als een kind in de armen van zijn moeder; aan de flanken en bovenlangs neemt beplanting het weer over van de lage bebouwing. Hoe langer ze daar staat, hoe meer het beeld zich vermengt met haar eigen herinneringen. Onderaan, in de brede strook witte huizen, wonen nog mensen met geld. Dicht bij de voorzieningen van de stad, met elektriciteit en een eigen badkamer. Vanbinnen betegeld, gestuukt, geschilderd. Hoe hoger je komt, hoe meer de huizen en de berg met elkaar vergroeien, tot ze in elkaar over lijken te lopen.

Een boom door een dak, een voordeur achter een struik, elektriciteitsdraden om takken gewikkeld, het open riool zoekt zijn weg door geulen in de aarde, losse planken doen dienst als bruggetjes. Ze ziet haar eigen steeg voor zich, de ingang verscholen achter planten waaruit bloemenkelken groeien, die zachtjes heen en weer wiegen als iemand omhoogkomt. De meisjes in hun kamer: het zand op de vloer, doeken aan het plafond rond het bed – niet meer dan een matras op het kale hout. Haar kaptafel met spulletjes.

Lucy loopt door, ze heeft moeite haar ademhaling onder controle te krijgen. Heuvel af, haar ogen gefixeerd op de berg, haar slippers schrapen over het wegdek. Ze doorkruist buitenwijken met appartementencomplexen en groene grasvelden. Bewakers staan voor de hekken, hun geweer bungelt schuin voor hun lichaam. Ze wendt haar blik af, knijpt haar ogen dicht als ze denkt aan de agent in het kamertje. De stugge stof van zijn broek zo dicht bij haar gezicht dat ze hem kon voelen, ruiken. Haar eigen lichaam slap en gevoelloos; alleen de sensatie van het staal van de tafel tegen haar wang.

Plotseling vult monotoon geroffel de lucht, afgewisseld door schelle fluittonen. Lucy schrikt op, haar spieren verkrampen. In de verte nadert een carnavalsstoet. Als een lange, dansende worm kruipt het ensemble de heuvel op, haar kant op. Lucy herkent het symbool van de gekleurde haan op de wagen uit een van de buitenste bairro's van de berg, zijn kop bungelt los in de stalen constructie en zijn snavel pikt onheilspellend alle kanten op. Ze doen waarschijnlijk een oefenrondje. Lucy houdt van de muziek, de pronkende lijven en de blikken van de toeschouwers als ze langslopen. Maar de vrolijke stoet is nu niet op zijn plaats, ze is vies, heeft een stekende koppijn. Ze kijkt naar haar armen en benen, de huid is bezaaid met bultjes en de haren staan recht overeind. Hard wrijft ze met haar vingers over haar blote bovenbeen, maar het voelt alsof ze een vreemde aanraakt, een hagedis. IJskoud, hard. De optocht nadert. Mannen voorop in witte broek hebben een trommel aan hun middel hangen en slaan een razendsnel ritme, hun handen een waas van beweging. De spieren op hun blote bovenlichamen zwellen op als stuiptrekkende slangen. Vrouwen in bikini op de wagen zwaaien naar denkbeeldig publiek terwijl ze met hun benen zwiepen. De geur van kokosolie. Normaal kijkt Lucy met bewondering naar ze. Nu doen ze haar denken aan pasgeboren vogels, naakt en glanzend, met enge klauwtjes en een plukje veren op hun kop.

Lucy zakt op haar hurken, met haar hoofd tussen haar knieën en haar armen eroverheen geslagen. Opgerold in de berm laat ze de stoet passeren, trommels en fluiten krassen in haar oren. Ze denkt weer aan de knuppel, de stalen tafel. De geluiden in het bureau: schreeuwende arrestanten, een radio, de zingende vrouwen en de reus die tegen haar tekeergaat. Het gegiechel van de iele agent. Ze drukt haar handpalmen tegen haar oren en knijpt haar oogleden dicht, maar de geluiden in haar hoofd gaan vloeiend over in het lawaai van de optocht. Ze drukt harder, maar er lijkt geen onderscheid meer tussen haar hersenen en de wereld, geen schedel die een barrière opwerpt. De zware voetstappen van de reus gaan over in tromgeroffel, het geklingel van sleutelbossen gaat gepaard met fluittonen, de blote benen van de danseressen zijn haar benen in het korte broekje, weggezakt onder de tafel. Terwijl ze daar huiverend op de grond zit, voelt ze iets warms op haar huid. Tranen rollen over haar wangen en vallen op haar bovenbenen. Warme druppels strijken de bultjes glad, de haren gaan liggen. Langzaam voelt ze de kou uit haar lichaam trekken. Het staartje van de optocht is de hoek om en Lucy opent haar ogen. Met haar blik op het mozaïek in de verte gaat ze er in looppas vandoor, vastbesloten niet in te houden voor ze de deur van haar kamer achter zich heeft dichtgetrokken.

Met iedere stap zakt de zon verder en neemt de hitte af. Uren heeft ze gelopen. Zonder veel problemen vindt ze de brede toegangsweg tot de berg, vanwaaruit vele tentakels omhoog de bairro's in leiden. Ze stopt en kijkt omhoog naar de kolos die boven haar uittorent; de schaduw heeft er een zacht laken overheen getrokken. Een vreemde zou onherroepelijk verdwalen in het spinnenweb van straten, steegjes en geheime doorgangen. In de buitenste ring de grijze, verharde wegen en huizen van steen, met elkaar verbonden door kluwen kabels. Naarmate je verder doordringt kleurt de grond rood van de klei en word je door taps toelopende doorgangen geleid, met wanden van hout en golfplaat die duizenden leefcabines herbergen. Als een vatenstelsel vernauwt de wijk zich, zoekt hij zich een weg omhoog tussen de planten die beschutting bieden. Lucy voelt hoe haar vingers zich strekken uit verlangen haar wereld aan te raken, erin op te gaan, te verdwijnen.

Maar met de opluchting thuis te zijn komt de schaamte. De kans is groot dat ze onderweg bekenden tegenkomt; ze wil niet dat iemand haar zo ziet. Lucy wacht onder een viaduct aan de voet van de berg tot de schemering intreedt en binnen vijf minuten is het pikdonker. Ze sprint de weg op naar boven, mensen en dieren ontwijkend tot ze moet afslaan. De traptreden leiden haar omhoog, met graaiende slingerplanten en bloemen als uitpuilende ogen. Lucy durft niet omhoog te kijken. Ervoor wakend haar hoofd te stoten tegen de daken springt ze over open geulen. Overal kindergehuil en ouderlijk geschreeuw; het klinkt haar als muziek in de oren. Eén keer glijdt ze met haar voet in de riooldrab en verliest een slipper. *Poepvoet.* Struikelend over haar eigen benen ziet ze de ingang van haar straatje opdoemen en duikt de dichte haag door, omhoog naar de huisjes en hutjes, naast en over elkaar heen gebouwd. Met gebogen hoofd rent ze naar de voordeur van haar kamer en stort zich naar binnen. Daar trapt de deur achter zich dicht en laat ze zich plat op haar buik op bed vallen. Ze wil de herinnering aan de afgelopen etmalen lozen, maar de tranen komen niet meer. Ze is uitgedroogd; sinds het glaasje ranja bij het buurthuis heeft ze geen druppel meer binnengekregen. Als een lichtknop wordt de pijn aangezet. Haar inwendige verwondingen, brandende benen en kloppende hoofd, alles voelt rauw en beurs. Net als ze zich in haar bloemensprei wil rollen, zwaait de deur open en stort Angelica zich op haar.

'Lucy!'

Ze wil haar vriendin omarmen, maar Lucy grijpt Angelica vast en brengt haar gezicht zo dicht bij dat van haar buurmeisje dat hun neustoppen elkaar raken.

'Noem me niet zo! Ik heet Ana Lucía.'

Geschrokken gaat Angelica een meter van haar vandaan zitten, haar benen slap over de bedrand en haar hoofd gebogen als een geknakte rietstengel. Minutenlang zitten ze zo naast elkaar op het bed; de een schokschouderend, in tranen, de ander stug en ongemakkelijk omdat de vanzelfsprekende intimiteit tussen hen opeens verdwenen is.

'Waar was jij?' verbreekt Lucy na enige tijd de stilte.

Angelica vertelt hoe ze met Pãozinho mee naar zijn huis was gegaan, omdat zijn moeder niet thuis was. Pas uren later kwamen ze met rode konen en verkreukelde kleren weer naar buiten en leek de hele wereld op zijn kop te staan. Gillende mensen, huilende kinderen, huizen die in brand stonden, loopjongens die tegenstrijdige bevelen schreeuwden en uiteindelijk iemand die haar vertelde dat iedereen door de politie was afgevoerd. Angelica was naar huis gerend, in de hoop Lucy daar te vinden. Toen ze een lege kamer trof had ze de wacht gehouden voor de deur, vastberaden hun thuis te beschermen tegen de loopjongens. Zodra hun kamer onbezet was, zou die aan een ander worden toegewezen. Maar de Organisatie had andere zaken aan het hoofd. De onverwachte inval had alle verhoudingen verstoord. De agenten waren op zoek naar de baas en toen ze die niet hadden gevonden, hadden ze zo veel mogelijk van zijn secondanten meegenomen. De balans tussen de leiders van de stad en de leiders op de berg was ernstig geschaad.

Als ze uitverteld is, barst Angelica opnieuw in tranen uit.

'Lu… Ana Lucía. Ik heb me zo'n zorgen gemaakt.'

Het meisje valt Lucy in de armen en deze keer klemmen ze zich aan elkaar vast. Zolang ze zo zitten hoeft ze niets te vertellen. Dan bevrijdt Angelica zich voorzichtig uit Lucy's klem en pakt haar handen. Buiten is het donker en het voelt alsof ze samen in een boomhut zitten. Hoog boven de wereld, niemand weet dat zij daar zitten, verstopt tussen de bladeren. Lucy denkt aan het beeld van de berg dat ze vanmiddag had, als een moeder met haar armen om haar kinderen heen geslagen, en stelt zich voor hoe zij nu ergens in de bovenste rand zitten, aan haar boezem.

'Ik moet gaan werken. We hebben geld nodig,' zegt Angelica terwijl ze haar neus ophaalt.

Lucy pakt het gezicht van haar vriendin en drukt een kus op haar snotterige mond.

'Sorry.'

Het meisje reageert niet.

'Ik ben blij dat je bij Pão was. Ik zal geen grapjes meer over hem maken.'

Ze grinniken allebei.

'Hij is lief,' antwoordt Angelica terwijl ze verontschuldigend haar schouders ophaalt. 'Niet zoals de andere jongens.'

Lucy knikt zachtjes. Ze plukt aan haar sprei, weer een bloem die langzaam begint te ontrafelen.

Pas als Angelica weer naar haar eigen kamer is vertrokken, durft Lucy het blauwe broekje uit te trekken. De stof is opgedroogd en hard geworden en met moeite trekt ze het broekje los. Dan schrobt ze zichzelf tot haar huid ervan tintelt. Ze sopt het broekje honderdmaal uit in een emmer en doet het, samen met het hemdje, in een plastic tas, die ze stevig dichtknoopt en in een hoek zet.

Naast het bed staat een geopend blikje kersenfrisdrank. Ze drinkt het in één keer leeg, met grote teugen; de limonade is platgeslagen. Het laat een muffe maar prettig zoete smaak achter in haar mond, waar het vervlogen koolzuur op de schubben van haar tong achterblijft. In het duister staat ze voor de spiegel en trekt het elastiekje uit haar lelijk geworden vlecht. In de flakkerende schaduw van de kaars op de kaptafel staart ze naar haar lichaam. De kleine borsten met de donkere tepels, de smalle taille en rechte heupen vervullen haar niet meer met trots. Het lijkt of ze in één klap tien jaar ouder is geworden. Lucy denkt aan de knuppel van de agent, die hij gewoon weer aan zijn koppel hing. Misschien komt hij nu thuis, geeft zijn vrouw een kus en hangt de riem aan een stoel, de knuppel gedienstig naar de vloer gericht. Als John zijn belofte was nagekomen, was dit nooit gebeurd. Terwijl ze langzaam met beide wijsvingers de blonde strengen ontspint, zweert Lucy dat ze de berg nooit meer zal verlaten.

9

De stad

'Ik ben thuis!'

Elizabet gooit haar sleutels op het antieke tafeltje in de hal en kijkt in de spiegel. Ze ziet bleek en heeft wallen onder haar ogen. Ze hoort voetstappen op het parket in de woonkamer, door de keuken, de marmeren hal in.

'*Mamae!*'

Ze zakt door haar knieën om de jongen op te vangen. Hij stort zich in haar armen en ze duwt haar neus in zijn nek. Ze ruikt zijn huid en de bloemige wasverzachter waarmee Manuela zijn schooluniform wast. De stress van de lange dienst valt weg, ze voelt de kabels in haar nek ontspannen. De jongen wil zich losmaken uit haar omhelzing, maar ze trekt hem nog dichter naar zich toe. Daar is Manuela. Haar gesteven schort klappert zachtjes als ze loopt.

'Edson! Laat je moeder met rust, ze is moe.'

'Het is al goed, Manuela.'

Elizabet lacht naar de vrouw en haalt haar hand nog net door het haar van haar zoon voor hij weg sprint.

'Kom, we gaan buiten een glas citroenlimonade drinken. Hoe was het op school?'

Door de openslaande deuren loopt ze de tuin in. Het enorme grasveld is omheind met witte muren, deels aan het zicht onttrokken door planten en bloemen in alle kleuren. De tuinman is bezig in een hoek van de tuin. Ze neemt plaats op een leunstoel op het terras, Edson gaat naast haar zitten. Twee parasols zorgen voor de nodige schaduw. Elizabet kijkt naar haar zoon, die de stoel al bijna beter past dan zijzelf. De grote handen een voorbode van zijn ontluikende struisheid. Manuela brengt vanuit de zijingang naar de keuken een kristallen karaf met citroenwater en twee glazen. Ze zet de glazen voor Elizabet en Edson neer en schenkt in. Als ze wil weglopen, houdt Elizabet haar tegen.

'Manuela, drink een glas met ons.'

De vrouw sputtert even tegen, maar Edson heeft zijn glas al in haar handen gedrukt. Terwijl hij op zijn stoel heen en weer wipt vertelt hij over wat hij op school heeft gedaan, de voetbaltraining van gisterenmiddag, het lievelingseten dat Manuela in de avond had gemaakt en hoe hij de tuinman heeft geholpen. Elizabet hoort het geamuseerd aan en lacht af en toe naar Manuela. Na een tijdje onderbreekt die zijn woordenstroom.

'Edson, zou jij niet eens aan je moeder vragen hoe het op haar werk was?'

De jongen knikt hevig en kijkt zijn moeder vragend aan. Elizabet denkt aan de lange dag en nacht die ze achter de rug heeft. De voorbereidingen voor de grote operatie op de berg, het wachten op het bureau op het telefoontje dat het goed was gegaan, de stoet arrestanten die werd binnengebracht. Tanige lijven in verwassen kleding, het gekletter van slippers op de steriele tegelvloer en starende blikken achter tralies. Wezens zo anders dan zij, haar vrienden of de kinderen hier uit de buurt. De blonde vrouw, maar een paar jaar jonger dan zijzelf, die ze naar het speciale kamertje van de chef had gebracht. Het geschreeuw dat uit het kamertje kwam, terwijl iedereen doorging met zijn werk. Elizabet had geprobeerd het geluid met het krassen van haar pen te overstemmen en toen dat niet lukte was ze de rapporten gaan opbergen; het schurende metaal van de oude dossierkasten dempte de kreten.

Soms vertelt ze over haar werk, maar nu niet. Manuela is zelf van de berg, ze zou er alleen maar door van streek raken. De vrouw is al dagen niet thuis geweest omdat Elizabet dienst op het bureau had – op Hugo hoeven ze sowieso niet te rekenen. Dus waarschijnlijk heeft ze geen idee van het rumoer op de berg. Tenzij het naaivrouwtje al is langs geweest om kleren op te halen. Aan Manuela's onbezorgde gezicht te zien, heeft het nieuws haar nog niet bereikt. Elizabet zucht diep en gaapt. Beschaamd slaat ze een hand voor haar mond terwijl Edson en Manuela gniffelen.

'Volgens mij moet je moeder eerst even naar bed.'

De oudere vrouw legt haar hand op die van Elizabet. De schrale huid met aderen als kippenklauwen erbovenop. De knoken met de jaren dikker, of de kootjes steeds smaller. Deze vrouw, die ook haar kindermeisje is geweest, die zoveel meer is dan een simpele *empregada*. Haar handen dragen de herinnering aan duizenden keren dat ze op haar knieën de marmeren hal ontdeed van de afdruk van rennende kindervoeten, voor de heer des huizes thuiskwam. Duizenden keren de emmer vullen bij het fonteintje in de bijkeuken, waarin ze de katoenen doek doopte met daarin een stuk zeep gewikkeld. Ze boende zo hard dat het Elizabet als kind weleens had verbaasd dat het asgrijze strepenpatroon nog in het marmer zat. Manuela's nagelriemen glanzen van de gele was waarmee ze al decennialang tweemaal per week de parketvloer invet, een geur die Elizabet nog steeds terugbrengt naar haar jeugd.

'Ga maar even liggen, *senhora*, dan neem ik hem mee naar het park.'

Ze kijkt de oude vrouw aan en bedekt haar hand weer met de hare, in een toren van drie. Manuela. Als ze haar niet had gehad, viel hier niets meer schoon te boenen. Dan waren de kinderstemmen in dit huis met Elizabets eigen volwassenheid vervlogen. In drie slokken drinkt ze haar glas leeg.

'Hoe laat komt Hugo thuis?'

'Hij belde een uur geleden om te vertellen dat hij mee-eet. Als er niets tussen komt.'

Bij dat laatste gooit Manuela haar handen in de lucht en rolt met haar ogen. Het zou niet de eerste keer zijn; hij is de hele week nog niet thuis komen eten.

Ze staan op van tafel en Elizabet geeft haar zoon een knuffel. Donkere krullen omlijsten zijn gezicht. Als ze opkijkt ontmoet ze Manuela's tevreden blik. Ze kan haar gedachten lezen: wat lijkt hij op Hugo, godzijdank. Snel slaat ze haar ogen neer.

'Kom, Edson, laat je moeder. Wij gaan naar het park.'

De jongen rukt zich los en rent naar de keuken.

'Ga naar boven,' zegt de vrouw. 'Ik maak je op tijd wakker voor het eten.'

Elizabet lacht dankbaar en trekt haar elastiekje uit. Donkere strengen vallen op haar schouders en de geur van shampoo komt vrij. Met haar vingertoppen masseert ze haar hoofdhuid en loopt naar binnen. Onder aan de trap schopt ze haar dienstschoenen uit; de vloer van de hal voelt koud aan haar kousenvoeten, snel stapt ze op het dikke tapijt van de trap. Na vier treden draait ze zich om.

'Manuela?'

'*Sim, senhora?*' zegt de vrouw terwijl ze richting de trap komt lopen.

'Als ik wakker ben kun je naar huis gaan. Ik heb de komende dagen geen dienst.'

De vrouw lacht even en schudt dan zachtjes haar hoofd.

'Ik blijf. Mijnheer zal het wel weer niet redden vanavond en anders zijn jullie maar alleen.'

Zonder een antwoord af te wachten draait ze zich om en loopt met kleine passen naar de keuken, waar Edson als een stuiterbal op en neer staat te springen. Elizabet hoort hoe haar zoon over de inhoud van de picknicktas onderhandelt en loopt door naar boven, naar haar slaapkamer. Manuela heeft de ondergordijnen al dichtgetrokken, zodat de kamer licht verduisterd is. Verse bloemen uit de tuin staan in een vaas op het bureautje. Elizabet neemt plaats achter de kaptafel. Terwijl ze wat schoonmaakmelk op een watje schenkt, kijkt ze naar het familieportret voor zich, in een zilveren lijst.

Hugo staat achteraan, groot en breed, alsof hij maar net in het frame past. Zijn krullen kort geknipt en glanzend van de wax. Keurig in uniform, liefst ook buiten werktijd – net als zijn vader. Zijn onderlijf is niet zichtbaar op de foto omdat zij en Edson ervoor staan, maar ze kan de gepoetste schoenen erbij denken. Dan Elizabet zelf, schuin voor hem, twee koppen kleiner in een crèmekleurige zijden blouse. Die hangt ongedragen in de kast; ze vond haar zo mooi dat ze de blouse sindsdien niet meer heeft gedragen, bang dat er een vlek op komt. De hand van Hugo rust op haar schouder. Haar haren hangen los langs haar gezicht, de krullen stijl geföhnd, en ze houdt haar hoofd een beetje schuin, lippen in een halve glimlach. Voor hen, met een stralend prethoofd: Edson, wat jonger dan nu, met vollere wangen. Haar handen leunen zachtjes op zijn schouders alsof ze hem wil tegenhouden, hij lijkt ieder moment uit de lijst te willen springen. Zijn zorgvuldig door Manuela gesteven overhemd was binnen vijf minuten alweer verkreukeld. Manuela wilde per se mee naar de studio van de portretfotograaf, om daar hun kleding nóg een keer te kunnen strijken. 'Tegen de tijd dat jullie daar aankomen is alles weer verfrommeld,' had ze gezegd. Toen ze moesten poseren had de oude vrouw zich verdekt opgesteld achter de fotograaf, zo trots als een pauw, haar handen zenuwachtig wringend om de doek die ze had gebruikt om de kleding te stijven, terwijl ze Edson met gebarentaal gebood stil te staan.

Elizabet moet lachen als ze eraan terugdenkt. Ze ziet haar reflectie in de spiegel en haar gezicht betrekt. Hugo zou graag meer kinderen willen. Deze foto vervangen door een goedgevulde, zoals die op de kaptafel van zijn ouders, zussen en collega's. Maar Edson is zo perfect uitgepakt, ze durft het risico niet nog een keer te nemen. Het liefst zou ze dag en nacht thuisblijven om te kunnen genieten van zijn bestaan en haar rol als moeder. Maar haar werk is de dekmantel voor haar schrale oogst, niet alleen voor de omgeving maar ook voor Hugo. Al haar vriendinnen hebben meerdere kinderen; geen van hen werkt. Maar nu Hugo hoofdcommissaris is en de stad na jaren van rust weer in chaos dreigt te vervallen, heeft ze een goed excuus haar gezinsleven te offeren om de strijd van haar man te ondersteunen. Een strijd die ze ooit samen begonnen, als twee idealistische studenten, maar die steeds minder als de hare voelt.

De rellen in de stad van de afgelopen weken brengen ongewenste herinneringen terug aan toen. Het is alweer tien jaar geleden, soms lijkt die vrouw een tweelingzus uit een ander leven. Niet zij, de vrouw van de politiecommissaris, met haar mooie gezin in hun statige familiehuis. Elizabet staart naar zichzelf in de spiegel en strijkt met lange halen over haar gezicht. Het watje kleurt donker van de make-up vermengd met zweet en het gruis van de stad. Ze pakt een nieuw watje. Met één hand houdt ze haar haren naar achteren, uit haar gezicht zodat haar voorhoofd is ontbloot. Terwijl ze horizontale strepen trekt, begint de huid te glanzen. De daklozen en verslaafden bij de stoplichten. Zodra je stopt, halen ze hun natte spons over je vieze autoruit: drie lange halen en de hele auto licht op. Ze vermijdt oogcontact en rijdt door zodra het licht op groen springt; vroeger gaf ze altijd iets, nu nooit meer. Waarom eigenlijk niet? Het watje trekt banen over haar gezicht, in de spiegel ziet ze haar ranke vingers met gelakte nagels, transparant met een wit randje. Van achter het autoraam ziet ze de opgezwollen vingers van de zwervers rond het handvat van de trekker, als bedorven worst die zich uitzet in de verpakking, zwarte nagelriemen houden de boel als nietjes nog maar net bijeen. Vieze T-shirts en te grote slippers. Ingevallen lippen en een naar binnen gekeerde blik. In de berm verslaafde meiden met dikke buik die onder hun hemd uit steekt. Elizabet voelt er niets bij. Raar, eigenlijk. Misschien is dat het wat die stakkers bij het stoplicht voor haar ontmenselijkt: ze waren opgehouden zich te verzetten tegen hun lot. Daarmee is hulp zinloos geworden. Ze moet gapen, schrikt van haar lelijke gezicht in de spiegel en boent verder.

Even later loopt ze naar de badkamer en draait de kraan van het bad open. Manuela heeft schone handdoeken en lavendelolie klaargelegd. Ze laat tien paarse druppels in het water vallen. De krachtige stroom uit de kraan duwt de druppels onmiddellijk onder. Nog eens tien. In de kleedkamer rolt ze haar pantykousen af en trekt haar kleren uit. De spijkerbroek en het witte shirt hangt ze netjes in de kast, de pantykousen gooit ze in een hoek op de grond. In haar ondergoed blijft ze midden in de smalle kamer staan, haar reflectie in de passpiegel. Opeens ziet ze zichzelf weer voor zich: het moment dat ze zenuwachtig de bus naar het centrum nam, op weg naar het adres dat Manuela haar had doorgegeven. De drommen studenten aan weerszijden van de weg; eerst kleine groepjes, maar naarmate de bus dichter bij het centrum kwam zwollen ze aan tot een menigte die als een zwerm spreeuwen op de stad was neergedaald. Overal waar je keek, zag je jonge mensen. Nette kleren, gekamde haren, geen chaos of vechtpartijen, maar hun aantallen waren overweldigend. De lucht leek erdoor te betrekken, verduisterd door de volle straten, en ze had het benauwd gekregen. In het centrum raakten de wegen verstopt; de bus kon niet meer voor- of achteruit en ze moest uitstappen.

Daar stond ze op de stoep, met die dikke buik in haar bloemenjurk midden in de mensenmassa. Als een trechter hadden de gebeurtenissen haar naar die dag en die plek geleid. Het huwelijksfeest in de tuin bij Hugo's ouders, met alle hoogwaardigheidsbekleders, familie en studiegenoten. Hugo's vader was ook politiecommissaris geweest en was trots op zijn zoon die zo snel carrière maakte binnen het korps. Haar eigen vader en moeder die uit het ouderlijk huis trokken naar hun boerderij buiten de stad, zodat Hugo en zij hier met hun toekomstige gezin konden wonen. Mét Manuela, die het huis van top tot teen in de was had gezet en hen ontving met bloemen in iedere kamer. De zondagse brunches in de tuin bij haar schoonouders en de verwachtingsvolle blikken van Hugo's moeder en zussen, die begonnen te voelen als aanranding, waardoor ze haar handen beschermend voor haar platte buik hield. De doopplechtigheden van familie en vrienden die elkaar steeds sneller opvolgden, met het geluid van krakende kerkbanken en brocante jurken die al generaties lang bij elke plechtigheid uit het bewaarfolie werden gehaald. Elizabet voelde zich kapot, niet toegerust voor het enige wat van haar verwacht werd. Dat ze, samen met Hugo, haar diploma had gehaald en keihard werkte bij de politie, leek onopgemerkt te blijven. Ze voelde hoe ze kopje-onder ging. Haar longen liepen langzaam vol en haar keel werd steeds verder afgeknepen, tot ze op enig moment in haar slaap begon te ijlen, op zoek naar een uitweg. Niemand zag het. Niemand kende haar geheim, behalve Manuela. Zij zag hoe Elizabet, het kind dat zij als empregada had grootgebracht en dat voelde als haar bloedeigen dochter, langzaam stikte. Toen de vrouw het op een dag niet langer kon aanzien, kwam ze met de oplossing.

Het was niet ongebruikelijk voor welgestelde mensen om een kind van de berg over te nemen. Ze hadden meestal geen papieren, er was een overschot, en veel slechter konden ze het toch niet treffen. Dus iedereen zweeg erover, aangiftes van biologische moeders met spijt werden niet verwerkt en slechts een enkele keer – als een kind er zelf achter kwam en op zoek ging naar zijn ouders – verscheen er een nieuwsberichtje in de krant. Maar Hugo zat zo niet in elkaar. Er was geen eerlijker man te vinden dan hij. Zijn karakter, als zijn lijf, uit graniet gehouwen: ongevoelig voor invloeden van buitenaf, zijn koers afgesteld op zijn feilloze innerlijke kompas. Hij leek de enige man die deze stad, bijeengehouden door belangen tussen onder- en bovenwereld en verdeeld door corruptie, kon stoppen in zijn vrije val richting een nog grotere chaos. Elizabet was net als Hugo, dat was ook de reden waarom ze vanaf dag één onafscheidelijk waren. Maar hij had geen idee van de strijd die in haar woedde. Iets in haar was stuk en lekte gifstoffen; ze moest haar koers bijstellen om op Hugo's lijn te kunnen blijven. Het was hoogverraad.

Zonder Manuela was het niet gelukt. Zelfs de groeiende buik had Manuela iedere maand voor haar geregeld. Toen de tijd rijp was, gaf de vrouw haar het adres waar ze elkaar zouden treffen en vond ze zichzelf terug midden in de studentenprotesten. De dichtgeslibde straten vol scanderende mensen, niet veel jonger dan zijzelf, waren een laatste hindernis, een laatste test. Een logge oliestroom waar ze zich doorheen moest worstelen. Even was ze in paniek geraakt, maar toen nam ze een beslissing. Ze deed het voor Hugo. Met het adres op de kaart in haar hoofd geprent, zag ze het einddoel voor zich alsof ze hoog boven de stad zweefde, de route in een rode lijn voor zich uitgestippeld. Streepje voor streepje haalde ze zichzelf binnen aan de alleen voor haar zichtbare lijn.

Uiteindelijk kwam ze twee uur te laat en verhit aan, met opgezette voeten en wangen als gloeiende kooltjes. Het was een buurt waar ze normaal nooit zou komen, zelfs niet in functie. Achter in een overdekte bazaar moest ze zijn, de ingang ervan verscholen tussen marktkramen vol etenswaar, onderbroeken en gestapelde kooien met levende beesten. Kooplieden schreeuwden naar elkaar, muziek schalde uit radio's, kippen probeerden de hakbijl vergeefs weg te kakelen en het lage plafond weerkaatste het geluid zo luid dat het leek of je een dreun op je hoofd kreeg. Zodra ze er binnenstapte was het alsof de klep van een oven zich achter haar sloot. In de hitte smolt ze samen met de talloze mensen die opeengepakt door de bazaar schuifelden. Tussen twee kraampjes bevond zich een nauwe ingang en achter in het koffietentje, tot de nok gevuld met rook, zat Manuela in een hoek op haar te wachten. Elizabet was opgelucht haar te zien. De haren als altijd in een wrong onder in haar nek, de simpele zwarte jurk zonder schort typerend voor een empregada buiten werktijd.

Tegenover haar zat een geblondeerde vrouw van middelbare leeftijd; duidelijk iemand van de berg. Behalve de felle haarkleur was alles aan haar mat. Haar ogen, haar huid en nagels, haar vale jurkje. Het was alsof het stof van de berg een vlies over zijn bewoners trok, dat overal te herkennen was. Zo lang Elizabet zich kon herinneren, waste Manuela zich 's ochtends vroeg van top tot teen bij het fonteintje achter de keuken voor ze aan haar werk begon, en smeerde haar huid vervolgens in met vaseline. Daarna schepte ze met haar vingers een brok was uit een plastic emmertje, verwarmde het tussen haar handen en wreef het in haar stugge haar. Glanzend begon ze zo aan haar dag. Ze had niet door dat Elizabet het wist, maar toen die nog een klein meisje was, sloop ze weleens naar de bijkeuken en rook daar stiekem aan de potten onder Manuela's bed, in de hoek naast de wasmanden. Toen er eens een nieuwe collega op het bureau was gekomen, vers van de academie, had ze bij haar dezelfde geuren geroken. Het meisje had een postadres in de stad opgegeven, maar Elizabet wist direct waar ze echt vandaan kwam.

De twee vrouwen in de koffietent leken verwikkeld in een discussie: ze leunden voorover over tafel en maakten heftige handgebaren. Manuela's lippen waren samengeperst en haar oogleden stonden wijd open. Toen Elizabet aanschoof, haar dikke buik voorzichtig tussen de plastic tafel en de stoel, namen de vrouwen onmiddellijk wat afstand van elkaar. De blonde vrouw keek naar beneden, naar de mand die op haar schoot stond en plukte wat aan een pluizige deken. Ondanks de zware tocht door de stad stuiterde Elizabet in haar stoel van opwinding en ze had de mand bijna uit de handen van de vrouw getrokken.

Maar toen ze het kind zag schrok ze. Het was licht van teint, met groene ogen en een paar vlassige plukjes blond haar. Alert keek het haar aan, zijn irissen hadden nauwelijks kleurschakeringen. In niets leek het op de oude babyfoto's van Hugo, die zo prominent bij zijn ouders aan de muur hingen, tussen die van zijn vader in uniform. Die baby had dikke bruine wangen, donkere pretogen en een bos zwart haar.

'Manuela, wat is dit?'

Manuela ontweek haar blik en beet op haar onderlip.

'Ik weet het niet, senhora.'

Manuela wilde haar hand op Elizabets onderarm leggen, maar die trok deze ruw weg. Over de tafel heen gaf ze de mand met inhoud terug aan de blonde vrouw, die haar niet aankeek.

‘Ik dacht dat jullie juist blij zouden zijn met zo’n licht kind,’ sprak ze uiteindelijk.

Manuela schudde haar hoofd en beet haar met ongekende felheid toe: ‘Dit is niet wat ik gevraagd had! Neem maar weer mee en los het op.’

‘Als Hugo, Manuela, als Hugo.’ Elizabet fluisterde het als een mantra voor zich uit, haar armen om haar buik geklemd terwijl ze zichzelf heen en weer wiegde tussen de paar centimeter ruimte tussen de tafel en de stoel.

De vrouw was opgestaan, met het kind weggestopt onder de deken. ‘Ik maak het in orde.’

Nadat de vrouw in de massa was opgelost, hadden ook Elizabet en Manuela snel de bazaar verlaten.

De dagen daarna was de spanning in huis om te snijden. Elizabet sloot zich bij thuiskomst meteen op in haar kamer om er niet meer uit te komen; volgens haar schoonmoeder omdat ze zich mentaal voorbereidde op de komst van haar kind. Manuela sloop als een geslagen hond door het huis, boende de marmeren vloer in de hal alsof ze zichzelf wilde wegvegen, beginnend bij haar vingerkootjes, trok potten kruidenthee voor Elizabet en waste en streek alle kinderkleertjes opnieuw. Elizabet zelf was in paniek en durfde Hugo niet onder ogen te komen, dacht dat hij haar verraad zou zien zodra hij haar aankeek.

Uren achtereen huilde ze tegen Manuela’s schouder, in Manuela’s schoot, net als vroeger, toen ze een klein meisje was en haar knie had opengevallen. Maar ze konden niet meer terug. Manuela had haar bezworen dat het goed zou komen. En net als vroeger had ze op haar vertrouwd.

Elizabet trekt haar tenen even samen in het hoogpolige tapijt, schudt haar hoofd en loopt naar de slaapkamer. Uit haar werktas pakt ze haar uniform en doet het in de wasmand in de hoek van de kleedkamer. Ze raapt de pantykousen van de grond, stapt uit haar onderbroek en gooit de kledingstukken erbij. Haar bh knipt ze open en legt ze netjes in een lade. In de badkamer komen wolken stoom haar tegemoet, en terwijl ze een nevel van lavendel in stapt, voelt ze hoe haar lichaam ontspant. Langzaam laat ze haar vermoeide lijf in het water zakken en sluit haar ogen. Ze trekt haar knie naar zich toe en masseert de streep weg die het pantykousje boven haar kuit heeft achtergelaten.

Een halve week later was er een nieuwe afspraak. Elizabet weigerde nog eens naar de bazaar te komen, dus ze hadden afgesproken in een chique buitenwijk aan de andere kant van de stad, in een park ver van het centrum. Elizabet nam de bus; ze kan zich nog helder voor de geest halen hoe warm en vochtig het die dag was. Alles jeukte: haar buik, de vullingen in haar bh, het bloed in haar aderen. De bus voelde als het bad waarin ze nu ligt, iedere beweging ondervond lichte weerstand. Zelfs met alle ramen geopend en haar gezicht naar de lauwe luchtstroom van buiten gekeerd, leek het alsof ze alleen maar dichter bij het hellevuur kwam naarmate ze verder de heuvel op reden.

Ze passeerden de oude stadsuniversiteit, waar Hugo en zij elkaar hadden leren kennen; alle andere passagiers stapten uit. Steeds hoger klom de bus, zuchtend en rammelend als een stoomtrein op zijn laatste reis naar de remise. Even hoopte ze dat het ding het zou begeven en de tocht daar zou eindigen, als een teken van God. Maar ze stiefelden verder, richting de mooiste wijk van de stad. De lanen verbreedden zich, vloeiden links en rechts over in smetteloos witte muren, onderbroken door toegangspoorten geflankeerd door bewakers. Daarachter stonden villa's met houten veranda's en schommelstoelen, de balkons gevuld met kruidenpotten. De tuinen waren stillevens van natuurschoon: egaal groene grasvelden met bloemen in alle kleuren. Visitekaartjes van de lange rij tuinmannen die iedere ochtend afdaalde van de berg. Achter aan de rij stonden nieuwe mannen te trappelen tot er een plaats vrijkwam: één misstap, één gele plek in het gazon of een fletse rozenstruik en je werd uit de rij verbannen.

Elizabet laat zich dieper in het badwater zakken en wrijft cirkels over haar slapen. Ze ontspant en ziet alles zo helder.

Het park was leeg op het vroege ochtenduur. De hondenuitlaters met hun roedel getrimde rasbeesten mochten hier niet komen. Ze liep op een egaal pad, haar handen op haar buik. De toppen van twee rijen bomen reikten naar elkaar en vormden een haag boven haar hoofd. De vieze wasem van de stad, het brakke zweet van de mensen van de berg: het bereikte dit park niet. De lucht was er fris, het gras besproeid en het groen pompte verse zuurstof haar kant op. Het reinigde haar slechte gemoed. Een steek in haar buik als ze terugdenkt aan het moment dat Manuela met de blonde vrouw kwam aanlopen. Elizabet zat op de afgesproken plek op een bankje en zag al van verre aan Manuela's gezicht dat het goed was: haar ogen fonkelden in het zonlicht. Zelfs de scherpe gelaatstrekken en het haar van de vrouw naast haar, dat in het koffietentje fluorescerend geel had geleken, oogden hier zachter. Aan haar arm droeg zij een rieten mand. Toen de vrouw voor haar stond, gaf ze de mand zonder woorden aan Elizabet.

Zodra ze Edson zag, wist ze dat het hun kind was. Het voelde als een omgekeerde bevalling; ze dreef hem niet uit, maar plaatste hem terug. Terwijl ze hem tegen zich aan drukte en met gesloten ogen zijn geur opsnoof, maakte Manuela haar buik los. De blonde vrouw nam de buik aan en stopte hem in een plastic zak, waarmee de ruil een feit was.

Het badwater is afgekoeld. Ze stapt uit bad en draait een handdoek om zich heen. Ze loopt naar de slaapkamer en gaat onder de lakens liggen, ze plakken tegen haar vochtige schouders.

Met haar zoon in haar armen was ze door het park gewandeld. Op een hoger gelegen open plek stopte ze en nam plaats op een bankje met uitzicht over de hele stad. Links onder haar lagen de talloze huisjes van de berg; als een insectenplaag bekropen ze de beplanting en vraten die aan. Rechts de chique wijk die ze met de bus had doorkruist. Grote kavels met helblauwe zwembaden. En in de verte, met zijn voeten geworteld in de oceaan, torende een enorme rots boven de stad uit. Het hoogste punt had de vorm van een gezicht: een licht overhellend voorhoofd dat plat naar beneden liep, met daaronder donkere inkepingen als een gefronste blik. Waar je ook was in de stad: als je dat gezicht zag, kon je je onmiddellijk oriënteren. Het deed haar aan Hugo denken. Uit graniet gehouwen, de voeten verankerd, met het gezicht naar zee als beschermheer van de stad. Dit kind was voor hem.

10

De sertão

Kun je jeuk hebben als je dood bent? De beestjes zitten in mijn nek, op mijn keel, mijn borst en bovenbenen. Ik probeer met mijn tong mijn lippen nat te maken, maar voel alleen een ruwe lap langs mijn mond strijken. Met moeite open ik mijn ogen en zie door mijn wimpers dat ik nog in dezelfde kooi zit opgesloten: de vlakte. Heb ik gedroomd? Alles rondom mij is nog steeds geel. Alleen de helblauwe lucht steekt scherp af. Als ik uit de verhalen van de wijven niet beter wist, zou ik denken dat de hele wereld er zo uitziet, hoe ver ik ook loop. Hier en daar een struik, een boom met doelloos grijpende takken richting de lucht.

Ik leg mijn wang weer op het gloeiende zand en probeer door te ademen. Mijn mond lijkt een tuitje te zijn geworden, de ingedroogde kloven in mijn lippen geven geen millimeter mee. Ik fluit adem.

In. Uit. In. Uit.

Ik weet niet hoelang ik heb gerend. Gelopen. Gekropen. Uren, dagen? Aan het uitzicht af te leiden ben ik geen stap verder gekomen. Alles doet pijn, maar ik moet door.

Uiteindelijk lukt het me op te staan. Het zand voelt als glas onder mijn voetzolen. Ik begin te lopen. Mijn shirt is hard van het opgedroogde vocht. Ik weet niet wat er voor me ligt. Hoe ver het is.

Jarenlang hoorde ik verhalen van de wijven en de truckers. Verhalen die een wereld schetsten vol kleuren en geuren, kleine huisjes en hoge gebouwen waarin honderden mensen tegelijk kunnen wonen. Verhalen over de zee, die zich als een gevallen hemel onder je voeten uitstrekt en waarin je oneindig kunt wegzinken. Terwijl wij in de schaduw onder de boom of tegen de muur van de schuur zaten, vingen we flarden op van hun gesprekken bij de overkapping. Soms, als de wijven bij de schuur zaten, verschool ik me om de hoek zodat ik ze kon afluisteren. Chico en Negro informeerden altijd eerst naar oude maten van ze op de berg, waarvan er bij ieder bezoek wel weer een was overleden. Vermoord, bezweken aan drank en drugs of gearresteerd en nooit meer teruggezien. Was de vlakte voor ons een gevangenis, voor hen was het een toevluchtsoord. Maar uit de verhalen van de wijven dook ook een ander beeld van de berg op. Een wereld zo drukbevolkt dat ik me er niets bij kon voorstellen. Duizenden mensen die zij aan zij woonden, naast, boven en onder elkaar. Die alles met elkaar deelden wat ze hadden – water, eten, kleding, kinderen –, die werkten en feestvierden. Een wereld waarin zelfs voor de overblijvers plaats was: de kinderen zonder ouders, de oudjes die zich niet konden redden. Er moest wel iets vreselijk mis met ons zijn, dat wij bij de ongewensten hoorden, de párias, de verstotenen. Zagen wij er anders uit? Waren we ziek? Hadden onze ouders iets gedaan waardoor we waren verbannen, zoals Chico en Negro? We wisten het niet. Het zorgde er in ieder geval voor dat niemand van ons ooit een poging waagde de vlakte te ontvluchten, of zich achter in een vrachtwagen te verstoppen. Dáár wilde niemand ons hebben, op de vlakte hadden we tenminste nog elkaar. Maar nu heb ik niets meer te verliezen.

Steken in mijn zij, ik houd in om bij te komen. Als ik het volgende groene paaltje maar haal. Met ieder paaltje komt de nieuwe wereld een stukje dichterbij. Ik denk aan de halve emmer water die ik op ons erf heb leeggedronken. Was dat vanmorgen? Gistermorgen? Hoelang houd ik het daarop vol? Niet aan denken. Het enige alternatief is gaan liggen en sterven.

Dan zie ik Alma's starende blik, de warrige haren. Ik schiet overeind en loop door. Als een soldaat marcheer ik, met mijn ellebogen in mijn zij gepind, mijn handen duwen de lucht weg. Paal na paal versla ik, tot ik de tel kwijtraak.

Vijf, zes, zeven, acht, negen, tien, vijftien, zestien, achttien, twintig, vierendertig, zestig.

De zon loopt met me mee, maar begint me plotseling in te halen. Ik struikel en val bijna. Ik kijk naar beneden en zie twee rechthoeken met me meelopen. Langwerpige blokken die overgaan in mijn benen. Ik denk aan de diagonale gang waarmee honden zich voortbewegen. Linksvoor, rechtsachter; rechtsvoor, linksachter.

Zjoef. Zjoef. Zjoef. Zjoef.

Ik sluit mijn ogen en stel me voor dat ik op vier voeten in draf verderga.

Donkey!

Ik ben Donkey vergeten. Ik val neer, mijn schreeuw waait uit over de vlakte. Als een verschroeid insect trek ik mijn ledematen in, begraaf mijn hoofd tussen mijn knieën en wacht tot ik oplos in het zand.

*

Door het zijraam van de cabine staar ik naar de lucht. Zachtjes veert de vrachtwagen op en neer. Ik lig op mijn rug, mijn voeten raken de cabinedeur. Boven mijn hoofd, aan de binnenspiegel, bungelen een poppetje, een poes, een plastic hand met een duim omhoog. De tros danst mee op de maat van de muziek.

Ik sluit mijn ogen. De trucker is teruggekomen. Hij heeft Negro en Teresa afgezet in de stad en komt nu zijn beloning opeisen. Het is goed. Als ik de rest van mijn leven soezend in zijn cabine mag doorbrengen, is een tegenprestatie het ergste niet.

Iemand druppelt water op mijn gezicht.

'Wil je wat drinken?'

De man zit achter mijn kruin. Al zou ik willen bewegen, mijn lijf is niet in staat te reageren. Ik eindig bij mijn nek; het laatste dat ik voel is een hartslag in mijn keel. Daaronder is het verdoofd. Ik probeer naar achteren te kijken zonder te bewegen en staar hem van onderen aan. Een oude, magere man met een wit baardje staart terug. De huid van zijn gezicht is als tentzeil over zijn jukbeenderen getrokken, met plooien aan weerszijden van zijn neus. Zijn ogen zijn zwart. Het hoofd wiebelt zachtjes met de vering van de truck heen en weer en lijkt ieder moment van zijn nek te kunnen rollen.

Dit is niet de trucker die Negro en Teresa heeft meegenomen.

Ik knijp mijn oogleden dicht en open ze weer. Nog steeds die vriendelijke blik en de uitgestrekte hand met een fles. Als hij dood is, ben ik het ook. Ik pak de fles aan en zet 'm aan mijn mond. Water stroomt naar mijn nek, langs mijn oorlellen. Mijn huid knispert.

'Ik dacht dat je niet meer wakker zou worden.' Een hese, zachte stem.

Hij kijkt opzij en knipoogt.

'Je was meer dood dan levend.'

Ik wend mijn hoofd af. Onder de voorruit speelt een orkestje. Een gekrulde zwarte kabel verbindt een kastje aan de wand en een doosje naast zijn stuur. Hij volgt mijn blik en grijnst.

'Goed, hè. Zo meteen komt mijn lievelingsnummer, met alleen accordeon.'

Met opgetrokken wenkbrauwen sluit de man even zijn ogen, tonen stijgen op uit zijn keel. Hij lijkt op een van onze honden.

'Was je verdwaald?'

Ik hoor de vraag, maar het mechanisme om te antwoorden werkt niet. Ik kan hem alleen maar aanstaren.

'Het komt goed,' zegt de man. 'Je moet wat eten, hier.'

Zonder zijn ogen van de weg af te halen buigt hij over me heen en opent de deur van een kastje op de grond. Het is helemaal gevuld met eten en drinken. Verpakkingen in groen, oranje en zilver; flesjes met water erin, dat klotst tegen het plastic op het gehobbel van de cabine. Opeens ben ik alert, alsof een vlies van mijn ogen wordt getrokken. Magere kinderen en uitgehongerde honden springen tegelijk op het kastje af, scheuren de verpakkingen open en werken het eten naar binnen. De gitaar op de achtergrond tingelt verder. Het is te veel en ik draai mijn hoofd weg. De man sluit het deurtje.

'Ben je misselijk? Moet ik stoppen?'

Ik draai me weg van het kastje, staar naar de rug van de bank met de fles in mijn handen en blijf zo liggen.

Af en toe dommel ik weg. Ik klamp me vast aan de fles en neem kleine slokjes. De bank onder me is zacht, niet zoals de koude vloer van de schuur. Ik zak erin weg, heb geen behoefte me te bewegen of om te draaien. De cabine deint heen en weer.

'Je lijkt op mijn kleindochter,' zegt de man. Jouw leeftijd, en die is ook zo licht. Zou je niet denken hè, met zo'n zwarte opa?' Hij grinnikt en wijst naar mijn haar. 'Maar zij heeft krullen. Blonde krullen, tot halverwege haar rug. Dat wordt nog wat.'

De wagen hobbelt verder en de lucht rijdt mee achter mijn raam.

'We schrokken verschrikkelijk toen ze werd geboren. Die ogen, die huid en witte haren; alsof tijdens de bevalling alle leven uit haar was getrokken. Haar vader is ook *mulatto*, net als wij, dus die voelde zich verraden.'

Hij lacht en haalt zijn ogen van de weg.

'Maar het schijnt te kunnen, zei de zus van mijn vrouw – ze is spiritueel genezer en heeft duizenden baby's gezien. Het is een zegen van God. Dus nu hebben we één blonde prinses tussen al het bruine tuig.' Hij wacht op een reactie, maar ik weet niet wat ik moet zeggen.

'Zij ziet er alleen wel een stuk schoner uit dan jij. *Meu Deus*, jongen, wat ben jij vies. Ik weet niet waar je in gezeten hebt, maar ik ben blij dat ik er niet bij was.'

Hij haalt zijn neus op en ik voel met mijn vingertoppen over mijn shirt. Glad als leer. Ik draai mijn hoofd verder weg en staar naar de bekleding van de rug van de bank, op een paar centimeter van mijn ogen. Van een afstandje is de stof gewoon blauw, maar met mijn neus ertegenaan zie ik dat iedere draad een andere kleur heeft. Zou dat ook voor de hemel gelden: dat naarmate je dichterbij komt, het gladde oppervlak eindelijk wat reliëf krijgt?

Terwijl de man meeneuriet met de muziek van de radio, draai ik me om. Mijn lichaam trekt en tintelt, maar het voelt niet meer alsof er zand door mijn aderen raspt. Voorzichtig beweeg ik mijn vingers, trek mijn neus op, knijp mijn billen samen. Ik duw mijn kin op mijn borst en kijk naar de uitsteeksels onder aan mijn benen. Twee gehavende vlaggenstokken, rood en opgezwollen. Ik laat mijn hoofd weer in de bank zinken en kijk naar de lucht achter het raam. Het is dezelfde lucht als toen ik vanaf de waterput met twee emmers over het erf liep en naar de bovenste verdieping keek. Dezelfde lucht waaronder Donkey nu op zoek is naar mij. Alleen de ondergrond is veranderd. Ik ben niet dood. Ik heb het gered.

Alma.

Mijn middenrif trekt zich samen en mijn vingers tasten weer over het smerige shirt; ik zie Alma's levenloze lichaam. Het blankhouten palet met de baby, gaaf als een volrijpe vijg, en daarnaast haar kapotte lijf. Ik ruik de lauwe, zoete stank in het vertrek.

'Ik ga naar het zuiden, jongen, ik hoop dat dat goed is? Als ik mijn spullen heb afgeleverd, moet ik laden en dan de hele reis weer terug. Mijn kleindochter is zondag jarig. Weet jij wat ik haar moet geven?'

Hij kijkt me aan, zijn wenkbrauwen kruipen als twee wormen omhoog. Ik heb geen idee wat ik moet zeggen. Ik lig zo lekker, ik luister liever. Hij laat me met rust.

Om de zoveel tijd pakt de man wat te eten uit het kastje en legt hetzelfde voor mij op mijn schoot. In de loop van de reis verzamelt zich een berg voedsel op mijn buik die steeds hoger wordt. Net op het moment dat ik mijn ogen weer durf te openen, kondigt de schemering het invallen van de avond aan. Terwijl we verder rijden, welt de horizon rood op en wordt de strakke, doorgetrokken streep steeds vaker onderbroken door grillige silhouetten. De cabine veert niet meer zo hevig op en neer, maar zoeft gelijkmatig voort. Opeens verschijnen er gebouwen in de raamopening.

De vrachtwagen komt luid piepend tot stilstand.

'Zo,' zegt de man. 'Hier moet je eruit.'

Ik zwaai mijn benen over de rand van de bank en besef nu pas hoe groot de cabine is; mijn voeten bungelen in het luchtledige. Op de vloer ligt een rubberen mat met gekruiste lijnen. De trucker buigt zich tussen zijn magere benen en trekt een lege plastic zak onder zijn stoel vandaan.

'Ik doe het allemaal hierin, dan kun je het later opeten,' zegt hij, terwijl hij de berg etenswaar die nog altijd in mijn schoot ligt begint in te pakken. Hij gooit zijn deur open en klimt achterwaarts de vrachtwagen uit. Een windvlaag strijkt over de open huid onder mijn voetzolen als de deur aan mijn kant openzwaait.

'Kom.'

Zijn uitgestoken hand steekt in de lucht. Ik grijp de tas vol etenswaar en schuif over de bank richting de deur. De man gebaart naar een stalen traptrede. Het ijzer brandt in de huid van mijn voet. Ieder moment nu verwacht ik zijn hand in mijn broek te voelen. We hebben het nog niet over de betaling gehad. Maar na een laatste stap voel ik de aarde onder me veren.

Gedesoriënteerd kijk ik om me heen. Het wordt nu in rap tempo donker en de lucht is dieppaars. We staan op een hellende weg. In de verte zie ik een enorm oppervlak opdoemen waar plotseling overal lichtjes aangaan. Ik weet niet waar ik moet kijken, het lijkt of er duizenden sterren tegelijk uit de hemel op de grond uiteenvallen. Hoe donkerder het wordt, hoe sneller het gaat. Er zijn lichtstrepen, lichtspikkeltjes en lichtbollen; alleen op de weg waar wij staan wordt het steeds donkerder, alsof we in het zwarte wegdek verzinken.

'Daar is de stad.' De man wijst naar het veld met lichtjes. Hij buigt zich naar me toe en ik houd mijn adem in. 'Ik zou er niet naartoe gaan.' Zijn muffe adem strijkt langs mijn wang en ik bereid me erop voor dat hij me gaat kussen. Dan strekt hij zich uit en duwt zijn vinger in het donker.

'Dáár,' hij wijst naar een zwart vlak dat naast de stad naar de hemel reikt, 'ligt de berg. Als je slim bent, loop je daarheen. Er is plaats voor iedereen en het is er veiliger dan in de stad.' Hij fluistert: 'De politie jaagt op jongens zoals jij.'

De oude man heft zijn hand met de kromme vingers en in een reflex trek ik mijn hoofd in. Hij wrijft even over mijn kruin en loopt dan naar de bestuurderskant van de truck.

'Succes, jongen!'

De grond onder mijn voeten begint te trillen. Hete lucht schiet van onder de truck vandaan en dringt via mijn openstaande mond mijn lichaam binnen. Ik proest het uit en buitel achterover terwijl de wielen zich schrap zetten op het wegdek. Zittend aan de kant van de weg zie ik nog net de opgeheven hand van de trucker door het raam. Ik kijk hem na tot de vrachtwagen niet meer dan een puntje boven aan de lange weg is en de achterlichten opgaan in de gespikkelde heuvelmassa. Terwijl het briesen van de machine afneemt, zwelt een ander geluid aan. Met een klap splijt de hemel open. Ik draai mijn rug naar de stad en begin bergafwaarts te lopen.

Urenlang loop ik in de stromende regen in de berm van de weg. Mijn voeten zakken weg in de modder naast het wegdek. Af en toe kijk ik achterom, naar al die lichtjes die trapsgewijs de horizon vullen. Voor me in het donker wacht een gapend gat. Dat trekt me meer dan die verlichte heuvel of het massieve vlak ernaast. Auto's, vrachtwagens, motoren snellen voorbij. Bij iedere voorbijganger duik ik achter de begroeiing in de berm.

Na een tijdje wordt het rustiger. Ik ben verregend, maar voel me uitgerust en opgewonden. Als ik het plastic tasje wil overpakken naar mijn andere hand, moet ik mijn nagels bijna uit mijn handpalm wrikken. Ik word aangetrokken door de zwartblauwe afgrond voor me, die zich net zo breed als ver lijkt uit te strekken. Bij iedere stap verwacht ik in het gat te vallen, maar steeds opnieuw voel ik mijn voeten in de zompige grond zakken. Het lijkt alsof de berg zelf met zijn voeten in een modderpoel staat. De stortregen houdt aan en sluit me af van de omgeving. Ik denk aan de vier jongens in de schuur. Hoe ze schuilen voor de regen, met opgetrokken knieën dicht tegen elkaar aan op de eerste verdieping. Davi, João, Mano, Raull. Maar die klootzak is overgelopen naar Chico. De drie jongens in de schuur. Het beeld is zo echt dat ik ze kan voelen, ruiken. De korzelige betonvloer onder mijn vingertoppen, de droge huid van een bovenbeen tegen dat van mij, de geur van regen op het zand. Ik snuif. Regen ruikt hier heel anders. Voller, natter. Zouden ze Alma ontdekt hebben? Ik duw de gedachten voor me uit de helling af en stap door.

Ik weet niet of de berg achter mij dé berg is, die waar de wijven wonen. Zo groot en prachtig als hij oogt, kan ik het me bijna niet voorstellen, maar ik kan geen risico nemen. Wie weet stuurt Chico iemand achter me aan, of loop ik een van die wijven tegen het lijf. Misschien komt de vrachtwagenchauffeur wel terug. Telkens als er een auto aan komt verstop ik me, talloze keren, tot ik niet eens meer helemaal overeind kom maar gewoon van struik naar struik ren. Met het langzaam optrekken van de nacht sluiten de wolken zich eindelijk. Dampende lucht boven het wegdek kondigt de hitte van de dag aan. Ik verwacht nu ieder moment de okergele vlakte door de ochtendschemering te zien opdoemen. Maar als die optrekt, ligt aan mijn voeten slechts een oase van water.

Ik houd stil en kijk naar het blauwe vlak vanwaaruit de heuvel oprijst. Daar, in de verte, begint waar ik de wijven vaak over heb horen praten.

Flarden muziek komen me tegemoet. Mensen naderen, dreigend stampen ze bergopwaarts over het wegdek. Het lage geroffel van de drum raakt mijn onderbuik, gezang dwarrelt over mijn hoofd. Mijn lichaam voelt raar en licht, alsof duizenden vingertoppen over mijn vermoeide spieren trommelen, en ik voel mijn schouders zakken, mijn onderkaak naar beneden vallen. Een grote wagen vol kleurrijke figuren doemt op in de verte. Voorop prijkt een haan met een losse kop die alle kanten op gaat, alsof hij ieder moment iemand kan grijpen. Ik beef over mijn hele lichaam, maar kan nergens heen.

De wagen komt langzaamaan steeds dichterbij en ik zie dansende vrouwen. Ik probeer zo ver mogelijk de berm in te gaan en verschuil me achter een boom. De muziek zwelt aan en de dansende optocht nadert tot op enkele meters. Mijn lichaam neemt de controle over, reageert op de muziek en tot mijn verbazing voel ik hoe de afgelopen dagen en nachten van me af beginnen te vallen. Mijn verkrampte spieren worden weer een beetje vloeibaar en mijn heupen en schouders wiegen zachtjes mee op de maat van de muziek. De wagen passeert me. Eromheen lopen jongens in witte broek met ontbloot bovenlijf, die vechtbewegingen maken maar elkaar niet aanraken. Ze schoppen en draaien sierlijk in de lucht. Mannen met een trommel aan hun middel lopen in een rij voor de wagen en overstemmen het gebonk in mijn borstkas. Hun armen maaien door de lucht, alsof ze met één klap iemands schedel kunnen opensplijten. Op de wagen staan vrouwen, hun lichaam behangen met kralenkettingen, op hooggehakte schoenen die zo snel bewegen dat ze de grond niet lijken te raken.

Dan trekt de stoet verder. Mannen met zwiepende billen sluiten de rijen en nemen de muziek met zich mee. Het monotone gekletter van de regen uren achtereen, de langsrazende auto's gevolgd door de muziek: opeens is ieder geluid weggevallen en het voelt alsof ik ieder moment kan opstijgen in de stilte. Mijn hoofd is licht en het gerommel in mijn maag is het zwaarste punt. Ik laat me vallen in de berm en scheur de plastic tas open. Achter elkaar trek ik verpakkingen open, rijt repen met mijn hoektanden uiteen en spoel de brokken zonder te kauwen weg met water. Ik schrok alles naar binnen en stop pas als alle verpakkingen leeg in mijn schoot liggen. Dan sta ik op en laat het plastic als een vervelde huid in de berm achter.

Het eten heeft me goedgedaan en ik voel mezelf groeien onder mijn trekkende huid. Met de toenemende afstand tot de berg neemt de angst af iemand tegen te komen. Negro of de wijven zouden hier nooit komen. Ik verschuil me niet meer in de berm, maar wandel rustig langs de weg. Onderweg kom ik andere kinderen tegen, in mooie kleren. Jongens in blauwe bermuda met wit hemd, tas op de rug gebonden. Meisjes in rode rok met wit hemd, de haren strak gevlochten langs het hoofd. Ze kletsen met elkaar en kijken niet naar me op of om.

De weg gaat steeds steiler naar beneden en aan het einde, haaks erop, doemt een strook wit zand op, als de laatste drempel voor de zee. Van opwinding begin ik sneller te lopen, mijn knieën botsen onhandig tegen elkaar. Nog een paar stappen. Luid getoeter; ik spring opzij, net op tijd om niet door een brommer te worden overreden. Dan sprint ik de weg over naar het strand en laat me voorover vallen.

Minutenlang lig ik op mijn buik, mijn ogen gesloten en mijn wang tegen het zand gedrukt, tot ik de ranzige adem van een hond in mijn gezicht voel. Ik schiet overeind en duw hem bij me vandaan; het beest sukkelt op een drafje weg. Op mijn billen, met mijn knieën opgetrokken, kijk ik naar de massa die zich voor me uitstrekt. Ik probeer me te oriënteren. Het lijkt alsof de weg naar beneden me aan het begin- of eindpunt van het strand heeft gebracht. Aan mijn linkerzijde loopt een witte zandstrook tussen de zee en de stad, zo ver ik kan kijken. Overal sjouwen mannen met stoelen en parasols, dicht bij mij zie ik hun glanzende voorhoofd, hun gebukte torso's onder de palen; in de verte zijn het poppetjes met prikstokken. Parallel aan het strand loopt een drukke weg met een strook ertussen voor voetgangers. Mensen met schoenen op wieltjes zoeven voorbij, anderen rennen terwijl ze onbewogen voor zich uit staren; waarheen ze gaan wordt me niet duidelijk.

Rechts van mij wordt het strand afgekapt door een rotswand. Het massief werpt zoveel schaduw, dat aan die zijde geen strandtenten of mensen met parasol te vinden zijn. Onder aan het gevaarte lopen kleine, grijze stenen nog een stuk door in het water. In de verte torent een nog veel grotere rots uit boven de stad, het strand en de zee. Golven breken op het graniet en trekken zich terug om een nieuwe aanloop te nemen. De rots is onaangedaan, als een vader die lachend toekijkt terwijl zijn kinderen hem proberen omver te duwen. Links van me klinkt overal muziek, terrassen met houten vlonders staan vol stoelen en steeds meer mensen naderen vanaf de parallelweg achter me, stappen over het muurtje dat ze van het strand scheidt en gaan her en der op het strand liggen. Ze lachen, in de glazen van hun zonnebril weerkaatst felblauwe lucht.

De puntige rotsen rechts, het donkere steen, en zelfs de hemel daar lijkt grauwer. Als ik zeker weet dat niemand me ziet, loop ik naar de rotsmuur die het strand afsnijdt. Snel tast ik met mijn vingers het oppervlak af, alsof ik erin zou kunnen verdwijnen als ik maar de juiste plek vind. Op een paar meter van de waterlinie zit een inham in het gesteente, als een nauwe steeg. Ik kijk nog een keer achterom. Niemand let op me. De mannen zetten bedden naast elkaar in het zand. De mensen op de strook gaan allemaal de andere kant op, ik bevind me in een dode hoek. Voorzichtig manoeuvreer ik me door de opening in de rotswand; de doorgang is zo smal dat ik er alleen zijwaarts in pas, met mijn bovenarmen tegen mijn lichaam gedrukt en mijn blik strak naar voren gericht, op het steen dat bijna mijn neus raakt. Scherpe punten krassen in mijn billen en rug; ik voel geen pijn. Voetje voor voetje schuifel ik zijwaarts en hoop dat de wanden verderop niet samensmelten en het niet meer dan een doodlopende scheur zal blijken te zijn. Na een paar meter wordt het donker en de moed zakt me in de schoenen. Maar na een kleine knik gaat de doorgang verder, het is een v-vorm. Over mijn voeten loopt een krab. Nog een paar stappen. De inham splijt verder open en dan sta ik weer op het zand.

Het licht is hier grijzer en een bries strijkt langs mijn gloeiende wangen. Vanaf de zeelijn is het zand bezaaid met rotsblokken, er zijn bijna geen open stukken. Het strand wordt aan de achterkant begrensd door een zwarte wand die naar de wolken reikt. Nergens zijn auto's of mensen te bekennen. De enige beweging komt van een paar vogels die door de lucht zweven en af en toe een duikvlucht maken, en de zee die onder mijn voetzolen stroomt.

Onwennig zoek ik mijn weg en klauter over rotsen en keien. Van steen naar steen, langzaam, terwijl zeewater het zand onder me wegtrekt. Ik haal me open, schaaf mijn handpalmen en schenen, maar het deert niet; alles aan deze tocht valt in het niet bij wat ik ben ontvlucht. Steeds soepeler zet ik mijn handen en voeten op de hellende vlakken. Als ik achteromkijk, zie ik dat ik de scheidswal naar het andere deel van het strand al ver achter me heb gelaten. Het klotsen aan mijn linkerzijde voelt al zo vertrouwd dat ik me niet kan herinneren ooit iets anders te hebben gehoord.

Dan verschijnt in de rotswand een cirkelvormige opening, overwoekerd met planten. Ik klim erheen, zet mijn voet in het gat en trek mezelf aan de planten omhoog. Ik kan makkelijk rechtop staan, mijn armen uitstrekken. Het lijkt een buis of een tunnel die zich recht het gesteente in boort. Vanuit de diepte komt een stank die me ervan weerhoudt verder te lopen, op de vloer liggen uitwerpselen, zeewier, stukken plastic. Vocht glinstert op het beton en valt in een straaltje over de rand, recht naar beneden tussen de rotsblokken op het zand. Vanuit mijn nieuwe schuilplaats staar ik naar de zee die zich uitstrekt van onder mijn voeten tot aan de horizon.

Dagen achter elkaar slaap ik in de buis. Het strand is de schuur en de zee het erf. De vloer is zo hard als het beton dat ik gewend ben, maar voelt als de bank van de vrachtwagen. Ik lig op mijn zij met mijn knieën opgetrokken en mijn gezicht richting het water. De rioollucht die achter me uit de buis komt wordt verdreven door het zilt uit zee, zeker als het water hoog staat. Af en toe open ik mijn ogen en steeds weer verwacht ik de vlakte te zien. Maar alles is anders. Zodra ik me erover kan verbazen worden mijn oogleden alweer zwaar; het klotsen van de golven tegen de rotsen sust me in slaap. Flarden van de schuur jagen door mijn hoofd, de varkens, Davi die zich snijdt, ballonnen in de lucht en schaterende kinderen die erachteraan rennen. Dan weer beelden van Alma, voordat ze verbrand was, met haar snotneus en grote bruine ogen, het knuffelkonijn, het vuur, Donkey, en door alles heen duikt steeds weer de gestalte van Negro op. Geen gezicht, geen ledematen, maar een zwart silhouet dat een schaduw over al het andere werpt, zoals de rotswand over het strand waar niemand wilde zitten. In mijn droom kruip ik in de schaduw, de enige plek waar Negro me niet te pakken krijgt.

Op een ochtend doe ik mijn ogen open als de opkomende zon mijn blote huid verwarmt, en is het gerommel van mijn maag sterker dan de drang om te slapen. Ik zwaai mijn benen over de rand van de buis. Voorzichtig klim ik over de rotsblokken en laat mijn voeten wegzakken in het zand. Steeds opnieuw trek ik mijn benen omhoog, bang dat ik in het zand zal verdwijnen, maar na een paar keer durf ik zo te blijven staan, tot mijn enkels in het water. De wonden onder mijn zolen schroeien weg door de korrels en het zout, maar het is een prettige pijn. Alsof met de rafels van mijn huid ook al het andere zachtjes wordt weggeschuurd. Tot kniehoogte waad ik verder het water in. Niet dieper. Rechts in de verte bewaakt de zwarte rots de omgeving. In zijn flank de stad met glinsterende gebouwen die de horizon scherp onderbreken, en daarnaast de berg, met een breed uitgesmeerde laag huisjes als een doffe vacht. De rots staat met zijn voet in zee, licht voorover hellend naar de horizon. Ik sluit mijn ogen, en trek mijn tenen samen in het zand.

De dagen daarna voel ik me steeds vrijer en de kracht in mijn lichaam keert langzaam terug. De buis poets ik brandschoon, tot iedere porie van het beton naar zeewater ruikt. De diepte van de buis en het stroompje water kap ik af door een muur van stenen en rotsblokken te bouwen. Als ik niet in het water ben, zit ik in de ronde opening en kijk uit over het enorme oppervlak. Vlak achter de keien aan de waterlinie, waar ik de witte zandbodem kan zien, kleurt de zee helderblauw. Maar hoe verder je komt, hoe lager en zwarter de bodem wordt en hoe intenser de kleur van het zeewater. Waar het water inktzwart is, varen boten zo groot als mijn uitgestrekte hand voor mijn oog. Ik stel me voor dat de zeebodem ver onder hen bezaaid is met scheepswrakken; slappe lichamen over verroeste railings, uitpuilende tongen. Vissen zwemmen rond de hoofden, plagerig of verbaasd over zoveel hoogmoed.

's Nachts leg ik de tocht af over de rotsen, terug naar de scheidsmuur met daarachter het bewoonde leven: het drukbezochte strand, lawaaierige strandtenten en een boulevard afgebakend met winkels. De vuilnisbakken worden pas in de vroege ochtend geleegd en bevatten alles wat ik nodig heb. Mijn enige concurrenten zijn de vogels, de honden en een oude, verwarde vrouw die soms op het strand slaapt in dikke lagen kleding, zodat ze eruitziet als een opgerold tapijt met een hoofd erop. Verder is er meestal niemand wakker. Wat eetbaar is neem ik mee terug naar de buis – half afgekloven kippenpoten en maïskolven met zout. Cassavebolletjes met kaas, fruit in alle kleuren, guave, papaja en kokosnoot; barbecuevlees en zoute vis en half leeggegeten plastic borden met koude rijst en bonen. Zodra het water zich begint terug te trekken, komen tussen de rotsen bij de buis krabbetjes tevoorschijn, die ik boven een vuurtje rooster. Ik eet tot ik niet meer kan, slaap tot ik vanzelf wakker word en drijf in ondiep water tot mijn huid ervan tintelt.

Na zes weken priemen mijn ribben niet meer tegen mijn huid. Mijn oude T-shirt, met het opgedroogde bloed van Alma erop, ligt opgevouwen achter in de buis bij het stenen muurtje dat ik heb gebouwd. De vaalrode korte broek, een afdankertje van een van de wijven, begint rond mijn bovenbenen te spannen en het elastiek snijdt in mijn buik. Het is tijd om afscheid te nemen van het laatste restje van mijn leven op het erf.

Soepel manoeuvreer ik door de inham en stop bij het laatste stuk. De zon gaat onder en de meeste mensen verlaten het strand. Van achter mijn granieten kamerscherm bespied ik jongens die net hun handdoeken op het zand leggen, de randen precies tegen elkaar aan. Iemand zet zijn voet erop en de stof zakt weg, verstoort het ruitenpatroon en het kuiltje vult zich met zand. Een radio wordt op een tas gezet, muziek gaat aan en de jongens gooien even hun armen in de lucht. Zo staan ze een tijdje te lachen en te praten, sigaretten worden met andere sigaretten aangestoken en iemand pakt blikjes uit de tas. Een van de jongens trekt zijn bermuda en T-shirt uit om een duik te nemen. Terwijl hij wacht tot ook zij hun kleren hebben uitgetrokken, kijkt hij mijn kant op. Ik druk mijn rug tegen de stenen en trek mijn hoofd in. Zodra de jongens in het zwarte water zijn verdwenen, sprint ik van achter de muur naar hun handdoeken en gris de kleding mee. Snel trek ik de verzakte handdoek recht zodat die weer aansluit bij de rest. Ik schiet terug naar de inham, schuif naar binnen en klauter over de rotsen, bijgelicht door een sikkelvormige maan.

Mijn handen trillen als ik het bundeltje open, bloed loopt van mijn elleboog over mijn onderarm. Mijn oude broek valt op het beton en naakt sta ik in het midden van de buis. Ik houd de legergroene bermuda voor me uit en kan me niet voorstellen dat hij past. Eerst mijn rechtervoet, daarna mijn linker. Over mijn heupbotten en vervolgens met mijn vingers naar de knoop. Met ingehouden buik duw ik de knoop door het gaatje en adem uit. Hij past.

11

De stad

'Succes vandaag!'

Haar collega van de nachtdienst steekt haar hand op en verlaat de kleedkamer. Elizabet lacht en zwaait terug. Ze pakt haar T-shirt en spijkerbroek van de bank achter haar, vouwt ze netjes op en legt de stapel op haar schoenen. Een laatste keer deodorant onder haar oksels en de deur van het kastje slaat dicht. De ventilator zoeft boven haar hoofd, maar de lucht in de ruimte staat stil als brak water. Zweetstraaltjes langs haar haargrens. Nu al. Het bureau is heerlijk stil, zoals altijd in het vacuüm tussen twee diensten. De agenten die nachtdienst hebben beginnen het laatste uur niet meer aan iets nieuws, en de dagploeg is nog niet opgestart. Een kreet klinkt uit de arrestantencel, waarschijnlijk wil er iemand plassen. Hij zal moeten wachten. Elizabet trekt aan de stugge stof over haar boezem. Alles knelt. De klittenbanden rond haar bovenbenen, het zware vest over haar blouse; het is dezelfde maat als altijd, maar het lijkt of haar lichaam zich uit protest opblaast. Haar keel voelde vanmorgen zo dik dat ze er geen hap doorheen kreeg. Ze ziet op tegen de dag die komen gaat.

Het begon al tijdens de briefing, een paar dagen geleden. Voor een groep van dertig agenten maakte de rechercheur de details bekend van de geplande actie. Hij en zijn team hadden een web van pooiers en hoeren ontdekt, dat kinderen gebruikt als slaven. De mannen, zware criminelen die zelfs op de berg niet langer houdbaar waren, zaten ergens ver weg op de vlakte ondergedoken, met impliciete goedkeuring van de Organisatie. De betrokken vrouwen waren prostituees van de berg, die kinderen en klanten leverden. Soms werd er iemand naartoe gestuurd om een tijdje onder de radar te blijven. Van overal zakten mannen af naar de diepte van de sertão om ongestoord aan hun trekken te komen. Elizabet had haar vinger opgestoken en gevraagd wat de noodzaak van de actie was; er waren zoveel van dit soort plekken, verspreid over de hele staat. Als ze die allemaal moesten ontmantelen, zou het jaren duren. Was het een professioneel netwerk? Was een van de kopstukken van de Organisatie erbij betrokken? Waarom deze actie en waarom nu?

Maar er was geen bewijs voor een georganiseerde bende; voor zover de informatie strekte ging het om maar een paar volwassenen en een handjevol kinderen. Ze kreeg het idee dat het verhaal veel groter werd gemaakt dan wat de feiten in het dossier haar vertelden, maar de herverkiezing van de gouverneur staat op het spel. Rechtstreekse acties tegen de Organisatie durft hij niet te initiëren; dit is waarschijnlijk afgesproken werk, zodat hij de bevolking kan laten zien dat misdaadbestrijding hoog op zijn agenda staat. Haar vermoeden werd bevestigd toen trots werd aangekondigd dat de gouverneur in eigen persoon de actie zou begeleiden, met een cameraploeg van het journaal in zijn kielzog. De wellust waarmee de rechercheur de details uit de doeken deed, het enthousiasme waarmee haar mannelijke collega's zich verheugden op de actie; Elizabet werd er misselijk van.

Met haar manchetten veegt ze haar slapen droog, trekt haar staart strakker en controleert een laatste keer de bepakking aan haar gordel. Hij trekt zwaar aan haar heupen. Ze is moe. Niemand zit nog op de vrouw van de commissaris te wachten, haar collega's zien haar nog liever gisteren dan vandaag vertrekken. Sinds haar man met de officier van justitie nieuwe anticorruptiemaatregelen heeft aangekondigd is het alleen maar erger geworden. Iedereen weet van de ondergrondse folterhuizen, de verdwenen arrestanten, de geldstroom tussen de politie en de Organisatie. Zolang er straffeloosheid is zal er niets veranderen, in theorie is iedereen in de stad het daarover eens. Maar zij maakt de dagelijkse praktijk mee, ziet de spanning en adrenaline als compensatie voor het slechte salaris, het kortstondige gevoel van macht tegenover de angst. En bovenal: een diepgewortelde geloof in de mindermenselijkheid van de ander: de armen, de daklozen, de straatkinderen, de hoeren en verslaafden, en iedere pechvogel die daarbij hoort. De agent die 's middags met zijn collega voor de lol verslaafde tieners executeert op een industrieterrein buiten de stad, is dezelfde man die 's avonds zijn kinderen liefdevol in bed stopt. Elizabet denkt weer aan de zwervers bij het stoplicht.

Hugo heeft makkelijk praten. Terwijl hij boven op de brug met straffe hand de koers uitzet, bevindt zij zich onder in het ruim met de vissen. Hier op de werkvloer geldt een andere werkelijkheid, gelden andere wetten om te overleven. De vissen gaan pas mee als de hele boot draait. Ze weet niet hoelang ze zich nog staande houdt in haar eentje.

Gisteravond had ze haar man verteld welke actie er voor vandaag gepland stond – hij was het met haar eens dat het niet meer dan symboolpolitiek van de gouverneur kon zijn. Een schuur met criminelen op de sertão ontmantelen was even zinvol als de *vaquieros* daar vragen of ze hun vee niet bij de staart wilden meesleuren. *'O sertão, waar de misdadiger zijn lieve leven leeft, ver van het wurghout van de wet!'* had hij lachend opgedreund. Hugo had ernstiger zaken om zich druk over te maken. Toen ze vanmorgen in alle vroegte uit bed stapte, drukte hij een kus op haar voorhoofd en wenste haar succes.

Elizabet zet zich schrap tegen de deur van de kleedkamer en loopt de gang in. Rubber piept op de gedweilde vloer, die alweer is bezaaid met zwarte strepen. Ze ziet haar collega's door de glazen deuren buiten wachten: een roedel opgewonden honden, onaantastbaar in hun gepantserde uitrusting. Zwarte veterlaarzen, hun wapen nonchalant bungelend op een heup. Zodra hij Elizabet ziet, geeft de rechercheur een teken en vertrekken ze richting de parkeerplaats, waar een rij jeeps op hen staat te wachten. De mannen joelen en slaan hun handen in de lucht tegen elkaar. Als ze de bestemming niet zo vreesde, zou ze zelf ook opgewonden zijn over haar eerste reis naar de sertão.

Urenlang rijden ze over de zandvlakte. De stoet jeeps ploegt voort over de onverharde weg gehuld in stofwolken. In het begin fascineert de uitgestrekte leegte haar, als een maanlandschap met een grillig patroon barsten. Her en der passeren ze een struik of boom, het geraamte van een verlaten schuur of een in botten getekend rundersilhouet op het zand. De mannen roken, vertellen stoere verhalen en vegen het zweet onder hun baret weg. Maar na een paar uur verstommen de gesprekken en probeert iedereen zich zo min mogelijk te verroeren in de brandende zon. Het getik van de helmen in de achterbak markeert de hobbels in de weg. Elizabet zit op de passagiersstoel en staart voor zich uit, tot de eentonigheid van het uitzicht haar uit balans brengt. Ze knijpt haar ogen dicht en denkt aan Edson. Zaterdag heeft hij een belangrijke wedstrijd, Hugo heeft beloofd erbij te zullen zijn. Met een door Manuela gevulde picknickmand kijken ze samen met andere ouders vanaf het gras naar de jongens. Steeds als hij aan de bal is, zal Edson door zijn wimperharen hun kant op gluren om te controleren of zijn vader wel kijkt. Misschien vraagt ze haar schoonouders ook wel, dan kan zijn dag helemaal niet meer stuk. Ze heeft een nieuwe, witte jurk, die wil ze aandoen. Van boven aansluitend en van onderen wijd. Een zwierjurk, zoals Edson het noemt. Elizabet perst haar lippen samen en voelt hoe het vocht uit het geultje boven haar bovenlip loopt. Zout op haar tong.

De zon kruipt naar haar hoogste punt en het decor begint zich te herhalen: een boom, een paar struiken, een verlaten schuur. Elizabet vraagt zich af of ze niet in cirkels rijden. Ze concentreert zich op de groene paaltjes aan de kant van de weg, tot ze duizelig wordt. Als er hier iets met ze gebeurt, kost het uren om naar het dichtstbijzijnde ziekenhuis te rijden. Zijn ze al over de helft, is de stad aan de andere kant misschien dichterbij? Nee, op de kaart die de rechercheur tijdens de briefing liet zien stond de schuur gemarkeerd vóór het middelste punt van de vlakte. Ze hebben toch wel genoeg watercontainers bij zich? Haar lichaam is inmiddels zo opgezwollen dat haar gordel, bh en schoenen in haar vlees snijden: ze voelt zich deeg dat langzaam uitzet in de oven. Ze strekt haar vingerkootjes, als om te controleren of ze nog wel botten en spieren heeft. Ze stelt zich voor dat ze verdwalen en op de open vlakte rijden zonder oriëntatie. Dat hun apparatuur het niet meer doet, de watercontainers leeg zijn en ze geen benzine meer hebben. Overgeleverd aan de geesten van de sertão waarover ze op school zoveel legendes heeft gehoord.

Ze gaat rechter in haar stoel zitten en probeert haar onregelmatige ademhaling te bezweren door de groene palen te tellen.

Ze wil een slok water nemen, maar er komt niets uit de fles. Net als ze zich wil omdraaien om haar bidon te laten bijvullen, heft de rechercheur in de voorste auto zijn vuist en komt de rij voertuigen tot stilstand. Een golvende versie van de man loopt vertraagd door een stofwolk heen op hen af. Terwijl hij met wijde armgebaren de laatste keer zijn instructies brult, probeert ze te registreren wat hij zegt. Hij lijkt een wassen beeld dat staat te smelten, zijn mond twee rubberbanden die steeds verder uitlubberen. Naast haar komen haar collega's in beweging, een helm wordt in haar schoot geworpen.

'Elizabet!'

Ze schrikt en schiet overeind.

'Naar de laatste auto, nu!'

Ze gooit haar baret tussen haar voeten, drukt de helm op haar hoofd en dwingt zichzelf de auto uit. Op een drafje loopt ze naar de auto van de gouverneur. Ze hoort haar adem in de helm, het lijkt alsof er iemand anders bij haar in de afgesloten ruimte zit. De cameraploeg van het journaal zit ook in de auto van de gouverneur, met op de achterbank de knappe presentatrice, die Elizabet met verwaaid haar en grote ogen aankijkt. Stof kleeft aan haar roze lippenstift. Samen met de jongste collega uit haar team stapt Elizabet op de achterplank van de terreinwagen en houdt zich vast aan de buizen.

Met hoge snelheid leggen de wagens het laatste stuk af, verlaten de doorgaande weg en vallen na honderd meter als een waaier uiteen. In een halvemaan vormen ze een kordon rond een grote, vervallen schuur. Afbrokkelend pleisterwerk toont bakstenen, daarop een omgekeerde ruif van balken waarop dakpannen balanceren. Voor de schuur staat een grote, oude boom. Links van de schuur een omheining en weer wat verder een half ingestorte waterput met een U-vormige inkeping in het muurtje eromheen. In de verte reiken vier palen doelloos naar de hemel; een stuk golfplaat ligt op de grond ernaast. Overal liggen hopen zand en vuil en steppenrollers. Zodra de auto's tot stilstand zijn gekomen, is het doodstil.

Als zwarte maanmannen verspreiden haar collega's zich over het erf, getrokken geweren gericht op de deur van de schuur. Hun marcherende voetstappen worden overstemd door Elizabets gehijg in de helm, alsof iemand expres lucht in haar oren blaast zodat ze zich niet kan concentreren. Ze houdt haar adem in en probeert rustiger te worden. Het stalen vest trekt naar de grond en ze is bang dat haar knieën het ieder moment kunnen begeven. De rechercheur pakt een megafoon en als hij de knop indrukt doorbreekt een hoog piepend geluid de stilte. Geschrokken haalt hij zijn vinger van de knop. Even wacht hij tot de mannen klaarstaan, wijdbeens en met hun vizier op de schuur gericht. Elizabet blijft samen met een jonge agent bij de auto van de gouverneur, op veilige afstand. Haar baas zet de megafoon aan zijn mond en als hij spreekt houdt iedereen zijn adem in.

'*Esta é a polícia.*' De laatste 'a' galmt nog even na. 'Kom naar buiten met je handen op je hoofd!'

Het bevel waait uit over de vlakte. Geen reactie. Elizabet krijgt het gevoel alsof ze worden bekeken. De geesten van de sertão. Ze hoeven de confrontatie niet aan te gaan. Niemand wint het van de vlakte. Door gewoon te wachten worden ze talrijker.

Nog steeds geen enkele beweging in of rond de schuur; even denkt ze dat ze voor niets zijn gekomen. De rechercheur begint weer te spreken en terwijl ze naar de bewegende lippen kijkt, zijn tot niemand gerichte woorden, lijkt de leegte om hen heen terrein te winnen – alsof de schuur kleiner is geworden en zij er dichter naartoe zijn geduwd. Hoe langer ze kijkt, hoe meer haar collega's hun menselijke eigenschappen verliezen; zwartgeblakerde reptielen zijn het, hun schubben knisperend bij iedere beweging. Ze wil hier weg, ze wil terug naar de stad, naar hun huis achter de witte muren, haar kousenvoeten op het marmer van de hal, naar Manuela die haar, Hugo en Edson avondeten brengt in de eetkamer. De stoelpoten die krassen over de vloer, een kaars op tafel. Haar ogen gaan langs de brokkelige muur van de schuur, ze denkt een stuk kalk te zien vallen waardoor nieuwe bakstenen zich als tanden in de muur ontbloten, of was dat net al zo? Het bouwsel kan ieder moment imploderen, verstuiven in het zand, waarna de vlakte er weer uit zal zien alsof er nooit iets heeft gestaan. Ze schudt haar hoofd. De klep van haar helm rammelt.

De rechercheur geeft de mannen een teken en als één organisme komen ze in actie. De grond onder hun voeten begint te trillen en een seconde later plant een agent zijn veterlaars met geweld in de deur, die geen millimeter meegeeft. Een andere agent loopt ernaartoe en trekt uit alle macht, het geluid van schurend staal tegen steen trekt langs haar ruggengraat terwijl de deur openschiet. Haar collega's vallen schreeuwend de donkere deuropening binnen, als mieren die achter elkaar in een hol verdwijnen. Gestamp van laarzen op een trap, bevelen die door de raamopeningen naar buiten schieten. Terwijl ze hoort hoe haar collega's zich door het pand verspreiden, blijft Elizabet met de jonge agent voor de auto van de gouverneur staan, haar wapen in de aanslag. Naast haar wil het joch zijn voorhoofd afvegen en stuit met zijn arm tegen de gesloten helmklep. De cameraman wordt onrustig en neemt weer plaats in de auto naast de presentatrice, die vanaf de achterbank uitgebreid naar zichzelf in de binnenspiegel zit te kijken. Elizabet boort haar laarzen in het zand, houdt haar wijsvinger gestrekt langs de loop, weg van de trekker, en verroert zich pas weer als de rechercheur gebaart dat ze met de gouverneur en de cameraploeg kan komen.

De presentatrice heeft haar haren geborsteld, make-up ververst en een tv-hoofd opgezet: de ogen en lippen bijeen geknepen, haar kin gedecideerd naar voren. Dwingend gebaart ze de cameraman zich te haasten, terwijl zij zich met een microfoon positioneert op een hoek van het erf, met haar rug naar de schuur. Ze lijkt onbewogen door het kabaal achter haar. Het is duidelijk dat er mensen in de schuur zijn gevonden; terwijl ze de gouverneur wenkt met haar mee te komen, probeert Elizabet te horen wat er binnen gebeurt.

Gestommel en geschreeuw. Geweerlopen als priemende vingers en opgeblazen borstkassen vol angst. Aan het lome geruis in de helm hoort ze hoe haar ademhaling rustiger is geworden. De arrestanten zullen zo naar buiten worden geleid door agenten in vaste koppels, iedereen weet wat hij moet doen. Nu de dingen zich weer volgens protocol afspelen, voelt ze zich minder verloren. 'Patronen zijn de wervels van de ruggengraat,' zegt Hugo altijd. Zonder patronen bouw je niets op. Dat is ook de reden dat het met die sloebers op de berg nooit iets wordt. Niet één dag hetzelfde als de vorige, geen enkele structuur in wat ze doen; zelfs dieren leven niet zo. Het afwijken van patronen is ook de reden dat het justitieel apparaat in de stad maar niet van de grond komt: willekeur leidt tot niets, blijft Hugo zijn mensen voorhouden. Patronen bieden je de zekerheid waarmee je gewijzigde omstandigheden aankan. Zo houdt hij Edson ook altijd voor: altijd naar de training gaan, iedere opstelling duizendmaal herhalen, vanuit elke hoek de juiste voorzet kennen – dan hoef je tijdens de wedstrijd de bal alleen nog maar in te koppen. Elizabet recht haar rug en duwt de loop van haar geweer naar de grond. Zodra ze een stap zet, sluit de gouverneur zich nerveus bij haar aan.

'Ik heb zo'n respect voor jullie. Het is werkelijk bijzonder om eens zo'n inval bij te wonen.'

Elizabet gluurt opzij terwijl ze loopt. De gouverneur doet zijn best haar bij te houden terwijl ze het erf oversteken; hij weet zich duidelijk geen houding te geven. Over zijn nette pak draagt hij een beschermend vest. Een helm staat scheef op zijn hoofd met de klep omhoog gekanteld. Van onder de rand lopen zweetstralen van zijn voorhoofd, als een bergbeekje dat zich over een rotswand naar beneden stort en in het reservoir van zijn gesteven boord wordt opgevangen. De lederen schoenen, die bij vertrek nog glansden als een opgewreven parketvloer, zien er nu dof en armetierig uit. Zijn functie, zijn dure kleding, zijn gemanicuurde nagels: het betekent hier niets. Elizabet ziet de man ter plekke onder de zon krimpen en groeit in haar rol. Als een lijfwacht gaat ze schuin voor hem lopen.

'Ik ben blij dat we ze hebben gevonden. Jij niet?'

De gouverneur neemt snelle, kleine passen. Struikelt met zijn te lange neuzen over een steentje en grijpt even haar bovenarm. Ze voelt het amper. Haar bepakking is haar huid, zij daaronder onaantastbaar. De grond beeft onder iedere voetstap. Elizabet duwt de klep van haar helm verder naar beneden en concentreert zich op de geperste lucht die uit haar binnenste omhoogkomt.

De deuropening van de schuur spuugt mensen uit: agenten met enkel hun geweer in de handen, agenten die iemand voor zich uit duwen. Een voor een worden alle bewoners naar buiten geleid en voor het gebouw naast elkaar gezet. Het valt haar tegen. Eén volwassen man en vier kinderen. De agenten nemen hun positie achter hen in, zoals afgesproken. Normaal gezien zouden ze in deze setting nu wat ontspannen, een sigaret roken of met de arrestanten dollen, maar ze mogen geen flater slaan als de gouverneur en een tv-ploeg erbij zijn. Een van de kinderen zegt iets tegen een agent en samen lopen ze terug naar binnen. Even later verschijnt de jongen weer, met een peuter op zijn heup. De agent gebruikt zijn geweer als herdersstaf om het kind terug naar zijn plaats te dirigeren. Het is een wonderlijk tafereel: de rij gepantserde mannen met hun helmen en geweren, met daarvoor de broodmagere, bijna blote lijven van een handjevol wezens, hun huid en haren bedekt met lagen stof alsof ze zojuist uit de aarde zijn gerezen.

De presentatrice praat druk richting de camera, met haar rug naar de kinderen. Haar rok en jasje zijn van een prachtige kleur blauw, hel als de hemel boven hen. Elizabet draait haar hoofd weg en kijkt naar de kinderen. Hun lichamen zijn gedroogde pruimen, gekrompen door het gebrek aan vocht, korsten onder de oogleden. Opgedroogd speeksel in hun mondhoeken. Ze ogen niet bang, niet agressief, maar gelaten. Apathisch. Ze staren in de verte en lijken de komst van de indringers niet te registreren. Zelfs de peuter geeft geen kik, maar hangt als een zak aardappels op de heup van de jongen.

De presentatrice heeft haar inleidende praatje afgerond en komt met de cameraman in haar kielzog op hen aflopen. De gouverneur schraapt zijn keel en de agenten weten zich opeens geen houding meer te geven; of het door de draaiende camera of de mooie presentatrice komt weet Elizabet niet. Terwijl de cameraman langsloopt schreeuwen ze bevelen.

'Handen langs je lichaam!'

'Kijk naar de grond!'

'In de rij, filho de puta.'

Een van de agenten duwt zijn geweer hard in de rug van de volwassen man. Hij had net zo goed met een rietstengel in een olifant kunnen prikken, de man staat met zijn voetzolen in de aarde geschroefd en beweegt geen millimeter. Het is een kolos, met vlezige littekens op zijn buik en hals, en armen die iets van zijn bovenlichaam wijken. Zijn zwarte ogen kijken recht door haar heen en voor het eerst voelt Elizabet zich beschermd door haar vizier.

Als de presentatrice de gouverneur kort heeft geïnterviewd over dit succes, worden de man en drie van de kinderen met tiewraps geboeid en afgevoerd. De kolonne zwarte robots marcheert met ze over het erf richting de jeeps, waar ze over de wagens worden verdeeld. Nu het gevaar is geweken en het interview erop zit, valt de spanning van de gouverneur af; zichtbaar opgelucht staat hij met de presentatrice te kletsen, handen in de zakken en de voeten lichtjes naar buiten gekeerd. Elizabet draait zich om en wil net achter haar collega's aan lopen, als de rechercheur de achtergebleven jongen met de peuter haar kant op duwt.

'Dos Santos, neem jij deze?' En weg is hij, richting de wagens.

Ze staart naar het vieze joch met het kind op zijn heup. Het is meer een groteske baby. Zijn hoofd is veel te groot voor zijn lijf en ze vraagt zich af hoe hij het in hemelsnaam rechtop kan houden; het nekje zo dun dat ze de contouren van zijn luchtpijp ziet zitten. Onder zijn neus zit opgedroogd snot, zijn mond staat open en de tong rust op de onderlip. Twee hoekige benen klemmen zich als kippenpoten vast rond de flank van de jongen – zijn broer misschien? –, die zijn hand als een zitje onder de blote billen houdt. Geen billen met diepe huidplooien zoals Edson vroeger had en waar ze na het badderen het liefst haar tanden in zette, maar gerimpelde oudemannenbillen die als oorlellen onder zijn rompje hangen. Haar ademhaling versnelt weer. Ze moet wat eten. En drinken.

'Lopen.'

Ze duwt de jongen met haar geweer voor zich uit over het erf en leidt hem naar de achterbank van de auto. Het kleine kind nestelt zich onmiddellijk op de schoot van de jongen, zijn beentjes gekruist en zijn handen er slap bovenop; de jongen slaat zijn armen om het kind heen.

Elizabet keert hen snel de rug toe en neemt plaats op de passagiersstoel, waar ze wacht tot iedereen zich in de wagens heeft verzameld. De jeeps maken een halve draai, voegen achter elkaar in en hervatten hun positie in een slinger richting de hoofdweg. Het profiel van tientallen banden woelt het zand omhoog als een schroef in het water; huizenhoge stofwolken wentelen zich om hen heen tot ze na een tijdje weer op de half verharde weg tussen de groene palen rijden. Pas als haar collega haar na een half uur aanstoot, realiseert Elizabet zich dat ze nog steeds haar helm opheeft, en haar geweer met twee handen heeft vastgeklemd.

Terwijl de zon langzaam ondergaat loopt de angst weg uit de opgepompte lijven. In de wagens wordt niet gesproken, de enige beweging is die van waterflessen die rondgaan. De arrestanten zitten geboeid in verschillende auto's voor die van Elizabet, de silhouetten van hun schedels deinen tegen de laagstaande zon mee op de hobbels in de weg. De jongen en de peuter achterin hebben geen kik gegeven.

Met iedere kilometer die ze slechten trekt de kleur uit de ondergrond meer omhoog. In de wijde omtrek is het uitzicht vrij, op een paar verstoringen van bomen en bouwvallen na. Een bries steekt op; Elizabet voelt hoe haar lichaam geleidelijk krimpt tot normale proporties en haar ledematen weer wat speling krijgen onder de stof van haar uniform. Ze sluit haar ogen en snuift lang en diep. Nog even en ze is thuis.

Net als het daglicht begint op te lossen, tekent zich in de verte een witte streep af. Elizabet buigt zich naar voren en knijpt haar ogen samen. Terwijl de wagens over het zand zoeven, verkleint de afstand tussen hun konvooi en het wit. De streep breidt zich als een melkvlek uit en nu zien ook haar collega's het. In de auto voor hen trekt iemand zich op aan de stalen buis van de jeep en steekt zijn hoofd boven het dak uit, een hand boven zijn ogen. Nu staat ook de rechercheur rechtop in de voorste wagen en hij maakt pompende bewegingen met zijn arm in de lucht. De wagens minderen vaart en komen tot stilstand.

Voor ze goed en wel begrijpt wat er gebeurt worden ze ingesloten door een levend katoenveld. Het gemekker zwelt aan tot het afzonderlijke geluid van elk dier samenvalt in één oorverdovende, langgerekte schreeuw. Elizabet drukt haar handen tegen haar oorschelpen. Duizenden hoeven trommelen op de droge aarde en versperren de doorgang. Overal waar ze kijkt lopen geiten: ze struikelen over elkaar heen, duwen met hun snuit lammeren vooruit en grissen al lopend de spaarzame bladeren van een doornstruik. Ze perst haar rug en achterhoofd in de stoel en kijkt angstig naar de beesten die langs elkaar en de auto's schuren terwijl ze hun weg over de vlakte vervolgen. Ze heeft nog nooit zoiets gezien en even denkt ze dat ze droomt. In de verte flankeert een oude man met een stok in zijn hand de kudde. Elizabet kijkt naar hem en de man tikt met zijn hand tegen zijn voorhoofd. Aan de andere zijde ziet ze nu ook een paar mannen slenteren. Ze zijn zo ver weg dat ze de gezichten niet goed kan onderscheiden. Dan pas krijgt ze door wat zich in de stilstaande auto's afspeelt.

Haar collega naast haar zit gedraaid in zijn stoel en schreeuwt naar achteren. In de wagens vóór hen ontvouwt zich hetzelfde tafereel. De lethargische staat van de kinderen is opgelost en allemaal staan ze op de achterbanken te joelen van opwinding, hun lichamen steken uit boven de open daken. De drie jongens in de auto's voor haar heffen hun bijeengebonden armen als Jezusbeelden in de lucht en lachen hun tanden bloot. Bij één kind ziet ze een grillig strepenpatroon op zijn onderarmen, alsof hij met een mes heeft zitten turven. De kinderen draaien in de rondte met grote ogen.

Ze roepen naar elkaar en wijzen met geboeide handen naar de geiten. Elizabet draait zich om. De jongen bij haar op de achterbank heeft het kind weer op de heup genomen en springt op en neer. Het hoofd van de peuter stuitert alle kanten op. Dan kijkt ze naar de rechercheur, die omgekeerd in de voorste wagen bevelen schreeuwt. Zijn tong schiet heen en weer in zijn openstaande mond en de aderen in zijn nek zijn gezwollen, maar het enige wat ze hoort is het eentonige gemekker. Zelfs met zijn megafoon zou hij hier niet bovenuit komen. Agenten beginnen onhandig aan de kinderen te trekken, maar die laten zich niet afleiden en springen weg van de graaiende vingers. Opeens duwt een geit zijn snuit in haar gezicht. Elizabet gilt. Het beest staat met zijn voorpoten op de plank bij haar portier en snuffelt aan haar. Zijn onderkaak scharniert terwijl hij haar onderzoekend aankijkt. Ze duwt zichzelf dieper in de bekleding van de stoel en houdt haar adem in. Warme lucht uit de roze geitensnuit strijkt langs haar wangen en de zwarte streepjes zijn maar een paar centimeter van haar ogen verwijderd. Elizabet denkt te kunnen horen hoe haar hart in haar borst tekeergaat, maar het kunnen ook de stampende hoeven zijn. Op het moment dat het beest zich met een plof weer op de grond laat zakken en haar uitzicht vrijmaakt, maait een van haar collega's in de auto voor haar met de kolf van zijn geweer de grootste jongen neer. De anderen kinderen zien het, maar het lijkt ze niet te deren. Integendeel: ze zijn uitzinnig, werpen hun hoofd in hun nek van het lachen. Twee lammeren zitten elkaar achterna en schieten pijlsnel onder de buiken door. Een oude geit blijft na iedere drie stappen stokstijf staan tot de massa hem weer een stukje vooruit duwt. De herders in de verte stoten lage klanken uit.

'Heu, heu.'

'Tsss prrrt!'

Vreemd genoeg hebben zij geen moeite het gemekker te overstemmen, alsof ze op een andere frequentie zitten. Met de stokken zetten ze hun woorden kracht bij. Terwijl de laatste beesten voor de auto's wijken en langszij voorbijtrekken, bedwingen de agenten met geweld de kinderen. Haar collega naast haar heeft de enkels van de jongen beet en trekt hem in één ruk hard onderuit. Hij valt achterover op de bank, de peuter zweeft nog even gewichtloos in de lucht en valt dan ondersteboven in zijn schoot, zijn benen steken als twee verkoolde takken in de lucht.

In de auto's vóór hen is ook alles weer onder controle; langzaam overstemmen de bevelen van de agenten de geiten en kunnen ze hun reis voortzetten. Het laatste beetje zon kleurt de horizon bloedrood. Elizabet knippert een paar keer met haar ogen en zakt terug in haar stoel. Terwijl ze de duisternis in rijden en de kinderen in slaap dommelen, weet ze dat dit haar laatste keer op de vlakte was, en haar laatste dag bij het korps.

12

Het strand

Zoals iedere ochtend als ik wakker word is ze er nog. De zee. Ik zwaai mijn benen over de rand van de buis, groet haar zachtjes en laat mijn schouders een paar centimeter zakken. De band rond mijn buik trekt zich ’s nachts aan; een jarenlange gewoonte van mijn spieren die zich schrap zetten voor een nieuwe dag. Het duurt een paar uur voordat de kramp wegebt. In het ondiepe water schrob ik mijn lichaam met handenvol zand. Daarna drijf ik in het open deel voorbij de rotsen met mijn hoofd achterover en mijn armen gespreid. Met mijn oren onder het wateroppervlak en mijn blik op de hemel lijkt het of de wereld om me heen niet bestaat. Zo blijf ik liggen tot het gerommel van mijn maag de stilte verstoort.

Ik heb geprobeerd vis te vangen, maar ik vind meer voedsel dan ik kan eten in de prullenbakken op het strand. Mijn lichaam heeft haast sinds ik hier ben aangekomen. Alles groeit voor me uit. Mijn nagels hebben witte randen aan de uiteinden, met stukjes steen schaaf ik ze bij. Mijn haren worden langer en dikker tot zongebleekte plukken voor mijn gezicht beginnen te vallen, ook al steek ik ze achter mijn oorschelp.

Ik stook een vuurtje om mijn eerste maaltijd van de dag te bereiden. Het water heeft zich teruggetrokken, zodat de rotsen onder de buis droog staan. Bij elke stap laat mijn voet een afdruk achter in het vochtige, compacte zand, maar zodra ik ’m weer optil deukt de oneffenheid uit alsof ik er nooit ben geweest. Krabben wagen zijwaarts de oversteek van de ene rots naar de andere en slierten zeewier hangen loom te drogen tot ze weer door het stijgende water worden opgetild en meegenomen. Ik kijk uit over zee, naar het uitgestrekte water tot aan de horizon, en langzaam begint het blauw okergeel te kleuren. Ik slik zwaar en knipper een paar keer met mijn ogen, maar de zee valt droog en ik kan er niets aan doen. De schuimkoppen zijn opeens broze plukken uitgedroogd gras en de scheepsmasten in de verte restanten van bomen die doelloos naar de hemel reiken. De band rond mijn buik trekt aan en mijn ademhaling versnelt, iedere zucht gaat gepaard met geluid terwijl ik mijn paniek probeer te bedwingen. Mijn vingers grijpen in de rots waarop ik zit, maar ik voel het beton van de schuur tegen mijn huid. Ik zit op het erf, in het midden van de woestijn, en ik kan geen kant op. Het laatste beetje vocht om me heen trekt weg en de gele aarde begint krakend in barsten uiteen te vallen. Snel trek ik mijn knieën op. Vanuit de verte kronkelt een diepe scheur als een slang naar me toe. Ik kijk over mijn rechterschouder en zie opeens de zwarte rotsmuur als een beschermende reus achter mijn rug. Hij loopt helemaal door, tot hij in de verte eindigt met een uitloper in zee. Een glimlach trekt mijn gezicht open. Hier stopt het. Ik ben niet verloren. Hoe langer ik ernaar kijk, hoe meer ik in het hoogste punt de vorm van een gezicht denk te herkennen: een overhellend voorhoofd dat plat naar beneden loopt, met daaronder donkere inkepingen als een gefronste blik. Als ik zijn ogen volg is het erf verdwenen en zie ik weer water, hoor ik het ritmisch ruisen van de golven en laat ik weer langzaam mijn voeten zakken.

In de namiddag glip ik in mijn nieuwe kleren achter de rots vandaan en meng me tussen de mensen. Ik wandel over de boulevard of ga ergens op het strand liggen; met mijn ellebogen in het lauwe zand druk ik mezelf omhoog en observeer het rumoer. Iedereen hier is gelukkig. Vrolijk en zorgeloos. Meisjes wandelen op en neer in kleine bikini, jongens draaien schijnbaar onverschillig om ze heen. Kleuters spelen met schepjes en worden door iedereen in de gaten gehouden. Ik betrap mezelf erop dat ik verstar, telkens als ik een vreemde zo'n kind zie aanspreken. *Let op!* wil ik tegen de moeder schreeuwen. Maar men lacht naar elkaar, veegt wat zand van de dikke dijen van het kind en loopt door.

Van overal fladdert muziek over het strand en bij iedere strandtent wordt gedanst. Stelletjes, vreemden, volwassenen en kinderen: zodra een bekend nummer uit de radio klinkt, springen ze op, grijpen elkaars handen en beginnen te dansen.

'sNachts, als iedereen het strand heeft verlaten, loop ik de waterlijn en de prullenbakken af om de oogst van de dag te bekijken. Ik heb al een schat aan spullen verzameld, die ik in een houten kratje achter in de buis bewaar. Sommige dingen zijn aangespoeld, andere achtergelaten op het strand. Een aansteker, een paar batterijen waarvan ik denk dat ze nog eens van pas kunnen komen, lege flessen die ik bij de openbare kraan met drinkwater vul, een plastic spelletje met balletjes die in gaatjes moeten vallen en een pop met piekhaar, die me aan Alma doet denken en om die reden nooit uit de doos komt. Soms vraag ik me of al die jaren hiervoor wel hebben plaatsgevonden. Of het niet een vuile truc is van mijn brein, dat af en toe beelden door elkaar haalt. Als ik naar mijn gespierde bovenbenen kijk, of naar mijn sterke handen wanneer ik een tros schelpen van een rots bik, lijkt die jongen op het erf een ander wezen. Een slap aftreksel van mij in een vage droom. De rotswand is mijn ruggengraat en vormt een scheiding met de bewoonde wereld die door niemand wordt betwist.

Als ik op een namiddag over de boulevard slenter, komt een jongen recht op me aflopen. Als zijn ogen de mijne kruisen, sla ik mijn blik neer en loop door.

'Hé!'

Ik versnel mijn pas, maar hij komt achter me aan. Zijn te grote slippers kletteren op de tegels. Een hand op mijn schouder; ik verstar en sta stil.

‘Hé. Stop eens.’

Naar de rotswand rennen kan niet, dan verraad ik mijn schuilplaats. Een hete vlaag trekt vanuit mijn tenen omhoog naar mijn wangen. De jongen is voor me komen staan en grijnst.

‘Ja?’ Ik hoor mijn eigen stem, hoog en ijl. Het joch draagt een korte broek en T-shirt, net als ik, maar is vele teinten donkerder en een kop kleiner. Tussen de zwarte stoppels op zijn schedel glanzen roze littekens. In beide oorlellen steekt een plastic oorbel. Hij grinnikt en tikt tegen mijn bovenarm. Ik huiver.

‘Ik heb je hier al vaker zien rondlopen. Je woont op het strand, toch?’

Ik weet niets te verzinnen behalve weer door te lopen, mijn blik op de grond gericht. Mijn armen en benen bewegen als blikken cilinders en ik ben bang dat ik ieder moment kan omvallen. De jongen zet direct de achtervolging in.

‘Wacht nou even.’

Hij komt naast me lopen. Ik staar naar zijn voeten, iemand heeft met zwarte stift dikke lijnen rond zijn teennagels getrokken.

‘Ik heet Carlo. Maar je mag me ook Carlinho noemen.’

Door het geluid van zijn gegiechel trekken mijn schouderbladen even naar elkaar. Snel, verder de boulevard af, weg van de scheidsmuur. Skaters halen ons aan weerszijden in, hun wieltjes zoeven, een klik bij de overgang naar een volgende tegel. Mijn voeten gaan nu zo snel dat mijn heupen zwiepen als die van een meisje.

‘Hé. Doe eens niet zo raar. Ik doe toch niks. Hoe heet je?’

Hij trippelt zijwaarts om me bij te kunnen houden. Ik schat in dat hij iets jonger is dan ik. De huid van zijn voeten is bedekt met krassen en ik zie de oplopende randen van een eeltlaag onderop, tot aan de zijkant van zijn tenen. Net als bij mij, alleen dan donkerder. Opeens denk ik aan Mano en die herinnering brengt me uit balans. Is hij familie? Is de jongen misschien door Negro gestuurd? Ik krijg bijna geen adem meer en zet het op een lopen.

‘Waarom ren je weg? Ik doe niets, hoor.’ Hij staat stil, maar ik durf niet om te kijken.

‘Tenzij je dat wilt!’ Weer dat hoge lachje. Dan begint hij ook te rennen, achter me aan. Met een uiterste krachtinspanning gooi ik mijn benen naar voren, maar ik kom amper verder. Het lijkt of ik door het water waad, het strand en de boulevard aan weerszijden staan bijna stil. Binnen enkele seconden hoor ik het gehijg van het joch al in mijn nek.

‘Ik weet waar we een ijsje kunnen halen, hier verderop. Heb je zin in een ijsje?’

Ik schud mijn hoofd en hap in de lucht. Opeens staat hij weer voor me en ik bots met mijn mond tegen zijn voorhoofd. Geschrokken sta ik stil.

‘Hé, luister eens. Ik weet niet waarom je zo raar doet, maar ik heb je al heel vaak hier zien rondlopen. Ik ben Carlinho. Hoe heet je nou?’ Een uitgestoken hand.

Ik houd mijn armen stijf tegen mijn romp gedrukt. De jongen snuift even en buigt dan naar voren. Ik houd mijn adem in.

‘Jij bent net als ik,’ fluistert hij in mijn nek.

Dan staat hij weer rechtop, tuit zijn lippen en trekt zijn wenkbrauwen op.

‘Ik heb geen idee hoe jij je geld verdient, maar als je wil mag je vannacht met me mee. Ik weet precies waar je moet zijn voor de beste klanten en slaapplaatsen.’

Hij rolt met zijn ogen en maakt een sierlijk handgebaar naar de straatjes achter de boulevard. Die maniertjes, het gegiechel, dat flemende toontje. Hoewel ik het zweet via mijn slapen naar mijn oorlellen voel lopen, krijg ik het ijskoud. *Verman jezelf.* Ik denk aan de rotswand, de vastberaden blik van het stenen gezicht hoog boven zee en bal mijn vuisten. Dan open ik mijn mond, zuig alle lucht boven het hoofd van de jongen weg en stomp hem recht in zijn gezicht.

Ik ren de straat over, waarbij ik bijna word aangereden door een scooter, en verdwijn in een van de vele steegjes die vanaf de boulevard wegleiden van het strand, bergopwaarts richting de stad. Ik ren zo hard als ik kan, met handen die als wieken de lucht wegduwen. Mijn armen en benen bewegen vloeiend en ik heb het idee dat ik eeuwig zo kan doorlopen. Mijn voeten voelen straatstenen, maar mijn ogen zien het oneindige zand van de vlakte.

Ik loop als een kip zonder kop, zonder om te kijken. Na vele malen rechts en links te zijn afgeslagen, draai ik een hoek om en druk mezelf plat tegen een muur om op adem te komen. Zo ver van het strand ben ik nog nooit geweest, maar ik durf niet terug naar de buis. Na een paar minuten gluur ik om de hoek of ik hem ergens zie. Ik bestudeer de mensenmassa op de trottoirs, mannen in zwembroek met een handdoek over de schouder geslagen, moeders met een buggy behangen met tassen, maar tref zijn kale kop en pezige lijf er niet tussen. Opgelucht adem ik uit en laat mijn kin op mijn borst vallen.

De rest van de middag en avond loop ik kilometer na kilometer alle straatjes in de omgeving door. Ik loop in rondjes, niet te ver, uit angst het strand uit het oog te verliezen en te verdwalen. Natuurlijk is het joch niet door Negro gestuurd. Maar ernstig is het wel. Alles waar ik voor heb gevreesd komt samen in deze jongen, alles wat ik heb opgebouwd kan door deze ontmoeting teniet worden gedaan. Ik moet kalmeren en een plan bedenken.

Al die tijd heb ik mijn onderarmen gekrabd; plotseling zie ik de striemen opgloeien. Ik trek mijn vingers in en staar naar de strepen alsof een vreemde ze heeft aangebracht. Ik ben ingedut hier. Even geloofde ik dat de rest van mijn leven zich zou afspelen in de buis op het strand tegen een azuurblauwe achtergrond. Natuurlijk had ik de straatkinderen wel gezien, die overdag in een verre uithoek van het strand tegen muurtjes liggen te slapen en ’s nachts door de straten rond de boulevard zwerven. Ook hier moet ik doen wat nodig is om te overleven. Juist hier. Nu heb ik iets te verliezen.

Pas diep in de nacht, als ik zeker weet dat niemand me ziet, loop ik terug naar het strand. Het is er uitgestorven, op de oude dakloze vrouw na die aan de strandzijde tegen het muurtje ligt in haar cocon. Ik hoor haar zachtjes snurken als ik langs sluip. Pieken haar steken onder een wollen muts uit. Eenmaal terug in de buis installeer ik me aan de rand en houd in het donker de wacht, tot een dieprode lucht aan mijn linkerzijde verschijnt. Op het erf had ik nooit problemen om nachtenlang waakzaam te zijn, mijn spieren strak en mijn lichaam klaar om zich te verweren. Nu duizelt het me en heb ik moeite mezelf overeind te houden. Ik zie zwarte vlekken en dommel steeds bijna weg. Alleen het gekriebel van de beestjes onder mijn huid houdt me wakker. Als ik naar mijn onderarmen staar, zie ik hoe de huid opborrelt door hun gedrang, ze kruipen onder, langs en over elkaar heen en vertragen mijn doorbloeding. Met mijn ogen wijd open, gericht op de achterkant van de scheidswal, probeer ik me te concentreren en niet toe te geven aan de gekmakende jeuk, de trekkende huid. Krioelende pootjes tikken aan de binnenkant van mijn huid. Het verlangen om met een scherpe steen mijn onderarm open te rijten is bijna onbedwingbaar. Ik wrijf hard met mijn vingers over de betonnen ondergrond van de buis tot de toppen beginnen te bloeden. In de schaduw van een overvliegende vogel meen ik de jongen te zien. In het breken van een golf op de rotsen. Heeft hij me gezien? Is hij me gevolgd? Wat doe ik als hij me hier ontdekt?

Maar die dag gebeurt er niets. En de volgende ook niet. Zo verstrijken er vier hele dagen en nachten waarin ik op de rand van mijn buis de wacht houd en mijn gespannen spieren in steeds pijnlijker krampen schieten, tot ik zo uitgeput ben dat ik bijna hoop dat de kop van het joch gewoon om de hoek van de muur verschijnt, zodat de dreiging wordt ingelost. Ik moet naar het strand om mijn waterflessen te vullen en voedsel te zoeken.

Stapje voor stapje kruip ik de daaropvolgende dagen weer uit mijn schulp. Eerst ga ik alleen 's nachts naar de andere kant om voedsel en water te halen. De jongen is nergens te bekennen. De band rond mijn buik verslapt wat en mijn zelfvertrouwen komt terug, tot ik me na een week ook overdag weer aan mijn uitstapjes waag. Het sterkt me te weten dat de eerste tegenslag die ik in mijn nieuwe leven te verduren heb gekregen, me niet heeft uitgeschakeld.

Tijdens mijn uitjes naar het strand zie ik de jongen weer een paar keer lopen. Zijn gezicht draagt geen sporen van mijn vuistslag. Het heeft blijkbaar weinig indruk gemaakt: hij gluurt constant naar me in een poging contact te maken, mijn maag trekt zich samen van zijn flemende blikken. Soms loopt hij hand in hand over de boulevard met oudere mannen, of zit hij bij een strandtent, waar hij luncht met een bruin doorbakken grijsaard met een gouden schakelketting om zijn nek.

Twee weken na onze eerste ontmoeting zit ik in de late middag op het strand tussen de bezoekers, mijn armen rond mijn knieën geslagen, en doe net of ik hem niet zie. Carlo staat bij een groepje jongens met skateboards voor de ijssalon die aan de boulevard ligt, en ik zie vanuit mijn ooghoeken hoe hij contact met ze zoekt. Waarschijnlijk wil hij een ijsje scoren. Opeens wijst hij mijn kant op. Een van de jongens uit het groepje draait zich om en tuurt over het strand. Het zand brandt onder mijn billen, maar ik durf niet te snel op te staan. Voorzichtig kom ik omhoog en doe of ik mijn kleren afklop. De jongen steekt de straat over, met in iedere hand een ijsje. Carlinho blijft bij het groepje staan; ik zie de grijns op zijn smoel terwijl hij met lange halen aan zijn ijsje likt. De skater heeft het strand bereikt en loopt recht op me af. Ik draai me op mijn hielen om en wandel weg, tussen de mensen op het strand door. Achter me hoor ik de skater roepen.

‘Hé!’

Ik durf niet om te kijken en ga sneller lopen. Ik bots op tegen een kind met een roze zonnehoedje, dat op haar billen belandt en begint te krijsen. Ik mompel een verontschuldiging naar de moeder. Ze raapt het meisje op en roept me na, terwijl ik op een drafje mijn weg vervolg. Een aantal mensen kijkt op. Ik gluur over mijn schouder en zie de jongen met de ijsjes ook onhandig op een drafje achter me aan komen. Straatjongens kan ik wel aan, maar met de mensen uit de bovenwereld wil ik geen problemen. Ik zet het op een rennen. Mijn voeten raken het zand amper en behendig kriskras ik tussen de ligstoelen en handdoeken door. Ik voel hoe sterk mijn lijf is geworden, hoe doorvoed mijn spieren. Het bloed pompt als een machine door mijn vaten en met iedere stap win ik vaart. Diagonaal bewegen mijn armen en benen terwijl ik van strandtent naar strandtent ren. Geconcentreerd haal ik adem door mijn neus om geen zuurstof te verspillen en ik voel dat ik mijn achtervolger kwijt ben. Zie helder in mijn hoofd hoe hij de strijd opgeeft tegen zoveel overmacht en met twee smeltende ijsjes omkeert. Na tien minuten houd ik stil om achterom te kijken. Niemand.

Ik wacht tot de avond inzet en koers in de schemering terug naar het strand. Vermoeid na een dag zon en zee sloffen rijen strandgasten door het rulle zand richting de boulevard. Terwijl ik door het lage water waad en kijk hoe het zand verzakt onder mijn gewicht, zie ik opeens dat de bermuda strakker rond mijn bovenbenen spant. Het eens te grote shirt lijkt op maat gemaakt en verhult nog maar net de glooiing naar mijn brede bovenarmen. Zelfs mijn onderarmen en handen lijken groter en sterker. Zonder op of om te kijken loop ik naar de rotsmuur en glijd tussen het koele gesteente door naar de andere kant. De zee rukt op en het zal niet lang meer duren voor het water tot mijn slaapplek komt. Ik verlang naar het zachte geroffel onder mijn buis als ik ga slapen. De gele en witte sterren aan de donkere hemel. Maar in plaats van verder naar de buis te klauteren, sla ik direct na de scheidsmuur rechts af en kruip over de keien naar de granieten wand die zee en strand van de wereld daarachter scheidt. Ik hurk neer tussen een paar rotsblokken. Rustig kijk ik toe hoe de zon wegzakt als een dovend vuur en de lucht langzaam van violet naar dieppaars kleurt.

Plotseling hoor ik het schurende geluid van iemand die tussen de muren door probeert te schuiven. Eén been, nog een been. Met mijn getrainde ogen zie ik in de duisternis direct dat het Carlinho is. Zijn eivormige schedel, smalle schouders en dunne benen. Zelfs zijn motoriek lijkt op die van een meisje. Gedesoriënteerd staat hij om zich heen te kijken. Eerst naar de hoge rotsmuur, dan naar de zee, en uiteindelijk naar de puntige obstakels die voor hem op het strand opdoemen. Hij probeert om de rotsblokken heen te gaan en doet een aantal stappen in zee. Al snel staat hij tot zijn dijbenen in het water; dan lijkt hij zich te bedenken. Met clowneske stappen en uitgespreide armen waadt hij terug naar de muur en blijft daar staan. Hij kijkt mijn kant op en ik trek mijn hoofd in, achter het rotsblok. Na enkele seconden kijk ik weer op en staar recht in zijn ogen. Hij ziet niets. Na lang aarzelen buigt de jongen voorover en klautert voorzichtig op het eerste rotsblok. Hij houdt zich vast aan scherpe punten en probeert met zijn voeten grip te krijgen op de smalle richeltjes. Als een aap blijft hij zo staan en zoekt naar een nieuw houvast. Als hij zijn tenen uitstrekt naar een verder gelegen rots, glijdt zijn andere voet weg. Zijn scheenbeen schuurt langs het steen.

'Merda!'

Ik laat me met mijn billen in het lauwe water zakken en druk mijn rug tegen het gesteente. Zo luister ik naar het geploeter van de jongen op enkele meters achter me. Na een paar minuten kijk ik over mijn schouder en zie dat hij enkele meters vooruitgang heeft geboekt. Ik bevind me nu tussen de scheidsmuur en Carlinho. Voorzichtig kom ik een stukje omhoog en knijp de stof van mijn kletsnatte broekspijpen uit, zodat de waterstralen geen lawaai maken als ik ga staan. Met gebogen rug kom ik verder overeind en vind blind mijn weg over de rotsblokken. De donkere schaduw van Carlinho beweegt zich richting mijn buis. Het water ruist als de golven zich terugtrekken. Het is pikdonker, maar mijn zicht is scherp. Muisstil sluip ik naderbij over de rotsen, mijn handen reiken naar bekende handvaten, mijn voeten plaats ik trefzeker op het steen. Carlinho heeft intussen geen stap meer gezet en staat als een bevende natte hond boven op een rots. Ik nader hem tot ik een armlengte van zijn rug verwijderd ben en luister naar zijn zware ademhaling. Enkele seconden later klapt hij met zijn voorhoofd op de spitse punt van een rots en schuift geruisloos in het water.

Wijdbeens sta ik over hem heen, mijn voeten op twee rotsen. De jongen ligt voorover op zijn buik in het kuitdiepe water, zijn gezicht iets naar rechts gekanteld. Rond zijn hoofd begint het water donker te kleuren, als de lucht rond de ondergaande zon. Hoe langer ik daar sta, hoe meer zijn lichaam begint mee te deinen op de maat van de aanzwellende golven, tot het uiteindelijk loskomt van de zandbodem.

Om te voorkomen dat hij de hele nacht tegen de stenen beukt, begeleid ik zijn lichaam tussen de obstakels door richting open zee. Kalm waad ik door het water. Ik laat hem achter in de inhammen van een manshoog rotsblok aan de waterlinie. Als het tij keert, zal het water hem afvoeren.

Onder een hemel bezaaid met knipogende sterren zoek ik mijn weg naar de buis, klim naar binnen en val als een blok in slaap.

13

De berg

Met sigaretten en een zakje snoep zit Lucy buiten op het stoepje. Ze heeft nog hetzelfde jurkje aan als gisteravond; ze was zo moe dat ze zo in slaap is gevallen. Terwijl ze haar knieën optrekt kruipt het op tot boven haar dijen. Het is laat in de ochtend, in haar straatje is iedereen nog in diepe rust. Alleen het gejengel van een paar opgesloten, hongerige peuters doorbreekt de stilte, maar dat hoort ze bijna niet meer. Ze steekt een sigaret op en pakt een lolly uit het zakje snoep naast haar. Terwijl ze afwisselend een hijs en een lik neemt, vraagt ze zich af op welk moment in haar leven de roze waas van haar netvlies is getrokken. Toen ze besefte dat John niet meer zou terugkomen? Door de aanranding in het politiebureau? De zoveelste hardhandige klant? Misschien zit het hem gewoon in de aantallen dat de glans vervaagt. In de simpele herhaling van alles. Net als bij de stempels die ze vroeger met de andere meisjes maakte, tussen klanten door. In de onderkant van een aardappel sneden ze een hart uit en maakten een kleurensapje voor de inkt. De muren, binnen en buiten, stonden vol hartjes, net als ieder stukje papier of hout dat ze konden vinden. Maar nooit werd het zo mooi als het eerste hartje. Ieder volgend exemplaar boette wat in aan kleur, tot de stempel niet meer achterliet dan een vlek die in niets deed denken aan de oorspronkelijke vorm.

Ze draait de lolly langzaam rond in haar mond. Hij is mierzoet en haar wangen trekken naar binnen. Te veel klanten, te veel rare verzoeken, te vaak haar lippen gestift, te vaak haar lichaam gladgeschoren. Lucy kijk naar haar voeten, in oude slippers gestoken. Haar voetafdruk staat in de rubberzolen. Vuil heeft zich onder haar teennagels verzameld en de nagellak is afgebladderd. Zelfs haar lijf wil niet meer zoals vroeger. Als Angelica en zij elkaar voorheen met hete was onthaarden, had ze een babyzachte kale huid tussen haar benen. Mannen vonden het prachtig en zijzelf ook. Zo heerlijk schoon en zacht. Nu wordt ze geplaagd door een jeukende uitslag en bultjes, die worden opengereten bij iedere volgende ontharing. Alles heeft ze geprobeerd, ze heeft zelfs geslapen met kruidenbladeren tussen haar benen. Het werd alleen maar erger. De laatste keer dat een klant haar van achteren nam en de rode kraters zag, sprong hij als door een adder gebeten van haar af.

'*Puta de merda*, jij bent ziek!'

Met zijn broek op zijn enkels ging hij ervandoor, haar plat op haar buik op het bed achterlatend. Het nieuws ging als een lopend vuurtje en in een klap was ze van eerste- naar tweederangs gedegradeerd. *A Bela e a Fera*; zo werden Angelica en zij altijd genoemd. Ze grinnikt. Zelfs Angelica krijgt nu betere klanten dan zij. Vindt ze het erg? Uiteindelijk blijven de handelingen hetzelfde, alleen de verpakking is anders. In plaats van jonge, gespierde kerels krijgt ze nu dronkaards met bizarre eisen die er een eeuwigheid over doen om klaar te komen.

Lucy staart voor zich uit. De dikke begroeiing ontneemt haar het zicht op de stad en de zee en ze gaat verzitten. Nu ziet ze nog steeds niks, behalve de grijs oplichtende daken tussen de bomen onder haar. Ze brengt de sigaret naar haar mond en inhaleert, lang en diep, slikt de rook door en probeert haar adem zo lang mogelijk in te houden. Het plastic zakje is bijna leeg. Een laatste stukje zoet smelt weg tegen haar gehemelte. Haar pink plakt tegen haar ringvinger, loom likt ze de zoetigheid weg. Nog steeds geen teken van leven uit de kamer van Angelica. Het was laat vannacht, Angelica had nog klanten lang nadat Lucy was gaan slapen.

Ze zet de radio naast zich aan, zachtjes. Lenine en Marcos Suzano. De percussie slaat meteen op haar onderbuik en de ratelende *cabasa* doet haar bloed tintelen. Een glimlach breekt door op haar gezicht, en met haar hoofd achterover en gesloten ogen wiebelt ze mee op de maat van de muziek. Als jonge meisjes dansten Angelica en zij hier op dit stoepje. In katoenen jurken, met strikken op de schouders en een zoom vol ruches, hielden ze elkaars handen vast en zwierden in het rond, lieten hun voeten duizelingwekkende pasjes maken en draaiden hun heupen zoals ze de oudere meiden hadden zien doen. Ze kan zich niet herinneren dat Angelica er ooit niet was, kan zich niets herinneren van de jaren dat ze met haar moeder in deze kamer woonde.

Wel weet ze dat ze van de ene op de andere dag niet meer was teruggekomen. Op de rand van het bed had Lucy zitten wachten, haar ogen gefixeerd op de deur. De enigen die zich meldden waren de vaste klanten van haar moeder. Na een week vertelde een buurvrouw dat ze niet meer terug zou komen. Lucy moest een keuze maken: of haar moeders werk overnemen zodat ze de kamer kon betalen, of aankloppen bij een van de bomvolle weeshuizen in de stad. Het was geen moeilijke keuze: ze ging nog liever dood dan dat ze zich vrijwillig liet opsluiten in zo'n met lachende beren beschilderde bunker.

Lot of toeval: dezelfde week dat haar moeder van de aardbodem verdween, dook Angelica op in Lucy's steegje, de naïviteit van het platteland in haar voorhoofd gekerfd. In haar eentje opgegroeid bij haar grootmoeder in een afgelegen dorpje, had de bejaarde vrouw op een dag besloten dat ze te oud werd om het meisje verder groot te brengen. Met een schone onderbroek, een buskaart en het adres van een oudtante op een briefje had ze Angelica op de bus richting de grote stad gezet. Zoals opgedragen door haar oma had Angelica na een reis van zestien uur bij aankomst op de openbare wc van het busstation eerst een schone onderbroek aangetrokken, waarbij ze het briefje met het adres verloor. Zoals elke verdwaalde ziel belandde ze op de berg, waar de mensen haar hoger en hoger de heuvel op stuurden, tot Lucy haar in het steegje tegen het lijf liep.

Binnen tien minuten hadden de meisjes een verbond gesloten – ze waren van dezelfde leeftijd, maar de een was knap en straatwijs, de ander lelijk maar lief. Lucy had haar binnengevraagd en vanaf die dag leefden ze samen in het kamertje. *A Bela e a Fera*, Belle en het Beest, werden ze al snel liefkozend genoemd door de andere vrouwen in hun steeg. Ze wisten zich goed te redden; Lucy kopieerde de kunsten die ze jarenlang bij haar moeder had afgekeken en Angelica was een al even snelle leerling. Tussen klanten door vlochten ze elkaars haren, maakten elkaar op en deden verkleedspelletjes met de achtergebleven garderobe van Lucy's moeder. Na een aantal jaar kwam de aangrenzende kamer vrij omdat de buurvrouw overleed aan de gele ziekte, zoals ieder niet nader te verklaren sterfgeval hier wordt genoemd, en was Angelica een deur verder verhuisd. Maar nog steeds legden ze voor het slapengaan hun handpalmen tegen de flinterdunne muur die hen scheidde. Of het nu midden in de nacht was, of om zes uur 's ochtends.

'Bom dia.'

Lucy kijkt op en ziet haar vriendin staan in een gekreukeld shirt, een oude onderbroek en haar dat in klitten op haar kruin omhoogsteekt. Ze proest het uit.

'Bom dia, zusje.'

Angelica komt naast haar zitten en schudt een sigaret uit het pakje. Lucy licht haar bij.

'Zware nacht?'

Angelica kreunt en inhaleert diep. Lucy slaat haar arm om haar heen en zo zitten ze even samen op het stoepje. Onder hen op de berg heerst bedrijvigheid, geluiden van kinderen en schreeuwende mensen stijgen op, maar bij hen is het rustig. Op de radio klinkt een *choro* van Villa-Lobos.

'Weet je wat wij nodig hebben?'

Lucy wacht de reactie niet af.

'Een meidenavond!'

Angelica trekt haar wenkbrauwen op en Lucy schudt haar aan de schouders heen en weer tot ze eindelijk beloond wordt met een lachje. Ze pakt de sigaret over van haar vriendin, neemt een laatste hijs en drukt 'm uit. De peuk schopt ze de helling af. Ze springt overeind, rolt haar jurkje naar beneden en pakt Angelica's handen.

'Kom, ga je wassen. De andere meiden hebben vast ook zin in een rustige avond. We kopen een fles rum en wat lekkere dingen, leggen wat geld bij elkaar en gaan naar het Derde. Daar ken ik een jongen die een televisie heeft. Tegen betaling kunnen we de hele avond TV Globo kijken.'

Angelica begint wakker te worden en trekt zich aan Lucy overeind. Ze rekt zich uit en moet gapen en lachen tegelijk. Lucy duwt haar vriendin dicht tegen zich aan en begint te dansen, terwijl ze melodramatisch met de radio meezingt en Angelica in een houdgreep rond sleurt.

Ze neuriet, wiegt haar hoofd op de muziek heen en weer en knippert zielig met haar ogen.

'Oké, oké, we doen het!'

Angelica geeft haar verzet op en samen schuifelen ze rustig verder, in elkaars armen als oude geliefden.

Aan het einde van de dag maken ze de lange afdaling naar het Derde. Het eerste stuk is zo smal en dichtbegroeid dat ze achter elkaar moeten lopen. De zon is achter de rotsen gezakt en een welkome koelte zucht uit de wanden van de berg. Ze dragen tasjes met snacks, een fles rum, plastic bekers en sigaretten. Een van de meiden heeft potjes nagellak meegenomen. In ganzenpas dalen ze de nauwe traptreden af, ritmisch begeleid door het gekletter van hun slippers. Hoe lager op de helling, hoe meer mensen ze tegenkomen. Schoonmaaksters, naaisters, kindermeisjes, automonteurs, tuinmannen en glazenwassers: een bonte verzameling werkers komt vermoeid thuis. Ze zwaaien naar bekenden en knikken naar de jongens van de Organisatie die op strategische punten op wacht staan, in hun blote bast zodat een kleurboek aan tatoeages zichtbaar is. Soms gromt een van hen naar de meiden, een kant van zijn bovenlip opgetrokken als blijk van herkenning. Een paar keer wordt een meisje onderweg aangesproken door een klant, maar dan klakt ze met haar tong en zwaait haar wijsvinger plagerig voor zijn neus.

'Sorry schatje, *outra vez.* Vanavond ben ik met de meiden.'

'Je bent de vrouw van mijn dromen.' Met een knie op de grond en zijn handen ineen geklampt veinst de klant zijn bewondering voor het meisje dat hem snelle verlichting kan bieden, maar ze trapt er niet in. 'Dan droom je nog maar even verder, morgen ben ik er weer.' Terwijl de andere meiden in lachen uitbarsten, duwt ze haar handpalm in zijn gezicht en loopt heupwiegend weg.

Bij de hoofdweg kunnen ze eindelijk naast elkaar wandelen; ze steken schuin door en lopen via het Vierde het Derde in. De mooie omgeving verhoogt de feeststemming. In tegenstelling tot de uithoek waartoe hun soort is verbannen, met een doolhof aan doorgangen naar huisjes en kamers zonder basisvoorzieningen, zijn de straten hier breder, de huizen van steen, en her en der liggen stukjes braakliggend land waarop kinderen voetballen. Het uitzicht is weids, met in de diepte de stad en in de verte de oceaan. Lucy houdt even in, en terwijl haar vriendinnen doorlopen staart ze naar beneden. De glinsterende hoge gebouwen in het centrum van de stad, die langzaam overgaan in laagbouw in de buitenwijken. Haar gezicht vertrekt even als ze terugdenkt aan hoe ze daar ooit stond, met uitzicht op de plek waar ze nu staat. Ze wendt haar blik af naar de gelige strook zand en dan: de zee. Haar onderkaak zakt een beetje terwijl ze met ontzag het immense oppervlak aftuurt. Het water verdeeld in vlakken met diverse kleurschakeringen blauw, van licht naar donker naarmate ze verder van de kust kijkt. Witte stipjes van boten in een slordige linie net buiten het eerste, lichte deel, en verderop, op het teerachtige vlak, af en toe de contouren van een groot ijzeren gevaarte dat langzaam voorbijtrekt.

'Lucy!'

Ze schrikt op en zwaait als ze haar vriendinnen een eindje verderop ongeduldig ziet gebaren. Opgeschoten jongens op een laag muurtje loeren en slissen al naar hen, dankbaar voor het oponthoud.

'Ik kom al!' Op een drafje overbrugt ze de afstand en gaat de meiden voor. Ze weet precies waar ze moeten zijn.

Bij een hoekhuis aan het einde van een lange steeg staan buiten witte plastic stoelen verzameld rond een tv in een vensterbank. Een jongen staat met zijn handen in zijn zakken de stoelen te bewaken.

'Hé, TV Globo!' roept Lucy uit de verte. De jongen lacht en steekt zijn hand op.

Nadat ze betaald hebben installeren de meiden zich kriskras door elkaar op de stoelen. Bekers *cachaça* worden ingeschonken, plastic zakjes opengescheurd en blote voeten op knieën gezet zodat er gelakt kan worden. De jongen staat binnen en hanteert de gebogen antenne, die als een vertwijfelde voelspriet de lucht aftast. Lucy voelt zich beter dan ze in tijden heeft gedaan. De rum verspreidt een warme gloed door haar aderen en haar hoofd voelt licht. Terwijl ze achterovergeleund aan haar bekertje sipt en naar de gesprekken luistert, legt ze haar benen in de schoot van een vriendin en kijkt hoe die voorovergebogen haar teennagels roze schildert, met lange, rustige halen. Het gruizige beeld in de raamopening toont een telenovela met dames in strakke jurk en mannen met smachtende blik, maar de meisjes kijken amper. Pas als de serie wordt onderbroken door een nieuwsuitzending, kijkt Lucy even op.

De gouverneur van de staat voert campagne voor zijn herverkiezing. Lucy weet niet wie hij is en welk beleid hij voert. Op de berg heersen andere wetten. De nieuwslezer kondigt met een serieus gezicht het plan van de gouverneur en zijn 'Strijd tegen drugs en wetteloosheid' aan. Het volgende filmpje moet dat duidelijk maken. Lucy stoot Angelica aan en wijst naar het scherm.

Luchtbeelden van een uitgestrekte zandvlakte. De sertão. Een deel van het land dat ze alleen maar kent uit verhalen over geharde boeren en boeven met groeven in hun kop zo diep als de droogstaande rivierbedding. En natuurlijk de vaquieros, met hun huid van leer, rijk geborduurde cowboyvesten en hoeden met een omgeslagen klep, op kleine, snelle paarden waarvan het verhaal gaat dat ze zo slim zijn dat ze zelfs zonder berijder de koeien nog thuisbrengen. Maar Lucy ziet slechts een maanlandschap van uitgeknepen aarde. Dan schakelt men over naar een presentatrice in een blauw pakje die in haar eentje in de weidse leegte staat en druk in de microfoonkap praat. Haar geföhnde haar wordt van achteren door de wind omhoog geblazen en op haar voortand zit een veeg lippenstift. De meiden stoten elkaar aan en grinniken. Tussen het praten door probeert de vrouw tevergeefs haartjes uit haar mondhoeken weg te trekken. Achter haar staat een kordon terreinwagens en een schuur. Het lijkt wel een westernfilm en alle meiden zijn opgehouden met wat ze aan het doen waren om te kijken. De camera zoomt in op de bouwval, waaruit zwaarbewapende politieagenten met helmen een halfnaakte man geboeid afvoeren. Ondanks de indrukwekkende wapens van de agenten, oogt de man niet minder angstaanjagend dan zij, met spieren die tegen de gespannen huid van zijn bovenarmen duwen en een blik die recht door het televisiescherm heen boort. Een paar van de meiden klakken goedkeurend met hun tong.

De camera draait verder naar rechts en richt zich op een paar broodmagere kinderen, van top tot teen in stof gehuld. Als een gemankeerd voetbalelftal worden ze voor de gouverneur op een rij gezet; één kind heeft een peuter op zijn heup. De presentatrice interviewt de gouverneur, die de kinderen een betere toekomst belooft. Als de camera een voor een langs de gezichten van de kinderen gaat, gillen de meiden het uit.

'*Vê!* Wat is dat voor een vieze zwerfhond? Volgens mij heeft 'ie een hersenschudding.'

Lachsalvo's galmen door de steeg terwijl ze de kinderen nadoen. Ze trekken gekke bekken en kijken scheel terwijl ze het scherm in de gaten houden. Het ene kind is nog viezer en lelijker dan het andere, met een hangende onderkaak en een wazige blik in de ogen waaraan geen toekomstplan ooit iets zal veranderen. Een zwarte lok in het keurige kapsel van de gouverneur is rechtop gewaaid, maar hij heeft het niet door. De presentatrice stelt nog een serieuze vraag, met op de achtergrond het koor van doofstommen. De meiden hebben de avond van hun leven.

'Stop, alsjeblieft, stop, ik hou het niet meer.'

Stoelpoten krassen over de grond en een bekertje valt, terwijl Lucy en haar vriendinnen dubbelgeklapt het bizarre tafereel op de zandvlakte aanschouwen. Dan worden de kinderen naar politiewagens afgevoerd, de nieuwslezer in de studio verschijnt weer en de meiden verliezen hun aandacht.

Lucy voelt zich aangeschoten en hikt nog een beetje na, terwijl ze haar voet weer optilt en op het bovenbeen van haar vriendin legt. In haar ooghoeken ziet ze op het kleine, vierkante beeld naast het hoofd van de nieuwslezer de jongen met de peuter in een politiewagen zitten. Hij heeft zijn armen rond het kind gevouwen en staart voor zich uit. Voor hem in de auto zit een agente. Een lange, sluike staart steekt onder haar politiehelm vandaan. Als de camera bij haar stopt, vliegt Lucy overeind en staart naar het scherm. Haar vriendin schiet uit met het kwastje en veegt een streep roze nagellak op haar bovenbeen.

'Lucy! Kijk nou wat je doet.'

'Sst, wacht even.'

Lucy leunt zo ver mogelijk voorover richting het televisietoestel. Met open mond en samengeknepen oogleden tuurt ze naar de vrouw op het scherm. Ze durft te zweren dat het de agente is die ze destijds bij het politiebureau in de stad heeft gezien. De vrouw die haar naar de martelkamer bracht. Terwijl de camera wegdraait, keert de vrouw net haar gezicht en kijkt haar door het scherm recht aan. Het is dezelfde agente die haar die ochtend, buiten voor het politiebureau, de weg naar huis heeft gewezen.

Die nacht ligt Lucy te woelen in haar bed en zweeft in de sluis tussen waken en slapen. De rum heeft de gedachten in haar hoofd uitgesmeerd tot wattenwolken en ze heeft buikpijn van het lachen. Maar diep in haar drukt een stalen gewichtje op haar organen en knelt haar adem af. Terwijl ze dieper wegzakt, gaan roestige deuren langzaam open in haar hoofd en worden gangen op elkaar aangesloten. De extra ruimte maakt haar duizelig en het voelt of ze in een vrije val belandt, in een afgrond boven haar matras. Ze ziet Angelica en zichzelf als jonge meisjes, hand in hand ronddraaiend in jurken die opbollen als parasols. De felverlichte kamer in het politiebureau en de twee agenten die als leeuwen in een kooi dreigend op en neer stappen. De agente die star voor zich uit kijkt in de auto. De stoffige kinderen, naast elkaar op een rij op die lege vlakte, hun ogen als zwarte knikkers. Achter hen in de verte zwelt een gele zandstorm aan. Ze wil de kinderen waarschuwen, maar het is te laat: een lawine aan gruis overspoelt ze met een enorme kracht. Door de stofwolken heen kan ze alleen hun zwarte ogen zien, die haar zonder te knipperen aanstaren. En dan: het beeld van een baby, met ogen waarvan de iris even helder lijkt als de pupil. Dezelfde ogen als haar moeder.

Lucy rolt zich op haar rug en staart in de duisternis naar het plafond tot het ochtend is.

14

Het strand

De wintermaanden breken aan. De temperatuur daalt en het regent veel. Op het erf snakte ik naar één week, één dag desnoods, die niet verdampte in de hitte. Eén uur waarin niet alles vertraagd ging, het lichaam niet zwaar naar de aarde trok. De frisse bries vanuit zee klaart ook het laatste plukje watten in mijn hoofd, en mijn zintuigen zijn scherper dan ooit. Op het strand lost de drukte op. De mensen trekken zich terug in hun huis, sluiten de luiken en wachten tot na drie maanden de hemel weer opentrekt. Wolken pakken zich samen en zuigen zich vol tot ze op knappen staan. Met een krakende lichtflits scheuren ze open en storten hun inhoud uit over de aarde. Vanuit mijn buis luister ik naar het gebulder.

Op een ochtend ben ik tussen de rotsen op zoek naar krabbetjes als er een bui losbarst. Met mijn handpalmen en hoofd naar de hemel gekeerd laat ik het water over me heen stromen. Met ruwe halen droog ik mezelf daarna af, tot mijn huid brandt en de haren op mijn armen en benen rechtovereind staan. Als ik me tussen mijn benen afdroog beginnen mijn wangen te gloeien en snel trek ik een bermuda aan. Mijn lichaam is anders. Overal groeit haar en mijn aangesterkte lijf doet dingen die me in verwarring brengen. ’s Nachts word ik soms wakker met mijn geslacht stijf en pijnlijk, terwijl de beelden van het erf vervliegen. Flarden van orgiën rond het kampvuur; de jongens met hun hoofd verborgen in het kruis van vreemde truckers, op de maat van de golven onder de buis; Alma die wordt bereden door een behaarde vetzak, met op de achtergrond luide muziek en dansende mensen in een strandtent. Mijn lichaam reageert erop zonder dat ik er iets aan kan doen. Ik walg van mezelf en moet bijna overgeven als ik wakker word. Het is alsof Chico me destijds met zijn schop in mijn kruis niet heeft verzwakt, maar zijn driften aan me heeft doorgegeven. Ik voel me betrapt.

Op een middag zit ik weer in kleermakerszit vanuit mijn huis over zee te staren, als ik rechts van me in de verte tussen de rotsen een gestalte ontwaar. Nooit eerder heb ik daar een levende ziel gezien. Alleen maar meer rotsblokken op het zand, die uiteindelijk eindigen in een kom met de torenhoge klif waar het strand eindigt. Vlak voor de klif strekt nog een smalle landtong de zee in. Op het einde van de landtong staat een vervallen vuurtoren die geen licht meer geeft. In mijn zoektocht naar krabben en schelpen ben ik er in de buurt geweest, maar ik had het nooit aangedurfd de landtong op te lopen.

Mijn nieuwsgierigheid wint het van de angst en ik besluit op onderzoek uit te gaan. Ik klauter over de rotsen in de richting van de vuurtoren en de contouren van de persoon tekenen zich steeds duidelijker af. Het is een man. Hij staat met zijn rug naar me toe en draagt enkel een korte broek. Zijn bovenlichaam is tanig en gespierd, maar de overtollige huid tussen zijn schouderbladen verraadt zijn leeftijd. Ik nader hem zo dicht dat ik hem bijna kan aanraken.

'Hé!'

De man draait zich om. Zijn lange witte baard en woeste haardos geven hem de aanblik van een oude schipper: gewend aan afzondering en geen tijd voor uiterlijkheden.

'Bom dia,' zeg ik zacht. 'Wat bent u aan het doen?'

Ik wil duidelijk maken dat ik geen kwade bedoelingen heb.

'Hoezo?' Kleine kraalogen kijken me aan. Onhandig staan we tegenover elkaar, onze voeten balanceren op de rotsen. Ik steek demonstratief mijn handen in de lucht.

'Ik doe niets.'

Ik zie hem uitademen. Een spier in zijn kaak bolt op en zijn ogen verliezen me geen moment uit het oog. Ik ben verbaasd over mijn eigen moed. Dan heft hij zijn vuist. Ik schrik.

'Ik ben op zoek naar schelpdieren.' Hij opent zijn knuist en toont de zwarte, halvemaanvormige schelpen. Ik kijk ernaar of ik ze voor het eerst zie en denk na. Wat doe ik hier? Als ik me nu omdraai en de hele weg terug naar het strand klauter zonder onderweg bij de buis te stoppen, is er niets verloren. Ik kijk de man aan.

'Ik weet nog een paar goede plekken.' Met mijn hand wijs ik naar de rotsen achter me.

Hij neemt me op, van top tot teen. Zijn voeten staan aan weerszijden van een rots op schuine vlakken, maar hij wankelt niet. De kootjes van zijn tenen grijpen in het steen als vogelklauwen. Zijn benen zijn dun en kuitloos en vormen twee bogen die via zijn broekspijpen samenkomen bij zijn middel. Op zijn buik zit geen gram vet, alleen de huid rond zijn navel hangt een beetje en rond zijn tepels steken witte haren uit. Hij spuugt tussen de keien in het laagstaande water.

'Laat maar zien.'

Ik draai me om en spring behendig naar een paar rotsblokken verderop. Met een kei bik ik een bijeengekoekte tros schelpen los en gooi ze met een boog over mijn schouder naar de man. Hij vangt ze met één hand en met een soepele worp mikt hij ze in een vissennet verderop. Zijn behendigheid verbaast me. Met katachtige sprongen ga ik van rots naar rots, steeds verder richting de klif waar het gesteente grover wordt en de golven woester. De man volgt met behoedzame maar trefzekere stappen, als een acrobaat op een strakgespannen touw. Het vissennet vult zich gestaag en na een tijdje snijdt het hengsel in het vlees van zijn schouder. Ik neem het van hem over; hij protesteert niet. Als ik dichterbij kom neem ik hem nog eens goed op. Geen tatoeages op zijn armen of borst en hij heeft zijn tanden nog – geel en scheef, maar het is onmiskenbaar zijn eigen gebit.

‘Is er iets?’

Weer die blik. Niet dreigend, niet intimiderend, maar onverstoorbaar, net zoals hij beweegt.

‘Nee, niets.’ Ik sla mijn ogen neer.

De rest van de middag zoeken we naar schelpen. We kijken naar een aangespoelde inktvis, een olietanker die in de verte voorbijtrekt en een enorme krab die er zijwaarts vandoor gaat, maar spreken niet. Het licht trekt langzaam weg en zwijgend turen we naar de lucht die zich vult met schuim, als een woest zeeoppervlak op zijn kop, de massa erachter zwaar en dreigend.

‘Het gaat zo regenen.’

Ik knik.

‘Waar woon je?’

Ik maak een gebaar met mijn hoofd in de richting van de buis, of het strand. Daar ergens. Ik had net zo goed de boulevard of de stad kunnen bedoelen. Maar hij weet wel dat ik daar niet woon. Het luchtruim sluit zich en de zee reageert. Roffelende golven nemen een aanloop en beuken in op de klif. Ik kijk naar het gezicht dat boven alles uittorent, een grijns lijkt om zijn mondhoek te krullen. De wind zet aan vanuit zee en dan is in één klap ieder licht verdwenen en staan we tegenover elkaar in de kleurloze ruimte. Het gebulder is nu zo luid dat hij moet schreeuwen.

‘Ik woon daar!’

Ik volg zijn uitgestrekte arm, de landtong af, naar de rood-witte vuurtoren. In al die maanden heb ik er nooit iemand gezien. Hij leest mijn gedachten.

‘’s Zomers houd ik me koest.’ Zijn woorden waaieren uit en ik versta hem nog maar net. Ik kan nog steeds afscheid nemen en veilig naar mijn buis terugkeren, maar heb het gevoel dat deze ontmoeting niet voor niets is. De wind waait nu zo hard dat ik mijn armen spreid om mijn evenwicht op de rots te bewaren. De man staat nog steeds rustig tegenover me op een andere rots, zijn rug naar zee gekeerd. Mijn haren worden uit mijn gezicht geblazen, terwijl dat van hem nu voor zijn ogen zit. Links en rechts om me heen begint het steen donkergrijs te kleuren onder de eerste vette regendruppels.

'Wil je het zien?' vraagt de oude man. Precies op dat moment scheurt de hemel open en verlicht een bliksemschicht het zwarte wateroppervlak achter hem. De man heeft mijn antwoord niet afgewacht en loopt al richting de landtong, met grote, rustige stappen van steen naar steen zonder één keer zijn balans te verliezen. Aan het uiteinde van mijn neus en wimpers verzamelen zich druppels. Ik knipper, hijs het net over mijn schouder en loop achter hem aan.

15

De stad

'Senhora. Senhora!'

Elizabet voelt een hand op haar schouder. Ze schrikt op uit haar gedachten.

Manuela staat schuin achter haar, haar handen wrijven in een schort bedekt met kookvlekken.

'Edson ligt in bed, gedoucht en wel. Ik ga ervandoor, als u het goedvindt.'

'Ja, ja, natuurlijk. Ga maar snel. Het is al donker.'

Ze geeft Manuela altijd genoeg geld voor de bus, maar die gaat maar tot aan de voet van de berg. Vanaf daar moet ze nog een heel eind bergopwaarts tot ze thuis is. Elizabet kijkt Manuela na terwijl ze de eetkamer uit loopt; de wrong onder in haar nek even glad en rond als de koperen deurknop waarnaar haar hand reikt. Het treft haar opeens dat ze echt oud begint te worden. Het haar bij de slapen grijzend en de zwarte sproeten in haar gezicht in vlekken uitgevaagd. In de deuropening draait de vrouw zich om.

'Meneer komt toch wel thuis? Anders blijf ik nog even.'

'Hij komt zo. En Manuela? Ik heb nog een stapel oude overhemden en handdoeken in de bijkeuken gelegd. Die mag je aan je vriendin meegeven als ze naaiwerk komt ophalen.'

Manuela knikt.

'Om te verstellen of om te houden, senhora?'

Elizabet denkt na.

‘Geef maar gewoon mee. Hugo doet ze toch niet meer aan. En die handdoeken ook. Tenzij jij ze wilt?’ Ze kijkt Manuela vragend aan, maar die schudt haar hoofd.

Elizabet luistert naar de sloffende tred als de vrouw door de lange hal naar de keuken loopt. Dezelfde hal waar ze vroeger doorheen rende en Manuela haar makkelijk bijhield. Het geklik van haar eigen leren schoentjes op het marmer, gevolgd door het bedompte geluid van rubberzolen. Ze kan zich niet herinneren dat Manuela er ooit niet is geweest. De geuren van de vrouw zitten in haar poriën besloten. De kokoswax waarmee ze haar kroeshaar insmeert. Het stijfsel waarmee ze haar overschort bereidt en de adem tegen haar gezicht als ze haar kwam instoppen. Bitterzoet van de maté die altijd in een houten kalebas in een hoek van de keuken stond, en waar ze gedurende de dag uit een rietje slokjes van nam als ze dacht dat niemand het zag. Als Elizabet als meisje opstond voor school en slaperig de trap af kwam, dwarrelde het geneurie al uit de keuken door het huis, samen met een aroma van gebakken eieren, kaasrolletjes en de teerlucht van inktzwarte koffie voor haar vader. Voor Elizabet en haar broers stonden glazen mierzoete chocomelk met een scheutje koffie klaar, net als nu iedere dag voor Edson. Manuela bracht hen naar school en stond bij de voordeur als ze weer thuiskwamen. Ze legde hun kleren klaar, plakte pleisters op wonden en kuste tranen droog. Zij was degene die ’s avonds uren aan haar bed zat als ze ruzie met haar beste vriendin had en degene die haar broers belden als ze in de problemen zaten. Niet omdat ze geen fijne ouders hadden, maar omdat Manuela hun de onvoorwaardelijkheid bood die geen ouder kan geven. Manuela verlangde niets terug.

‘Neem nou toch de voordeur!’ roept ze de vrouw achterna.

‘*Boa noite,*’ hoort ze terwijl de deur van de dienstingang dichtvalt.

Met tegenzin staat Elizabet op en loopt naar de zitkamer. Ze is moe en maakt zich zorgen. Hugo is nog amper thuis, sinds de verhoudingen met de berg zijn verslechterd. O Presidente heeft de gouverneur en haar man opdracht gegeven de orde in de stad te herstellen, maar de macht van de Organisatie is te groot en de verwevenheid met de bovenwereld is te hecht. Zelf heeft ze het hoofd gebogen. Een dag na de actie op de sertão heeft ze haar ontslagbrief ingediend. Ze was het inmiddels wel gewend om op de werkvloer te worden weggezet als de 'vrouw van', maar die dag was er iets in haar geknapt. De angst die ze had gevoeld, de onveiligheid in de uitgestrekte woestijn zo ver van de bewoonde wereld tussen haar opgefokte collega's, en die scharminkels van kinderen die ze als zwerfhonden uit de schuur hadden gejaagd; het was te veel. Het plezier en het gevoel van kameraadschap dat ze vroeger met collega's had gehad, was in de loop der jaren weggeëbd. Naarmate Hugo opklom in rang vertrouwde niemand haar meer, bang dat ze thuis zou klikken over de dagelijkse gang van zaken op de werkvloer. Het geld dat werd aangenomen, de drugs die werden achtergehouden, de klopjacht op jonge straatkinderen die nog geen partij waren, de martelplekken op industrieterreinen en in de afgelegen natuur. Als zij de kamer binnenkwam, verstomden de gesprekken en niemand wilde nog met haar op patrouille.

In de beginjaren werd Hugo Dos Santos door velen bewonderd om zijn moed, maar de praktijk bleek weerbarstiger. Er is geen grens tussen goed en kwaad, alleen een fysieke grens tussen de pionnen in het spel: de ene helft bevindt zich in de stad, de andere helft op de berg. Hugo staat aan de kant van degenen die overal mee wegkomen. Hoe fanatieker hij de Organisatie bestreed, hoe meer haar vroegere collega's dachten dat die strijd iedere vorm van geweld legitimeerde. Elizabet kon er niet aan wennen. Het politiewerk zit haar niet in het bloed, zoals bij haar man. Het was jarenlang een goed excuus geweest om te verklaren waarom ze niet meer kinderen had gekregen. Gooide Hugo ook maar de handdoek in de ring. Woedend wordt hij, als ze dat oppert. Maar hij heeft geen idee wat er voor hen persoonlijk op het spel staat.

Een sleutel draait in het slot en ze hoort zijn zware voetstappen in de hal. Gerinkel van de sleutelbos op het antieke tafeltje.

‘Meiga?’

Zijn stem galmt door het huis. Ze hoort hoe hij de eetkamer in loopt, de fles wijn en een glas pakt en doorloopt naar de zitkamer. Ze richt zich naar hem op en Hugo drukt een kus op haar mond. Vermoeid laat hij zich in de fauteuil tegenover haar zakken en knoopt zijn jasje los.

‘Hoe was het?’

Hugo schenkt haar wijn bij en vult voor zichzelf een glas.

‘Die actie op de vlakte een tijd geleden, waar jij zo’n moeite mee had?’

Elizabet rolt met haar ogen van ergernis en Hugo houdt plagerig zijn handen omhoog, als een teken van overgave nog voor de aanval is begonnen.

‘Oké, oké, je had gelijk. Maar het was niet helemaal onzin, dat verhaal over een netwerk.’

Elizabet wil het er eigenlijk niet over hebben en wendt haar blik af. Ze kijkt naar het geschilderde portret van hun zoon boven de haard. Zijn donkerbruine ogen met een witte stip erin onder de lange wimpers.

‘Er was wel degelijk iemand die de boel vanaf de berg organiseerde. Een tussenpersoon. Het gaat niet alleen over die paar sloebers die jullie in de schuur aantroffen; volgens onze nieuwe informatie is er sprake van tientallen, misschien wel honderden baby’s en kinderen die door de hele staat zijn doorgegeven. We hebben haar naam van een informant gekregen.’

Elizabet slaat haar oogleden neer terwijl ze haar wangen voelt opgloeien. Een tussenpersoon? Haar naam? De wijn in haar glas begint te draaien en ze probeert het snel naar haar mond te brengen. Nu begint ook de kamer te tollen, eerst langzaam – ze ziet de schouw voorbijkomen met Edson erop –, maar dan steeds sneller en sneller tot ze haar evenwicht verliest en haar glas op de vloer uiteenspat. De scherven brengen haar met een klap terug op aarde, naar Hugo die een hand op haar knie heeft gelegd en haar met een frons aankijkt.

‘Gaat het?’ kan ze liplezen.

Elizabet schiet overeind en loopt naar de keuken. Hijgend leunt ze met haar voorhoofd tegen het koele staal van de ijskast en kijkt weer recht in het gezicht van Edson, in zijn voetbaltenue. Trots, met één knie op de grond en een bal onder zijn arm. Ze knijpt haar ogen dicht.

‘Meiga, ik vroeg of het gaat.’

Ze hoort zijn voetstappen op het marmer naderen en loopt vlug naar een keukenkastje. Met een doek en een stoffer en blik komt ze hem tegemoet en perst een glimlach op haar gezicht.

‘Sorry, wat onhandig van me. Kom.’

Terwijl ze samen in de zitkamer de scherven opruimen, hoort ze Hugo ergens in de verte doorpraten. Hij vertelt dat een eventuele arrestatie de gouverneur goed uitkomt; hij kan wel een succesje gebruiken – hoewel het duidelijk is dat deze tussenpersoon ook weer een naar voren geschoven pion is. Elizabet hoort amper wat Hugo zegt, haar oren suizen zo hevig dat ze bijna onwel wordt. Ze ziet weer hoe Manuela met de geblondeerde vrouw met zwarte uitgroei kwam aanlopen op die zomerdag, de rieten mand aan haar arm met Edson erin. Zo klein, zo teer, zo perfect.

Haar man loopt weg met de scherven en komt terug met een emmer lauw water. Ze neemt de emmer van hem aan, maar houdt haar blik strak op de grond gericht.

‘Ik heb vanmiddag haar gegevens gekregen; ik denk dat ik haar morgen laat oppikken.’

Hugo neemt weer plaats in de leunstoel, trekt zijn leren koffertje op schoot en knipt het met zijn duimen open. Elizabet schraapt haar keel en vermant zich. Iets in haar zegt haar dat het om iemand anders gaat.

‘Laat eens zien?’ Haar stem klinkt ijl, alsof het plafond tien meter omhoog is geschoten. De geschilderde ogen van Edson branden in haar rug.

Ze gooit de natte doek in de emmer, veegt met haar onderarm haar haren uit haar gezicht en neemt de dossiermap aan. Hugo staat weer op en loopt naar de eetkamer om een nieuw glas voor haar te pakken. In kleermakerszit op de grond, bladert ze met vochtige, bevende vingers door de papieren in het dossier tot ze de foto vindt, met een paperclip aan een hoek bevestigd. Als de vrouw haar aankijkt wordt ze ijskoud. Donkerbruine ogen staren recht in de lens. Gele plukken aan weerszijden van het lijzige gezicht, diepe groeven plaatsen haar mond tussen haakjes. De vrouw uit de bazaar. De vrouw uit het park. Haar vinger raast over het papier. Gewicht, geboortedatum, lengte, naam. *Maria.*

Stilletjes schuift ze de map op Hugo's stoel, vist de doek uit de emmer zonder 'm uit te knijpen en draait zich op haar knieën om. Met lange halen strijkt ze over de vloer, haar beide handen om de doek geklemd. Heen en weer wiegt haar bovenlichaam terwijl het vocht een zwart vlak op het hout tekent. Water verspreidt zich langzaam rond haar knieën en verkleurt de stof van haar broek. Terwijl tranen langs haar mondhoeken lopen en zich bij de plas op de vloer voegen, hoort ze hoe Hugo aan de telefoon opdracht geeft Maria te arresteren.

*

Er zit een aap op haar rug. Ze voelt zijn harige lijf tegen haar wervelkolom drukken, zijn pezige armen en benen strak om haar nek en middel geklemd. Als ze per ongeluk in de spiegel kijkt, kijkt hij over haar schouder mee en ontbloot zijn tanden naar haar. Het drukt zo zwaar op haar, dat ze soms vreest dat ze door haar benen zakt. Ze krijgt geen hap meer door haar keel. Haar oren zijn gespitst op het geluid van de telefoon in de hal, haar ogen gefixeerd op de wijzers van de grote klok in de keuken in afwachting van Hugo's sleutel in het slot van de voordeur.

Ze ontloopt Manuela, durft het haar niet te vertellen. Tegelijkertijd kan ze haar gedachten niet vormen zonder met Manuela te overleggen, zoals ze haar hele leven al doet. Moet ze haar man tegenhouden? Hem alles vertellen? Haar mond houden en gewoon afwachten of ze Maria daadwerkelijk vinden? Het dossier vervalsen zodat ze een ander arresteren? Even denkt ze erover wat spullen in een weekendtas te doen en 's nachts met Edson te vertrekken, het land uit. Paspoorten, kleding, contant geld, autopapieren; ze zoekt het bij elkaar terwijl Edson naar school is en Manuela druk met de was, maar ploft met de tas op schoot neer op haar bed. Waar moet ze heen? Hoe overleeft ze in een ander land? Ze kan het Hugo niet aandoen. Ze kan alleen maar wachten tot ze Maria hebben, de verhoren beginnen en alles boven water komt. Edson zal haar worden afgepakt, Hugo zal haar verlaten, Manuela zal haar de rug toekeren en zij zal wegrotten in het beruchte vrouwencomplex net buiten de stad.

Maar alles loopt anders. Op dag drie komt Hugo thuis en vertelt het haar terloops tijdens het avondeten, net als Manuela hem een schaal kaasbroodjes voorhoudt. Hij knikt vriendelijk naar haar en pakt een broodje.

'Trouwens, lieverd, die vrouw? We hebben haar.' Hij breekt een stuk brood af en stopt het in zijn mond. Dan sluit hij zijn ogen en kauwt.

Elizabet, die al tien minuten met haar vork de rijst op haar bord verschuift, bevriest. Ze voelt hoe de aap op haar rug naar haar nek springt en haar hoofd bijna in haar bord duwt. Zijn vingers graaien aan weerszijden naar haar strot. Ze durft niet op te kijken. Hugo slikt het brood door en neemt een slok wijn om het weg te spoelen. Hij trekt zijn wenkbrauwen op.

'Ze hebben de *caveiras* erop afgestuurd.'

In een reflex schieten Elizabets vingers open. Bestek kaatst op de eetkamervloer en het schelle gerinkel doet iedereen opkijken. 'Sorry,' mompelt ze terwijl ze onder tafel duikt. Manuela is haar al voor en grist vork en mes voor haar handen weg. 'Ik haal schoon, senhora.' En weg is ze, naar de keuken. Met rode konen komt Elizabet overeind en forceert een lachje op haar gezicht, maar haar man en zoon hebben het alweer over iets anders.

De doodskoppen: de bijnaam van het elitebataljon, vernoemd naar zijn sinistere logo. Hugo's vader was voor zijn pensioen nog bij de oprichting van de caveiras betrokken geweest: de beste mannen uit het korps en het leger werden gerekruteerd en moesten een training doorlopen die zo mensonterend zwaar was, dat maar vijf procent 'm afrondde. Elizabet zag ze weleens hardlopen door de stad: kaalgeschoren mannen in zwarte kleren, vaak met een van hun maten overdwars op hun nek gedragen en voorop de wapperende zwarte vlag met het witte doodshoofd, de schedel doorboord met een dolk. Alsof dood nog niet dood genoeg is. Met wapentuig en gepantserde voertuigen die de vredesmissie van een klein land deden verbleken zijn ze de schrik en de trots van de natie, afhankelijk van wie je het vroeg. 'Een huis kun je niet bouwen op broos gesteente, *minha filha*,' had haar schoonvader gezegd toen ze vraagtekens plaatste bij hun brute werkwijze. 'Dit land heeft een betrouwbaar fundament nodig; de zachte aanpak heeft voor betonrot gezorgd.'

'Waarom?'

Hugo stopt midden in zijn verhaal over voetbal tegen Edson en kijkt Elizabet vragend aan.

'Waarom de caveiras?'

'Vanwege een hinderlaag vorige week, waarbij twee kadetten zijn omgekomen. De gouverneur vond het tijd voor een boodschap. Ze zochten niet alleen die vrouw, ze hadden een hele waslijst met voortvluchtigen. Petje af: ze hebben ze allemaal gevonden. Het zijn net bloedhonden.'

Met zijn elleboog stoot hij Edson aan en samen lachen ze. Hij is er nu te oud voor, maar een paar jaar geleden speelde hij graag met de caveiras-actiepoppen die hij van zijn opa en oma had gekregen: in vol ornaat inclusief gezichtsmaskers en een heuse *caveirão*, de zwarte tankwagen met het doodshoofd erop.

'Dus ze hebben haar?' Het lukt haar net wat geluid voort te brengen uit haar dichtgeknepen keel, de aap wurgt haar bijna en ze giet een grote teug rode wijn naar binnen. De tannine trekt haar wangen naar binnen en de alcohol brandt zich een weg naar beneden; prettig.

'Hmmm.' Hugo pakt de linnen servet van zijn schoot en veegt zijn mond af. 'Wil je het weten?' Hij flitst met zijn ogen even naar zijn zoon.

'Ja, pap. Vertel!'

Elizabet ademt uit en buigt haar hoofd. De rijstkorrels op het bord, stoofvlees en bonen ernaast. Op de rand cirkelen blauwe bloemenkelken met sierlijke halzen, die driemaal daags terugkomen op koffiemokken, soepkommen en ontbijtborden. Het servies dat ze voor hun huwelijk hadden gekregen van haar schoonouders. Haar handen liggen naast het bord. Ze kijkt naar de aderen, die met de jaren meer naar boven komen drijven – of trekt de huid zich terug? Dezelfde handen als haar moeder, op dezelfde tafel in hetzelfde huis. Ze had er nooit zo over nagedacht, het was gewoon zo gegaan. Ze realiseert zich opeens dat ze in niets op haar moeder lijkt, of haar schoonmoeder. De jaren maken alles steeds zichtbaarder, steeds helderder.

Het was er hard aan toegegaan, zegt Hugo. Ze hadden het huisje van de vrouw overhoopgehaald, maar troffen geen bruikbaar bewijs aan. Het team zag zich gedwongen 'fataal geweld tegen de vrouw te gebruiken omdat ze zich tegen arrestatie verzette', citeert hij het rapport uit zijn hoofd.

'Een vrouw van middelbare leeftijd, nog geen vijftig kilo zwaar?' Elizabet fluistert nauwelijks hoorbaar. Met opgetrokken wenkbrauwen kijkt Hugo zijn zoon aan. Die hangt aan zijn lippen.

'Het is een jungle, jongen,' hij wijst met zijn kin naar het raam, richting de berg, 'achter ieder muurtje, vanaf ieder dak kun je ieder moment onder vuur worden genomen door een scherpschutter. Geen enkel overzicht en op het terrein van de vijand. Keiharde jongens die niets te verliezen hebben, met wapens die rechtstreeks uit de oorlog komen. Díé dreiging…' Hugo snuift en slaat zijn ogen neer en even ziet Elizabet hoe moe haar man is, de donkere krullen grijzend bij de slapen en de groeven naast zijn mond dieper dan ze zich kan herinneren. 'Die doet wat met een mens.'

Elizabet knippert veelbetekenend naar hem en knikt met haar hoofd naar Edson, die zijn bestek heeft neergelegd en ademloos zit te luisteren.

'Meiga,' zegt Hugo sussend, zijn handpalmen naar haar opgeheven, 'hij moet het toch een keer horen. Dit is de wereld waarin wij leven. Als hij een paar kilometer verderop was geboren,' hij gebaart met zijn arm in de lucht, 'was het zijn dagelijkse realiteit geweest. Wil je hem daarvoor afsluiten, of meegeven dat hij geluk heeft gehad dat zijn wieg toevallig hier stond?'

Hugo draait zich een kwartslag en legt zijn hand liefdevol op Edsons schouder, die opeens veel jonger lijkt dan zijn dertien jaar; zijn hoofd amper groter dan de hand van zijn vader.

'Luister, jongen,' vervolgt die op serieuze toon, 'beschaving is niet aangeboren. Het is geen extra wervel van je ruggengraat die ervoor zorgt dat jij rechtop blijft staan waar een ander buigt. Beschaving is niet meer dan de juiste omstandigheden.'

Hij draait zich weer naar de tafel en pakt een kaasbroodje uit de zilveren broodmand. 'Hoewel wat sterke genen wel willen helpen natuurlijk!' Hugo's gezicht breekt open in een glimlach en hij drukt zijn zoon tegen zich aan. Hoewel ze niets heeft gegeten, voelt Elizabet iets vanuit haar ingewanden omhoogkomen in haar mond. Snel pakt ze haar bord en staat op.

'Koffie?' roept ze, terwijl ze naar de keuken loopt. De aap is van haar nek naar beneden gegleden, haar luchtpijp zet zich dankbaar uit. Ze zet haar volle bord in de gootsteen en draait de hete kraan open. Terwijl ze met haar handen aan weerszijden van de gootsteen leunt, ziet ze hoe de rijst, het vlees en de bonen door het water uiteen worden gedreven, van het bord af naar de randen van de waterbak, voor ze in een draaikolk cirkels rond het bord trekken. Stoomwolken slaan in haar gezicht, maar ze blijft staan. Vanuit de eetkamer hoort ze Hugo verder vertellen. De officier van justitie heeft de zaak gesloten. Geen verdachte, geen onderzoek, geen zaak: over tot de orde van de dag. Elizabet schrikt op van geluid en kijkt opzij. Manuela zet twee kopjes hete koffie naast haar neer op het aanrecht. Op de randen rondom cirkelen de blauwe bloemenkelken. Elizabet draait de kraan dicht, pakt de kopjes en loopt naar de eetkamer. Hugo neemt de koffie dankbaar aan, terwijl Manuela achter hem geruisloos de tafel afruimt.

'Er zijn grotere veldslagen te winnen. Toch, lieverd?'

Elizabet perst een lachje op haar lippen en knikt.

'Zo is het.'

Die nacht dringt het tot haar door dat met de uitschakeling van Maria de kans om ooit nog een kind te krijgen voorgoed is verdwenen, maar ook de laatste verbinding tussen haar zoon en de berg is opgelost. Terwijl ze luistert naar de rustige ademhaling van haar man weet ze: Edson is nu echt van hen – niemand zal ooit haar geheim kennen. Behalve Manuela.

Ze durft het nieuws over Maria niet aan haar te vertellen en weet de vrouw de rest van de week zorgvuldig te ontwijken. Maar als Elizabet op een ochtend in de tuinkamer de krant zit te lezen, staat Manuela opeens voor haar, de handen plukken aan haar schort. Elizabet blijft stoïcijns naar het papier staren, tot een luide snik haar doet opkijken.

'Manuela!'

Tranen lopen over haar wangen en trekken glinsterende strepen langs haar mondhoeken. Haar hoofd en schouders gebogen, alsof haar ruggengraat is geknakt en haar lichaam niet meer overeind kan houden.

Elizabet springt overeind en neemt de vrouw in haar armen. Terwijl ze met haar kin op de kruin van Manuela leunt en over haar rug wrijft, voelt ze de borstkas van de vrouw hevig op en neer gaan.

'Het is Maria,' zegt ze.

Elizabet pakt haar handen beet en zet haar op de stoel tegenover zich.

'Vertel me alles.'

Manuela hoorde het via de vrouwentamtam op de berg. Hoe Maria rustig voor haar huisje zat toen de caveiras met veel kabaal de steeg in kwamen rennen. Ze dacht niet dat ze voor haar kwamen, dus ze had zich stilletjes tegen de muur gedrukt in de hoop dat ze voorbij zouden gaan. Voor ze wist wat er gebeurde hadden de mannen haar van haar stoel gesleurd en begonnen haar op straat in elkaar te slaan. Terwijl omwonenden hun huisje in snelden en zich verstopten, beukten de mannen als robots op de vrouw in, met geweerkolven, laarzen. Zelfs de stoel waarin Maria had gezeten werd op haar rug kapotgeslagen, de poten en gebroken leuning in een waaier op de grond om haar heen. Er was geen geluid in de steeg, op het gezucht en gestomp van de mannen na. Haar zus was in het huis toen het gebeurde en had zich onder hun bed verschanst, plat tegen de achtermuur met een lange houten plank voor haar lichaam. De doodskoppen hadden het huisje doorzocht en haalden alles overhoop. Hun ene kast met keurig opgevouwen kleding, het kastje met levensmiddelen, de paar foto's die ze bezaten – maar Maria's zus hadden ze niet opgemerkt, alsof hun vizier daarop niet was ingesteld. Nadat de mannen waren vertrokken, was de vrouw nog minstens tien minuten onder het bed blijven liggen – de stilte lag als een natte deken op de steeg, en pas toen in de wijken verderop weer wat geluiden te horen waren, durfden de mensen voorzichtig in beweging te komen.

Toen de zus haar huisje uit kwam had ze tot God gebeden dat het kapotgeslagen wezen dat daar in een plas bloed lag niet meer bij hen was. Samen met wat buren hadden ze haar op een laken naar binnen getild. Nog dagenlang had de donkere vlek met plukken felgeel haar op het zand kinderen en voorbijgangers herinnerd aan het bezoek van het doodseskader – maar wat niemand wist was dat Maria het had overleefd. Haar zus was diezelfde avond nog ondergedoken, hoog op de berg, en verzorgde haar daar met behulp van andere vrouwen. Maar Maria zou nooit meer de oude worden en zonder medische hulp waarschijnlijk niet lang te leven hebben.

Elizabet hoort het aan en zegt niets. Doet of ze niet op voorhand had geweten van de arrestatie, en dat Hugo haar niet over de afloop heeft verteld. Ze denkt aan die avond, een paar dagen geleden; Manuela had hen kunnen horen praten aan tafel, ook al is de ongeschreven regel dat de empregada niets hoort. Blijkbaar had ze die regel tot werkelijkheid verheven. Elizabet drukt Manuela tegen zich aan en ruikt de vertrouwde geur van kokosvet in haar kruin.

Als ze die avond naar bed gaat stopt ze even bij de slaapkamer van Edson en kijkt door een kier naar binnen. Het is er donker en stil; hij had een drukke dag met school, voetbal en vrienden. In diepe slaap ligt hij onder zijn Ferrari-dekbed, een zwarte krul plakt tegen zijn voorhoofd. Hij is al zo groot, bijna net zo lang als zij, met stinkvoeten en zweetoksels, maar als ze haar ogen sluit kan ze zijn babygeur nog ruiken. Het liefst zou ze even haar neus in zijn hals steken, maar ze wil hem niet wakker maken. Ze loopt door naar haar kamer en laat zich op het bed vallen. Het is bijna middernacht, nog geen teken van Hugo.

Haar ogen branden en ze is moe van het huilen. Ze had niet gedacht dat ze ooit nog deze opluchting zou voelen: Edson is nu echt van hen. Terwijl ze ligt te woelen vraagt ze zich af wanneer het trekkende gewicht van haar rug verdwijnt. Ze had gehoopt dat het zou oplossen op het moment dat Maria nooit meer zou spreken, dat het in één keer zou verpulveren als kalksteen onder een mokerslag. Maar zo lang Maria nog leeft, is alles nog mogelijk.

16

Het strand

Alleen door het verstrijken van de seizoenen weet ik dat de tijd verglijdt. Iedere dag voor zonsopgang wekt Gustavo me met een kop hete koffie in mijn slaapkamer zo groot als een kast. Ik daal het trappetje af naar de ronde voorkamer, met een kleine keuken en een grote oude bank. De bank staat voor de hoge ramen aan de zeekant; het zicht over het water is oneindig. We zakken weg in de versleten kussens en wachten tot de dag begint, terwijl we voorzichtig drinken van de bittere koffie. Af en toe wijst Gus in de verte en bromt wat over de veranderingen die hebben plaatsgevonden in de nacht. Lichten van een nieuwe boot die voor anker ligt, een naderend schip, lossende vissersbotters.

'Tweemaster. Venezuela.'

'Containerschip. Amerika.'

Langzaam verschijnt de eerste lichtrand boven de horizon. De duisternis verdwijnt onder de stralende zon en de hemel licht op. Tijd om te beginnen.

Voor me, op de lage tafel van wrakhout, heeft Gus een stapel boeken voor me klaargelegd. Een encyclopedie, een avonturenboek, strips, wat schoolboeken. Ik trek mijn voeten onder me en begin met het boek dat me het moeilijkst lijkt; ik eindig de ochtend het liefst met stripverhalen. Gus heeft onze mokken bijgeschonken en leest de krant. Met zijn benen wijd zit hij met zijn pezige bovenlijf voorovergebogen op het puntje van de bank, gaapt en wrijft met zijn hand over zijn baard. Steeds weer, van zijn kin tot het laagste punt, net zo lang tot het stugge, witte haar in een stijve driehoek uit zijn gezicht steekt.

Vannacht is hij op pad geweest, de stad in. Iedere twee weken verlaat hij de vuurtoren zodra de duisternis inzet om langs zijn vaste adresjes te gaan. In de vroege ochtend, voor ik wakker word, keert hij terug van zijn strooptocht met tassen vol boeken, tijdschriften, oude kranten, folders en stripboeken; zijn handpalmen en onderarmen overdwars getekend met rode striemen van de handvaten. Hij weet een vaste route. De rijke buurten, waar de kinderen abonnementen op actiestrips en sprookjesboeken hebben. De gemeentelijke bibliotheek, waar eens per maand een container met kapotte boeken wordt gevuld. De drukkerijen, waar misdrukken in stapels achter een muurtje worden gedumpt. Eens per semester gaat hij naar de universiteit, als oude syllabi worden afgeschreven. Omdat Gus er zijn hele leven heeft lesgegeven, weet hij exact waar hij moet zijn: aan de rand van het universiteitsterrein, achter een stenen elektriciteitsgebouw onder een paar statige paineira-bomen, waar alleen de conciërge komt. Als hij daar is geweest, komt hij altijd thuis met een blik in zijn ogen die ik niet kan thuisbrengen. Afwezig. Is het weemoed, pijn of gemis; ik vraag het hem, maar hij antwoordt cryptisch en met een schamper lachje: 'Geen gemis pijnlijker dan naar de dingen die nooit waren.' Liever vertelt hij over de paineira-bomen bij de faculteit, die de mooiste ter wereld moeten zijn; zijn ogen beginnen te glinsteren en de vermoeidheid valt zichtbaar van hem af.

'Anjo, je hebt nog nooit zoiets gezien. De grijsgroene bast is van top tot teen bedekt met stompe doorns, als een gigantische dinosaurusstaart, en klapt dan bovenin uit in een takkenbos zo wijd als een parachute.'

Hij tekent bogen met zijn armen boven zijn hoofd terwijl ik luister.

'Tijdens het regenseizoen zuigt een deel van de stam zich vol water,' Gus doet alsof hij zichzelf opblaast, met bolle wangen en zijn schouders breed, 'en draagt dan een lokale zwelling op zijn stam als een trotse zwangere vrouw. *Barriguda*, dikbuik, wordt 'ie dan ook wel genoemd.'

Hij ziet dat mijn aandacht verslapt en steekt fel zijn vinger onder mijn neus.

'Maar dan! Anjo, dan komt de bloei. Grote, roze bloemen klappen allemaal tegelijk uit en vullen de hemel als klokkende moederrokken. En denk je dat het dan gedaan is? Dat ze roemloos verwelken en als bruin gerande bladeren op de grond eindigen? Niks daarvan! Zodra ze uitgebloeid zijn, transformeren de bloemen in duizenden groene kelken, die zich langzaam vullen met wit dons. En op een dag, niemand weet wanneer, barsten alle kelken als wattenbollen open en komen van heinde en verre parkieten aanvliegen om de zaden leeg te pikken. Gifgroen, felgeel, in alle kleuren. Je weet niet wat je ziet, jongen.'

Hoofdschuddend valt hij achterover in de kussens en staart met open mond over zee alsof een veld met paardenbloemen aan zijn voeten is herrezen. Dan springt hij op, loopt naar de muur en vist uit een hoge stapel boeken een crèmekleurige bomenencyclopedie. Met een boog gooit hij het boek naar me toe. 'Zoek maar op. Bij de p van paineira.'

's Middags vertrek ik naar het strand om boodschappen te doen. Gustavo gaat nooit mee. Ik vermoed dat hij blij is dat hij zich sinds mijn komst helemaal niet meer onder de mensen hoeft te begeven, en ik vind het fijn zo. Het broodnodige koop ik van het geld dat hij me meegeeft, maar het meeste vind ik nog steeds op de plekken die me vertrouwd zijn. We hebben niet veel nodig, wat rijst, koffie, fruit en brood. Ik vul de waterflessen op de boulevard en zoek beurse vruchten tussen kratten die zijn overgebleven van de markt. Daarna wandel ik een tijdje over de boulevard of het strand. Jongens voetballen met elkaar op het zand, vrouwen slenteren langs met zwiepende billen aan weerszijden van een dunne reep stof en armoedige verkopers van allerhande onzin prijzen in het luchtledige hun waar aan: niemand heeft aandacht voor me. Gus heeft me slechts één ding gevraagd sinds ik bij hem ben ingetrokken, en dat is of ik nooit met vreemden wil praten. Het kost me geen moeite.

'sNachts, als ik in mijn warme bed lig in de rug van de vuurtoren, draaien mijn hersenen overuren. Afbeeldingen en woorden schieten langs mijn netvlies; over dieren, planten, tempels, vreemde landen en actiehelden uit strips. Een lieflijk sprookje over de molenaarszoon Holambra ontspoort in een nachtmerrie: de jongen staat lachend voor de molen terwijl de wieken vervaarlijk door de lucht klieven. Hij staat niet beneden op de grond, op veilige afstand van hun spanwijdte, maar op een balkon halverwege, precies onder het raakvlak van de uiteinden van de wieken. *Kijk uit!* Ik wil het uitroepen, maar bevind me achter een gordijn van water, de jongen hoort me niet door het geklater en op een of andere manier lukt het me niet door de waterval heen te stappen om hem te redden. Een wiek komt in een razende vaart naar beneden en het licht gekantelde blad snoeit net voor het gezicht van de jongen langs. Gemoedelijk draait de molen verder en ik staar het kind aan: zijn voorhoofd, neus en lippen zijn kaarsrecht afgesneden, maar zijn ogen zijn onaangetast. Terwijl zijn gelaat langzaam donkerrood kleurt, blijft de jongen me recht aankijken. Bloed loopt van zijn voorhoofd naar beneden. Dan pas zie ik het: het is Mano. Nog voor ik iets kan doen is daar de volgende wiek, die weer een plak van hem afsnijdt, nu ook van de voorkant van zijn lichaam; zijn borstkas, knieën, voeten. En nog een, en nog een, tot hij is gehalveerd en van hem niets meer rest dan een anatomieplaatje zoals ik dat in de biologieboeken met Gus heb bestudeerd. Maag, milt, dunne darm, dikke darm, lever: ik zie ze duidelijk zitten, in lieflijke pastelkleuren. Ik heb een aanwijsstok van wel tien meter lang in mijn hand, die ik door het watergordijn heen steek. Terwijl ik de organen opsom, por ik met mijn verlengde vinger in Mano's ingewanden, die me nog altijd aanstaart. Zijn hart klopt in de open borstkas en lijkt zich als een worm los te willen worstelen van zijn eigenaar. Als ik even aarzel, hoor ik de bemoedigende stem van Gus achter me: 'Toe maar, Anjo, je kunt het. Let maar niet op hem. Als hij zo dom is om daar te blijven staan, hoef je ook geen medelijden met hem te hebben. Leer ervan, zodat zijn leven niet vergeefs is geweest.'

Op dat moment grijpt de gehalveerde jongen mijn aanwijsstok vast en trekt mij met een ruk naar zich toe. Ik schiet overeind en word wakker, het zweet loopt van mijn lijf. Gus zit al aan het voeteneinde van mijn bed met een glas water, alsof hij weet dat al die vrijheid, de kennis die zich aan mij openbaart, angstaanjagender is dan jarenlange eenzame opsluiting.

Terwijl de buitenwereld steeds verder afdrijft, ontkiemt in mijn kop een monster dat mijn volledige aandacht vergt. Het groeit en groeit. Mijn spieren verslappen, mijn alertheid taant en zelfs de beestjes onder mijn huid doezelen. Als ik de volgende ochtend weer met een beker koffie naast Gus op de bank zit te lezen, strijk ik met mijn arm per ongeluk langs zijn droge huid. Hij reageert niet. Van onder een pluk haar kijk ik opzij naar zijn profiel, gebogen over een boek, een pen in de aanslag om iets in de kantlijn te schrijven. Iedere dag lijkt het beeld van die verwilderde jongen op het erf verder te vervagen, tot er een moment zal komen dat hij is opgelost.

*

De zon is onder en het zwarte oppervlak dat zich voor ons uitstrekt wordt slechts onderbroken door de lichtjes van schepen en de witte krullen van golven. Geen van beiden voelen we de aandrang een kaars aan te steken, dus we verzinken in het donker van de afgedankte toren die ooit zelf als lichtbaken diende.

'Kijk die vissers, Anjo.'

Ik volg zijn blik, maar weet niet naar welke boot hij kijkt. In de verte worden tientallen schepen die voor anker liggen door de golven gewiegd.

'Het wordt van generatie op generatie overgegeven, alsof de zonen in de baarmoeder al zout bloed krijgen toegediend. Daar begint de incubatietijd van de zeeman, die pas stopt na tien, twaalf jaar. Jaren waarin ze thuis bij hun moeder zijn terwijl vader op zee zit. Jaren waarin ze leren hoe de achterblijvers zich voelen. Jaren waarin het verlangen naar zee wordt gevoed tot de hunkering niet meer te negeren is. Iedere schipper zal beamen: liever een zeemansgraf dan een laffe dood aan land; het koude lijf tussen de planken, begraven tussen de arbeiders aan de rand van het kerkhof.'

Hij schudt langzaam zijn hoofd. In de verte gaat op een dek een schijnwerper aan. Katrollen wentelen touwen af begeleid door twee mannen gekleed in slechts een zwembroek.

'Dat heet dan de onderklasse.'

Gus snuift. Ik ben loom door het eten en sluit mijn ogen. Met mijn hoofd achterover in de kussens wacht ik tot hij verder praat. Mijn buik is vol en mijn lijf voelt warm.

'Geen eerlijker beroep dan dat van visser, geen eerzamer leven dan dat van een visserman. Of -vrouw! Let wel.' Ik voel zijn arm naast me omhooggaan en weet dat hij zijn wijsvinger in de lucht steekt.

'Nee, vooruitgang, dat is je kind naar school sturen. Naar de universiteit, om papa en mama trots te maken. Om op papier te leren over het leven en daarna een leven op papier te leiden. *Meu Deus*.'

Door zijn bruuske bewegingen stoot hij in mijn zij en ik schrik op. De schijnwerper op de boot zwaait nu vervaarlijk; de zee begint zich te roeren, de maan komt op. De mannen deinen als poppetjes wijdbeens mee op het dek. De wind omsingelt met dreigend gesis de toren en een tochtstroom strijkt langs mijn wangen. Gus zit zich naast me steeds meer op te winden.

'Niets weten die blagen van het leven. Overdag verslijten ze hun boeken en 's avonds laten ze zich bedienen door de werkbijen. Een leven lang visfilet op het menu, zonder één graat om in te stikken. Dat heet dan een prestatie.'

De kussens gaan heen en weer en ik kijk opzij. Gus zit te grinniken; diepe groeven klappen als een waaier open vanuit zijn buitenste ooghoek. Hij draait zich met een brede glimlach naar me toe.

'Ik heb eens een practicum gedaan, met echte vissen. Vers gevangen, net met ademen gestopte vissen; ogen en kieuwen nog wijd opengesperd. Snijplanken, fileermessen, aanzetstaal, alles stond klaar. Ik zei tegen die kinderen: vandaag gaan we eens wat theorie in praktijk brengen.'

Zijn lach valt weg en hij buigt zich dichter naar me toe. Ik kan zijn adem ruiken, een combinatie van vis en citroen, niet onprettig.

'Vooruitgang, Anjo, is kennis in praktijk brengen. Niet je met geheven handpalmen overgeven aan de natuur, zoals de vissers – *Deus tenha sua alma*. Niet een leven lang papier schuiven, zoals die sukkelige studenten. Maar de kruisbestuiving.' Hij klapt in zijn handen.

De sterren zijn inmiddels verdwenen achter een zwart wolkendek. Het nachtelijk donker heeft ons ingesloten en ik zie Gus bijna niet meer, maar hoor en voel zijn raspende adem zwaar tegen mijn gezicht. Iets zuurs filtert door in de wasem. Als hij weer praat, herken ik zijn stem niet; het lage, blikkerige geluid doet me rillen. Of is het de tocht?

'Eerst snijd je met een fileermes de buik open, van de anaalvin tot de kop. Zo.'

Ik verstar als ik zijn vinger in mijn buik voel prikken, waarvandaan hij langzaam een streep omhoog trekt, tot vlak onder mijn kin.

'Niet te diep, anders zit je in de ingewanden en dan wordt het een smeerboel.' Hij snuift. Ik durf niet te bewegen.

'Dan ga je met je hand de buikholte in,' Gus duwt hard onder mijn navel, 'en trek je de ingewanden eruit.' Aan de luchtverplaatsing voel ik dat zijn arm een grote beweging maakt.

'Langs de ruggengraat zit de nier; die schraap je weg met je duimnagel.' Zijn nagel maakt krassende bewegingen over de stof van mijn T-shirt en ik probeer een stukje naar achteren te gaan door mijn adem in te houden en mijn rug bol te trekken. De loomheid van zojuist is verdwenen, mijn spieren verstrakken.

'Dan breek je met één ferme beweging – zo,' hij maakt een krakend geluid, 'de kop van zijn romp, je knipt – *tjak tjak* – staart en vinnen eraf en dán,' Gus slaat me hard op mijn schouder, 'mijn lieve kinderen, mag je 'm opeten!'

Bij de laatste woorden is zijn stem opeens weer normaal en hij ploft lachend achterover in de kussens. Verward staar ik voor me uit, naar de lichtjes van boten die niet langer gewiegd worden, maar op steigerende golven voor hun leven vechten.

Later die avond verlaat ik de vuurtoren, om een wandeling te maken, mijn hoofd te klaren. Zodra ik de deur achter me dichttrek, blaast een loeiende wind langs mijn wangen. Aan weerszijden van de landtong graaien opstuivende golven naar mijn enkels. Het is noodweer. De hemel is inktzwart en de sterren die eerder die avond nog door het wolkendek probeerden te dringen zijn weg. Alleen een flauwe maan geeft wat licht. Terwijl ik druppels van golven op mijn huid voel, loop ik de strook zand af en klauter daarna over de rotsen richting de scheidsmuur. Alleen de manshoge stenen steken nog een stukje boven het vloedwater uit. Onderweg stop ik even bij de betonnen buis en kijk opzij. Hij is donker en leeg.

Ik schuif door de rotsmuur en verschijn aan de andere kant in de bewoonde wereld. Mijn korte broek is kletsnat en plakt aan mijn bovenbenen. Het strand is verlaten, maar op de boulevard staan de deuren van een aantal cafeetjes nog open, hun terrassen gevuld met blinkend schone tafels en stoelen voor het nieuwe seizoen. Een paar tentjes hebben in de winter hun deuren gesloten en er zijn weer nieuwe voor in de plaats gekomen. Boven de ijssalon is het bord 'A MARIA' vervangen door 'O PEDRO'.

Ik slenter over het donkere strand langs de kustlijn, buiten het lichtschijnsel van de boulevard. De wind komt uit zee en beweegt op de maat van de golven; hij duwt me weg en trekt me mee, richting het water. Ik huiver en trek mijn hoofd dieper tussen mijn schouders. Het natte zand zuigt aan mijn voetzolen terwijl ik verder loop, weg van de vuurtoren. Na iedere stap spoelt het water mijn sporen weg, alsof ik er nooit ben geweest. Ik schud even mijn hoofd, laat de wind uit zee mijn wangen afkoelen.

Als ik wil afslaan om richting de boulevard te lopen, hoor ik verderop in het donker gedempte geluiden. Het komt bij een leegstaande strandhut vandaan, waar stapels ligbedden achter klapperende windschermen staan gestald. Ik loop naar het windscherm en gluur eroverheen. Achter de ligbedden staan twee jongens. Ze hebben hun rug naar mij gekeerd en schoppen tegen iets wat op de grond ligt. Het zijn jongens van mijn leeftijd, met korte broeken, T-shirts en slippers aan de voeten. Het is zo donker en de wind suist zo hard in mijn oren, dat het even duurt voor ik doorheb waar ze mee bezig zijn. Pas als ik de paarse tas met roze bloemen erop in het zand zie liggen, daagt het me. Daar ligt *A Velha*, de Ouwe, het zwerfvrouwtje dat vaak ligt te slapen tegen de muur die de boulevard van het strand scheidt. Altijd in die dikke lagen kleding, verschillende jassen over elkaar heen, zelfs op de heetste dagen. Mensen staren haar na en jongens schelden haar weleens uit, maar verder wordt ze met rust gelaten. De gekken zijn voor de gekken. De vrouw draagt altijd een grote badstoffen tas bij zich waar kinderlijke bloemen op genaaid zitten.

Beschut tegen de wind en de spattende golven tussen de schermen, leven de twee jongens zich uit op de vormeloze kledingmassa waarin de Ouwe zich schuilhoudt. Een zucht ontsnapt de vrouw, wat de twee lijkt aan te moedigen. Zonder enige terughoudendheid schoppen ze op haar in, zwaaien een been naar achter en zetten zich schrap alsof ze een bal in de kruising willen schieten. De trappen maken een dof geluid tegen het massieve lijf, als een zak aardappelen die van een schouder op de grond ploft. Het zijn maar schooljongens. Ik zie het aan het zware katoen van hun kleding, de duidelijk leesbare letters op de banden van hun slippers – niet afgesleten zoals bij straatkinderen. Hun kortgeknipte kapsel, met ronde bogen boven de oorschelpen en een opgeschoren driehoek in de nek. Ze lachen. Witte, gelijkmatige tanden worden ontbloot en weerkaatsen in het maanlicht.

'Ze stinkt nog erger dan een schurfterige hond.' Nog meer schoppen, en een schaterlach die wordt meegenomen door de wind.

Ik zak plat op mijn hielen achter het windscherm en weet niet wat ik moet doen. In de verte, op de boulevard, sluiten de laatste tentjes hun deuren. Lichten worden uitgeknipt en stoelen met kettingen aan elkaar vastgeketend. Een stelletje loopt hand in hand onder een vervaarlijk schommelende hanglantaarn. Jongens skaten over de stoep; een winkeleigenaar die net zijn rolluiken naar beneden doet roept ze na. Door de wind en de ruisende golven hoor ik niet wat hij zegt, maar ik zie zijn opgewonden gebaren en openstaande mond. Zand waait in mijn ogen en ik knijp ze dicht. Mijn schouders zakken richting de grond en mijn voorhoofd helt naar voren tot ik het koude strandscherm voel. Ik hoef me alleen maar om te draaien en terug naar zee te lopen. Ik voel geen aandrang ertussen te springen. Mijn spieren zijn niet meer zo sterk en onbelast als eerder, toen het bloed nog vanuit mijn tenen begon te koken, mijn kaken verstrakten, en mijn vingers zich in klauwen vertrokken in staat om steen te vergruizen. Nu stroomt twijfel door mijn lijf en lijkt het of mijn ledematen niet meer in staat zijn zich aan te spannen.

'Is ze dood?'

Ik kom weer op mijn tenen en kijk over de rand. De jongens staan over de vrouw gebogen, ieder aan één kant. Ze ligt plat op haar rug, de armen aan weerszijden gespreid in het zand. In het maanlicht zie ik haar ingevallen wangen en opengesperde lippen, alsof ze midden in een zin is blijven hangen. Grijze haren staan in pieken op haar hoofd, een paar strengen liggen als een waaier in het zand. Een van de jongens, mager en langer dan de andere, spuugt naast het hoofd van de vrouw.

'Hé! Ouwe?'

Hij zegt het op een plagerige toon, met langgerekte klinkers, alsof hij tikkertje speelt en haar van achter een boom roept. Hij herhaalt het, maar er komt geen reactie. Dan stapt hij over de vrouw heen en brengt zijn gezicht dicht bij het hare.

‘Hé ouwe, word eens wakker.’

Met vlakke hand slaat hij op de ingevallen wangen, een geluid amper luider dan dat van de golven die op het zand breken. Nog eens. *Pets, pets, pets.*

Niets.

‘Aan de kant.’ De andere jongen geeft zijn magere vriend een zet en neemt zijn positie over. Met alle kracht die hij in zijn gedrongen lichaam heeft, slaat hij de vrouw in het gezicht. En nog eens. De klappen komen zo hard aan dat haar hoofd heen en weer schudt en dieper in het zand wegzakt, als een paal die in de grond wordt geslagen. Na vijf of zes keer ontsnapt de vrouw een rochel en de jongen komt omhoog.

‘Ze leeft.’

Hij stapt van haar vandaan en zo staan ze even tegenover elkaar met de handen in de zij voor zich uit te staren. Ik trek mijn hoofd in, zodat mijn ogen nog maar net over het scherm heen kunnen kijken.

‘Ik heb honger, man.’ De gedrongen jongen maakt smakbewegingen. Zijn vriend reageert niet. In plaats daarvan steekt hij een sigaret op en schopt zachtjes tegen het scheenbeen van de vrouw. Haar voet zwaait even heen en weer.

De jongen wrijft over zijn buik en blaast rook uit. ‘Wat doen we met haar?’ Hij geeft de sigaret door en zijn vriend neemt een hijs. Diens gezicht vertrekt in een grimas terwijl hij rook omhoog blaast. Dan geeft hij een ruk aan de bovenste strandstoel en met een enorm kabaal dendert de hele stapel om, boven op de Ouwe. De jongens springen naar achteren en gillen het uit.

‘*Meu Deus*, klootzak! Bijna op mijn tenen.’ Lachend zakken ze samen neer in het zand en steken nog een sigaret op, terwijl minstens een dozijn ligbedden het lichaam van de vrouw bedekken. Alleen haar vingertoppen en wat grijze haarplukken steken eronder uit. Ik zak ook neer in het zand, aan de andere kant van het windscherm, en leun met mijn voorhoofd op mijn onderarmen. Mijn neus jeukt en ik ben bang dat ik moet niezen. Ik leun met mijn voorhoofd op mijn armen. Achter het scherm hoor ik schuivend metaal en plastic, gevloek en gesteun. Ik dwing mezelf overeind en zie hoe de jongens de vrouw onder de berg vandaan hebben gehaald, en aan haar haren door het rulle zand achter zich aan slepen richting de kustlijn. Haar voeten staan in een v naar buiten geklapt en haar lichaam trekt een spoor in het zand. Hun gepraat lost op in de storm en ze verdwijnen in het donker bij zee. Alleen de brekende golfkoppen lichten nog op. Gebukt haast ik me achter ze aan.

'Hier is goed.'

'Nee, nog een stukje verder, dan ligt ze in het water.'

Stilte.

'Dag ouwe.'

Gegiechel en handen die tegen elkaar klappen.

Dicht bij de grond wacht ik minstens vijf minuten nadat de jongens zijn vertrokken voor ik in beweging kom. Langzaam loop ik richting het geluid van de golven, mijn bovenlichaam helt licht naar voren terwijl ik door het zand ploeg. Van het ene op het andere moment is de wind gaan liggen en trekt het wolkendek open. Als ik nu pas naar buiten zou stappen, zou ik denken dat het een prachtige avond was, met een maan die helder aan de hemel staat. De zee wordt iets kalmer en legt vlokken schuim op het strand. De Ouwe ligt met haar achterhoofd in het water en haar benen op het strand. Ik nader haar tot onze tenen elkaar bijna raken. Even lijkt het of haar silhouet op de grond mijn schaduw is.

Ze draagt een paarse jurk met een wollen jas erover. Haar benen steken vanaf de knie vormeloos onder de stof vandaan, gestoken in een laagje broeken; ik zie minstens drie verschillende zomen bij haar enkels. De voeten zijn opgezwollen, met aan het uiteinde ieder vijf witte tegeltjes, zwart omrand. Het water klotst zachtjes tegen haar schouders en de grijze haardos wordt op de maat van de golven ingedeukt en weer uitgerekt, alsof de zee met tedere halen haar haren borstelt. De mond van de Ouwe staat half open, slijmdraden verbinden haar lippen. Als ik niets doe, zal ze langzaam door het water worden overspoeld. Misschien duurt het nog uren, misschien ook niet. Ik schop mijn slippers uit en buig voorover. Ik stap over de vrouw heen, grijp haar onder haar oksels en doe een paar grote passen achterwaarts de zee in. Als ik tot mijn dijen in het water sta, laat ik de vrouw los en staar naar de boulevard. De lantaarns hangen weer stil en werpen driehoeken van licht op de stoep. Er is niemand meer. Ik laat mijn hand voor mijn lichaam langs naar beneden zakken, plaats mijn wijsvinger op het voorhoofd van de Ouwe, dat tegen mijn bovenbeen drijft, en duw naar beneden. Ik voel hoe ze langzaam volloopt en na een paar minuten begint te kapseizen. Dan neemt de zwaartekracht het over tot nog slechts wat stof boven het water uitsteekt. Ik waad om haar heen, geef haar een laatste zet richting de lichtjes in zee en loop zonder nog één keer om te kijken via het strand terug naar de vuurtoren.

17

Het strand

De zomer is in bloei en ik ben een jongen als iedere andere. Mijn nieuwe bestaan is zo ver verwijderd van mijn oude leven dat ik weleens denk dat het allemaal niet heeft plaatsgevonden. Een beetje als de dromen die ik 's nachts heb: zo levensecht en gruwelijk als ze zijn op het moment dat ik er middenin zit, zo belachelijk en onrealistisch zijn ze zodra ik naast Gus op de bank mijn eerste slok koffie neem. Het idee dat ik altijd al hier met hem in de vuurtoren heb gewoond, wordt steeds minder onaannemelijk, en als het niet zo is, is het steeds minder relevant.

's Middags, als Gus ligt te rusten, voeg ik me bij de mensen op het strand, waar ik opga in de massa. Gus is als de dood dat ons vreedzame bestaan wordt verstoord, dus drukt hij mij nog altijd op het hart met niemand contact te leggen. Hoewel mijn wantrouwen in slaap is gesust, geloof ik hem als hij zegt dat de buitenwereld alles wat wij zo zorgvuldig hebben opgebouwd in één klap kapot kan maken.

Het is een drukke middag als ik haar voor het eerst zie. De grond trilt onder het getrappel van mensen die hun werkweek afsluiten, hongerig naar het weekend. Met olie ingesmeerde lijven weerkaatsen het zonlicht, mensen spelen volleybal op het strand en overal klinkt muziek. Ik zit op het zand tegen het muurtje dat het strand van de boulevard scheidt en kijk naar de mensen. Opeens is ze daar. Ze staat tussen een groepje meiden, maar om onverklaarbare redenen wordt zij erbovenuit getild. Ik kan mijn ogen niet afwenden en ik schrik van mijn eigen reactie. Ken ik dit meisje? Is zij iemand uit mijn verleden, iemand uit mijn dromen? Ik weet bijna zeker dat ik haar niet eerder heb ontmoet, toch voel ik een verwantschap.

Ze staat druk met haar vriendinnen te kletsen en lachen. Haar silhouet etst zich op mijn netvlies. Het tengere, atletische lijf. De donkere huid strak om de spieren, zonder een schijn van vrouwelijke vormen. Strengen zwart haar vallen als een cape om haar schouders. Ze doet me denken aan een straatkat, met haar felle blik en drukke gebaren. Haar vriendinnen hebben heupen die zelfs in stilstand deinen, hun blikken omfloerst. Als een marmeren pilaar staat zij tussen hen in.

Ik knijp mijn ogen stijf dicht, maar het beeld van het meisje dringt zich aan me op terwijl ze met haar katachtige lijf over me heen kruipt, haar nagels krassen over mijn huid en zwarte lokken vallen in mijn gezicht. Ik kan haar ruiken, proeven. Ik moet weg daar, terug naar de vuurtoren om mijn gedachten te spoelen. Als ik mijn hoofd verhef, kijk ik recht in haar ogen. Ik schrik en houd mijn adem in, maar wend mijn blik niet af. Alles valt stil. Het klotsen van de golven, haar tetterende vriendinnen, de muziek en het gezoem van duizenden pratende mensen op de lange zandstrip: alsof iemand van hogerhand alles in één keer vacuüm trekt om ons alle tijd en ruimte te geven. Ik zie haar smalle borstkas op en neer gaan en hoor mezelf hijgen. Het idee dat niemand ons ziet, dat wij samen in een doorzichtige kooi zitten waarin we veilig zijn voor iedereen, is de meest rustgevende gedachte die ik ooit heb gehad. Een onzichtbaar koord is tussen onze ogen gespannen. Ik hoef haar alleen maar naar me toe te trekken. Langzaam hoor ik weer flarden geluid aanzwellen. Een van de vriendinnen naast het meisje knippert met haar ogen en in de verte rollen de golven weer het strand op. Ik kom omhoog, loop rustig naar de kustlijn en staar naar de zee. Binnen vijf minuten staat ze naast me. Als ik begin te wandelen, loopt ze mee. Ze heet Gía. We hebben geen tijd te verspillen.

We lopen uren samen over het strand en de boulevard, eten een ijsje en zitten in de luwte te praten. Ze neemt me mee naar haar lievelingsplek op de rotsen aan de andere kant van het strand, verder dan ik ooit ben geweest. We lopen een paar kilometer met onze voeten in ondiep water, langs strandtenten met lachende mensen en luide muziek, langs gezinnen op kleden op het witte zand en langs de rijke mensen die op de afgeschermde stukken liggen, vol okergele bedden en parasols. De boulevard aan onze linkerzijde loopt langzaam ten einde en het strand wordt steeds rustiger, tot ik in de verte een grote rotspartij zie. Niet zo hoog en grillig als aan mijn zijde, maar voldoende onbegaanbaar om de massa te weren. Een visser zit op een inham met een koelbox naast zich, als we langs hem heen klauteren zie ik dat hij ligt te slapen; Gía giechelt als hij smakt en knort onder de klep van zijn pet. We passeren jongens die van een plateau af springen, maar Gía klimt onverstoorbaar verder. De rotsmuur buigt landinwaarts af en we komen bij een kom: het gesteente vormt zich als een hand rond een stuk zee en golven ketsen speels af op de onderkant. Gía gooit haar handdoek over een schouder, drukt haar rug tegen de rots en loopt zijwaarts over een smalle richel hoog boven de waterspiegel, tot ze om de hoek verdwijnt.

'Kom, Anjo!'

Haar roep klinkt van de andere kant van de rots, heel dichtbij. Ik volg haar voorbeeld en schuifel voorzichtig over het brokkelig stenen randje. Na een paar passen stop ik en gluur door mijn wimperharen naar beneden zonder mijn hoofd te bewegen. Schuimkoppen spatten op in de diepte, wentelen zich rond rotspunten die onder het wateroppervlak breed en donker uitlopen. Mijn gezicht breekt open in een zenuwachtige lach. Als ik nu mijn vingers strek, lanceer ik mezelf de diepte in.

'Schiet eens op, man.'

Ik knijp mijn ogen dicht, adem uit en loop de laatste meters linksom over de richel naar Gía. Ze heeft haar handdoek neergelegd en zit voorovergebogen met haar armen rond haar knieën geklemd, haar haren vallen aan weerszijden langs haar kuiten. Het vierkante stukje plateau is precies groot genoeg voor ons tweeën. Ik spreid mijn handdoek netjes uit en ga in kleermakerszit naast haar zitten. Het lawaai van het strand bereikt ons hier niet; op het ruisende zeewater na is het doodstil.

Gía strekt haar nek uit en tuurt voorbij haar tenen over de rand. In de verte trekt een enorm schip voorbij, als een ploegpaard dat zich door het land werkt; een diepe geul achter zijn staart markeert de weg.

'Olietanker, Panama,' zeg ik.

Gía grinnikt, zwaait haar haar uit haar gezicht en wijst naar mij. 'Jongen, niemandsland.'

Ik sla mijn oogleden neer, het hete steen brandt door de handdoek heen tegen mijn billen. Dan een harde gil; ik zie nog net hoe Gía's kruin in de diepte verdwijnt. Ik schiet overeind. Een plons, haren die als twijgen uiteenklappen op het wateroppervlak voor ze de diepte in worden gezogen. Stilte. Ik leun voorover op een knie en tuur over de rand naar beneden. Mijn knie gaat heen en weer door mijn bevende hand, of misschien is het andersom. Een golf overspoelt de plek waar Gía in het water verdween, niets herinnert nog aan haar. Mijn ogen flitsen van links naar rechts, waar was het nou? Recht voor die inham daar, of verder naar links? Ze schiet zo hard omhoog dat ik bijna achteroverval. Haar gezicht glinstert van het zeewater en haar tanden zijn ontbloot.

'Woehoe!' Ze zwaait uitbundig naar me. Mijn onderkaak zakt naar beneden en ik adem uit. Met vier grote slagen zwemt Gía naar een rots, ze klemt haar vingers om een paar punten en klautert omhoog. Als een aapje zoekt ze haar weg naar boven, trekt zichzelf op tot ik haar vlak onder me hoor hijgen. Op mijn knieën schuif ik naar de rand en steek mijn hand uit. Gía's gezicht straalt zo dat ik in lachen uitbarst.

'Kom hier, mafkees.'

Met één beweging trek ik haar omhoog en zet haar naast me op de handdoek, waar ze zich als een hond uitschudt. Ik protesteer voor de vorm, maar ze snoert me de mond met een kus. Zilt blijft achter op mijn lippen en ik staar haar aan terwijl ze voorovergebogen haar haar in strengen uitknijpt. Ze lacht opzij, slaat met een boog haar hoofd terug en grijpt dan mijn hand.

'En nu samen.'

Voor ik kan tegensputteren neemt ze een sprong voorwaarts en vliegen we door de lucht.

*

Ik voel me licht en mijn huid tintelt zoals ik nooit eerder heb ervaren. Gedachten aan Gía tillen me op, bezorgen me een gevoel van blijdschap waaraan ik geen keerzijde kan ontdekken. Tegelijkertijd weet ik niet wat ik tegen Gus moet zeggen. 'Het bloed kruipt waar het niet gaan kan,' zegt hij altijd, 'daarom moet je investeren in dikke aderen.' Ik heb het idee dat mijn bloed nu vrijuit door mijn lichaam klotst, dat geen ader het kan temmen. Via een omweg probeer ik zijn goedkeuring te verkrijgen.

'Gus?'

Het is laat in de ochtend en hij maakt thee.

'Het is toch goed als mensen een verbintenis met elkaar aangaan, zoals jij en ik?'

Ik heb de zin nog niet afgemaakt of ik zie het al aan zijn samengeknepen ogen: hij weet precies waar dit over gaat. Hij zet de mok op het aanrecht en kijkt me aan. Ik sla mijn oogleden neer. Het duurt even voor Gus antwoordt.

'Je bedoelt dat mensen ervoor zijn gemaakt elkaar lief te hebben?'

Ik durf niet te reageren.

'Dat is zeker waar. Zie hoe goed wij het samen hebben.'

Misschien heb ik het mis, maar ik denk iets venijnigs in die laatste opmerking te horen.

‘Ja natuurlijk, wij hebben het heel goed samen. Zoals jij het ook goed had met je studenten, toch?’

Ik doe net of ik verderga in mijn boek, maar Gus is niet van plan het te laten rusten.

‘Vergeet niet, jongen, dat maar weinig relaties zuiver kunnen bestaan, zonder op enig moment te worden vertroebeld door veranderde behoeften. Vriendschap is niet meer dan de juiste verwachtingen op het juiste moment.’

Ik voel mijn wangen opgloeien. Bedoelt hij mij? Denkt hij dat er een moment zal komen dat ik hem niet meer nodig heb?

‘En als je het over mijn studenten wil hebben – dat is inderdaad een goed voorbeeld.’ Ik hoor hem snuiven.

Zijn ogen branden in mijn kruin, ik moet hem wel weer aankijken.

‘Zolang ik hun professor was en zij mijn leerlingen, voorzagen we in elkaars behoeften. Helder, duidelijk, simpel, iedereen blij.’ Hij zet de mok aan zijn lippen en neemt voorzichtig een slok. Hij slurpt een beetje en slikt. Ik zie de adamsappel in zijn keel hevig wippen onder de slappe huid rond zijn slokdarm. Met twee handen houdt hij de mok vast voor zijn borst en trekt dan zijn wenkbrauwen op terwijl hij me aankijkt.

‘Maar als er iets veranderde in die rolverdeling...’ Een schampere lach vult de hoge ruimte; ik begrijp niet waar hij naartoe wil. Dan verstrakt zijn gezicht, hij buigt naar me toe en knipt luid in de lucht met zijn duim en middelvinger. Ik schrik ervan.

‘Alles weg. Denk daaraan.’

*

Mijn vriendschap met Gía heeft niets te maken met verwachtingen die vervuld moeten worden. Ik wist niet dat zoiets bestond en toch geeft onze vriendschap me alles waar ik nooit van gedroomd heb.

Mijn dagelijks patroon blijft ongewijzigd: iedere dag vertrek ik na een paar uur studie naar het strand. Daar staat Gía bij het muurtje naar de boulevard op me te wachten. Ze vraagt niet waarom ik altijd achter de grote rots vandaan kom, zoals ik haar ook niet naar haar leven vraag. Het samenzijn is voldoende. Als ik haar zie staan, in een badstoffen short en bikinitopje, met haar magere benen en platte borst, wil ik op haar afrennen en haar in mijn armen nemen. Mijn neus in haar hals steken en haar geur opsnuiven. Soms schrik ik van mijn eigen gulzigheid, ik wil haar niet afschrikken. Zou dat zijn waar Gustavo op doelt, die andere verwachtingen? Als dat zo is, zal ik aantonen dat ik het de baas ben. Als ik dat heb bereikt, kan ik haar met een gerust hart aan hem voorstellen. Het inzicht houdt me op de been, want een toekomst zonder een van beiden kan ik me niet voorstellen. Gus heeft me uit de dood opgewekt, maar bij Gía kom ik tot leven.

We zitten samen op het muurtje met onze voeten in het zand een ijsje te eten. Een man sloft voorbij met een mand gevuld met zoete broodjes. Terloops kijkt hij onze kant uit en ik merk dat het me een zeker genoegen schenkt – hij weet niet zeker of we armoedzaaiers of mogelijke klanten zijn. Ik probeer arrogant te kijken terwijl ik ga verzitten. Het is windstil en het zand is zo heet dat niemand beweegt, behalve de strandjongens die slepen met stoelen en drankjes, hun voetzolen vereelt. Af en toe raakt mijn arm die van Gía, waardoor alle haren op mijn lijf overeind schieten. Ik verschuif mijn bovenbeen millimeter voor millimeter, totdat ik haar been nog net niet raak. Ik maak het mezelf moeilijk, maar weet dat ik het aankan. Ik train mezelf in mijn fantasieën. Ik zie voor me hoe Gía haar been over het mijne slaat, met haar nagels over mijn dij krast, hoe een lok haar tegen mijn wang valt; ik adem rustig door.

'Mijn moeder is ziek.'

Ik schrik van haar opmerking en stop met eten. Ik weet niet wat ik moet zeggen. Gía likt gewoon verder aan haar ijsje.

'Ze gaat dood.'

Ze zeg het alsof ze constateert dat er een hond over haar slipper heen piest.

Ik wil graag goed reageren, maar weet niet hoe. Is dit erg? Zo klinkt het niet. Het treft me hoe raar het is dat er een oudere versie van Gía bestaat. Ze woont dus bij haar moeder. En die gaat dood. IJs loopt via mijn pols naar mijn onderarm, ik lik het weg.

'Ze is in korte tijd heel mager geworden en hoest bloed; ik neem aan dat het niet goed is.'

De ijsjes zijn op, maar ik durf niet te bewegen. Ik weet niet wat deze moeder voor haar betekent, of de dood een goede of slechte uitkomst is. Het beeld van Alma in een plas bloed op de grond in de schuur flitst voorbij, en zonder dat ik het kan helpen schud ik mijn hoofd. Snel waaier ik met mijn hand in de lucht alsof ik een mug wegsla. Gía kijkt niet eens op. Mijn vingers plakken aan elkaar en ik voel het T-shirt met opgedroogd bloed weer onder mijn vingertoppen. Mijn lichaam begint te trekken, alsof mijn huid langzaam krimpt onder de brandende zon. Ik kijk naar mijn handen, strek mijn vingers: niets. Zachtjes veeg ik ze af aan mijn bovenbenen en wacht tot Gía iets zegt.

'Als ze doodgaat, kan ik niet meer komen.'

Mijn spieren bevriezen zodra de betekenis van haar woorden tot me doordringt, en krom als een oud mannetje staar ik naar beneden. Die mogelijkheid is nooit bij me opgekomen. Ik weet niet hoe de toekomst eruitziet, denk daar niet over na. Dat die er anders uit kan zien dan de vuurtoren, Gus, het strand en wij tweeën kan ik niet bevatten.

'Wat bedoel je?' Mijn stem klinkt blikkerig. Gía draait zich naar me toe.

'Als mijn moeder doodgaat, moet ik haar werk overnemen. Anders kan ik onze huur niet betalen.'

Gía gooit haar handpalmen omhoog, tuit haar lippen en staart dan stoïcijns voor zich uit. Ik spring van het muurtje en blijf staan, mijn armen slap naast mijn lichaam. Al die tijd dat ik nu bij Gus woon en gevoed word met kennis uit boeken: in één klap maakt die wereld van kennis plaats voor de echte wereld. Ik dacht dat ik die kende als geen ander, maar besef dat ik degene ben die in een glazen kooi leeft. De lichtheid van de afgelopen maanden is verdwenen. Ik grijp Gía's hand en trek haar van het muurtje. Ik heb tijd nodig om na te denken.

We slenteren door het water langs de kustlijn, weg van de vuurtoren. Gía vertelt me alles. Over haar moeder, Beatriz, die naai- en verstelwerk verricht voor de mensen in een rijke buitenwijk van de stad. Iedere maandag en vrijdag legt ze de lange tocht af naar haar wijk en gaat daar de huizen af. De huishoudsters geven haar zijden avondjurken mee, sokken, kapotte broeken, babylakens en hemden van zakenmannen, waarin ze hun initialen naait. Soms gaat ze voor niets en komt met lege handen thuis, soms komt ze met zakken vol naaiwerk terug. Altijd moet het bij het volgende bezoek klaar zijn. Dat kan betekenen dat Gía met haar moeder van vrijdagavond tot maandagochtend doorwerkt. Door haar ziekte heeft haar moeder deze zomer al veel werk moeten overdragen aan andere naaisters – dat is ook de reden dat Gía zoveel tijd met mij heeft kunnen doorbrengen. Maar als ze nu niet snel wat doet, zal de Organisatie de wijk van haar moeder overdragen aan een van de andere vrouwen die staan te trappelen. Een aardige dame in de wijk heeft dit tot nu toe voorkomen; deze vrouw heeft gezegd dat ze Gía's moeder nog één week de tijd geeft te beslissen of ze de wijk onderhands aan haar dochter overdraagt. Anders zal de huishoudster van de dame het bij de Organisatie melden en zijn ze de wijk voorgoed kwijt.

'Dus,' besluit Gía, 'denk ik dat ik vanaf maandag de wijk van mama maar overneem.'

We stoppen met lopen en ik grijp ook haar andere hand. Ik moet iets zeggen, maar weet niet wat. Een lok valt voor haar oog en ze strijkt 'm achter haar oorschelp.

'Ik kan je toch niet… Niet zien?'

Ze reageert niet, buigt alleen haar hoofd.

'Als jij niet meer naar mij kunt komen, kom ik naar jou.'

Met een ruk schiet haar hoofd omhoog, haar ogen groot.

‘Meen je dat?’ Ze wipt op en neer en haar vingers knijpen de mijne bijna fijn. Dan staat ze stil en buigt zich voorover. Haar oogleden gaan naar beneden en ik zie de wimperranden zachtjes trillen, als waaiers die iemand verkoeling toewuiven. Haar armen glijden rond mijn middel, ze drukt haar lippen tegen de mijne en duwt door. Dan een tong die zich een weg naar binnen zoekt. Stokstijf blijf ik staan. Het strand en de zee beginnen te draaien; wij zijn het punt waarin alles samenkomt. Haar warme tong cirkelt tegen mijn tanden en verhemelte, ik ben bang dat ze ieder moment in mij kan verdwijnen en weet me net op tijd los te rukken.

Hijgend en met open mond staar ik haar aan. Gía lacht en ze knijpt in mijn zij. Plagerig kijkt ze me aan.

‘Morgen hier, dezelfde tijd, dan wijs ik je de weg naar mijn huis.’

Ze komt omhoog op haar tenen, geeft me een kus op mijn wang, draait zich op haar hielen om en loopt naar de boulevard. Nadat ik haar al zeker een half uur in de menigte richting de stad heb zien verdwijnen, sta ik haar nog op dezelfde plek na te staren.

‘Gaat het wel goed met je?’ Gustavo vraagt het zodra ik thuiskom.

Ik knik, leg het tasje met etenswaar op het aanrecht en ga snel op de bank zitten met een boek op schoot. Gus draait zich om en bekijkt de inhoud van de tas. Ik gluur naar zijn blote rug. Hij is de hele zomer amper buiten geweest. Zijn huid is grauw en dof en hangt slapper dan voorheen tussen zijn schouderbladen. Ik realiseer me opeens dat ik al lang niet meer echt naar hem heb gekeken; afgeleid door mijn gevoelens voor Gía heb ik hem minder nodig gehad, precies zoals hij had voorspeld.

Gus draait zich om en kijkt me aan.

‘Ik ben verliefd,’ zeg ik.

Ik sla een hand voor mijn mond. Gus vertrekt geen spier.

‘Ik weet het, jongen.’

Zijn stem klinkt loom en ver, alsof die door een onzichtbare muur moet.

'Soms moet je zelf langs de afgrond lopen om met eigen ogen te zien hoe diep die is.'

Hij staart over me heen door het raam, naar de zee achter mij. Dan kijkt hij me recht aan.

'Ik hoop dat je op tijd bij zinnen komt voordat je alles verspeelt wat je lief is.'

De volgende dag wekt hij me voor dag en dauw. Een stapel boeken ligt klaar en we beginnen meteen. Gus' kraalogen fonkelen terwijl hij met een kromme vinger lijnen op het papier trekt; ik volg nauwelijks wat hij zegt. Mijn gedachten dwalen af naar Gía, die ik over een paar uur tref, en ik dwing mezelf me te concentreren. Het moet net zo zijn als vroeger. Maar zodra ik de deur van de vuurtoren achter me dichttrek, de landtong afsnel en de rotsen onder mijn handen en voeten voel, ben ik alles vergeten.

Gía staat al bij het muurtje, in een rood jurkje met dunne schouderbandjes, haar haren vallen in zwarte banen langs haar jukbeenderen. Ongeduldig tikt ze met haar voet op het zand, de armen over elkaar, versleten slippers bungelen aan een pink. Ik trek haar mijn armen in en doe wat zij me de dag daarvoor voordeed. Ze deinst niet terug, maar kantelt haar hoofd. Dan, opeens, het beeld van Alma, bloot op schoot bij een trucker.

Hardhandig duw ik Gía weg en veeg met de achterkant van mijn hand mijn vochtige lippen af. Ik leun voorover op mijn knieën en hap naar lucht. Mijn lichaam schokt als een paard onder de vliegen. Ik zie Gía's blote voeten in het zand.

'Slechte herinneringen?'

Ik reageer niet.

'Die hebben we allemaal, *queridinho*.'

Ze klopt op mijn schouder. De voeten komen omhoog en draaien weg.

'Kom! Dan laat ik je de weg zien.'

Als ik opkijk zie ik dat ze het strand al af is. Ik veeg het zweet van mijn voorhoofd, haal diep adem en hol er in een drafje achteraan.

*

De maanden daarna loop ik de benen uit mijn lijf. Iedere ochtend voor dag en dauw wekt Gus me voor mijn lessen. Zodra hij zich terugtrekt voor zijn middagdutje, leg ik de boeken weg en begint mijn tweede leven.

De tocht naar Gía's huis leg ik inmiddels blind af. De brede weg die mij een leven geleden naar de zee heeft geleid, neem ik nu dagelijks terug naar boven. Ik loop in dezelfde berm en passeer onderweg kinderen die bij bushaltes staan te wachten, hun handen om het leren hengsel van hun tas geklemd en de keurig gestreken overhemden scheef geknoopt. Brommers en motoren halen auto's in, een ezelkar vol ijzer komt me tegemoet, de hoeven zetten zich schrap op het asfalt in de afdaling. Bovenaan gloort de bebouwing van de stad, schuin tegen de helling: glinsterend hoge gebouwen, wolken van groen afgewisseld met stalen constructies. Meer naar links een lappendeken aan laagbouw: tienduizenden vaalgrijze daken kriskras door elkaar, als slecht tegelwerk op een grasveld. Waar de eerste buitenwijken beginnen buig ik af naar links tot ik aan de voet van de Montanha de Barata sta; de berg.

De overdaad aan mensen op de berg vloog me aanvankelijk aan. Het voelde bijna tegennatuurlijk om verder die kant op te gaan, alsof ik me naar de bron van een mierennest bewoog. Aan de voet van de berg leidt een hoofdweg de wijken in. Winkeltjes, sigarettenverkopers, roosters vol gegrilde kippenklauwen, slapende dronkenlappen en kinderen op weg naar school; alles komt hier samen. Aan weerszijden van de hoofdweg leiden talloze steegjes omhoog naar de diverse bairro's. Hoe hoger hoe armer. Voor Gía moet ik op drie kwart van de hoofdweg rechts afslaan. Eerst zijn de straten en treden breed, met aan weerszijden stenen huizen en aan de kant van de weg een goot waardoor rioolwater naar beneden stroomt. Hoe hoger ik kom, hoe smaller de steegjes, met aan weerszijden krotten van hout of golfplaat, loslopende honden, kippen en kinderen, kuivelend tussen de vuistdikke lianen die van scheefgroeiende bomen af hangen, tot ik op een zeker moment bij iedere tegenligger moet stoppen en mezelf klein moet maken. Waar de mensen op het eerste niveau nog normaal met elkaar lijken te praten, groeit het volume met de klim. Overal hoor je kinderen huilen, mensen naar elkaar schreeuwen en radio's door elkaar heen spelen. Hier ligt geen goot: kriskras tussen de huisjes door lopen diepe geulen tot soms wel een meter diep, die als een lymfatisch stelsel afval de berg afvoeren, van stront tot lijkvocht en alles daartussenin. Op altijd dezelfde punten staan jongens op wacht, met op elkaar geklemde kaken en een hand op hun broekriem of op het wapen dat diagonaal voor hun borst hangt. Ik ontdek de complexe hiërarchie van loopjongens, soldaten, wijkleiders en officieren van de Organisatie. Ik denk aan Gus' verhalen, over de vissers en de studenten, en vraag me af wat dit dan is. Deze mensen vallen in geen enkele categorie: de berg biedt een thuis aan een veelkoppig monster dat zich in razend tempo reproduceert, zonder dat daar enige structuur of vooruitgang in valt te ontdekken. Ik vrees dat Gus hier gek zou worden. Eenmaal onder het golfplaten dak van Gía's huisje, daalt de rust op me neer en gaan we over tot de orde van de dag.

Op een gladde, brede plank vouw ik de verstelde kleding zo keurig op dat het lijkt of het gesteven is. Ik verdeel voorpanden in symmetrische vlakken en klap lakens in tot platte vierkanten. Samen zitten we in de dampende hut en werken in stilte. Gía doet alles met de hand. Ze heeft de doos van haar moeder gekregen, met wel drie verdiepingen tot de nok toe gevuld met naaigaren in alle kleuren, scharen, naalden, veiligheidsspelden en vingerhoedjes. Ze doopt een draad in haar speeksel en haalt 'm soepel door het minuscule oog van de naald. Met gekruiste benen zit ze op de grond, haar rug gebogen, waardoor alle wervels van haar ruggengraat door de stof van haar hemd steken. Als ze opkijkt zijn haar ogen fel, maar zodra ze mijn blik vangt glijdt er een waas over.

'Queridinho, wat zit je nou te kijken? Aan het werk!'

Aan het eind van de dag sta ik op en aai haar over haar rug. Ze richt haar hoofd naar me op, waardoor de punten van haar haren over de stoffige vloer strijken. Met mijn handpalm tegen haar achterhoofd buig ik voorover om een afscheidskus te geven. Zij legt het verstelwerk in haar schoot en grijpt mijn hand. Als ik al halverwege de deur ben, klampt zij zich nog aan een laatste vinger vast; ik ruk me los en weg ben ik, de berg af.

Op de terugweg knettert mijn bloed in mijn aderen en met mijn slippers in de hand stuif ik door de smalle steegjes de berg af, ik spring over geulen, ontwijk kleuters en laaghangende takken, sla af op de hoofdweg, waar ik zigzaggend langs eetstandjes en doeken vol koopwaar naar beneden sprint tot de buitenste cirkel van de stad, in een rechte lijn in de berm van de afhellende autoweg richting zee tot de t-splitsing met de boulevard, steek op een drafje de straat over naar het strand en glijd door de scheidsmuur, waarna ik op handen en voeten over de rotsen klauter tot aan de landtong. Daar houd ik voor het eerst in. Ik recht mijn schouders, adem langzaam uit en kom tot mezelf. De zee is kalm; de golven eerst lichtblauw en verderop steeds donkerder, waar het inktzwarte oppervlak zich uitstrekt tot aan een loodrechte streep aan de horizon. Rustig wandel ik het laatste rechte stuk, een tasje met etenswaar in mijn hand. Later op de avond eten Gus en ik samen een maaltijd van brood en gedroogde worst en studeren we nog een paar uur, voordat ik de nacht in duik die me naar een volgende dag met Gía brengt.

*

Gía's moeder gaat snel achteruit. Beatriz is een kleine, tanige vrouw die altijd hard heeft gewerkt om voor haar dochter en zichzelf te zorgen. De eerste keer dat ik haar ontmoette deed ze me aan een vogel denken, een zwarte *urubu* of een arend. Toen ik aan de hand van een glunderende Gía bij hun huisje verscheen, zat zij op het kleine plateau voor de deur op een stoel voorovergeleund op een bultige stok, en bekeek me van top tot teen met fijngeknepen kraaloogjes. Haar mondhoeken waren naar beneden getrokken, haar kin in de aanval naar voren. Als ze niet zo ziek was en haar dochter niet zo verliefd, vreesde ik dat ze me ter plekke de berg had afgejaagd, kraaiend als een sperwer die een nestpikker heeft betrapt. Ik moest al snel constateren dat ik er helemaal naast had gezeten: deze vrouw is warm en opgewekt als een blauw-gele ara, maar haar ziekte heeft iedere kleur tot op het merg uit haar gezogen, tot er niets meer over was dan een ingeteerd omhulsel dat af en toe met een laatste inspanning met haar vleugels klappert. Gía en ik trippelen op muizenvoeten om haar heen, proberen haar zo goed mogelijk te verzorgen en lachen dankbaar om haar grappen.

Van mannen moet Beatriz niets hebben, wat misschien verklaart waarom ze maar één kind heeft gebaard – een zeldzaamheid in haar omgeving. Haar vriendinnen kregen minimaal een trits kinderen, waarbij de diverse verwekkers alleen relevant waren om negatieve karaktertrekken aan toe te wijzen. Met een zwaaiende wijsvinger waarschuwt Beatriz haar dochter keer op keer, met een knipoog naar mij: 'Mannen zijn net als de fles, meisje. Op het moment zelf is hij je beste vriend, maar de dag daarna is 'ie weg, voel jij je beroerd en neem je je heilig voor er nooit meer aan te beginnen.'

Gía heeft haar felheid niet van een vreemde. Haar moeder heft haar handen ten hemel, de stok gaat mee omhoog.

'Tot je hem weer ziet staan, de verrukkelijke smaak al op je tong proeft en nergens anders meer aan kan denken.'

Met gesloten ogen maakt ze smakkende zoengeluiden in de lucht en buldert het dan uit van het lachen, wat meestal resulteert in een vreselijke hoestbui waarbij zij paars aanloopt en wij zenuwachtig op haar rug kloppen en water halen. Na vijf lange minuten waarin het lijkt of de vrouw met haar hoofd onder water wordt gehouden, stopt de hoestbui even abrupt als die is begonnen. Met gevoel voor drama markeert Beatriz haar overwinning met een bloederige rochel naast haar voeten.

'Zo,' zegt ze dan met rood doorlopen ogen en de handen trillend op de stok. 'We zijn er weer!'

Maar dat ze in reservetijd speelt, is duidelijk. Haar leeftijd is ergens in de dertig, maar ze heeft geen kracht meer tegen de stroming in te zwemmen. Iets vreet haar weg van binnenuit, en naarmate de weken verstrijken slinkt ze zo snel dat haar lichaamslijnen langzaam met elkaar lijken samen te vallen. Sinds enkele weken komt ze niet meer van de eenpersoonsmatras die in een hoek van het huisje op de grond ligt, en die ze met haar dochter deelt. Tijdens mijn bezoekjes neem ik steeds meer naaiwerk van Gía over, zodat zij haar moeder kan verzorgen. De rijke dame die Beatriz en Gía binnen de wijk een hand boven het hoofd heeft gehouden, is zo goed haar huishoudster af en toe wat extra's mee te geven. Zo heeft ze een stapel krakend witte, katoenen lakens tussen het verstelwerk gestopt, die Gía mag houden. Het is een merkwaardig gezicht: het donkere hutje met half achter een doek verscholen de matras waar Beatriz onder haar witte laken ligt. Het contrast is zo groot dat ze bijna licht geeft. Gía roept weleens: 'Queridinho! Houd Mama vast, ze stijgt op!' Dan lachen we zachtjes, als de dood dat de volgende hoestbui haar laatste is.

Die avond ren ik rechtstreeks van de berg naar de vuurtoren en val zonder in te houden naar binnen.

'Ik wil dat je haar ontmoet.'

Gus staat in een pan te roeren; zijn hand blijft steken in de lucht terwijl hij me over zijn schouder een donkere blik toewerpt. Dan keert hij zich weer om en roert verder, zijn schouderblad draait onder het dunne vel. Voor het eerst in tijden trekt de band om mijn buik aan. Ik krimp ineen, leun met mijn handen op mijn knieën en voel me weer het jongetje van toen we elkaar voor het eerst ontmoetten. Ik grijp me vast aan de deurpost en het treft me opeens hoe zinloos de afgelopen jaren zijn geweest als het resultaat is dat ik hier sta te beven als het kind van toen. Met gebalde vuisten in afwachting van onzichtbare klappen. Met een tik klopt Gus de houten lepel aan de pan af en draait zich om. Ik kom omhoog en staar naar een opgezwollen ader in zijn voorhoofd die ik daar nooit eerder heb gezien. Hij staart strak naar een punt vlak boven mijn hoofd; ik wil omhoogspringen om zijn blik te vangen.

'Ik begrijp dat mijn lessen geen resultaat hebben geboekt.'

De spieren in Gus' kaken dansen. Hij kijkt me recht aan, zijn ogen tot spleetjes geknepen. Ik houd mijn adem in.

'Ik neem mijn verlies, *Anjinho*,' hij heeft me nog nooit zo genoemd en spreekt de letters uit alsof het een kleffe substantie is die zijn kiezen aan elkaar plakt, 'maar verwacht niet dat ik je nog iets kan bijbrengen.' Hij veegt zijn handen af aan zijn broek, keert zich om en loopt het trapje op naar de rug van de vuurtoren, waar ik enkele seconden later zijn slaapkamerdeur hoor dichtslaan.

De volgende ochtend word ik voor het eerst in jaren wakker omdat mijn lichaam ontwaakt, niet omdat Gus me wekt. Als ik de trap af kom schijnt zonlicht door de ramen van de voorkamer, de zee is al drukbevolkt met tankers en vissersboten. Ik mompel 'goedemorgen', maar Gus negeert me. Ik verlang naar Gía's aanwezigheid, hier, bij ons in de vuurtoren; het zou de spanning doorprikken die de ruimte bijna uit zijn voegen doet barsten.

'Ik ben op tijd terug,' zeg ik en ik loop naar de deur. Gus reageert niet.

Ik klauter razendsnel over de rotsen naar de scheidsmuur, en zodra ik het warme zand onder mijn voetzolen voel, zet ik het op een lopen. Ik stuif de helling richting de stad op. Alle opgekropte spanning wordt door mijn opbollende spieren via mijn poriën naar buiten geperst en door de buitenlucht afgevoerd. Ik zet nog meer aan, klem mijn kaken opeen en snuif. Tijdens het lopen kijk ik naar beneden en zie de perfecte V die mijn bovenbeenspieren vormen, de punt ervan naar mijn knieën gericht. Met mijn armen en handen als peddels duw ik de lucht naast me weg. Mijn samengeknepen keel begint zich te ontspannen terwijl de zware mist in mijn borst langzaam met nieuwe lucht wordt ververst. Tegen de tijd dat ik de voet van de berg heb bereikt, staat mijn strot wagenwijd open als een hongerige vogelbek en stroomt de zuurstof vrij mijn lichaam in.

Ik begin aan de klim door het doolhof dat me naar Gía leidt. Steeds beter voel ik me thuis in de menselijke chaos, die gestructureerder is dan ik had verwacht. Er zit een zekere ordening in de wijze waarop de mensen hier bestaan, gecombineerd met een levenslust die ik mis in de theorieën die ik al die jaren onder Gus' leiding heb bestudeerd. De verschillende bairro's hebben alle hun eigen luitenant met een rits personeel. Onder zijn toezicht wordt alles nauwgezet bijgehouden: infrastructuur, hoeveel bakkers, slagers, fruittentjes, rijstverkopers of hoeren de wijk herbergt. Zijn het er te weinig, dan worden nieuwe aangewezen. Zijn het er te veel, dan moet een aantal hun activiteiten staken. Zo worden ook de baantjes in de bovenwereld bijgehouden: de naaisters, schoonmakers, kindermeisjes, chauffeurs, schoenpoetsers, hondenuitlaters en strontruimers die iedere ochtend als een eindeloze mierenstoet de berg afdalen, worden volgens strak stramien geregistreerd en gecontroleerd. De lange arm van de Organisatie reikt zelfs tot achter gesloten deuren. Mannen die hun vrouw mishandelen of hun dochter verkrachten, moeders die hun kinderen overdag thuis opsluiten als zij aan het werk zijn: de gevolgen variëren van een waarschuwing tot een doodvonnis. Zeker als iemand de fout begaat het wankele evenwicht binnen de bairro's te verstoren, of erger nog: tussen de bairro's en de bovenwereld, grijpt de Organisatie keihard in.

Laatst was er een voorval met een jongetje dat een paar huizen van Beatriz en Gía vandaan woont. In een ondiep stroompje op tientallen meters onder een druk viaduct, had de jongen een kinderzitje gevonden met een pop erin. Het leek alsof het recht uit de hemel was komen vallen, speciaal voor hem. Het zitje stond vast tussen de stenen, terwijl het lage water er aan weerszijden langs stroomde. De opgetogen jongen had het ding de hele weg de berg op gesjouwd om het aan zijn moeder te laten zien; de groep joelende kinderen die zich achter hem aansloot groeide met elk steegje dat hij doorkruiste. Eenmaal bij zijn moeder aangekomen om haar trots zijn vondst te tonen, gaf de vrouw hem zo'n harde slag in zijn gezicht dat hij nog dagen met de afdruk van haar hand rondliep. De reden was dat in het stoeltje geen pop zat, maar een kind. Aan het prachtige roze jurkje was direct te zien dat het een baby uit de bovenwereld was. Het meisje hing levenloos in de riemen, haar staartjes bungelden aan weerszijden van haar gezicht, bijeengebonden met elastieken met plastic rode kersen erop. Waarschijnlijk was ze van het viaduct gegooid met de bedoeling in het water te belanden; helaas was ze met stoel en al kaarsrecht tussen de keien in een ondiep stuk beland. De hilariteit onder de toegestroomde moeders was groot, terwijl ze tevreden constateerden dat kinderen blijkbaar overal de menselijke zelfbeheersing tarten. De wijkofficier was op de hoogte gesteld en stuurde twee van zijn jongens. Een om het jongetje mee te nemen om hem voor zijn stommiteit te straffen, en een om het dode meisje snel terug te leggen in de bovenwereld, waarna de politie ingeseind zou worden. De relatie tussen de Organisatie en de autoriteiten stond op het spel. Nadat het jongetje conform zijn leeftijd een aframmeling van exact zeven minuten had gekregen, werd hij weer netjes afgeleverd op de stoep van zijn moeder, die het – uit pure zenuwen – nog eens dunnetjes overdeed.

Als ik bij het huisje aankom, zit Gía ineengedoken buiten. Zodra ze me ziet klampt ze zich aan me vast. Ik wil vragen wat er is, maar ze houdt haar wijsvinger tegen haar lippen en knikt met haar hoofd naar het huisje. In kleermakerszit zak ik neer en trek Gía op mijn schoot. Ik kan haar zo met mijn armen opscheppen, als een opgekrulde kat. Ze nestelt zich met haar hoofd in mijn nek, en terwijl de buurtkinderen langs ons heen rennen vertelt ze op fluistertoon dat haar moeder de hele nacht bloed heeft opgehoest. Ze probeerde haar wakker te maken, een slok water te geven. Beatriz begon te ijlen. Over vroeger, over haar eigen moeder, Gía's oma, die ze nooit gekend heeft. Over de mannen in haar leven, over het afscheid van haar dochter en zelfs over mij. Pas toen de zon opkwam werd ze rustig en viel ze weg in een diepe slaap. Sindsdien had Gía haar niet meer gehoord.

Samen luisteren we naar het raspende gehijg dat uit het huisje komt. Soms stopt het en verstarren wij allebei – proberen al het lawaai buiten weg te filteren en sluiten onze ogen in concentratie –, tot het gehijg opnieuw begint. Gía leunt tegen mijn borst en staart in de verte. Ik zoen haar kruin en vervlecht haar smalle vingers in mijn hand.

Uren zitten we buiten op wacht. Af en toe staat een van ons op en gaat naar binnen om het laken over Beatriz' lichaam te schikken, haar lippen te bevochtigen met wat water of haar hand vast te houden. Het wordt steeds koeler in het donkere huisje, alsof de hete buitenlucht er geen vat meer op heeft. Als de dag bijna ten einde is, komen we als één persoon overeind en gaan naar binnen. Beatriz ligt met dichtgeklapte oogleden in een geslonken gelaat op haar spierwitte prinsessenbed, een lachje bevroren rond haar mondhoeken. Gía en ik kunnen een glimlach niet onderdrukken. Voordat Gía het laken over haar moeders gezicht trekt, buigt ze zich over haar heen en drukt een kus op haar kruin.

'Mama, ik wil je zien in de hemel.' Met haar duim tekent ze langzaam een kruisje op haar moeders voorhoofd.

In stilte voeren we de handelingen van het afleggen uit zoals Beatriz ze ons stap voor stap heeft voorgedaan. Gía vult een teiltje met water en zeep en samen wassen we het lichaam. De onderbroek valt wijd over Beatriz' uitgemergelde bovenbenen. Zachtjes haalt Gía een vochtige spons over de ledematen die als stokken uit haar romp steken. Als ik Beatriz' arm optil zodat Gía haar oksels kan wassen, zwabbert er een hand tegen mijn gezicht. We moeten er zachtjes om lachen. Gía schuift het hemd omhoog zodat ze haar moeders buik en borsten kan wassen en ik draai me om. Op een laag tafeltje liggen een borstel en wat speldjes klaar. Als ze klaar is geef ik ze aan Gía. Ze neemt op haar knieën plaats op de grond achter de matras waarop haar moeder ligt en begint zachtjes het fijne piekhaar te borstelen. Met de ene hand pakt ze een pluk haar, met de andere strijkt ze er met de borstel overheen, keer op keer.

Als we klaar zijn met aankleden begint het buiten al te schemeren. We wikkelen een schoon laken om Beatriz' lichaam en maken het vast, boven haar hoofd en onder haar voeten. Dan tillen we het tussen ons in en beginnen voorzichtig aan de lange tocht naar de hoofdweg.

Zodra we ons buiten laten zien, verstomt ieder geluid, iedere beweging. Een kind dat op het moment dat wij voorbijlopen een kik geeft, krijgt een draai om zijn oren van zijn moeder. In de weg lopende honden worden opzij geschopt, mensen fluisteren elkaar in een ketting door wie daar in het laken ligt opgebaard. Beatriz was een geliefde vrouw en al snel sluiten andere vrouwen zich aan bij haar laatste afdaling. Het verbaast me hoe soepel het gaat, alsof het afgesproken is. Oudere kinderen ontfermen zich over jongere broers en zusjes terwijl moeders stoppen met wat ze aan het doen zijn, zodra ze ons zien; bejaarde dames worden door buren uit hun huis geroepen en door tienerjongens ondersteund op de weg naar beneden. Het blijkt niet lang mogelijk het lichaam samen te dragen in de wirwar van steegjes, springend over het open riool, dus ik neem Beatriz over. Ze weegt nog minder dan een kind. Gía gaat achter me lopen en begint met onvaste stem het lied te zingen dat ze zo vaak samen met haar moeder zong. De andere vrouwen vallen haar al snel bij:

Moedertje uit de hemel, moeder van de pure liefde
Moedertje uit de hemel, ik kan niet bidden
Ik weet alleen maar te zeggen: 'Ik wil van je houden.'

Steeds meer mensen sluiten zich onderweg bij ons aan en zingen of neuriën mee. Zo trekt de stoet in de vallende duisternis de berg af, Beatriz in mijn armen als lichtpunt voorop.

Als we bij de hoofdweg aankomen is de maan niet meer dan een krijtvlek omringd met spikkels. Stromen mensen lopen tegen elkaar in, overal staan eetkarren, mensen kaarten op omgekeerde kistjes, muziek dwarrelt door de lucht. Als ik met het witte pakket in mijn handen langsloop, buigt iedereen het hoofd uit respect. Precies zoals Beatriz me heeft gedicteerd, leg ik haar op een speciale plek aan de kant van de weg.

Terwijl de vrienden van de berg een voor een langslopen en afscheid nemen van Beatriz, blijven Gía en ik hand in hand aan de overkant staan kijken. Hopelijk maakt de gemeentewagen spoedig zijn ronde, zodat ze daar niet te lang ligt. Wie geen geld heeft een begrafenis en grafsteen of urn te betalen, belandt na een snelle crematie in het gemeentelijke massagraf. Het is niet erg, niet meer dan een doorgetrokken lijn van hoe haar leven was. Als allerlaatsten drukken we een handkus op het lichaam onder het witte laken, zwaaien nog een keer en lopen dan de lange weg terug naar boven. Nadat we het hutje van top tot teen hebben schoongeboend, leggen we een nieuw laken op de matras. Zonder erover na te denken kruip ik bij Gía in bed en val, voor het eerst, in slaap met haar in mijn armen.

De volgende ochtend ga ik pas laat naar huis. Het opstaan, aankleden en eten: onze bewegingen zijn vertraagd en het gebruikelijke rumoer van de berg lijkt van achter een dikke wal tot ons te komen. We praten niet, rommelen in het schemerdonker wat door Beatriz' spullen en ruimen op. Gía gaat door Beatriz' kleding, stopt af en toe haar neus diep in de stof en inhaleert de laatste geursporen van haar moeder alsof ze is vergeten dat die al onderdeel van haar systeem zijn. Als ik uiteindelijk de deur van het slot haal en het felle zonlicht binnenlaat, lijkt het of ik de omgeving door Beatriz' ogen zie. De penetrante geur die uit de geulen opstijgt, het geschreeuw dat ons van verschillende niveaus bereikt, de planten en huizen in hun eeuwige gevecht, de loslopende dieren: voor het eerst gaat er geen dreiging meer van uit. Ik realiseer me dat mijn zwaartepunt langzaam is verschoven van het strand naar de berg. Zonder haast in mijn lijf neem ik afscheid van Gía en wandel de lange weg terug naar beneden, naar de vuurtoren.

Onderweg doorloop ik in mijn hoofd alle mogelijke scenario's. Zal hij woedend zijn? Me negeren? Maar als ik de landtong op loop en hem al aan het einde ervan zie staan, zijn smalle onderbenen die met een ronde boog uit de broekspijpen steken en zijn armen slap langs zijn lichaam, oogt hij alles behalve boos. Opgewonden en licht verward opent hij de deur om me binnen te laten, alsof hij al uren op me heeft staan wachten. Zelfs zijn witte haardos, normaal gesproken bijeengebonden in zijn nek, staat in warrige pieken op zijn hoofd.

'Was het gezellig?'

Ik heb hem nooit eerder een woord als 'gezellig' in de mond horen nemen; even lijkt het alsof hij een willekeurig aantal letters achter elkaar zet waaraan ik geen betekenis kan ontlenen. Verbaasd staar ik hem aan.

'Ze is dood.'

Hij deinst terug.

'Haar moeder, bedoel ik. Ze was ziek.'

Ik volg hem naar binnen en we drinken thee voor het raam. Als zijn onderarm even de mijne raakt, trek ik 'm verschrikt terug. Terwijl we in stilte van onze mok nippen, staren we over het eindeloze water dat zich voor ons uitstrekt. De zee is nog exact hetzelfde als toen ik haar voor het eerst zag, op de dag van mijn vlucht. Ze is nog hetzelfde als toen ik in de buis woonde en is al die jaren dat ik hier met Gus gelukkig was hetzelfde gebleven. Ik vraag me af hoe het kan dat zoiets groots zo gelijkmatig is, en wij, twee stipjes op die oceaan, zo hebben kunnen veranderen.

18

De berg

Ze is zwanger.

Lucy ligt in het donker op bed en bijt op haar nagels. Ze wist het al voor ze een test had gedaan. Haar borsten reageerden op de veranderde hormoonhuishouding en misselijkheid maakte het vonnis finaal. Ochtend na ochtend braakte ze haar binnenste eruit in een emmer naast haar bed, als straf voor zoveel stupiditeit. Maar de vrucht bleef zitten als een knop aan een plant, immuun voor het weer. Het liefst had ze een hand in haar keel gestoken om het ding in haar onderbuik met één beweging af te breken. De nutteloze natuur, de zinloze mens; een willekeurige bestuiving met dit als resultaat, een schepsel dat zich zou voeden met de resten van zijn dode voorgangers. Van meet af aan wist ze dat ze dit kind hoe dan ook niet zou houden. Toen haar middel zich langzaam begon te vormen en ze het onvermijdelijke onder ogen moest zien, besprak ze met Angelica de mogelijkheden. Ze wilde het niet tot het einde voldragen zoals de eerste keer dat ze zwanger was, zoveel jaar geleden. Angelica maakte zich zorgen om haar en stelde voor een kruidenvrouw te consulteren. Maar daar had Lucy geen zin in. Dat kostte alleen maar geld en kon altijd nog. Ze wil het op de ouderwetse manier doen.

'*Boa noite, beleza.*'

Angelica komt de kamer binnen, sluit de deur achter zich en trekt de gordijnen dicht. Ze draagt niet meer dan een bh en shorts;

ondanks de verkoelende avondlucht is het bloedheet in de kamer en Lucy heeft de hele dag alles dichtgehouden, alsof ze haar eigen adem en gedachten wilde vasthouden. Haar vriendin rommelt met de gordijnen zodat er geen kier overblijft, haar bilpartij steekt baldadig uit onder het broekje dat ze jaren geleden samen op de markt kochten. Ze heeft haar weerbarstige haar in een vlecht gedwongen, die taps toeloopt tussen haar schouderbladen; er zit zoveel kokosvet op haar hoofd dat het lijkt of ze een zwarte helm draagt. Lucy sluit haar ogen en neemt de vertrouwde weeë geur in zich op. Angelica is klaar met de gordijnen, zelfs het flauwste maanlicht komt niet meer binnen. Ze loopt naar de kaptafel en steekt met een lucifer de stompkaars aan; het vlammetje maakt van Lucy's silhouet op het bed een dansende schaduw op de muur, alsof ze op zee dobbert.

'Ben je er klaar voor?'

Lucy knikt en komt een stukje overeind, neemt voorzichtig de volle beker van Angelica aan, ruikt even, trekt haar neus op en slaat hem dan in één keer achterover. Haar gezicht vertrekt in een grimas en ze schudt hevig met haar hoofd terwijl haar vriendin haar uitlacht. Dan laat ze zich weer achterover in het kussen zakken. Angelica komt naast haar op het bed zitten en pakt haar hand vast.

'Romantisch, hoor,' zegt ze. Ze grijnzen naar elkaar. Lucy voelt hoe de drank zich via haar slokdarm een weg naar beneden brandt, naar het midden van haar lichaam, en zich van daaruit langzaam door haar bloedbaan verspreidt, als een modderstroom die door de lege straten zijn weg zoekt en onderweg alles platwalst. Haar schouders zakken dieper in het kussen en haar oogleden worden zwaar. Angelica pakt de ijzeren spies die ze heeft meegenomen en houdt hem in de vlam van de kaars. Aan het einde ervan zit een ronde krul; ze heeft hem geleend van een vriendin die gegrilde kippetjes verkoopt aan de hoofdweg. Langzaam draait ze hem rond in het vuur.

'Lager.'

Ze kijkt over haar schouder naar Lucy en trekt haar wenkbrauwen op.

'Lager,' herhaalt Lucy, 'in het blauw, niet in het geel.'

Angelica laat de spies een paar centimeter zakken en houdt hem in het onderste gedeelte van de vlam. Na enkele seconden legt ze hem op een doek op de grond om af te koelen. Ze staat op, klapt Lucy's laken weg en tikt op haar bovenbeen.

'Chop chop.'

Terwijl Lucy een handdoek onder haar billen schuift en haar knieën omhoogtrekt, pakt Angelica het ding van de grond en voelt aan de punt of die is afgekoeld. Dan draait ze zich naar haar vriendin, legt één hand boven op een knie en begint aan wat gedaan moet worden. Lucy staart naar het plafond en vraagt zich af hoe vaak ze hier zo heeft gelegen, starend naar dezelfde plek op het dak van deze kamer. De kamer waarin ze elkaar talloze malen hebben opgemaakt, de slappe lach hebben gehad en een eindeloze rij klanten hebben afgewerkt. De kamer waarin ze met John heeft geslapen, een leven geleden. De kamer waarin Angelica en zij van kindvrouwen naar volwassen vrouwen zijn gegroeid, vrouwen die dit moeten ondergaan.

'Zo moet het goed zijn, querida.'

Angelica richt zich op en veegt het metaal af aan de handdoek op het bed. Dan klapt ze de doek omhoog tussen Lucy's benen en dekt haar toe met het laken en de bloemensprei. Ze wacht tot Lucy ook een tweede beker drank heeft geleegd, drukt een zoen op haar voorhoofd en blaast de kaars uit. Als ze even later in haar eigen bed haar handpalm tegen de dunne wand drukt en 'welterusten' fluistert, komt er geen reactie.

Lucy slaapt als een dronken kerel en ontwaakt de volgende ochtend als herboren. Ze voelt zich een rauw stuk vlees dat is gezouten en in de zon gelegd; alles aan haar is schraal – precies wat ze nodig had. In de weken erna merkt ze dat de kortstondige zwangerschap ook positieve effecten heeft, alsof haar lichaam wakker is geschud en een herstart beleeft. Gedachten aan John keren terug en ditmaal zonder bittere nasmaak. Herinneringen aan hoe vrolijk ze in die tijd was, zelfverzekerd en vol levenslust, blij met haar leven op de berg en haar onafhankelijkheid. De meiden zien het ook: haar haren en ogen glanzen weer, haar nagels groeien sneller. Ze is als nieuw, tot haar uitgedeukte taille haar op een ochtend vertelt dat Angelica's behandeling is mislukt en haar vrolijkheid misplaatst is.

Lucy staat voor de spiegel met haar hemd omhoog en staart naar haar lichaam, dat uitstulpt op de plek waar normaal een sierlijke inham zit. Verschillende meiden in de steeg hebben hun radio hard aanstaan en de vrolijke klanken drijven plagerig haar kamer binnen op de warme lucht, dringen zich door haar muren en dichte deur als een jennende duivel. Het kind leeft nog en Lucy voelt hoe het ter plekke alle leven uit haar zuigt. Ze kan zich schrap zetten tegen de ellende van buitenaf, maar hoe verzet je je tegen jezelf? Hoe kan ze die groeiende tumor onder haar navel bestrijden zonder zichzelf uit te schakelen?

De tijd verstrijkt zonder dat ze zichzelf tot actie kan aanzetten. Angelica somt de opties op. Een chloorspoeling met een stuk tuinslang. Een inwendige kruidenbehandeling. De paarszwarte bessen van de Zevenboom in een drankje verwerken, hoewel de kans groot is dat Lucy er dan zelf in blijft. Een rituele uitdrijving bij een gebedsvrouw. Het voldragen en dan wegdoen, op een van de vele manieren die ze kennen. Ze denkt veel terug aan haar eerste zwangerschap, probeert terug te halen hoe ze zich toen voelde, hoe ze er toen uitzag. Nooit hebben Angelica en zij meer gesproken over die tijd, toen ze nog twee springerige meisjes waren die gehuld in de kleren van Lucy's moeder verkleedpartijtjes hielden, waarbij onwetende klanten de ene keer als prins en de andere keer als misdadiger fungeerden. Alles was toen een spelletje voor ze, de mensen op de berg figuranten in hun toneelstuk. Ze krijgt het niet helemaal scherp op haar netvlies, maar ze heeft het idee dat die zwangerschap niet meer dan een wisseling van decor was, haar nieuwe lichaam een kostuum voor een andere rol. De rondingen verdwenen met de geboorte van het kind en ze had haar leven weer opgepakt alsof er niets was gebeurd. Ze kijkt terug op dat meisje alsof het een ander is, een buurmeisje dat dansjes staat te oefenen met haar vriendinnen en geen notie heeft van het leven dat haar te wachten staat.

Om na te denken keert Lucy voor het eerst in jaren terug naar haar geheime plek op de richel boven de vuilstort. Ze loopt het doodlopende steegje in en haar mondhoeken krullen op als ze aan het einde ervan de rotswand ziet, verscholen achter een volle waslijn. Als vanzelf vinden haar voeten en vingers de inkepingen in de muur, het ruwe oppervlak onder haar huid voelt vertrouwd. Maar als ze omhoogklimt verbaast ze zich over de zwaartekracht die aan haar trekt, waardoor het lijkt alsof er vroeger een helpende hand moet zijn geweest om haar naar boven te duwen. Eenmaal op het hoogste punt blijft ze overdwars liggen voor een adempauze en lacht om zichzelf. Oud wijf. Ze weet nog hoe raar ze het vond dat John de klim zo zwaar vond en hier als een walvis op een zandbank hing. Zij is nota bene nu half zo oud als hij toen was. De jaren op de berg tellen dubbel. Haar harde buik begint pijn te doen op de stenen rand en ze zet zich schrap. Lucy zwaait haar benen over de muur, zet zich af en valt bij het neerkomen achterover op haar kont in het gruis. Ze kijkt om zich heen. De richel lijkt niet meer dan een zoom van wat het destijds was en ze schrikt van de diepe kloof die voor haar tenen in de aarde gaapt. Het voelt alsof de afgrond zich ieder moment kan verbreden en zij in de diepte te pletter zal storten. Met haar rug tegen de wand gedrukt sluit ze haar ogen en probeert terug te gaan naar het meisje van toen. Het meisje zonder angst of twijfel. Wat zou zij doen? Het nog eens proberen? Het afstaan? Wat zou John doen? Met haar vingertoppen strijkt ze over de kiezeltjes op de grond, die er destijds ook al lagen, eerst zachtjes, maar als er geen antwoord komt steeds krampachtiger. Ze kijkt naar haar hand, de blauwe buisjes die door de huid schijnen en de rafels langs haar nagelriemen, en probeert zich voor te stellen dat John zijn hand eroverheen legt. Niks. Ze voelt niks. Zelfs het uitzicht vindt ze vreselijk: de granieten rots waar ze tegenaan kijkt met tussen hen in het ravijn waaruit een misselijkmakende stank oprijst. Links, heel in de verte, vaag de oceaan. Vliegen zo groot als vleermuizen zwermen op ooghoogte boven het gat en lijken dreigend dichterbij te komen. Ze komt overeind. Dit slaat nergens op. Ze is geen meisje meer. Het kind dat in haar groeit dankzij haar eigen stommiteiten, het kind dat is aangesloten op haar ademhaling en onderdeel is van haar bloedsomloop, heeft dit leven niet verdiend. Of ze het nu laat weghalen of zal voldragen: de gevolgen zullen deze keer zwaar op haar wegen.

Die avond zitten ze in het schemerlicht op de stoep voor hun huisje samen hun benen te scheren.

'Meiga?'

Met raspende halen trekt Lucy het scheermes van haar enkel naar haar knie, over de droge stoppels.

Angelica kijkt niet op, maar buigt zich naar achteren terwijl ze geen plekje op haar kuit probeert te missen. Bij Lucy maakt het niet zoveel uit als er wat haartjes blijven zitten, maar die van haar zijn gitzwart en zo hard als staaldraad.

'Mijn probleem...' Lucy weet zich niet goed een houding te geven en loopt naar binnen. Ze pakt een grote pot aloë vera en gaat weer op het stoepje naast haar vriendin zitten.

'Ik zit erover te denken...'

Angelica houdt nu één arm rechtop in de lucht en schraapt met het mesje in haar oksel terwijl ze haar vriendin met opgetrokken wenkbrauwen aankijkt. Lucy draait de pot open en schept er met haar vingertoppen een lik crème uit. Dan kijkt ze Angelica aan.

'Weet je nog: Maria?'

Angelica's hand met het mesje erin stopt met bewegen. Langzaam laat ze haar arm naast haar lichaam zakken en draait haar ogen weg.

'Ik durfde het je niet te vertellen.'

'Wat?' Lucy veert op. Haar ene ingesmeerde scheenbeen licht op in de duisternis. Met hun knieën tegen elkaar aan gedrukt begint Angelica te vertellen. Een paar jaar terug alweer hebben de doodskoppen Maria een bezoekje gebracht en haar bijna doodgeslagen. Angelica hoorde het verhaal destijds bij het buurthuis. De vrouw had het helaas overleefd en zit nu haar tijd uit in een rolstoel zonder wielen ergens in een uithoek van de hoogste bairro's, waar haar zus het kwijl van haar mond veegt en haar doorligplekken probeert droog te houden.

Lucy staart haar vriendin met open mond aan. Ze begrijpt er niets van, hoe kan haar dit zijn ontgaan? Ze probeert zich te herinneren wanneer ze Maria voor het laatst heeft gezien, of over haar heeft gehoord, maar haar brein weigert dienst. Wanneer is dit allemaal gebeurd?

'Weet je nog die avond dat we een meidenuitje hadden en in het Derde TV Globo gingen kijken?' Angelica bijt op de binnenkant van haar wang terwijl ze met tegenzin de hele geschiedenis voor haar vriendin ontvouwt. Natuurlijk weet Lucy dat nog. Het was een geweldige avond geweest en de afloop ervan zal ze niet snel vergeten. De heldere ogen van haar kind die in haar geheugen verschenen en overvloeiden in de blik van haar moeder – de eerste keer dat ze zich haar herinnerde. Het liedje dat die nacht in haar op kwam zingt nog dagelijks door haar hoofd.

'Vlak daarna.'

Angelica vertelt hoe op de berg verhalen de ronde doen dat Maria had geweten van die kinderen op de vlakte, de scharminkels die ze op TV Globo hadden gezien. De politie had haar waarschijnlijk te grazen genomen omdat ze dachten dat zij de bemiddelaar was die de kinderen leverde, of gewoon omdat het een gelegenheid voor de gouverneur was een goede beurt te maken. Misschien was het een combinatie van beide. Niemand wist het. Angelica wist alleen dat sinds de uitschakeling van Maria het aantal dode baby's dat op de vuilnisbelt werd gevonden was gestegen.

Lucy hoort het aan, sluit haar lippen en staart voor zich uit. De nacht is tot de lamp op de vensterbank naast haar deur gezakt, en slokt hen nog net niet op. In de verte een schuin vlak met duizenden lichtjes die met een enkele handworp uit de hemel gestrooid lijken te zijn. De stad. Ze stelt zich voor dat iemand daar, net als zij, voor haar huisje zit en hierheen kijkt. Een schuin vlak ziet waarvan de voet geel gespikkeld is, op de romp een enkele halo oplicht, en het hoofd in duisternis is gehuld. Langzaam dringt het verhaal van Angelica tot haar door. De link tussen de schuur en Maria. De televisiebeelden. Die kinderen, waar ze zo smalend om hadden gelachen. Het aangekoekte vuil en de waas voor hun ogen. Zij en Maria samen bij de fontein in de stad, lang geleden. De overdracht van de baby in de tas. In haar hoofd beginnen gedachten zich te roeren, maar ze kan of wil er geen samenhangend geheel van maken.

'Hier.'

Angelica reikt haar een blikje aan. Ze brengt het naar haar mond en neemt grote slokken. Het koolzuur tintelt in haar mond. Terwijl Angelica crème op haar benen smeert, steekt Lucy een sigaret op en inhaleert diep. Met iedere hijs laat ze de kinderen op het tv-scherm in haar hoofd voorbijkomen, een voor een. Als ze de peuk naast haar voet uitdrukt weet ze het zeker: haar kind zat er niet bij.

Terwijl haar buik groeit, kan Lucy maar geen beslissing nemen. Met het wegvallen van Maria is het aantal opties bovendien verminderd. Donkere gedachten vallen 's nachts uiteen als een zwerm vogels die haar dreigend achternazitten tot ze, op van de zenuwen, rillend wakker wordt. Net op tijd komt Angelica met een nieuwe oplossing.

Lucy laat zich al jaren niet meer in het buurthuis zien, maar Angelica komt er vaak. Haar vriend, Pãozinho, heeft de taken van Ray overgenomen. Pao's vrienden van vroeger zijn ingelijfd door de Organisatie, zitten in de gevangenis of zijn dood. Gezien zijn verleden als brooddief en de handicaps die hij aan zijn bestraffing overhield, wilde de Organisatie hem niet hebben. Op aanraden van

Ray nam de stichting die de buurthuizen beheert hem aan als haar opvolger als conciërge van het buurthuis. Hij neemt zijn taak ontzettend serieus. Hij repareert lekkages, timmert nieuwe tafels, vangt schoolkinderen op en legt buitenlandse vrijwilligers in de watten. Als Angelica niet moet werken, voegt ze zich bij hem.

Op een dag meldt ene zuster Martha zich als nieuwe vrijwilliger. Als een geestverschijning komt ze de helling op lopen, in een babyblauw kleed met een hagelwitte doek om haar hoofd. Met een luisterend oor en zalvende woorden over de reddende kracht van Jezus probeert ze het vertrouwen van de meisjes uit de bairro te winnen. De zachtaardige indringster wordt met argwaan ontvangen en al snel is duidelijk wat haar ware beweegredenen zijn: ze zoekt adoptiekinderen voor het buitenland. Nog diezelfde week neemt Angelica zuster Martha mee naar boven, naar hun steegje.

Lucy is net op na een nacht werken en staat in een bh en onderbroek met haar dikke buik buiten de was op te hangen, een sigaret in haar mondhoek, als ze een niveau onder zich de stem van Angelica en die van een onbekende vrouw hoort naderen. Met haar handen in haar zij wacht ze tot het bezoek verschijnt. De ingang van hun steeg ligt verborgen achter een haag van bladeren en vetplanten. Uit steen gebikte treden leiden via een smalle doorgang omhoog, met aan weerszijden groene strengen die uitmonden in felrode bloemenkelken met gele snavels. Als ze de snavels op en neer ziet gaan, weet ze dat er iemand aankomt. Tussen het groen verschijnt een rond hoofd dat in de breedte openbarst zodra ze Lucy in het vizier krijgt.

'Olá!'

Voor ze iets kan uitbrengen pakt de vrouw haar handen beet en drukt er een kus op.

'Deus te abençoe.'

Lucy werpt haar vriendin een verbaasde blik toe, maar die doet net of haar neus bloedt.

'Dit is zuster Martha. Ze kan ons helpen,' zegt Angelica, en ze loodst hen beiden Lucy's kamer in. Snel slaat ze het bloemensprei dicht, waarvan de contouren inmiddels zijn vervaagd tot vale pastelwolken. Ze schopt wat kleren onder het bed en slaat het gordijn voor het raam weg. Licht vult de kamer met zwevend stof.

'Kom,' Angelica klopt op het bed, 'en luister.'

Lucy slaat een doek om haar buik, gaat met haar armen gekruist en lippen opeengeperst naast de zuster op bed zitten en laat de woordenstroom over zich heen komen. Over waarom God de mensen ontberingen toewerpt, waarom zij zich verdwaald voelt en hoe Hij haar zal beschermen tot ze haar pad heeft hervonden. Over Christus de Verlosser, die alle mensen redt van iedere overheersing, ook haar. Al wat ze moet doen is haar gezicht en handpalmen heffen naar God en zich overgeven aan Zijn genade. Lucy vindt het onnozele praat, maar het vult de ruimte, het overbrugt de tijd en overstemt het gekwetter in haar hoofd; dat alleen al is voldoende om haar weer wat kracht te geven. Haar handen vallen in haar schoot en haar schouders zakken wat. Als de zuster uren later in het donker haar kamer verlaat, lijken Lucy's verdriet en twijfel door de woorden in slaap gesust. Voor het eerst in tijden heeft ze een rustige nacht.

De ontmoeting met zuster Martha is het begin van een vriendschap, of nee: een verbintenis die ze nooit eerder heeft ervaren. Zelfs niet te vergelijken met de band die ze heeft met Angelica, die meer haar zusje is. Sinds John heeft ze zich nooit meer opengesteld voor een vreemde. Maar in de staat waarin ze op het moment van hun ontmoeting verkeerde, was zelfs wantrouwen een luxe die ze zich niet kon permitteren. Terwijl haar buik groeit, klaart de zware lucht in haar hoofd op door de vele gesprekken met de zuster. Bijna dagelijks op hetzelfde tijdstip maakt de vrouw de klim naar haar huis, en Lucy is gaan uitzien naar de aanblik van de trillende kelken en, direct daarna, het verschijnen van het vrolijke gezicht. Daarbij heeft ze besloten ook maar van de voordelen van de vorderende zwangerschap te genieten: haar huidaandoening is verdwenen, haar haardos glanst als die van een tienermeisje en de grauwe teint in haar gezicht heeft plaatsgemaakt voor gezonde blossen. Voor vrouwen in haar conditie is een aparte markt die haar even verlost van de sadisten op wie ze steeds vaker was aangewezen. Met iedere week die zo verstrijkt voelt ze een stukje van de oude Lucy terugkeren, hoewel ze eruitziet als een tuimelaar. De meiden plagen haar met haar ganzenpas. Zodra Lucy's buik om de hoek van haar kamerdeur verschijnt, steken ze allemaal hun handen in hun zij, duwen hun buik naar voren en maken gakkende geluiden. Zo marcheren ze langs haar stoepje heen en weer, net zo lang tot Lucy – met haar handen tegen haar oren geduwd – in lachen uitbarst.

Zuster Martha verzuimt geen dag. Lucy's buik trekt zwaar aan haar rug, maar het voelt of haar toegenomen gewicht mede door de zuster wordt gedragen. Tegen het einde van haar zwangerschap vertelt zuster Martha dat er een plek voor Lucy wordt vrijgehouden in een geïmproviseerde vrouwenkliniek in een van de nabij gelegen bairro's, zodat ze in rust kan bevallen. Direct na de geboorte zal het kind worden opgehaald voor adoptie in het buitenland. Als alles goed gaat kan Lucy nog dezelfde dag, zonder buik en zonder baby, naar haar huisje terugkeren en haar leven oppakken, terwijl haar kind verzekerd is van een goede toekomst bij ouders die het alles kunnen bieden dat zij niet heeft.

Op een ochtend staat Lucy op en voelt dat er die nacht ruimte is ontstaan bij haar ribben, net onder haar borsten. Het kind is ingedaald en de druk op haar blaas en schaamstreek is zo groot dat ze geen druppel water meer kan binnenhouden; het lijkt rechtstreeks van haar mond naar haar blaas te gaan. Lucy pakt de gereedstaande tas en roept Angelica.

Samen wandelen ze de berg af naar de kliniek. Angelica praat met de tas in haar ene hand en een arm ondersteunend door die van Lucy gehaakt, en zwaait onderweg naar vrienden en klanten. Af en toe knikken ze naar iemand van de Organisatie, een bewaker, loopjongen of soldaat – afhankelijk van wie het is en wat zijn reputatie is. Ze vermijden oogcontact. Nog niet zo lang geleden heeft een overijverige loopjongen bij een passerende vrouw alle tien haar vingernagels uitgetrokken, op klaarlichte dag terwijl ze boodschappen ging doen, omdat ze nagellak ophad in de kleur van een rivaliserende bende. Blind van razernij hield de jongen de vrouw voorovergebogen onder zijn oksel in de houdgreep, terwijl hij als een hoefsmid met een nijptang een voor een de nagels van haar vingertoppen trok. Met tien bloedende stompjes liet hij de vrouw krijsend op de grond achter en toog vol trots met de buit naar hogerhand, waar hij minimaal een promotie verwachtte voor zoveel getoond initiatief en eergevoel. Zijn luitenant dacht daar anders over. Een week later werd de door de krabben aangevreten romp van de jongen in een baaitje teruggevonden, als een ontlede vogelverschrikker. De bijnaam van de soldaten van de betreffende luitenant is niet voor niets *os açougueiros,* de slagers.

Op een rustig tempo doorkruisen ze de wijken, door nauwe steegjes langs huizen van sloopijzer en golfplaat en, hoe lager ze komen, soms zelfs van rode bakstenen. Gevlochten elektriciteitskabels boven hun hoofd begeleiden als bewegwijzering de route, en naarmate de begroeiing het verliest van de huizen verschijnt meer graffiti op muurtjes aan weerszijden van het pad. Lucy heeft geen oog voor de omgeving; ze zet de ene voet voor de andere en vertrouwt erop dat Angelica haar op de plaats van bestemming brengt.

Na ruim een uur lopen komen ze aan bij een plat stukje grond, met daarop een gebouw met kale raamopeningen en een braakliggend veldje ernaast, waarop kinderen met een voetbal spelen. Een stofwolk begeleidt de bal en de kinderen zijn dof tot aan hun kruin. Op bankjes tegen de muur zitten een paar vrouwen met de enkels over elkaar gekruist naar de kinderen te kijken; sommige vrouwen hebben een dikke buik, één wiegt een baby in haar armen. Silhouetten van witte hoofdkappen schuiven voorbij achter de betonnen raamopeningen. HIJ GEEFT U LEVEN staat op een houten plakkaat boven de deur. Angelica snuift en begint te grinniken, maar Lucy knijpt hard in haar onderarm. Een kloon van zuster Martha komt op hen aflopen.

'Ga maar even zitten, de zuster komt zo bij jullie,' zegt ze met eenzelfde brede glimlach als zuster Martha altijd heeft wanneer ze opduikt van achter de bloemenkelken met de gele snavels. Zou je je zo voelen als je echt in God gelooft? Verdringt Hij al het slechte in je lijf, zodat je 's ochtends opstaat en zoveel vreugde voelt dat je gezicht ervan openbarst? Lucy voelt het niet, hoe graag ze ook naar de woorden van zuster Martha luistert. Op dit moment voelt ze zich een gevulde kip met een huid zo opgerekt dat ze vreest dat de vulling er ieder moment uit kan barsten. Ze ploft neer op een bankje met Angelica naast zich en schuift haar slippers uit. Haar slanke enkels lijken met vocht geïnjecteerd en lopen over in een bolle wreef waarin de slippers een V hebben gestanst.

De kinderen op het veldje schreeuwen naar elkaar; één jongetje is de andere overduidelijk de baas. Het is een klein, tenger mannetje met kortgeschoren haar, slechts gekleed in een rode sportbroek. Hij houdt de bal stil onder zijn blote voet, kijkt om zich heen terwijl de rest druk naar hem gebaart en roept, en wipt 'm dan soepel over het hoofd van een dikke jongen die hem net wil tackelen. De dikke jongen glijdt onderuit en belandt met zijn billen in het stof, terwijl de bal een half veld verder tussen twee blikjes belandt. Het scorende team juicht en valt de jongen met de rode broek om de hals terwijl het andere team pruilt en de bal kwaad uit het veld schopt, richting de vrouwen op de bankjes. Hij rolt nog even door, zeilt over een kei heen en blijft dan stil liggen op een paar meter voor hun voeten. Lucy wil opstaan, maar de jongen in de rode broek komt al aanrennen. Ze lacht naar hem. Dan ziet ze een pluk wit haar uit de bal steken. Ze knijpt haar oogleden samen en leunt naar voren. Nu verschijnt ook een haak uit de bal, als een gekromde nagel die een deur wil opendoen. Ze stoot met haar elleboog Angelica aan en wijst. Angelica kijkt op en volgt haar vinger.

'Het is een gordeldier, meiga. Kom, daar is zuster Martha.'

Lucy komt overeind en omhelst Angelica. Ze kijkt haar na terwijl ze wegloopt, voorbij de jongen die alweer afwisselend met de binnen- en de buitenkant van zijn voet de bal het veld in speelt.

Zuster Martha neemt haar mee naar binnen en haar vliezen breken zodra ze haar tas op een bed in de slaapzaal zet. Vanaf dat moment lijkt het alsof ze op een afstandje staat toe te kijken terwijl de gebeurtenissen aan haar voorbijtrekken. Ze grijpt zich vast aan het ijzeren frame en spreidt haar benen; vocht loopt langs de binnenkant van haar dijen naar beneden op de betonnen vloer. Een donkere wolk tekent zich onder haar af en ze kijkt beschaamd naar zuster Martha. Die heeft onveranderd een glimlach op haar gezicht en stelt haar gerust. De weeën volgen elkaar in hoog tempo op en Lucy weet zich geen houding te geven. Ze ligt op haar rug in bed, staat dan weer naast het bed voorovergebogen met haar handen rond de spijlen geklemd en loopt rondjes door de zaal, maar haar buik lijkt een zelfstandig ding dat samentrekt, loslaat en weer samentrekt. Ze ziet het door de stof heen gebeuren en kan niets anders doen dan vol afgrijzen toekijken en zich afvragen waarom ze zich hiervan niets kan herinneren van de vorige keer. Was dat kind zomaar uit haar gevallen? Als ze dit had geweten, had ze betere voorzorgsmaatregelen getroffen, hoewel ze niet kan bedenken welke. De golfbeweging wordt groter en groter, tot het lijkt alsof het kind het via de bovenkant probeert en ze de hele vloer onder spuugt. Een jammerklank ontsnapt uit haar keel en ze schrikt van zichzelf, het zweet breekt haar uit terwijl ze bijna door haar knieën zakt en op de grond valt, in haar eigen braaksel.

'Kom, het is zover,' zegt zuster Martha terwijl ze haar rustig bij de arm neemt en de zaal door leidt naar een kale kamer waarin één bed staat. Eigenlijk is het meer een stoel, want het gedeelte waarop normaal je benen liggen is naar beneden geklapt en twee ijzeren beugels steken vanaf dat punt in de lucht omhoog. De bekleding van de stoel is opengescheurd, schuimvulling puilt eruit. In iedere andere situatie had Lucy erom moeten lachen, maar nu is ze zo in paniek dat ze alleen maar wil dat het ophoudt, dat iemand dat vreselijke wezen in haar wegneemt. De druk op haar schaambeen is onhoudbaar en net als ze denkt dat ze zal ontploffen, is het hoofdje daar. De verlossing is zalig, en terwijl het lijfje pijnloos uit haar naar buiten glijdt barst Lucy spontaan in huilen uit, haar glimlach minstens zo breed als die van zuster Martha naast haar.

Het is een meisje, maar in niets lijkt ze op haar moeder. Haar huid is grijsbruin en haar schedel vanaf het voorhoofd afgeplat. Ze heeft een dikke bos zwart haar en haar ogen liggen diep in de kassen. Haar ledematen bungelen slap aan het rompje, en als een van de zusters even haar bovenste ooglid optrekt zien ze enkel wit. De behandeling van Angelica heeft zijn sporen nagelaten. Deze beschadigde baby komt niet in aanmerking voor buitenlandse adoptie, zoveel is onmiddellijk duidelijk. Die mogelijkheid was alleen nooit bij Lucy opgekomen. Ze kijkt zuster Martha over haar opgetrokken knieën heen aan. Die reageert met een geruststellend knikje, zoals altijd.

Dan herinnert ze zich haar eerste bevalling en ze voelt zichzelf achterover wegzakken in het hoofdkussen terwijl ze naar het plafond staart. Dat prachtige kind, met heldere, alerte ogen en fijne trekken. Dat kind had ze weggedaan en nu krijgt ze dit. Het is haar straf.

Zuster Martha wikkelt het slappe kind in een laken en pakt haar hand.

'Het komt goed, Lucy. Ik neem haar mee.'

Nog diezelfde avond vertrekt Lucy uit de kliniek en pakt haar leven op met een verbetenheid die alleen mensen toekomt die wat te verliezen hebben.

Zeker twee weken verstrijken tot zuster Martha zich weer laat zien bij haar huisje. Voordat Lucy haar kan tegenhouden, vertelt de zuster dat ze het kleine meisje naar een tehuis voor gehandicapte kinderen heeft gebracht. Het tehuis wordt gerund door zusters van dezelfde orde. Lucy buigt haar hoofd en durft niets te zeggen, durft de vrouw niet aan te kijken tijdens het korte gesprek, voelt slechts een warme golf vanuit haar tenen oprukken, alsof ze na een lange winter voor het eerst de ochtendzon weer voelt. Uiteindelijk pakt ze de handen van de zuster en drukt haar lippen tegen de huid onder de knokkels, net als zij bij Lucy had gedaan de allereerste keer dat ze hierboven kwam. Zuster Martha buigt voorover en drukt haar voorhoofd tegen dat van haar.

'Maar aan allen die Hem aanvaard hebben, degenen die in Zijn naam geloven, gaf Hij de kracht kinderen van God te worden; zij zijn niet uit bloed geboren, noch van de wil van het vlees, noch van de wil van de mens, maar uit God.'

Als een deken legt ze de woorden om Lucy's schouders en vertrekt, haar hemelsblauwe kleed wapperend achter zich aan, de helling af.

19

Het strand

Als ik de vuurtoren binnenstap, komt de geur van kruidenbouillon me tegemoet. Gus staat achter het fornuis en roert in een pan met een houten spatel, een droogdoek hangt aan zijn broekband en hij draagt een schoon T-shirt. In alles lijkt hij steeds meer een normale man te worden, en ik zijn gelijke. Hij verlaat de vuurtoren vaker en zelfs overdag, getuige de verhalen die hij 's avonds vertelt over zijn avonturen in de stad. Over parken die herinneringen oproepen aan uitjes die hij met zijn studenten ondernam, over stadstuinen bij de monumentale villa's in de buitenwijken die op speciale dagen voor publiek zijn opengesteld, of de haven, waar hij van een afstandje kijkt naar de handel in roggenstaarten. Zijn ogen staan groter, met verwijde pupillen, zijn haar laat zich niet langer dan een paar uur in een staart bedwingen en zijn bewegingen zijn sneller, gehaast bijna. Ik hoor hem 's nachts weleens ronddolen, pratend in zichzelf. Soms klinkt het of hij ruzie heeft en denk ik hem te horen schelden, dan weer praat hij zalvend, sussend, stelt hij iets of iemand gerust. Ik laat het – ik ben blij dat ook hij zich meer naar buiten keert en hoop dat het de verwijdering die tussen ons is ingezet zal vertragen.

'Ik had je niet horen thuiskomen.' Gus draait zich om. Opgetogen tikt hij de spatel af op de rand en legt 'm op het aanrecht, veegt zijn handen af aan de doek en schenkt een glas water voor me in. Ik neem het van hem aan, ook al heb ik geen dorst. Het hele stuk vanaf Gía heb ik rustig gewandeld. Gus blijft me aanstaren, dus ik breng het glas naar mijn lippen en neem een slokje.

'Wat maak je?'

Gus' gezicht licht op terwijl hij de spatel pakt en als een strijder in de lucht steekt.

'*Armadillo!* Vers aangereden.'

Zijn ogen fonkelen. Nieuwsgierig loop ik om de bank heen naar het keukentje en strek mijn nek om in de pan te kunnen kijken. Niets. Alleen wat vettig glanzende kruiden en groenten op de bodem.

Gus roert in de pan. 'Olie, limoen, knoflook, tijm, chili.' Met een groot, oud mes waarmee we vroeger schelpen van de rotsen bikten hakt hij een ui in grove stukken. Met zijn handen als kommetjes schept hij de partjes van het aanrecht en strooit ze in de pan, die begint te sissen. Op het keukenblad staat een blik met wit vocht, aan de oppervlakte stapelen luchtbellen zich op. Gus pakt het blik en giet het witte spul in de pan.

'Kokosmelk en dán,' hij duwt me opzij en bukt zich naar een plastic tas die tegen een stapel boeken staat geleund, 'de armadillo.'

Aan een voorpoot houdt hij het gordeldier omhoog dat als een garnaal van groteske proporties gekromd in zijn harnas zit, zijn gordels als een trekharmonica uiteen geschoven. Aan de ene kant van de halve maan steekt een spitse snuit uit met daarop twee schotels van oren, aan de andere kant een bruine staart met schubben. Met een boog zwiert Gus het zware beest door de lucht en smijt het met een plof op het aanrecht. Hij grijpt het lemmet van het mes stevig beet en schraapt ermee over het pantser, met lange halen van zich af. Vlokken hoorn springen in het rond terwijl Gus met moeite de gordels vilt, de spieren in zijn onderarm zwellen op onder zijn huid.

Hij kijkt opzij en grijnst naar me. 'Wist je dat het gordeldier het meest onbegrepen dier op aarde is?' Hij wacht het antwoord niet af.

'Mensen kijken op hem neer omdat hij zich met mensenkadavers voedt. Zijn vlees is zogenaamd alleen goed genoeg voor de inlanders.' Hij vertrekt zijn gezicht in misprijzen en schudt zijn hoofd, terwijl zijn arm onverminderd op het pantser inhakt.

'Maar de grap is dat als je dit eenmaal één keer hebt gegeten – gestoofd, gebakken of op kolen gegrild –, je geen autoweg meer kan bewandelen zonder in de berm te turen naar een vers lijk. Ha! Alleen voor de inlanders, laat me niet lachen. Er is daar geen mens te vinden dat nooit armadillo heeft gegeten.' Hij snuift en knikt naar de muur, alsof hij er dwars doorheen de stad kan zien.

Zijn vingers en een gedeelte van zijn onderarm zitten nu onder de korsten en schilfers van het beest, waarvan delen kale huid tussen het pantser beginnen te verschijnen.

'Eten wij niet ook kadavers, Anjo?'

Ik knik schaapachtig.

'Nou dan. Is de cirkel weer rond. Van kadaver tot kadaver.' Gus schatert het uit en pauzeert even, veegt het zweet van zijn voorhoofd en bestudeert trots zijn werk. Eén flank van het dier is geheel geveld en licht glanzend op als een pasgeboren baby. Plukken wit haar steken onder het harnas naar buiten; het ziet er gek uit, alsof iemand een oud opaatje een helm heeft opgezet.

'Weet je tot welke conclusie ik steeds meer kom, Anjo? Het is het misverstand van vooruitgang dat alles vals maakt. Het rare idee dat mensen hebben dat ze vooruit kunnen komen, hogerop, verder dan andere mensen, verder dan vroeger.' Luidruchtig haalt Gus zijn neus op en veegt met zijn arm over zijn gezicht. Stukken hoorn blijven plakken aan de baardharen op zijn wang. Dan wijst hij met het mes naar het gordeldier.

'Wij kijken neer op dit beest, mensen vinden het smerig, zeggen zelfs dat het lepra heeft – als enige dier op aarde.'

Hij draait zich naar me toe en steekt de punt van het mes tussen zijn gezicht en het mijne.

'Maar als hij onze lijken eet, van wie krijgt hij het dan? En van wie krijgen wij het dan weer?'

Ik lach en trek een mondhoek op, maar Gus kletst en schraapt alweer door.

'Dat bedoel ik. Zelfde met de berg. Alles in deze stad staat in het teken van de strijd tegen dat tuig daar,' hij knikt richting de berg, 'maar wie heeft die kakkerlakken ooit als slaven hierheen gehaald? Nou?' De lach is van zijn gezicht verdwenen en hij staart me strak aan.

Ik haal mijn schouders op. 'Wij?'

Gus heft de hand met het mes weer, maar brengt het nu langzaam naar mijn borst. 'Precies.' Zijn ogen glinsteren van onder het overhellende vel van zijn ooglid, de punt van het mes drukt zachtjes tegen de stof van mijn T-shirt. Gus' baard beweegt amper als hij op fluistertoon vervolgt: 'En zoals we al eeuwen stiekem eten van dit leproze dier, konden de chique heren niet van de zwarte vrouwen afblijven. En nog steeds niet.' Ik durf mijn blik niet af te wenden, voel de warme lucht uit zijn neusgaten langs mijn gezicht strijken terwijl mijn borstkas onder de punt van het mes op en neer gaat. Wat zegt hij nou eigenlijk? Doelt hij op Gía en mij? Dan trekt Gus zijn hand weg, zucht diep en maakt met het mes draaiende bewegingen in de lucht.

'Een cirkel, jongen, niks vooruitgang. Wij zijn allemaal kinderen van schuldigen.'

Hij stort zich weer op het beest, dat tijdens ons gesprek stiekem ineen lijkt te zijn gekrompen, zijn vier poten verder ingetrokken tegen zijn buik en het harnas bijna gesloten. Gus pakt 'm aan beide voorpoten op en draait hem om, de blote huid kletst op het aanrechtblad. Het schrapende geluid van het mes over de gordels weerklinkt in de hoge kamer en af en toe keilt er een schub tegen me aan, tot er uiteindelijk een kaal biggetje voor ons ligt.

'Zo.'

Gus veegt zijn handen af aan de doek, tilt het deksel van de pan en legt het beest er voorzichtig in. De huid brandt weg in het hete kruidenmengsel en een zoete lucht vult de ruimte; ik snuif hem op. Met de spatel draait Gus in de pan, maar het dier is veel te groot en steekt er deels bovenuit. Langzaam warmt de hete damp van de kruidenbouillon het kadaver op, tot het na een paar minuten in de pan begint weg te zakken. Opeens grijpt een gekromde nagel over de ijzeren rand en ik deins terug. Komt het door een toevallige draaibeweging van Gus of probeert dat beest er nu uit te kruipen? Angstig blik ik opzij, maar Gus reageert niet. In plaats daarvan pakt hij het volle glas water dat ik nog steeds in mijn handen heb en giet het in één keer in de pan. Het beest sist en sputtert tot Gus het geluid dempt door het deksel erop te slaan, met de nagel er nog tussen geklemd.

De rest van de avond zit Gus op de bank de krant te lezen, terwijl ik naast hem in een boek blader. Ik probeer te begrijpen wat hij bedoelde. Heeft hij zelf een meisje van de berg gehad? Is hij een kind van de berg? Heeft hij iets vreselijks gedaan en probeert hij mij daarvoor te behoeden? Ik trek mijn knieën op en staar naar de pan en de nagel die naar buiten steekt, klem tussen rand en deksel. Als het buiten allang donker is en de sterren aan de hemel worden weerspiegeld door de lichten van schepen voor anker, haalt Gus de stoofpot van het vuur, hakt de inhoud in stukken en schept het op twee borden met rijst. Trots paradeert hij de kamer door en zet ze voor ons neer op de lage tafel voor de bank. De geur die van de borden opstijgt zou op ieder ander moment mijn maag doen uitrekken als een hongerige vogelbek. Maar ik krijg geen hap door mijn keel.

Ik zeg dat ik me niet lekker voel en ga naar bed. Die nacht hoor ik hem weer druk heen en weer pezen, zijn opgewonden praat houdt me uit mijn slaap. Ik woel onder mijn laken, staar in de inktzwarte ruimte en voel mijn bloed tintelen onder mijn huid alsof de beestjes weer terug zijn.

De volgende ochtend vertrek ik al vroeg naar Gía. Terwijl de zon opkomt ren ik naar de berg, tegen de stroom van werkers in die naar de stad gaan, ik ben zo vroeg dat de deur van haar huisje nog gesloten is. Ik gluur door een kier en zie haar tengere silhouet afgetekend onder het laken op de grond.

'Meiga,' fluister ik door de kier. Met een ruk schiet haar hoofd omhoog, de zwarte ogen schieten vuur. Ze slaat het laken weg en trippelt in een onderbroek en hemdje naar de deur.

'*Idiota*,' sist ze, terwijl ze een schuif omhoogduwt. Ik glijd door de deuropening en neem haar in mijn armen. Met haar onderarmen zet ze zich af tegen mijn borst.

'Ik schrik me rot, Anjo.'

Met twee armen schep ik haar op en leg haar weer op de matras onder het laken. Ik ga achter haar liggen en sla mijn arm om haar heen, mijn neus in haar kruin. Ze ruikt naar zeep en slaap. Voorzichtig schuif ik iets naar achteren. Ik ben nog steeds bang voor mijn eigen lijf. Gía plaagt me af en toe dat ik niet verderga, maar dringt niet aan. Steeds beter kan ik ervan genieten, de beelden van Alma en de jongens op het erf worden steeds vager. Ik knijp Gía bijna fijn.

'*Hé!*'

Ze schopt me achterwaarts tegen mijn schenen. Ik kom overeind en zwaai mijn been over haar heen zodat ik boven op haar zit. Ik pin haar polsen vast tegen het matras en lach om haar verontwaardigde gekronkel. Als ik haar handen loslaat trekt ze me naar zich toe en duwt haar platte borst tegen me aan, haar tepels priemen door het hemdje. Ik rol zijwaarts en draai me op mijn rug naast haar. Hand in hand liggen we zo een tijdje en het gewicht dat sinds vannacht op mijn borst ligt trekt langzaam weg. Dan trek ik haar boven op me, met laken en al. Ze schatert het uit en een waaier van haar valt over mijn gezicht.

'Ik wil dat je hem ontmoet.'

Ze is meteen stil en gaat rechtop zitten. Met twee handen leunt ze op mijn borst, trekt haar wenkbrauwen op en tuit haar lippen.

'Weet je het zeker?'

Het klinkt als een waarschuwing.

Ik knik. Ik ben nog nooit ergens zo zeker van geweest.

De rest van de dag werken Gía en ik ons verstelwerk af, doen boodschappen en eten in de namiddag op het stoepje voor het huis. Vlak voor het donker wordt kniel ik voor haar neer en pak haar gezicht vast. Het eelt op mijn handpalmen schuurt langs haar gladde kaken.

'Ik zie je dus morgen?'

Ze knikt en lacht.

Ik ren de berg af. Een lauwe bries komt me vanuit zee tegemoet. Ik sla af richting het laatste stuk van de kust, de hoofdweg naar het strand, de boulevard over naar de scheidsmuur. Op handen en voeten ga ik over de rotsen, zo snel dat het bijna lijkt of ik zweef. Onderweg passeer ik de donkere buis. In de schemering loop ik de landtong op, de laatste meters naar de vuurtoren.

'Ik ben thuis!'

Ik ben mijn opwinding amper de baas. Hij is er niet. Teleurgesteld laat ik me op de bank zakken.

Uren later schrik ik op van gestommel bij de deur. Ik ben in slaap gedommeld en het is pikdonker. Een harde wind giert rond het gebouw en luchtstromen glijden onder de ramen door. Ik huiver.

'Niet schrikken, ik ben het,' zeg ik zachtjes vanaf de bank. Ik steek de olielamp op de kist aan. Gus' ogen lichten op in het schijnsel van de lamp. Hij gromt wat en kijkt me verwilderd aan.

'Wil je thee?'

Ik sta op. Gus bromt; ik vat het op als een bevestiging. Hij gaat op de bank zitten en strijkt met zijn vingers door zijn witte haren, die in pieken op zijn schedel staan. Ik zie de oude man die hij is. Op het fornuis staat de pan met restanten van het gordeldier. Ik laat wat bladeren trekken in heet water.

'Wat heb je gedaan?'

'Niks.' Hij klinkt geïrriteerd.

Ik draai me om, het donkere gevoel van eerder bekruipt me weer.

'Ik bedoel, gewoon in het park gezeten, naar mensen gekeken,' verzacht hij zijn snauw. 'Jij?'

Hij geeft het startschot en ik brand los. Ik vertel over de berg, de mensenmassa, het werk, Gía's wijk in de stad, haar huisje en natuurlijk over Gía zelf. Nu pas voel ik hoe zwaar dit dubbelleven op me gedrukt heeft. Ik gebruik geen punten of komma's, laat zinnen in elkaar overvloeien in mijn haast hem deelgenoot te maken van dat andere leven. Gus zit vlak naast me en hoort het aan. Ik kan zijn houding niet peilen en het is te donker om zijn gezichtsuitdrukking te zien, maar ik ben te opgewonden om er lang bij stil te staan. Soms kijk ik even of hij niet in slaap is gedommeld, maar dan brengt hij net de mok naar zijn mond. Als ik over Gía vertel, over haar zwarte haren en schitterende glimlach, lijkt hij weer tot leven te komen. Hij draait zich naar me toe en kijkt me geamuseerd aan; in het maanlicht zie ik zijn mondhoek opkrullen. Ik doe voor hoe ze met haar ranke vingers de kleinste gaatjes verstelt, hoe ze met zware tassen zeult en weigert ze aan mij over te dragen, en hoe fel ze kan zijn.

'Ik zweer het je, Gus,' besluit ik lachend, 'ze is net een kat.'

Gus staart me aan en ik vraag me af of nu het juiste moment is over een ontmoeting te beginnen.

'En?' zegt Gus.

Ik buig me met een vragende blik naar hem toe.

'Hebben jullie het al gedaan?'

Ik deins terug, niet zeker of ik het goed heb verstaan.

'Wat bedoel je?'

Mijn ogen zijn groot, de zijne tot streepjes geknepen. De vuurtoren is gekrompen tot een koker rondom ons tweeën, ik durf me niet te bewegen. Dan wendt Gus zich af en laat zich achterover op de bank vallen met zijn ogen dicht. Achteruitlopend maak ik me uit de voeten. Pas als ik de deur van mijn slaapkamer achter me dichttrek, durf ik uit te ademen. Ik denk aan de buis, mijn cocon.

Die nacht zak ik weg in een onrustige droom met flarden van beelden die door elkaar heen schieten. Ik zie Chico en Negro dansend rond het vuur als marionetten, hun armen en benen bewegen in hoekige vormen heen en weer. Een paar van onze wijven in een orgie, ledematen overal. Davi die met een stuk glas lachend in zijn lichaam snijdt en João met zijn bloed besmeurt. Het rustpunt in dit alles is de boom op het erf, waar ik met Donkey in de schaduw zit; mijn hand rust op zijn kop, zijn oren zijn achterover tegen zijn schedel geklapt. Mano maakt radslagen over het erf, stofwolken achtervolgen hem in krullen. En overal is Raull die dwars door me heen kijkt. Opeens hang ik boven de waterbak bij de varkens; mijn lege blik staart vanuit de poel naar me terug. Ik probeer wakker te blijven, maar het gat is te groot en trekt me mee het water in.

En dan is ze daar opeens. Alma, mijn lieve zusje Alma. Ik wil haar niet zien, wend me van haar af, maar het moet: ze is in gevaar. Een oude man betast haar, plukt al aan de band van het vaalrode broekje. Ik duw haar weg en de man ligt nu bij mij in bed. Hij port in mijn rug en ik probeer te ontspannen, laat mijn kin op mijn borst zakken en kijk naar beneden, naar mijn handen. Ik verbaas me erover hoe groot ze zijn. Terwijl mijn broek naar beneden wordt getrokken bestudeer ik gefascineerd mijn handpalmen, het grote oppervlak, de lange vingers. Ik herken ze niet als de mijne. Dit zijn de handen van een man, niet van een jongetje. Warme adem strijkt van achteren langs mijn oorschelp. Er klopt iets niet.

'*Jij wil het toch ook, Anjo*,' fluistert de man in mijn oor.

Opeens zie ik hoe de handen in mijn eigen gespierde onderarmen overgaan. Met één vloeiende beweging grijp ik de man achter me en smijt hem tegen de betonnen vloer naast mijn bed. Het geluid van een watermeloen die de koopman uit zijn handen heeft laten vallen. Gus ligt in een rare kronkel op de grond, zijn geslacht steekt onder het T-shirt vandaan. Ik stap uit bed en kijk op hem neer. Met mijn rechterbeen haal ik uit en trap op zijn strottenhoofd tot ik het hoor kraken.

20

De stad

Elizabet maakt zich klaar om naar de pastoor te gaan. Ze trekt een zachtgeel vestje aan en zoekt haar parelsnoer. Het zal rustig zijn in de kerk; voor het eerst in weken geen geroezemoes in de koornis, geen blikken van politieke tegenstanders. Ze is blij dat de presidentsverkiezingen achter de rug zijn, ook al is de uitkomst ongelukkig. Ze wil rust. Ook de mensen willen rust en Hugo heeft rust nodig, ook al ziet hij dat zelf niet zo. Hij heeft zich veel te druk gemaakt de afgelopen maanden. Hij was zo blij met een van de kandidaten voor het presidentschap: een voormalig vakbondsleider en een felle bestrijder van corruptie. Eindelijk was er een kans dat iemand de scheidslijn tussen de onder- en bovenwereld zou optrekken en het brakke water zou worden gezuiverd. Van de drugsbaronnen, de oliebaronnen, de senatoren. In jonger jaren sprak Hugo zich er nog fel over uit, over die onverzadigbare types die zich verschansten achter de muren van hun fort, de kelders volgestouwd met alles wat geld kan kopen terwijl van onderen de rot al inzette. Tegenwoordig houdt hij zijn mond en moppert slechts wat binnenskamers. De lastercampagne had zijn vruchten afgeworpen en de opponent van de vakbondsleider was verkozen. Hugo was exact één avond aangeslagen. Met hangende schouders kwam hij thuis, maar na een nacht slapen stond hij de volgende ochtend weer rechtop naast hun bed, trok zijn uniform aan en dronk de zwarte koffie die Manuela hem boven kwam brengen.

'Werk aan de winkel, meiga,' zei hij terwijl hij Elizabet op haar voorhoofd kuste. 'Ik ben laat thuis vanavond.'

Elizabet denkt aan de granieten rots die uittorent boven de stad en de getijden voor hen opvangt. Ze zou willen dat ze iets van Hugo's onverzettelijkheid kon overnemen. Haar offer is hun kind. En Maria.

Het had een tijdje geduurd voor ze besefte dat ze door het oog van de naald was gekropen. Samen met Manuela had ze gerouwd om het lot van Maria die door de caveiras tot moes was geslagen, maar bij Elizabet werden het op een goed moment vreugdentranen. Want als ze Maria hadden opgepakt en verhoord, was alles uitgekomen, met gevolgen waar ze niet eens aan durfde te denken. Onvoorstelbaar was het, dat de vrouw het politiegeweld had overleefd. 'Het zijn net kakkerlakken,' verzuchtte haar schoonvader weleens, 'je kunt stampen wat je wilt, maar zodra je je omdraait kruipen ze gewoon weer verder.'

In de weken die volgden had ze op het verlossende bericht van Maria's overlijden gewacht, maar toen Manuela uiteindelijk bij haar kwam was dat met ander nieuws. Maria was niet overleden, was zelfs niet meer in levensgevaar. Om niet alsnog een langzame dood te sterven had Maria's zus medicijnen nodig. Niet veel, maar de basis om haar te kunnen verzorgen en om de aanvallen te voorkomen die ze aan het hersenletsel had overgehouden. 'Senhora,' had Manuela gesmeekt terwijl ze haar beide handen beetgreep, 'we kunnen haar daar niet als een straathond laten creperen. Dankzij Maria hebben we Edson.'

Alles had Elizabet verwacht, maar niet dat. Ze kon Manuela onmogelijk weigeren: de oude vrouw wist overal van. Het gevolg is dat ze Manuela nu iedere maand stiekem een beetje geld geeft om medicijnen te kopen die zij naar de zus van Maria brengt, en dat de aap op haar rug er nog steeds zit. Het beest wordt alleen maar zwaarder. Zoveel geheimen, zoveel angst. Ze kan haar man bijna niet meer aankijken, Edson niet meer knuffelen, haar vriendinnen niet meer toelachen, zonder te vrezen dat zij het beest op haar, in haar, zien en alles uitkomt. Ze kan niet eens meer in de spiegel kijken zonder dat het dier haar aanstaart, zijn vingers rond haar nek geklemd terwijl hij geluidloos naar haar krijst. De foto op haar kaptafel is een herinnering aan een vrouw die ze niet meer kent. Hugo denkt dat zo ongelukkig is omdat ze geen tweede kind hebben gekregen en Edsons aanstaande eindexamen haar extra somber maakt. Hij heeft voor haar een afspraak met de pastoor gemaakt in de hoop dat die rust kan brengen. De pastoor met zijn geklets over de helende kracht van God en zijn bedelmand vol bankbiljetten.

Ze loopt naar beneden en grist haar tas van het tafeltje in de hal. Met haar hand al op de deurknop twijfelt ze even; ze kan gaan lopen, zodat ze haar hoofd kan klaren. Maar dan moet ze wel andere schoenen aantrekken. Ze kijkt naar de cognackleurige pumps aan haar voeten. Ze staan mooi bij de broek en het vestje. Dan loopt ze terug, de gang door naar de keuken, naar de ruimte erachter met de dienstingang. Ze opent de kast met laarzen en sportschoenen en glimlacht als ze tussen de schuiten een paar blauwe waterschoentjes ontwaart. Edsons zwemexamen. Ze kan zich niet voorstellen dat zijn voeten daarin hebben gepast. Waar zijn haar oude gympen? Ze grabbelt op een plank en ziet iets wat op haar maat lijkt. Ze pakt de schoen bij de hiel en trekt 'm uit de kast. Het zijn haar oude politieschoenen. Zwart leer met een rubberzool. Ze gooit de schoen terug in de kast, duwt de deur dicht en loopt naar de voordeur, haar hakken tikken op het marmer.

'Wil je biechten, mijn kind?'

De pastoor houdt haar handen vast. Dezelfde handen waarmee hij lang geleden water sprenkelde over Edson, die was gekleed in Hugo's oude doopjurk. Ze ziet haar ouders en schoonouders op de eerste rij: hun stralende gezichten in gefilterd licht onder de glas-in-lood beeltenis van Maria en haar Zoon. Een initiatie belangrijker dan zijn inschrijving in het gemeentelijk register, zeker voor Hugo's familie. Al die zondagen in de kerk, de huwelijken, de begrafenissen. De pastoor vindt het niet meer dan logisch dat ze zich ook nu tot hem wendt. Ze hebben gesproken over Hugo, Edson en haar familie. Het is tijd om tot de kern te komen.

'Nee, dank u, vader.'

Ze wil haar zonden niet uitspreken, zoekt geen verzoening met haar daden of een overdracht aan God van alles wat ze op haar rug draagt. Haar daden hebben hun het mooiste op aarde gebracht: hun zoon. Ze wil dat het beest op haar rug wordt ingekapseld tot een bal in haar binnenste. Ze wil tegengif zodat het stopt met groeien.

'Ik wil boete doen.'

Ze slaat haar ogen neer en kijkt naar haar schoenen. Ze heeft het hele eind hierheen gelopen en haar wreef is gezwollen.

'Zonder schuldbelijdenis geen boete, mijn kind,' antwoordt de pastoor en hij leidt haar aan de arm mee. Voor de biechtstoel houdt hij stil, schuift het gordijn opzij en nodigt haar uit.

'Belijd je zonden tegenover God de Vader en Zijn Zoon Jezus Christus.'

Voor Elizabet iets kan zeggen neemt hij plaats aan de andere kant van het tussenschot. Ze duikt onder het muffe gordijn, legt haar handpalmen plat op haar bovenbenen en begint te praten. Over Hugo, die zo hard werkt. Over de verloren verkiezingen. Over de krachten die hij het hoofd moet bieden in een wereld waarin niets meer simpel is, niets meer uitgesproken goed of kwaad. Dat ze hem daarin wil steunen maar niet weet hoe, nu ze zelf niet meer bij het korps zit. Over haar jaren bij de politie, het wantrouwen van haar collega's jegens haar als vrouw van de commissaris, het zware werk waaraan ze zich, samen met Hugo, heeft gewijd waardoor ze hadden besloten na Edson geen kinderen meer te krijgen. Ze vermeldt het terloops; er wordt al jaren over haar gefluisterd in de kerk en ze laat deze kans niet aan zich voorbijgaan. Ze vertelt over haar schaamte, dat ze zo'n comfortabel bestaan leidt terwijl op een steenworp afstand honderdduizenden mensen in armoede leven. Dat haar kind alle kansen van de wereld heeft terwijl hun toekomst onder hun voetzolen ligt verankerd.

De woorden stromen als vanzelf uit haar mond en ze is verbaasd hoe goed het liegen haar afgaat. Talloze malen heeft ze dit verhaal afgestoken, op feestjes, tijdens de brunch bij familie, aan tafel met haar man. Ze weet niet op welk moment ze is gestopt erin te geloven, waar het keerpunt lag. Bij de aanblik van die armoedzaaiers in de schuur op de vlakte? Het vooruitzicht van het overlijden van Maria en de daaropvolgende teleurstelling over het uitblijven daarvan? De honderdste keer gas geven bij het stoplicht nadat een straatkind voor niets haar ramen had gewassen? Of al op het moment dat ze Edson aannam van Maria? Deze pastoor heeft niets met haar zonden te maken. Welke zonden? De enige zonde is dat Maria nog leeft.

'Laten wij een schuldbelijdenis bidden.' Elizabet schrikt op als ze de stem achter het rooster hoort; ze ging zo op in haar gedachten dat ze hem bijna was vergeten. Hij trapt erin, de oude dwaas.

'Ik belijd voor de Almachtige God, en voor U allen, dat ik gezondigd heb.'

Elizabet kauwt de woorden na terwijl ze zich probeert af te sluiten voor de lucht in het hok. Snel staat ze op, duwt het zware gordijn weg en stapt naar buiten.

Ze gaan op het achterste bankje van de lege kerk zitten, het hout kraakt onder hun gewicht en de geur van boenwas stijgt op vanaf het knielschot aan haar voeten. Elizabet plaatst haar pumps erop en vouwt haar handen in haar schoot. Ze ziet dat de pastoor naast haar hetzelfde doet, zijn knieën duwen opwaarts tegen de zwarte stof van zijn soutane.

'Wij zijn allen kinderen van God, Elizabet, in Zijn ogen zijn wij gelijk. Ik begrijp jullie overweging om niet meer kinderen te krijgen vanwege de strijd die Hugo en jij voeren tegen het onrecht, maar de onthouding van nieuw leven in weerwil van God is een ernstig feit. Want wie uit God geboren is, zondigt niet: de goddelijke levenskiem blijft werkzaam in hem. Dat is óók een bijdrage tegen het onrecht van deze wereld.'

Elizabet staart naar haar nagelriemen. Het nieuwe meisje van de manicure heeft een haarbreedte bordeauxrode lak op de huid geknoeid; ze neemt zich voor er volgende keer iets van te zeggen. Hoe vaak heeft ze hier zo onder de koepel zitten staren? De onberispelijke knot van haar schoonmoeder in de bank voor haar kan ze dromen, spelden verzonken in strengen dik, zwart haar. Haar schoonouders altijd op de voorste bank van de kerk, zij op de tweede. In Zijn ogen is iedereen gelijk, maar sommigen toch net wat meer dan anderen, afhankelijk van de bijdrage aan vader pastoor.

Naast haar vertelt hij hoe ze aflaat van haar straf kan verdienen door boetedoening. Nu ze zo weinig kinderen van zichzelf heeft om voor te zorgen, kan ze allicht voor anderen zorgen. Voor zielenrust en bovendien ter ondersteuning van haar man, raadt hij haar aan een goed doel op de berg te zoeken. Hij draait zijn lichaam naar haar toe en Elizabet houdt haar adem in. Hij klopt op haar hand.

'Doe iets om te laten zien dat je van mijn Vader, van mij, maar vooral ook van je medemensen houdt. Met iedere stap zal Hij je verlichten, tot je weer opgewekt door het leven gaat.'

Elizabet slaat haar oogleden neer en buigt haar hoofd. Verlichting. Zolang Maria leeft, en zij en Manuela weten wat ze heeft gedaan, zal ze haar geheimen met zich meedragen. Als er een God bestond, had Hij haar een kind uit haar eigen schoot gegund. En als Hij niet wilde dat ze het zelf oploste, had Hij haar Edson niet gegeven. Ze heeft nooit veel gevraagd, enkel dat ze moeder werd en dat Hugo van haar zou blijven houden. Misschien heeft deze man gelijk en moet ze haar geheimen tegemoet treden in plaats van ze te ontvluchten. Moet ze zich omdraaien, de aap recht in de ogen kijken en langzaam zijn strot dichtknijpen tot de laatste zuurstof uit zijn longen is verdwenen.

Ze dankt de pastoor, neemt een taxi naar huis en gaat aan de slag. Ze mest kasten uit, scheidt oude lakens van nieuwe, verzamelt Edsons te kleine kleren en Hugo's oude broeken, schoenen en T-shirts. Vuilniszakken vol zet ze in de bijkeuken voor de naaister of andere behoeftigen; zweet glinstert in het kuiltje van haar hals. Dit wordt haar toegangspas tot de berg, tot de herkomst van haar geheim. In plaats van ervoor weg te lopen, zal ze het aan zich onderwerpen. Ze roept Manuela bij zich en vertelt haar dat ze niet meer naar de zus van Maria hoeft te gaan. Voortaan gaat ze zelf iedere maand omhoog, de berg op, als boetedoening voor het lot van de vrouw die haar een leven heeft geschonken. Daarnaast wil ze iets goeds doen voor die sloebers, zoals de naaivrouw, en misschien weet Manuela nog anderen? Manuela is ontroerd. Ondanks haar geringe lengte slaat de oude vrouw haar armen om Elizabet heen, net als vroeger, toen ze nog een klein meisje was. Zo staan ze daar een tijdje tot Elizabet zich voorzichtig losmaakt uit de omhelzing en haar een stapel oude handdoeken aanreikt.

21

Het strand

Een uur na zonsopgang zie ik Gía in de verte komen aanlopen. Ik zit op het muurtje tussen de boulevard en het strand en heb goed zicht op de weg omhoog richting de stad. Terwijl de zon hoger klimt en het asfalt opwarmt, gaan mensenstromen de weg op en neer. Ik zwaai. Ze heeft zich mooi gemaakt en draagt mijn lievelingsjurk, de rode met de dunne bandjes. Stakerige benen piepen eronderuit, met in slippers gestoken voeten. Ze is al bijna bij de boulevard en maakt aanstalten over te steken.

'Olá!'

Ik open mijn armen en ze nestelt zich erin, gaat zitten op mijn bovenbeen. In stilte staren we voor ons uit, de op- en neerwaartse stroom naar en van de stad gaat onverminderd verder. *Fazer nada.* Haar favoriete bezigheid. Ik ben er niet goed in. 'Anjo,' zegt ze vaak, 'wij vrouwen rennen ons alle dagen kapot. Schoonmaken, werken, koken, kinderen opvoeden en mannen vermaken, een heel leven lang. Wat is er dan heerlijker dan even niets doen? Niet bewegen, niet nadenken.'

Fazer nada. Uit haar mond klinkt het als de grootste deugd die een mens kan hebben. Het niet bewegen heb ik inmiddels wel onder de knie, maar mijn gedachten stil krijgen is iets anders. Haar ogen zoeken de mijne en ik wend me af.

'Wat is er, queridinho?'

'Niets,' lieg ik. Gía haalt haar schouders op en springt soepel van mijn knie.

‘Zullen we gaan?’

Ze kan haar ongeduld niet meer verbergen; ik wist niet dat dit voor haar net zo belangrijk was als voor mij. Ik richt mijn blik op de grond en schud mijn hoofd.

‘Nee.’

Mijn stem is zacht maar vastberaden.

‘De ontmoeting met Gus gaat niet door.’

Gía steekt beide handen in haar zij en als ik omhoogkijk zie ik haar wenkbrauwen richting haargrens reiken.

‘Pardon?’

Ze kijkt als een moeder die een brutale mond van haar kind krijgt.

‘Het spijt me.’

Mijn kin valt op mijn borst. Ik voel mezelf tien jaar ouder worden en mijn schouders zakken naar beneden. Terwijl mijn toekomstplannen als zand door mijn vingers op het strand verdwijnen, wens ik dat ik er zelf ter plekke achteraan glijd. Eerst mijn voeten, mijn benen, mijn romp, steeds dieper tot het zand zich als water boven mijn kruin sluit en niets nog aan mijn bestaan herinnert. Terugkeren naar het zand dat ik ben ontvlucht. Het erf. Ik bal mijn vuisten en voel hoe Gía dicht tegen me aan komt staan, zie de bolling van haar venusheuvel achter de stof van het jurkje ter hoogte van mijn handen. Zachtjes legt ze een hand in mijn nek.

‘Ik weet iets beters, meiga. Ik kom gewoon met jou mee en dan ga ik nooit meer weg,’ zeg ik.

Ze kruist haar armen voor haar borst en tuit haar lippen.

‘Meen je dat?’

Een schaduw trekt over haar gezicht. Nu een grapje maken zou mijn doodvonnis betekenen.

‘Natuurlijk meen ik dat. Ik ga met jou mee, nu.’

Een mondhoek gaat voorzichtig omhoog. Voor ze iets kan zeggen grijp ik haar bij haar middel en zwier haar in de rondte. Gía schatert het uit.

‘Dan is het goed, Anjo. Kom.’

In een drafje steekt ze de straat over en trekt mij achter zich aan. Samen rennen we de steile helling op, tot we buiten adem zijn en Gía stilstaat. Ze heeft nog steeds mijn hand vast en staat voorovergebogen op één knie geleund uit te hijgen. Ik werp een blik over mijn schouder naar het strand. In de verte, een heel eind rechts van de toenemende drukte op het zand, zie ik de landtong die als een gestrekte arm haar offer aan zee brengt: de vuurtoren. In mijn oren knetteren de stapels brandend papier, boeken krullen aan de randen op, het papier verdwijnt sneller dan de kleur kan volgen. Alles gaat in vlammen op.

Ik pak Gía’s hand en zet in looppas de tocht voort. Met elke stap voel ik mezelf groeien. Als ik opzijkijk naar Gía’s stralende gezicht dringen de woorden van haar moeders lievelingslied zich aan me op. Zoals ze die laatste weken op goede dagen op het krukje voor het huis zat. De radio op vol volume, stampend met haar voet, klapte ze mee als een flamencodanseres terwijl de tranen over haar wangen rolden. Stoer in het aangezicht van de dood, maar nijdig om de ongelijke strijd. Als wolven huilden moeder en dochter mee op de muziek van La Negra:

De reiziger verandert van koers
ook als het hem zou schaden
Want zoals alles verandert
is het niet vreemd dat ook ik verander
Alles, alles verandert!

22

De berg

Alstu-blieft-ver-geef-me-en-laat-me-niet-al-leen-ik-wil-neer-knie-len-voor-de-Heer.

Op de maat van de mantra haalt Lucy met gesloten ogen haar mond over het geslacht van de man.

Alstu-blieft-ver-geef-me-en-laat-me-niet-al-leen-ik-wil-neer-knie-len-voor-de-Heer.

De man kreunt en verstrakt de greep op haar achterhoofd. Met een langgerekte zucht komt hij klaar en Lucy voelt zich bevrijd. Ze blijft op haar knieën zitten terwijl ze een kruis slaat.

Heb de Heer, uw God, lief met hart en ziel en met inzet van al uw krachten.

De man moet even bijkomen terwijl hij constateert dat hij zojuist de beste pijpbeurt van zijn leven heeft gehad. Hij tikt een sigaret uit een verfrommeld pakje en steekt 'm aan, inhaleert diep en laat zich weer achterovervallen. Dan duwt hij zichzelf overeind en stapt uit bed.

Woordeloos sjort hij zijn broek omhoog en snoert de riem vast. Hij graait in zijn broekzak en gooit wat geld op de kaptafel.

Lucy laat zich achterover op de matras vallen met haar armen wijd; haar handpalmen open naar de hemel gericht. De bittere smaak die de man in haar mond heeft achtergelaten bevat een zweem van alcohol en gefrituurde kip. Ze slikt een paar keer en kijkt naar het plastic klokje op de kaptafel. Hardop telt ze de uren en steekt daarbij steeds een nieuwe vinger op. *Een, twee, drie, vier, vijf, zes zeven, acht, negen, tien.* Ze heeft al een knuffel gekocht voor het kind: een knalgeel pluchen kuiken met een rode strik om zijn nek. Als je in zijn snavel knijpt, komt er een kwakend geluid uit.

*

Ze gaat al vroeg op pad. Iedereen in het steegje slaapt nog en zelfs op de plateaus onder haar lijkt het rustiger dan normaal. De temperaturen beginnen deze weken te dalen en op een of andere manier neemt de opwinding altijd navenant af. Alsof door het krimpen van de door hitte uitgezette lijven er wat meer ruimte in de kooi komt. Het tehuis waar haar dochter is opgenomen, ligt in een uithoek van het Vierde. Niet centraal in een wijk zoals de 'Hij geeft u leven'-vrouwenkliniek, maar uit het zicht, verscholen achter het groen. Angelica maakt er nog steeds grappen over. Niet 'Hij geeft u leven' maar 'Geef mij uw leven', had ze grinnikend als alternatieve naam gesuggereerd toen Lucy zonder kind terugkeerde. Lucy kon er niet om lachen.

De baby's verblijven na de bevalling maar korte tijd in de kliniek en worden dan naar een vestiging in de stad gebracht, waar ze wachten op nieuwe, buitenlandse ouders. De kraamvrouwen liggen op één zaal en de voorzieningen zijn sober, maar de kliniek is schoon en goed georganiseerd. Een verademing vergeleken met het kindertehuis waar haar dochter verblijft.

Het gebouw staat buiten de bairro, Lucy heeft de laatste huisjes van het Vierde achter zich gelaten. Ze loopt verder via een smal pad; hier heeft de begroeiing vrij spel en is de ondergrond niet door mensenvoeten uitgesleten. Stenen glijden weg onder haar voeten en lianen slaan tegen haar gezicht terwijl ze zich een weg door de struiken baant. Na een tijdje ziet ze de open plek tussen de bomen waar het stenen gebouwtje staat. Er zijn geen ramen, binnen is er alleen het licht dat via de openstaande voordeur binnenkomt. Aan weerszijden van de gang is een slaapzaal, waarin rijen spijlenbedden staan met riemen om de kinderen vast te binden. Een geur van ammoniak, poep en braaksel hangt tussen de muren. Op de binnenplaats voor het gebouw kunnen de kinderen worden gewassen met een tuinslang die is doorgetrokken vanuit de wijk, maar er zijn te weinig zusters om daar iedere dag aan toe te komen – om ze allemaal te voeden is al een hels karwei. De kinderen maken bovendien dag en nacht zoveel lawaai, dat geen mens het er langer dan een paar uur volhoudt. Het continue gehuil, gekrijs, geijl, gejammer, gezang en gesmeek is zo angstaanjagend dat hier geen nieuwe vrijwilligers worden toegelaten en al helemaal geen buitenlandse; zij worden naar de keurige vrouwenkliniek gestuurd.

Lucy blijft even aan de rand van de open plek staan, beschut tussen de bomen. Het plastic tasje voelt koud tegen haar been. De deur van het gebouw is open, zoals altijd. Binnen klinkt zoveel herrie, het lijkt alsof het lawaai de balken en plinten op hun kracht test. Ze denkt terug aan de eerste keer dat ze in de donkere hal tussen de slaapzalen stond. De geur, het gejammer en de aanblik van de kinderen die permanent in hun spijlenbedjes verblijven; ze vroeg zich af hoe de hel uit de verhalen van zuster Martha er dan uit moest zien. Eén keer had Lucy het aangedurfd aan zuster Martha te vragen waarom, als er een God is, Hij deze kinderen liet leven. De zuster had haar vermanend toegesproken.

'Lucy, ieder levend wezen is een schepping van God en moet door zijn medemens barmhartig worden behandeld. Ons werk is een offer om Hem te dienen.'

Het klinkt mooi, maar ze begrijpt nog steeds niet waar de versterfkamer in dit verhaal past. De meest schrijnende gevallen worden, soms als baby, soms op latere leeftijd, aan het einde van de gang in een kast gelegd, waarvan alleen de hoofdzuster de sleutel heeft. Nadat ze de deur achter zich heeft afgesloten, gaat ze pas na een of twee weken weer kijken. Lucy vindt het een heel logische oplossing, een variant op methoden zoals ze die in haar bairro haar leven lang heeft gezien. Na de bevalling heeft ze zelfs gepolst of haar dochter niet in aanmerking kwam voor de 'donkere kamer', zoals de zusters het noemen, maar de blik van zuster Martha had haar het zwijgen opgelegd. Achteraf is ze er blij om.

Lucy zuigt verse lucht naar binnen en loopt de binnenplaats op. In haar tas het pluchen kuiken, wat schone katoenen doeken en een Tupperwaredoos met fruit dat ze vanmorgen heeft staan prakken. Eerst was het kind alleen een excuus om zuster Martha te zien en de woorden te ontvangen die haar op de been hielden. Inmiddels ziet ze uit naar de bezoekjes. Het meisje, door de zusters Ester gedoopt, lijkt haar zelfs te herkennen als ze komt. Met haar slappe lijf en te lange ledematen die als zwanenhalzen aan de uiteinden omkrullen, ligt ze op haar rug in een traliebed, maar haar ronddolende ogen lichten op als Lucy boven haar hoofd verschijnt. Met gemak schept ze het vederlichte meisje op en neemt haar mee naar buiten, weg uit de stank. Samen met zuster Martha zet ze zich op een bankje in de schaduw van een grote boom. Het is er heerlijk fris, het lukt de zon niet door de begroeiing heen te dringen. De zuster tikt zachtjes op haar knie.

'Fijn je te zien, Lucy.'

Als ze de zuster aankijkt, daalt er een rust op haar neer die haar schouders een handbreedte doet zakken. Dat ronde gezicht, in kreukels bijeen geknepen door de strakke hoofdkap, die eeuwige glimlach. De ogen altijd licht gesloten; het is alsof ze in rechtstreeks contact met een ander wereld staat. Een wereld waarin alles logisch en vloeiend is, niet zoals in haar hoofd, waar het schuurt en bonkt. Steeds luider naarmate de tijd na hun laatste ontmoeting verstrijkt, zodat ze soms op bed ligt met haar handen over haar oren en haar knieën opgetrokken, wachtend tot het zakt. Maar het verdwijnt pas als ze hier samen zitten, zij met Ester op schoot, wiegend op het ritme van de monologen van zuster Martha.

'Zuster?'

Lucy staart in de verte, naar een punt op een boomstam. Ze weet niet wat ze wil zeggen, het geluid komt ineens in haar op. De zuster valt stil en keert zich naar haar toe.

'Ja, Lucy?'

'Ik weet niet wie mijn moeder is.'

Iemand gilt, een huivering schiet langs haar ruggengraat. Een jonge zuster zit gehurkt op de binnenplaats en houdt een tuinslang vast. Terwijl ze met één hand een bovenarm met de omvang van een stok omklemt, spoelt ze met de andere ijskoud water over een bloot kind dat op het zand ligt; de zoom van haar habijt kleurt langzaam donker. Het kind loeit als een wolf in de nacht. Van pijn of van genot, dat is niet duidelijk.

Terwijl ze de woorden 'mijn moeder' uitspreekt, gloeien Lucy's wangen op. Maar de zuster reageert niet, kijkt haar alleen maar aan met die opwaarts gekrulde lippen en half geloken ogen.

'Dat is toch vreemd? Ik bedoel: ik was al best oud toen ze vertrok. Tien of zo.'

Lucy probeert zich dat meisje voor de geest te halen, maar alleen een beeld van Angelica doemt op, samen dansend in hun mooie jurkjes. Misschien was ze zelfs ouder.

'Ik heb helemaal geen herinnering aan haar. Ik zie geen gezicht, hoor geen stem, heb geen beeld van mijzelf als haar kind. Ik heb haar ook nooit gemist. Op een dag ging ze weg, kwam niet terug, en ik ging door met leven.'

Ze denkt aan de nacht dat ze de heldere ogen zag: van haar moeder, van haar zoon? Ze weet het niet meer. Haar hand onder de doek om Esters billen wordt warm. Ze verschoont haar later wel. Lucy schudt haar haren uit haar gezicht in een poging de gedachten van zich af te werpen. Ze begrijpt het niet. Toen ze haar eerste kind kreeg, was het nooit in haar opgekomen dat hij een moeder zou kunnen missen; dat deed ze zelf ook niet. Toen ze hem afstond dacht ze dat alles weer zou zijn als daarvoor. Een jaar eerder had ze geen kind, en nadat ze hem aan Maria had meegegeven ook niet: op die tussenliggende negen maanden na was er niets veranderd in haar leven.

'Wat maakt het uit, zuster?'

Lucy gaat verzitten, verplaatst het gewicht van Ester naar haar andere arm zodat ze de vrouw beter aan kan kijken.

'Wat maakt het uit of je wel of geen moeder hebt? Zeker als je haar nooit hebt gekend, of geen herinnering aan haar hebt?'

Ze bijt op de binnenkant van haar wang terwijl ze nadenkt over haar woorden. Ze begrijpt zelf niet goed wat ze zegt, wat ze wil vragen. De zuster pakt haar hand.

'Lucy.' De vrouw zucht even, maar blijft glimlachen. 'Iedereen heeft inderdaad zijn eigen leven te leiden, voor het oog van God. Maar kinderen zijn een geschenk. Ook over door hun moeder verlaten kinderen zal God zich ontfermen?'

Lucy knikt even alsof ze het begrijpt.

'Maar ieder kind is op unieke wijze geschapen en heeft door Gods hand in jou vorm gekregen.'

Zuster Martha's mondhoeken zakken tot haar lippen een streep vormen, de plooien naast haar ogen zijn verdwenen en ze kijkt Lucy ernstig aan.

'Eens opgerekt, krimpt een baarmoeder niet meer terug naar zijn oude vorm, Lucy. Een kind blijft altijd naar zijn moeder zoeken, zoals een moeder naar haar kind.'

Lucy slaat beschaamd haar ogen neer en legt haar handpalm op haar buik. Zou dat het zijn? Zijn zij allemaal verloren puzzelstukjes? Haar moeder en zij. Zijzelf en de twee kinderen die ze voortbracht? Iedereen die uit het plaatje wordt weggehaald slaat een gat in het geheel dat niet door een ander kan worden ingevuld. De fontein in de stad. Maria, de vrouw aan wie ze haar zoon meegaf. De vrouw die alle stukjes verplaatste. Zou zij het antwoord hebben? Lucy kijkt naar het meisje in haar armen; ze zou haar zo inruilen voor haar eerste kind. De lichtheid die zich over haar verspreidde toen de zuster haar gebeden uitsprak is verdwenen.

'Kom,' zegt ze tegen de zuster. 'Ik ga haar wassen en eten geven. Misschien kan ik daarna nog ergens mee helpen.'

De vrouwen komen overeind en lopen terug naar het gebouw. Lucy zucht diep en duikt dan door het deurgat naar binnen. Puzzelstukjes, denkt ze terwijl ze links en rechts kinderen hoort jengelen. Allemaal puzzelstukjes.

23
De berg

Al maandenlang wordt er naar uitgekeken: het muziekevenement op het voetbalveldje in de laagste bairro. Iedereen kent wel iemand die meedoet: een buurmeisje of nichtje in een van de dansgroepen of iemand in de band. Het is nooit eerder voorgekomen dat er een avond is georganiseerd die toegankelijk is voor iedereen op de berg; men houdt zich altijd strikt aan de onzichtbare maar niet te betwisten grenzen tussen de wijken en komt alleen samen bij de eigen buurthuizen. De Organisatie heeft zijn goedkeuring gegeven, maar de spanning blijft. De hele week al knettert de opwinding tussen de huizen en verspreidt zich als afgetapte stroom bergopwaarts.

Vanavond is het zover. Wie naar zijn werk moet kijkt ieder uur op de klok, op de hoofdweg hebben de voedselstalletjes voorraad voor een week ingeslagen, en de zuiplappen die normaal rond de middag dronken zijn, zijn dat nu al voor de lunch. De kinderen zijn op van de zenuwen en worden door hun moeder krijsend in nieuwe kleding gestoken, die al na vijf minuten spelen vies is. De kapsalons zijn zo overvol dat de stoelen tot buiten staan uitgestald. Op plastic stoelen, kratjes of stoepranden: overal zitten klanten die geholpen willen worden. Het gezoem van tondeuses klinkt terwijl mannen in de nek en bij de oren worden getrimd. Twee, drie kapsters rond één vrouwenhoofd, hun vingers schieten heen en weer terwijl ze de vlechten zo strak tegen de hoofdhuid knopen dat ik vrees dat die van de schedel loskomt. Er wordt gestijld, gekruld, ingevet en gepoederd terwijl de radio overal op vol volume staat.

Gía verschijnt in de deuropening van ons huisje met twee jurkjes in haar hand. Een witte en een blauwe. Zweet glinstert op haar bovenlip.

'Deze of deze?'

Ik kijk naar haar kwaaiige blik. De ogen tot spleetjes vernauwd, als een kat voor de sprong. Haar blote benen staan als tentstokken in de grond geduwd, haar voeten licht naar buiten. Dreigend zwaait ze de jurkjes heen en weer.

'Welke!'

Ik lach. 'Jij hebt er zin in!' Ze draait zich om en stampt naar binnen.

Voorzichtig leg ik de broek met de losgeschoten zoom neer en loop naar het deurgat. Mijn lichaam blokkeert het beetje licht dat in de kamer valt.

'Die rode,' zeg ik. 'Die rode met de spaghettibandjes.' Haar blik schiet mijn kant op. Ze rommelt tussen de kleerhangers aan de muur en vist het jurkje ertussenuit. Met twee armen trekt ze haar T-shirt over haar hoofd zodat ze in niets meer dan een onderbroek staat. Ik wil dichterbij komen, maar ze heft een vinger als een schooljuf.

'Weg jij. Ik ben nog lang niet klaar.'

Ze stapt in het jurkje, trekt het omhoog over haar heupen en steekt haar armen door de lussen. Sinds de ochtend dat ze de weg naar het strand afliep voor de ontmoeting met Gus, heb ik het haar niet meer zien dragen. Ze draait een pirouette voor me en gaat dan aan het tafeltje zitten dat mede dienstdoet als aanrecht. Ze trekt de spiegel naar zich toe en met lange slagen borstelt ze haar haren; het doet me denken aan haar moeder. De waaier aan haar die over de rand van de matras viel en zich uitspreidde over de grond. Gía gebaart met haar hand dat ik weg moet en ik trek me grijnzend terug.

*

Uit alle hoeken en gaten stromen mensen die naar beneden gaan. Het lijkt of de aarde ze uitspuugt, alsof ze niet alleen van de hogere niveaus van de berg af komen maar uit een ondergronds gangenstelsel opborrelen. Ik kijk met open mond om me heen en kan niet geloven dat hier zoveel mensen wonen. Tegelijk met de zon dalen we af, terwijl links en rechts steeds meer colonnes achter ons aansluiten. Overal tassen met bierblikken, rum, zoute nootjes, kaasballetjes en fruit voor de kinderen. Geroezemoes vult de stegen en nissen, de lucht zindert terwijl de stampende kudde de berg af gaat.

Hoe lager we komen, hoe breder de stegen, trappen en muren, tot in de diepte een kooi opdoemt waar alles samenkomt. Een klein voetbalveld met daaromheen metershoog gaas en tientallen trappen die dienst doen als tribunes. In de verte glinstert de oceaan, als een zwembad waarin deze gigantische glijbaan eindigt. Gía loopt naast me met vriendinnen en gebaart druk met haar handen. Soms botst ze tegen mijn schouder of grijpt ze bij een steil stuk even mijn arm, zonder haar woordenstroom te onderbreken. Ze heeft het rode jurkje aangehouden en een bloem boven haar oor gestoken, waardoor haar haren aan één zijde uit haar gezicht worden gehouden. Het buurmeisje heeft haar nagels voor haar gelakt: rood met een gele rand, zowel van haar handen als voeten. In de lucht hangt een mengsel van parfum, barbecue en marihuana; een man blaast net een wolk uit als wij passeren en Gía hoest opzichtig.

We naderen de kuil zo dicht mogelijk, tot alles voor ons tot stilstand komt. Om ons heen gebeurt hetzelfde; in de diepte rond het veld zitten kinderen op de grond, daarboven voegt men in, en tot waar ik maar in de verte kan kijken naderen hoofden. Overal staan mannen op wacht, de Organisatie neemt geen enkel risico. Bewaking staat op de daken, boven op muurtjes en in het gelid langs traptreden om de kleintjes erdoor te laten naar de voorste rijen. Het zijn puberjongens met een kippenborst en schone armen, en kolossen van kerels die tot hun enkels met inkt zijn bedekt. De schaduw van Negro schiet door mijn hoofd en snel grijp ik Gía bij haar middel.

'Meu Deus, dit is ongelofelijk.'

Ze giechelt en gooit haar hoofd naar achteren. Vanuit haar ooghoeken kijkt ze of haar vriendinnen het wel zien. Ik trek haar met haar rug naar me toe en sla mijn armen rond haar middel. Mijn kin rust op haar kruin en ik zoek met mijn ogen het voetbalveld af. Er is zoveel te zien dat ik niet weet waar ik moet beginnen.

Het veld is gevuld met rijen volwassenen en kinderen met instrumenten die doodstil op hun plaats staan, als soldaten in een erehaag. Hun benen wijd en hun armen in een A-vorm langs hun lijf gestrekt, de meesten met stokken in de handen. Gía wijst naar bepaalde muzikanten en vertelt wie ze kent en welke instrumenten ze hebben. Achteraan staan gespierde kerels met trommels die tot hun navel reiken – djembés en conga's – waarop ze hun vingers laten rusten, en mannen met op hun buik een grote trom bevestigd aan een harnas. In hun handen hebben ze knotsen met aan het uiteinde een wattenkop. Ik zie een manshoge koperen gong, een paar olievaten en rijen jongens met trommels die als stierenballen tussen hun gespreide benen hangen. Daarvóór staan vrouwen achter conga's op een standaard, tientallen kinderen met jerrycans, verfblikken en oude accu's rond hun taille geknoopt, een dj met een draaitafel en een hoek waarin een groep met ijzerwaren, *tambourims* en *maracas* in een driehoek staat opgesteld. Aan de achterkant wordt het veld begrensd door een stenen gebouw. Op het dak daarvan staan tienermeisjes klaar in formatie, hun ledematen lang en elastisch alsof ze zojuist zijn ontkiemd. Ze dragen allemaal hetzelfde broekje en topje, met in glitterstof letters erop genaaid. Ook zij staan doodstil in dezelfde houding, hun ogen gefixeerd op het publiek. Gía wipt omhoog van opwinding en mijn kaken slaan tegen elkaar.

'Kijk: daar is Zita!' jubelt ze, als ze een meisje boven op het dak herkent. Met beide armen zwaait ze in de lucht, 'Zita! Zita!', maar het kind knippert niet eens met haar ogen. Een vriendin stoot haar aan en probeert de herrie te overschreeuwen. 'Stil, ze beginnen.'

Op het voetbalveld heffen de mannen op de achterste rij hun armen. Spieren bollen op in de laaghangende zon en als ze allemaal gelijktijdig hun handen en knotsen op het trommelvel laten neerkomen, beeft de grond onder mijn voeten. Alsof iemand in één keer de geluidskraan dichtdraait is het plotseling doodstil. Tienduizenden mensen staan als aan de grond genageld te kijken, in afwachting van de volgende beweging. Even vrees ik dat de berg onder ons implodeert en wij massaal de diepte in zullen storten, zo hard was die eerste slag. Zelfs Gía staat stil. Ik houd mijn adem in en zie de mannen hun armen weer langzaam heffen. Naarmate ze aan hoogte winnen, zuigt mijn borstkas zich vol. *Boem.* Recht in mijn onderbuik. Nog een keer. *Boem.* Het ijzeren gaas rond het veld ritselt, als opvliegende bladeren in de wind. Ik voel mijn hart bonzen, mijn bloed wordt opgejaagd. De armen rijzen. De mannen staren recht voor zich uit, alleen de hefbomen aan hun schouders bewegen.

Boem.

Rust.

Boem.

Rust.

Boem. Rust. *Boem.*

Steeds sneller slaan ze, tot ze op een gegeven moment een gelijkmatig ritme aanhouden: links, rechts, links, rechts, als molenwieken zwiepen ze door de lucht en laten de aarde beven. De zon is verdwenen en vanuit zee verschijnt een bloedrode mist die langzaam de hemel vult. Zwarte rotsen rijzen op uit het water. Precies op het moment dat de mannen op de laatste rij hun handen in de lucht hebben, begint de rij voor hen nu driemaal met de vingertoppen op het gespannen vel te tikken.

Boem. Tak, tak, tak.

Boem. Tak, tak, tak.

Boem. Tak, tak, tak.

De haartjes op mijn armen schieten omhoog alsof hun vingers rechtstreeks op mijn huid slaan. Opeens denk ik aan de dag dat ik in de bewoonde wereld aankwam en op de weg naar het strand de carnavalsoptocht tegenkwam. De haan, de dansers, de trommels. Vooraan begint de helft van de groep kinderen met twee stokken tegelijk op hun blikken te rammen: tweemaal snel achter elkaar en dan weer rust. De andere helft valt in en beweegt razendsnel hun stokken in afwisseling: links, rechts, links, rechts; zonder een seconde te stoppen roffelen ze een melodie die uitstijgt boven het zware gerommel. Het geluid vanuit de kuil zwelt aan en weerkaatst tegen de hellingen van de berg, komt terug en botst halverwege op nieuwe geluidsgolven tot wij het middelpunt van een massieve, pompende tol zijn. De grond onder mijn voeten beeft nog steeds, maar ik weet niet of dat door de instrumenten of de springende menigte komt.

Ik kijk om me heen en zie vanaf het veld tot in de verte duizenden hoofden op en neer gaan, als kringvormige golven rond een steen in het water; iedereen staat te klappen, te springen en te stampen. De meisjes in kostuum op het dak slaan simultaan hun armen uit als adelaars, stappen naar voren, draaien hun heupen en zakken als één persoon door hun knieën. Ze rollen over de grond, schudden hun boezem heen en weer met hun handpalmen naar voren gekeerd en springen met gestrekte tenen in de lucht. En weer opnieuw, tot ik geen verschil meer zie tussen draaiende borsten en billen, kronkelende armen en benen. Gía heeft me allang weggeduwd en staat op haar plaats te dansen, we kunnen niet voor- of achteruit in de mensenmassa, maar het ziet eruit alsof ze alle ruimte heeft. Ik kan me alleen maar concentreren op mijn hartslag en ademhaling, die tekeergaan alsof ik daar zelf op het veld sta. Ik heb nog nooit zoiets meegemaakt, het is niet te vergelijken met de live-muziek die ik weleens op het strand zag, of de oefensessies in de wijk. Het schelle geluid van tientallen triangels en koebellen klieft nu dwars door het tromgeroffel, ik hoor gouden klankstaven tingelen en ijzerballetjes ratelen. Dan: een hoge fluittoon en iedereen staat stil.

De muzikanten, de dansers, maar ook het publiek, alsof het een van tevoren afgesproken teken is. Verbaasd kijk ik om me heen, maar het lijkt erbij te horen. Voor de muzikanten staat een man, met zijn rug naar ons toe als een leeuwentemmer, een fluit in zijn mond. Het is doodstil en in het schemerdonker stijgen hete dampen op van de mensen op alle niveaus om ons heen. Zelfs de kleine kinderen vooraan geven geen kik. Als een stier in de arena wachten we af, ademen zwaar in en uit. Dan fluit de man een paar keer en barst het orkest los in een oorverdovend spektakel. Alle muzikanten slaan de armen uit hun lijf terwijl hun lichaam oplicht van het zweet. De meisjes op het dak zwiepen zo hard met hun armen en benen dat ik de luchtverplaatsing langs mijn wangen denk te kunnen voelen.

De menigte springt en joelt als één persoon en overal zie ik dingen bewegen die niet zouden moeten bewegen. Geïmproviseerde stroomkabels, daken, trapleuningen en bomen; de berg zindert onder het gestamp van de menigte die een ingestudeerde dans lijkt uit te voeren. De bewaking springt soms tussenbeide, duwt al te wilde mannen achteruit met hun geweer. Mensen verliezen zichzelf in de muziek, dansen en springen tegelijk met de trommels; bij een volgend deel waarin de muzikanten versnellen steekt men de vingers in de lucht en draait met de polsen om te eindigen in een samenspel van vraag en antwoord, waarbij de grote trommels een aantal slagen slaan en het publiek reageert met een luidkeels '*Hé!*' Tientallen keren achter elkaar.

Gía is door het dolle heen. De spaghettibandjes zakken om de beurt af, ze pompt met haar vuist in de lucht. Ik sta achter haar, mijn armen stijf tegen mijn lichaam gedrukt. De man met de fluit heeft een microfoon gepakt en zich omgedraaid; hij rapt voor het publiek, spuugt aaneengeregen protesten uit die precies lijken te verwoorden wat de massa voelt, en richt zijn microfoon op ons zodat wij zijn zinnen naschreeuwen. Met open mond kijk ik het aan. Na de leegte van de vlakte en het strand, was de overgang naar de drukbevolkte berg groot geweest. Toch had ik me de laatste tijd vrij gevoeld, groot en sterk. Maar zoveel mensen als hier samen zijn, het is angstaanjagend en tegelijkertijd oogt het strak georganiseerd. In mijn ooghoeken zie ik hoe een dronken vent die te veel ruimte opeist door een bewaker met een klap van zijn geweerkolf tegen de grond wordt gewerkt. Snel kijk ik weer voor me. Ik voel me met mijn stijve lichaam de steen in stromend water; ik ben bang dat ik opval. Voorzichtig schuif ik met mijn voeten over de grond terwijl ik mijn armen in de lucht steek. Ik klak met mijn tong en probeer mee te doen met de trommels.

Boem takketakketakke boem.

Boem takketakketakke boem.

Gía's haren zwiepen tegen mijn gezicht en even kijkt ze om, haar tanden ontbloot in een grijns als ze ziet dat ik meedoe.

De hemel kleurt donkerpaars. De duisternis sluit ons in en maakt de buitenste tribunes langzaamaan minder zichtbaar, ring na ring, tot ik na een tijdje alleen nog de mensen onder ons zie, en het oplichtende ijzer van de instrumenten. De spanning in mijn lichaam neemt af nu ik de massa niet meer kan zien. De band speelt onvermoeibaar verder, zet zelfs een tandje bij terwijl de gekromde rug van de dj boven zijn draaitafel op en neer pompt. Ik luister naar de muziek, het geschreeuw om me heen en voel mezelf steeds losser worden, verzet me niet meer tegen de trilling in mijn onderbuik. Op enig moment springen de avondlichten in de stad aan en trekken de aandacht weg: gestapelde lichtblokken in torenflats, lantaarnpalen, verlichte sportvelden en snelwegen als lichtslangen. Als bellen klappen ze open, en hun licht laat ons dieper in het zwart wegzakken. Zij kennen geen avondklok. Zij kennen het echte donker van de nacht niet. Alsof bij ons een stroomschakelaar is uitgevallen, dooft het gezang van het publiek langzaam uit terwijl de hoofden naar links draaien, naar de prachtig verlichte stad. De instrumenten vallen stil, de fluit weerklinkt en we bereiden ons voor op het einde van de avond.

Als de laatste trommel is gestopt staan we met tienduizenden hijgend in het pikdonker. Een wolk van damp hangt als een deken boven de hoofden terwijl een oorverdovend applaus klinkt. Gía kijkt naar me op met het gezicht van een zielige pup, haar hoofd schuin en haar mondhoeken naar beneden getrokken. Haar haren zitten in de war en zweetdruppeltjes glanzen in het richeltje boven haar lip. Ik pak haar handen beet en klap ermee tot ze haar verzet opgeeft en moet lachen. Het applaus houdt aan, ook als mijn armen zwaar worden en Gía haar handen terugtrekt om zelf zachter door te klappen. Zolang we klappen, is de avond niet ten einde. De kinderen in de kuil klappen, de muzikanten zelf klappen, zelfs de meest woest ogende bewakers laten hun wapens diagonaal op hun buik rusten en klappen de vellen van hun handen. Dan slaakt de dj een harde kreet en terwijl de man vooraan opeens keihard op zijn fluit blaast, steekt hij twee vingers in de donkere lucht. Verschrikt kijken we omhoog. Boven op de stalen kooiconstructie rond het veld schieten schijnwerpers aan en bij de menigte stokt de adem, blijven handen halverwege het klappen in de lucht hangen. Iedereen weet dat we na de avondklok geen groot licht mogen laten branden. In de fel uitgelichte arena onder ons breken de gezichten van de muzikanten open in een glimlach en met hun hoofd in hun nek, begeleid door het stampende publiek, slaan ze nog één laatste keer het ritme van deze overwinningsmars, die nog maanden op de berg zal klinken.

24

De berg

Lucy staat op als het nog donker is. Er was een tijd dat Angelica en zij op dit tijdstip pas naar huis terugkeerden. Onderweg naar boven kwamen ze buurtgenoten tegen die aan hun werkdag begonnen. De intimiteit van die ontmoetingen vlak voor zonsopgang stuurde haar altijd met een rustig gevoel naar bed, wat er die nacht ook was voorgevallen. Altijd dezelfde gezichten. Marisol, met ieder jaar weer een nieuw klein kind op haar rug gebonden en grote tassen in figuren gesneden fruit, dat ze aan de rand van de hoofdweg verkocht. Marco met zijn zoontje Marco jr., die zichzelf aanboden bij automonteurs in de stad voor de gevaarlijkste klusjes die niemand anders wilde doen. Al hun verdiende geld ging rechtstreeks naar de verzorging van Marco's andere zoon Richard, die als jongetje van twaalf een klus moest doen waarbij hij met een geïmproviseerde krik onder een auto lag. De rubberbanden waren al van het ding gestript, waardoor vier blank stalen wielkasten als cirkelzagen onder het casco hingen. De krik viel, Richard kroop als een haas zo snel onder de wagen vandaan en zag dat hij een onderbeen miste.

Dan de eindeloze rij meisjes en vrouwen in hun gesteven jurken met witte schorten, op weg naar hun leven als empregada in de stad. Thalia, Consuela, Marci, Lizzy, Doris, Manuela, Ana: hele generaties kwamen naar beneden, in dezelfde volgorde, op hetzelfde tijdstip. Als zij op een dag besloten niet meer te komen opdagen, zou de stad binnen afzienbare tijd in een noodtoestand verkeren.

Zeven dagen per week leggen de werkmieren hun route af. Wie ziek, zwak of afwezig is, wordt ingeruild. Onderling vervangbaar en daardoor vaak verward met onbelangrijk. De een na de ander daalde de steile trappen af terwijl Lucy en Angelica jarenlang dezelfde weg naar boven liepen. Ze begroetten elkaar vrolijk, wisselden wetenswaardigheden uit over een ziekte- of sterfgeval, een geboorte, of een aangekondigd huwelijk. Lucy benijdde de huishoudsters niet, die dag in dag uit werden gecommandeerd door vreemde vrouwen, zoals de huishoudsters zich gelukkig prezen dat ze niet elke nacht, zoals Lucy, vreemde mannen moesten bedienen. Zo hield iedereen zichzelf voor dat hij beter af was dan de ander, om de tocht draaglijk te maken.

De laatste keer dat ze tot in de ochtend heeft gefeest of gewerkt kan Lucy zich niet meer herinneren. Ze heeft nergens meer energie voor. Zelfs het grote muziekevenement had ze aan zich voorbij laten gaan – ondanks de smeekbeden van Angelica en de andere vrouwen. Ze was naar het tehuis gegaan en had met Ester op schoot onder de boom gezeten, terwijl de muziek uit de diepte bij vlagen de begroeiing oversteeg.

Ze houdt het badstoffen broekje aan waarin ze heeft geslapen en trekt een hemd over haar hoofd. Voor de spiegel kamt ze haar haren naar achteren. Met haar tong voelt ze over de afgebroken kies naast haar hoektand; als ze lacht is een gat in haar bovengebit zichtbaar. Haar ingevallen buik piept onder het te korte shirt uit, maar ze kan zich er niet toe zetten een ander aan te trekken. Voor ze de deur uit loopt grist ze twee plastic tasjes van het bed. Een tasje met schone doeken en geprakt fruit voor Ester in een Tupperwarebakje en een met een flesje nagellak, wat fruit en een stukje gebloemde stof dat ze heeft gevonden. Zachtjes klopt ze op de muur.

'Ik ben weg!'

Angelica heeft aangeboden mee te gaan, maar ze wil dit alleen doen. Ze snelt de deur uit, de helling af. Ze moet twee bairro's verder zijn, in het Vierde. Maar deze keer niet voor het kindertehuis.

De kortste route is Bairro Zes en Vijf overdwars doorkruisen, door een wirwar van steegjes. De andere optie is eerst afdalen naar de hoofdweg, die een stukje neerwaarts te volgen en dan bij Bairro Vier weer af te slaan, terug de berg op. Ze kiest voor het laatste omdat ze dan de optocht van werkmieren zal tegenkomen. Lucy hoort het geroezemoes al boven de boomtoppen uitstijgen en al snel kan ze zich aansluiten bij het staartje van een groep vrouwen die achter elkaar in eendenpas de berg afdalen. Als de achterste vrouw haar opmerkt, slaakt ze een gil.

'Lucyyyyyyyy!'

De een na de ander begroet haar hartelijk, terwijl ze in gelijke tred blijven doorlopen.

'*Como está, menina!'* roept de voorste vrouw enthousiast naar achteren terwijl ze uitgelaten wuift.

'Lang geleden!' roept een ander, terwijl ze haar handen dramatisch ten hemel heft. En een derde, waardoor iedereen in de lach schiet: 'We dachten dat je dood was!'

De stoet baant zich lachend een weg naar beneden, terwijl zich van alle kanten steeds meer vrouwen en een enkele man bij hen aansluiten. Bij de brede hoofdweg slaan ze links af, naar beneden. Aan weerszijden haken vrouwen hun armen in die van Lucy en ze merkt hoezeer ze dit gemist heeft.

'*Oi oi oi*, die man gisteren stonk zó naar rotte vis dat ik hem eerst met een sopje en een spons heb afgenomen. "Massage van het huis," zei ik.'

De andere vrouwen schateren het uit en vertellen hun eigen verhalen.

'Die mannen van jou vertrekken tenminste weer. Mijn senhora, daar zit ik nog de rest van mijn leven aan vast! En maar klagen en zeuren: "Edith, kun je me ontbijt op bed brengen? Edith, waar zijn mijn zijden kousen? Edith, waarom slaapt mijn man nooit meer bij me?" Misschien omdat je een verzuurde heks bent!'

Ze zijn nog niet uitgelachen of weer een ander vertelt trots over het eindexamen van een van ‘haar’ kinderen, die ze als vaste huishoudster al vanaf hun geboorte opvoedt.

‘Ik heb een prachtige jurk voor haar laten maken voor het eindbal. Al maanden zijn we ermee bezig, haar moeder weet het niet eens. Lulu komt ieder week even langs,’ ze gebaart naar de vrouw naast zich, ‘en heeft ’m helemaal op maat gemaakt.’ Lulu knikt en de vrouw vervolgt: ‘Het zag er even naar uit dat ze het niet ging redden, maar ik heb haar maandenlang bijles gegeven en ben dolgelukkig dat ze het heeft gehaald.’

De vrouw schraapt haar keel en ze zijn even stil. Waarschijnlijk weet het betreffende meisje niet dat haar geliefde huishoudster zelf een dochter van dezelfde leeftijd heeft, die in een buurland opgroeit bij haar oma en die ze al zes jaar niet heeft gezien.

‘Willen jullie iets grappigs horen?’ Een vrouw drie koppen groter en een mens breder dan Lucy doorbreekt met haar zware stem de stilte. Haar boezem vult alle stof tussen haar boord en tailleband en op haar bovenlip zit een zwarte donslaag. Ze doet Lucy aan Ray denken.

‘Mijn nieuwe senhora wil dat ik haar iedere avond masseer. Ze komt uit het buitenland, haar man werkt voor een *gringo* bedrijf en is nooit thuis en haar kinderen zijn brutale etters; ze zegt dat ze zulke gespannen spieren heeft. Dat geloof ik graag, want ze gilt de hele dag tegen me. Nu kan ik niet masseren, dus ik kneed haar rug een beetje, haar kuiten, enzovoort; zegt dat mens op een gegeven moment dat ik iets hoger tussen haar dijen moet wrijven. Dus weten jullie wat ik tegenwoordig doe?’

De vrouw buldert het al uit terwijl de rest in spanning afwacht.

‘Ik doe mijn schoonmaakhandschoenen aan,’ ze steekt haar armen in de lucht en wrijft met haar ene hand over de andere alsof ze het latex aantrekt, ‘neem een lik vaseline en geef haar precies wat ze nodig heeft.’ Ze friemelt met haar dikke vingers in de lucht. ‘Sindsdien is ze zo mak als een lammetje.’

De vrouwen gieren het uit van het lachen. Ze lopen gearmd

verder en houden automatisch elkaars pas aan: links, rechts. Aan weerszijden van de hoofdweg worden rolluiken omhooggetrokken en de eerste braadkarren worden gevuld met kolen. Een paar vrouwen zitten wijdbeens op kratten kip te plukken. In de verte kleurt de zee rood, geel, violet en blauw. Het licht weerkaatst op de wolkenkrabbers van de stad, die als dolken in de lucht steken.

Na een half uur lopen slaat Lucy af, het Vierde in. Ze zwaait de vrouwen na en begint aan de lange klim. Angelica heeft haar verteld waar ze moet zijn; in een van de verste uithoeken van de bairro, in overeenstemming met de rang die Maria en haar zus nu bekleden. Hoe anders is dat ooit geweest, toen Maria nog een prominente positie in de gemeenschap had. Pensioen kent men hier niet, je dagwaarde telt. Met iedere stap die ze zet, trekt haar middenrif hoger samen en wordt het bonzen van haar hart luider; ze is het niet gewend op het lot vooruit te lopen. En wat komt ze hier nou eigenlijk doen? Een wit voetje bij Hem halen, waarvan ze vanmiddag verslag kan doen bij de zuster?

Ze jaagt zichzelf omhoog, sneller dan haar lief is; plant haar voeten schuin in de aarde en voelt hoe de inspanning het langzaam overneemt van de angst. Hijgend bereikt ze het laatste stuk, een steile helling met verzakte huisjes rechts van haar, en aan de linkerkant een geul. Ze houdt in en draait zich om, ze ademt zwaar. Duizenden, tienduizenden daken strekken zich onder haar uit, zo hoog is ze nog nooit geweest. Haar tenen zetten zich schrap in haar slippers als ze voorover helt, de diepte in. Opeens denkt ze aan de keer, lang geleden, dat ze van de stad terugliep naar huis. Het was de nacht na de politie-inval, en ze had de berg voor het eerst van veraf gezien. Waar zou ze nu staan? Zou iemand in de stad naar haar kijken? Lucy staart in de verte, strekt haar armen voor zich uit en maakt een raam van haar handen. Ze kijkt erdoor naar het stuk land dat zich onder dezelfde wolken uitstrekt, op dezelfde momenten nat wordt van de regen en op dezelfde momenten zucht onder de hete zon. Ze laat haar amen langs haar lichaam zakken en draait zich naar de diepe geul onder haar, naast het pad. Her en der liggen bergen gedumpte vuilnis, en midden in de poepstroom, op een verhoging van zand, staat een hut van golfplaten met een gekleurde doek als deur. Het scheve dak glinstert in de zon, die nu snel klimt. Er is geen mens te bekennen.

Voorzichtig laat ze zich van het steile pad af glijden, wankelt maar hervindt haar evenwicht. Voor de doek stopt ze en luistert gespannen. Niets. Ze knijpt haar ogen dicht en haalt diep adem. Dan duwt ze de doek opzij.

Een vette wasem komt haar vanuit de hut tegemoet en ze houdt haar adem in. Binnen is het pikdonker. Ze schuift de doek verder opzij zodat het daglicht zich langs haar flanken een weg naar binnen kan vinden. Achter in de hoek zit een verfrommeld vogeltje in een rolstoel zonder wielen, de stalen voetsteunen hebben zich in het zand geboord. Twee naar binnen gekeerde kousenvoeten zijn erop vastgebonden. Lucy slikt en fluistert: 'Maria.'

Niets. Nog eens: 'Maria.'

Geen enkele reactie. Lucy's blik dwaalt langs de ledematen omhoog en blijft steken bij de kruin van de vrouw. Lucy kan een glimlach niet onderdrukken als ze het vette zwarte haar ziet met aan de onderkant een felgele rand. Binnen niet al te lange tijd zal ook die laatste blonde strook als herinnering aan een beter bestaan verdwijnen.

'Wie is daar?'

Van achter haar klinkt een paniekerige stem. Lucy draait zich snel om en ziet een vrouw gehaast aan komen lopen. Verontschuldigend heft ze haar handen.

'Sorry, ik bedoel het niet verkeerd. Mijn naam is Ana Lucia. Ik ben op zoek naar Maria. Ik ben een... vriendin van haar.'

Bij dat laatste slaat ze haar ogen neer. De vrouw is de helling af gesneld en staat nu ongemakkelijk dicht bij Lucy op het kleine stukje rechte grond voor de hut. Lucy dwingt zichzelf haar aan te kijken. Ze lijkt sprekend op Maria, met dezelfde lange, vermoeide trekken en vale teint. Ook zij heeft geblondeerd haar, maar met slechts een paar centimeter uitgroei. Beelden van de fontein en de ijssalon – het lijkt een leven geleden. Is het vijftien jaar? Twintig? De vrouw neemt haar van top tot teen op.

'Ik ben Louisa,' bijt ze Lucy toe, en ze duikt langs haar naar binnen. 'Kom maar,' roept ze over haar schouder. Lucy doet aarzelend een stap voorwaarts naast de vrouw zodat ze nu samen in de vierkante hut staan; gedrieën past het net. Zodra de doek achter haar dichtgaat, valt de lucht op haar neer.

'Mag hij open?' vraagt ze terwijl ze naar de doek knikt. De vrouw aarzelt even.

'Liever niet.'

'Ik blijf wel in de deuropening staan,' dringt Lucy aan. Louisa haalt haar schouders op. Lucy klapt de doek weg, maar het is buiten zo heet dat de stank in de hut niet vervliegt. Met een grote pas staat ze voor de rolstoel en knielt neer. Ze pakt een gekromde hand vast.

'Maria. Ik ben het, Lucy.'

Geen reactie.

'Ana Lucía, weet je nog?'

Terwijl ze met haar duimen over Maria's handen wrijft, begint Lucy te praten. Over Angelica, over de buurt, de andere meisjes die Maria heeft geholpen en hoe het met hen gaat. Over de feestjes en hoe zij hen altijd voorhield dat die de bron van alle kwaad waren. Ze citeert een van Maria's wijsheden uit die tijd: '*Dançar com o diabo, o caminhar com Deus.*' Dans met de duivel of wandel met God. Met een zwaaiende vinger, precies zoals Maria altijd deed. Achter zich hoort ze een schor lachje.

'Ik hoor het haar zo zeggen.'

De lach vervliegt snel en Lucy weet niet meer wat ze moet zeggen.

'Ik heb nagellak voor je meegenomen.'

Een blik op de kromgetrokken voeten in de ijzeren steunen en ze heeft spijt dat ze het gezegd heeft. Die had ze beter zelf kunnen houden. Ze masseert de verkrampte handen van de vrouw in een poging haar eigen herinneringen te reanimeren. Louisa brengt haar een kistje om op te zitten en Lucy vlecht haar woorden om Maria heen, zoals zuster Martha dat altijd bij haar doet.

'Hij geneest wie gebroken zijn en verzorgt hun diepe wonden.'

Ze zet haar woorden kracht bij door Maria hard te knijpen. De vrouw knippert even met haar ogen en Lucy springt achteruit.

'Louisa! Ze reageert!'

Stoïcijns kijkt de zus haar aan.

'Ja, natuurlijk, ze is niet achterlijk.'

Met een grijze doek veegt de vrouw kwijl van Maria's onderlip en duwt haar tong naar binnen.

'Ze kan niets meer omdat ze haar zenuwstelsel hebben beschadigd, maar ze hoort en begrijpt wel iets. Zolang ik spierverslappers krijg om nieuwe aanvallen tegen te gaan, zingt ze het wel uit.'

Lucy knikt. Niemand hier heeft fatsoenlijke medicijnen, maar blijkbaar heeft de Organisatie haar niet helemaal laten stikken.

'Als je iets wil weten, vraag het haar dan gewoon.'

Lucy voelt zich ontmaskerd. Ze ontwijkt Louisa's blik.

'Goed, misschien heb ik wel een vraag.'

Ze blijft rechtop staan terwijl ze zich tot Maria richt.

'Maria. Weet je nog, die dag bij de fontein?'

De kruin staart terug.

'Als je wil weten wat er met je kind is gebeurd, kan ik dat wel voor je opzoeken, hoor.'

Lucy verslikt zich en proest het uit. Louisa loopt naar een plank aan de muur en pakt een vrolijk beschilderd sigarenkistje. Een dansende gele worm met grote ogen staart haar lachend aan.

'Dit heb ik uit handen van die klootzakken weten te redden.'

Uit het kistje vist ze een oud schoolschrift. Ze kijkt Maria strak aan.

'Wanneer was het?'

Het schrift valt open in het midden. De vergeelde bladzijden zijn verdeeld in keurige kolommen gevuld met pennenstreken. Lucy staart ernaar en denkt koortsachtig na. Ze weet het niet. Ze was nog maar een kind. Dat dacht dat ze het allemaal wist. Soms lijkt het wel of ze achterwaarts leeft.

'Tien jaar geleden?'

Lucy schudt haar hoofd.

'Twintig jaar geleden?'

'Zoiets. Denk ik.'

Louisa bladert door het schrift, maar slaat al snel haar ogen op.

'Kijk even mee, wil je. Dat is te vaag.'

Lucy komt achter haar staan en kijkt mee over haar schouder. Haar benen beven; dit had ze niet verwacht. Wil ze dit wel?

Het schrift bevat een overzicht van kinderen die aan Maria zijn afgestaan, verdeeld in vijf kolommen. Bladzijde na bladzijde volgeschreven met haar nette handschrift. Een paar doorhalingen en uitroeptekens, maar bovenal: gestructureerd als een kasboek. Lucy kan niet snel lezen, maar als ze zich concentreert lukken deze cijfers en letters haar wel. De eerste kolom geeft de datum aan, de tweede de locatie, de derde de gegevens van de moeder, de vierde die van het kind en de vijfde een verwijzing naar waar het kind naartoe gaat. Soms zijn bepaalde kolommen leeg, meestal de derde. Lucy begrijpt dat wel: een kind werd vaak via via naar Maria gebracht, zodat niemand meer wist wie het gebaard had. Lucy staart naar het bundeltje papier dat het lot van honderden, misschien wel duizenden kinderen bevat. Verplaatste puzzelstukjes. Louisa gaat met haar wijsvinger langs de kolommen.

'11 januari 1994, Bairro Drie, Michaëla krijgt een…,' ze schuift haar vinger een stukje opzij, 'meisje, geen naam.'

De vrouw bladert verder.

'9 april 1994, stadscentrum, Maria krijgt een tweeling, gaat naar het gezin Sampedro.'

Louisa stopt en haar wenkbrauwen gaan omhoog.

'Nee, dat is 'm dus zeker niet.'

Pagina voor pagina gaan ze af. Lucy voelt hoe haar hartslag zich verplaatst van haar buik via haar keel naar een plek tussen haar ogen, terwijl haar benen steeds weker worden. Ze kan zich niet goed concentreren en de letters beginnen te dansen over het papier, de strakke lijnen tussen de kolommen gaan als springtouwen heen en weer, door elkaar heen. Ze vraagt zich af wat ze hier in godsnaam komt doen en onderdrukt met alle macht de drang de hut te ontvluchten. Ze zoekt naar woorden van zuster Martha, maar komt niet verder dan een weesgegroetje. Louisa bladert verder in de tijd; het moet hier ergens staan, anders kloppen de jaartallen echt niet meer.

'Daar!'

Lucy's vinger priemt zo hard in het schrift dat op de grond valt. Ze slaat haar handen voor haar mond.

Louisa raapt het schriftje van vloer, slaat het stof eraf en bladert terug naar waar ze waren.

'Hier.'

Ze overhandigt het aan Lucy, maar die beeft zo hevig dat ze het niet kan aannemen.

'Goed,' verzucht de vrouw, 'dan doe ik het wel.'

Ze draait het schrift en leest hardop voor.

'Ana Lucía, toch?'

Lucy knikt bijna onzichtbaar. Als ze nu gaat rennen, de deur uit, vanuit de geul omhoog tegen het heuveltje op, de berg af, kan ze dit hele avontuur misschien nog vergeten. Ze kijkt door de deuropening naar het zonlicht dat als een schijnwerper op de hut gericht staat. Net als de schijnwerpers die avond bij het buurthuis jaren geleden, toen de agenten kwamen. Het politiebureau, de cel, de knuppel. Ze ziet de ogen van Ray, rustig en bemoedigend. Toe maar.

'Wat was het eigenlijk?'

Louisa tuurt naar de pagina's.

'Een jongen.'

Terwijl ze het woord uitspreekt trekt een stalen draad door de zenuwen van haar wervelkolom en haar hoofd en handen maken een schokachtige beweging.

'Nee,' constateert Louisa zakelijk, 'staat er niet bij.'

Ze wil het schriftje dichtklappen, maar Lucy houdt haar tegen.

'Ik zag toch echt "fontein" staan. Misschien bij "Lucy"?'

Vanuit de hoek klinkt gemurmel, maar haar ogen zijn gefixeerd op het papier. Louisa kijkt haar recht aan.

'Je had toch iets voor haar meegenomen? Misschien moet je dat even aan haar geven.' Ze houdt haar hand gespreid over het papier.

Uit haar evenwicht gebracht staart Lucy de oudere vrouw aan. Dan kijkt ze naar de plastic tasjes bij de deur. De Tupperwaredoos met fruit voor Ester steekt uit boven het ene tasje. Ze hoopt dat de vrouw het niet heeft opgemerkt. Ze hurkt neer en bedekt het snel, pakt het andere tasje en brengt het naar Maria.

'Kijk,' onhandig haalt ze de spulletjes eruit, 'wat fruit, en nagellak en dit,' ze houdt de gebloemde stof in haar handen, 'daar kun je bijvoorbeeld een potje mee afsluiten.'

Maria reageert niet en wanhopig kijkt Lucy omhoog naar Louisa.

'Het is al goed.'

Haar blik verzacht zich.

'Hier.'

Ze overhandigt Lucy het schriftje en wijst naar een punt op de linkerpagina. Lucy neem het schriftje nu wel aan. Haar hartslag is tussen haar ogen verdwenen, maar hamert nu van binnenuit tegen haar borst. Met een trillende wijsvinger glijdt ze over het papier en houdt stil bij haar eigen naam. Hardop leest ze voor:

'29 juni 1994. Fontein Praça do Dragão.'

Ze kijkt even op en knikt naar de vrouw. Dan schuift ze haar vinger naar rechts, met de kolommen mee.

'Lucy, 14 jaar, blond haar, groene ogen, gezond, Bairro Zes.'

Ze heeft de naam in de volgende kolom al zien staan, maar registreert hem niet. Een naam die ze, zo blijkt nu, het kind zelf heeft gegeven die dag bij de fontein met de draak, toen ze Maria bedankte.

Você é um anjo. Je bent een engel.

Een pin wordt uit de gewrichten in haar knieën getrokken; alsof ze opnieuw moet bevallen baant de naam zich een weg omhoog uit haar binnenste.

Anjo.

Haar lippen prevelen de letters. Ze leest verder.

'Jongen. Lichte teint, lichte ogen.'

Maar de volgende kolom, de laatste, is de belangrijkste. Er staat iets, maar het is doorgestreept. Lucy vernauwt haar pupillen en probeert zich te concentreren. Waarom zou Maria het hebben doorgestreept? Het tweede woord denkt ze te herkennen. *Politie.* Zou hij meegenomen zijn? De zenuwen worden Lucy te veel en ze laat het schrift weer bijna vallen. De letters komen omhoog achter de horizontale streep. Met een uiterste krachtinspanning probeert ze te lezen. *Hoofdcomm. politie.* De hoofdcommissaris van de politie. Erachter het adres.

Rua Augusto Dos Anjos.

Ze voelt een sprankje hoop in haar buik. Maar waarom is het doorgekrast?

'Daar.'

Louisa is achter haar komen staan en wijst met haar vinger op het papier. Rechts van de doorgekraste woorden, half over het nietje van het schrift geschreven op de andere pagina, staat nog iets. Met een pijl verwijst het naar de vijfde kolom. Lucy ziet de letters een woord vormen, maar ze smelten weg voor haar ogen als pek op heet asfalt. De muren van de hut lijken tegelijk uiteen te wijken en het dak wordt omhoog gezogen. De vrouwen, de stank, de hitte, de berg; het lost allemaal op in een gapend wit gat boven haar hoofd. Ze bevindt zich in een eindeloze lege ruimte met in de verte het woord in koeienletters: '*Sertão.*'

Lucy stort zich voorover, de hut uit. Haar benen zijn spaghettislierten, ze probeert weg te komen bij het huisje in de geul, maar daarvoor moet ze eerst tegen de helling op, omhoog, naar het pad. Ze graait met haar hand in de modder, verliest haar slippers, maar ze redt het. Eenmaal boven laat ze zich de steile berg af vallen. Haar voeten razen voort, takken zwiepen in haar gezicht en ze haalt zich open aan uitstekende keien. Als ze de hoek om slaat botst ze tegen iemand op en de impact brengt Lucy even aan het wankelen. De blikken van de vrouwen kruisen elkaar: de een op blote voeten, gehavend en bedekt met modder, de ander verzorgd, in nette kleding en duidelijk niet op haar plaats hier. Lucy mompelt een verontschuldiging en gaat door, over traptreden, door zand, langs begroeiing die tegen haar huid krast, in een zinloze poging weg te komen van de nieuwe realiteit die zich al in haar lichaam heeft genesteld.

25

De stad

Elizabet blijft staan, zet de tassen neer en veegt het zand van haar blouse. Ze kijkt de rennende vrouw na terwijl ze in haar geheugen graaft waar ze haar eerder heeft gezien. Het blonde haar, die motoriek. Maar het kan bijna niet, dat soort vrouwen bestaan niet in haar omgeving. Misschien zoekt ze gewoon een excuus om even te vertragen op de lange tocht naar boven, waar ze iedere keer zo tegen opziet.

Ze pakt de tassen en vervolgt haar weg met haar armen gestrekt langs haar lichaam. Met haar neus naar de grond gericht beklimt ze de helling, staart naar de witte gympen. Af en toe komt ze mensen tegen, maar ze blijft stug naar beneden staren en loopt door. Tientallen keren heeft ze deze weg inmiddels afgelegd; ze is niet bang, ze heeft een missie. Het voelt als een patrouille zoals tijdens haar vroege dienstjaren. Een man die met ontbloot bovenlijf over een muurtje hangt fluit naar haar, maar als hij haar blik ziet stopt hij abrupt en wendt zich af. Ze heeft zich simpel gekleed, maar alles aan haar ademt de *bovenwereld*. De glanzende huid van haar handen, haar stralende gebit. In een gelijkmatig tempo stapt ze door, zodat het haar zo min mogelijk inspanning kost. In de verte ziet ze de laatste huisjes aan de rechterzijde, aan de overkant, links, loopt de grond steil af. In de geul moet ze zijn. Vanaf hier is het huis niet zichtbaar, maar ze hoeft alleen de stank te volgen. Als ze vlak boven het huis staat, stopt ze en zoekt in haar handtas naar een mondkapje. Ze haakt de elastieken achter haar oren en daalt voorzichtig af.

'Olá.'

Zonder op antwoord te wachten duwt ze de doek opzij en stapt naar binnen. Een vrouw springt op van het bed.

'Ik had u niet horen aankomen. Bom dia, senhora.'

De bewoonster van de hut buigt haar hoofd, wringt haar handen en weet zich geen houding te geven. Ze opent haar mond een paar keer als een vis, maar er komen geen woorden uit. Elizabet zet de tassen op het bed en wijst naar de rolstoel.

'Hoe gaat het?'

Louisa slaat de oogleden neer en haalt haar schouders op. Elizabet begint de tassen uit te pakken.

'Hier,' ze geeft de voorwerpen aan, 'wegwerpzeil en handdoeken voor op het matras.'

Ze duwt de mondkap dichter tegen haar wangen. Meu Deus, die geur.

'Heb je haar wel verschoond?' De vrouw reageert niet, maar neemt de stapel aan en legt ze aan de andere kant van het bed weer neer, om haar handen vrij te maken. De kamer is al klein voor drie personen, een bed, en een rolstoel, maar de aanwezigheid van de bezoekster lijkt de vrouw plat te drukken.

'Nieuwe zalf voor doorligplekken en hier,' Elizabet houdt een pillendoosje omhoog, 'spierverslappers.'

Louisa wil ze aannemen, maar Elizabet trekt haar arm weer in.

'Heeft ze nog aanvallen gehad?'

De vrouw schudt haar hoofd.

'Nog iets gezegd?'

Dezelfde reactie.

'Iemand langs geweest?' Louisa slaat haar ogen op en voor het eerst kijken ze elkaar recht aan.

'Nee.'

Elizabet blijft haar aanstaren tot de ander ongemakkelijk haar blik afwendt en reikt haar dan de pillen weer aan. Even gebeurt er niets, dan strekt de vrouw opnieuw haar arm uit en laat Elizabet het doosje in haar hand vallen. Elizabet staart naar de vettige kruin van Maria, Maria naar de voetsteunen van de rolstoel, haar zus naar haar vuist die het pillendoosje omklemt. De stilte, de brakke lucht en de hoeveelheid mens in de kleine ruimte; hun gezamenlijke hartslag is traag en zwaar. Gedachten krijgen langzaam vorm.

'Waar gaan ze nu heen?'

Als Elizabet weer spreekt schrikt Louisa op, alsof ze was ingedut. Ze kijkt haar vragend aan.

'De kinderen van de berg. Waar gaan ze nu heen?'

De vrouw haalt haar schouders op en staart naar de grond. 'Weet ik niet, senhora.'

'Ze worden niet allemáál op de vuilstort achtergelaten, toch?' Haar snerpende stem weerkaatst in het hutje en in de rolstoel beweegt iets. Louisa draait zich naar haar zus en knielt naast haar neer.

'Wat is er met haar?'

'Niets, niets.' Met een doek veegt Louisa Maria's mond af en wrijft even over haar handen.

'Er is een zusterorde.' Ze kijkt Elizabet niet aan terwijl ze over Maria's handen blijft wrijven.

'Ze nemen alles aan. De gezonde kinderen worden vanuit een tehuis in de stad geadopteerd, de rest blijft hier, op de berg. Ze zitten verderop, ook in het Vierde.' De vrouw wijst met haar hoofd in de richting van het pad waar Elizabet vandaan kwam.

'Goed,' besluit die, 'ik zie je volgende maand weer.'

Ze kucht in haar mondkap en duwt snel de doek opzij. Buiten zuigt ze de verse lucht naar binnen. De vrouw is achter haar aan gelopen en staat in de deuropening. Elizabet draait zich plots om en brengt haar gezicht dichtbij dat van haar.

'Als er iets afwijkends is, meld je het onmiddellijk aan Manuela, ja?'

Louisa perst haar kaken op elkaar en laat haar hoofd eenmaal op en neer gaan. Haar voorhoofd raakt bijna dat van Elizabet, ze ziet een minuscuul mascaraklontje op de wimperharen. Elizabet draait zich om, mikt het gebruikte mondkapje in de richting van een stapel vuilnis en neemt met grote stappen de helling omhoog naar het pad. Vederlicht wandelt ze weg, terwijl de doek het huis weer voor de buitenwereld afsluit.

*

'Daar is ze!'

Hugo staat bij de deuren tussen de eet- en de zitkamer en strekt zijn arm uit naar zijn vrouw. Het staat vol met mensen die haar willen begroeten. Haar vriendinnen in mooie jurk, collega's van Hugo in gesteven pak, hun vrouwen, de pastoor, familie en wat mensen uit de buurt. Op het terras hangen een paar jongens rond en in de tuin rennen kinderen. De opkomst is geslaagd. Elizabet wurmt zich tussen de mensen door, zoent hier en daar iemand en voegt zich dan bij Hugo. Hij tikt even met zijn trouwring tegen zijn wijnglas zodat zijn vrouw kan spreken.

Elizabet lacht naar haar bezoek. 'Ontzettend fijn dat jullie allemaal zijn gekomen vanavond. Ik wil jullie bij voorbaat danken voor de gulle giften en jullie tijd. Zoals iedereen weet, zet ik me al een paar jaar in voor de kinderen op de berg.' Ze kruist de blik van de pastoor, die haar stralend toelacht. Bij iedere inzameling staat ze een deel van het eindbedrag aan de kerk af.

'Terwijl Hugo en zijn mensen hun best doen het geweld op de berg te beteugelen,' ze knikt in de richting van een paar heren achter in de kamer, 'probeer ik het leven van deze kinderen een beetje op te fleuren.' Ze kijkt omhoog naar Hugo, die haar een bemoedigende knipoog geeft.

'Zo proberen wij, samen met u, bij te dragen aan de vooruitgang op de berg en,' ze pakt een glas witte wijn van het dienblad dat Manuela haar voorhoudt, 'een veiliger stad. Op jullie!'

Elizabet heft haar glas en tegelijkertijd klinkt uit alle monden een toost.

‘Op Elizabet!’ barst Hugo. Ze drukt hem een kus op zijn lippen en mengt zich tussen de mensen om geld in te zamelen.

Pas tegen het einde van de avond komt ze weer bij hem terug.

‘Waar is Edson eigenlijk, ik heb hem nog helemaal niet gezien?’

‘Hij zit met zijn vrienden in de keuken, bij Manuela,’ antwoordt Hugo. Op datzelfde moment verschijnt de oude vrouw met een verhit gezicht in de deuropening, een zilveren plateau vol delicatessen in haar handen. Elizabet loopt naar haar toe, fluistert iets in haar oor en glipt dan achter haar langs de hal in. Manuela loopt recht op de pastoor af en biedt hem als eerste iets aan.

Elizabet gaat de keuken in. Het meisje dat Manuela helpt in de bediening staat in een hoek aan het aanrecht nieuwe hapjes klaar te maken. Edson zit met twee vrienden luidruchtig aan de keukentafel te kaarten, snacks en een grote kan ijsthee staan voor hun neus. Ze kan zich herinneren dat zij daar vroeger ook altijd het liefste zat. Woedend werd haar vader, als hij erachter kwam. De keuken was voor de hulpen. Voor Manuela, de tuinman, de naaister. Elizabet slaat haar armen om Edson heen, maar hij maakt zich meteen los uit haar omhelzing.

‘Mam! Zo zie ik niks.’

Ze komt weer overeind. ‘Kom je zo ook even? Het is voor die arme kinderen.’

‘Wij zitten hier prima. Ze mogen al mijn oude kleren toch al hebben?’ Hij lacht en de andere jongens grinniken mee. Het meisje in de hoek, van dezelfde leeftijd als Edson en zijn vrienden, gluurt even over haar schouder. Elizabet kijkt haar strak aan en ze buigt zich weer over de hapjes. Ze woelt even door Edsons krullenbos en loopt terug naar de woonkamer.

In de bijkeuken staan stapels dozen en zakken vol spullen die vrienden en buurtgenoten voor deze avond hebben laten afleveren. Ze zal Manuela vragen die zo snel mogelijk uit te zoeken, liefst vanavond nog, als alle gasten zijn vertrokken. De giften stromen binnen. Met iedere lading die ze op de berg aflevert, ieder bedrag dat ze schenkt en ieder bezoekje aan Maria voelt ze haar grip op de dingen verstevigen. De aap is weg. Ze heeft haar schouders gerecht, haar kin vooruit geduwd en hem in de ogen gekeken, net zo lang tot hij onder haar blik verschrompelde.

Het voelt goed greep op de berg te hebben. Al die jaren dat ze in het korps zat en de brug moest slaan tussen de onder- en de bovenwereld: het was een farce. Dezelfde mensen met wie ze toen diende, komen nu bij haar voor advies. Ze willen van haar weten wat er allemaal gebeurt, wie de aanspreekpunten zijn en waar de veilige plekken. Ook op de berg houden ze rekening met haar. Ze vertelt nooit wie haar man is, maar ze zijn niet gek. Met haar stichting heeft ze samenwerkingsverbanden met een groot aantal buurthuizen. Iedere maand worden er spullen afgeleverd, die door het buurthuis worden verdeeld. Kleding, sportschoenen, boeken en speelgoed; alles wat ze maar te pakken kan krijgen.

Haar nieuwste project zijn de kindertehuizen. Na het gesprek met de zus van Maria heeft ze contact opgenomen met de zusterorde. De afgestane of te vondeling gelegde kinderen van de berg die niet op de vuilnisbelt of in het grijze circuit belanden, worden opgevangen door de orde, die maar net genoeg geld heeft voor de simpelste voorzieningen. Afhankelijk van leeftijd en geschiktheid worden de kinderen in gezinnen in binnen- en buitenland geplaatst. Hoe jonger, gezonder en lichter van kleur, hoe groter de kans op adoptie. Deze groep wordt van de vrouwenkliniek op de berg overgeplaatst naar een vestiging in de stad, geschikt voor bezoek van buitenaf. De rest blijft op de berg achter in een van de kleine tehuizen. Er gaan geruchten dat sommigen van hen tussendoor alsnog verdwijnen, naar bordelen, drugsbaronnen of in een schemerig adoptiecircuit, maar dat kan Elizabet niet bewijzen. Ze is in de stad al eens bij het tehuis langs geweest. Binnenkort neemt een van de zusters haar mee naar een tehuis op de berg.

Ze gaat bij Hugo staan, die met de pastoor en een paar collega's in een hoek van de zitkamer staat te praten. Hij rookt een sigaar en met haar hand wappert ze demonstratief de rook weg.

'Hugo!' zegt ze misprijzend. De mannen lachen en hij slaat zijn arm om haar heen.

'Querida. We hebben het net over dat proces dat binnenkort van start gaat, weet je wel: tegen die corrupte ambtenaar?'

Ze knikt.

'Soms weet ik niet meer wie onze vijanden zijn,' verzucht Hugo. 'Wij vertellen die sloebers dat ze zich niet meer moeten inlaten met de Organisatie, maar aan de andere kant worden ze door de overheid, door óns,' hij trekt met zijn sigaar rookwolkjes langs zijn gezelschap, 'in de steek gelaten.' De heren knikken en nemen een slok uit hun whiskyglas. Elizabet luistert stilletjes.

'Zij hebben een systeem, een structuur die daar al decennialang functioneert, met eigen agenten, soldaten, ambtenaren, een politiecommissaris.'

De man naast hem slaat Hugo even op de schouder: 'Maar niet zo een als de onze, hè.' Ze lachen allemaal, maar Hugo is nog niet klaar.

'Luister: als we willen dat ze dat opgeven, moeten we ze wel een beter alternatief bieden.' Hij zuigt aan zijn sigaar en blaast langzaam een grijze wolk rook uit. Elizabet duikt onder zijn arm vandaan en gaat naast hem staan. De pastoor knikt even vriendelijk naar haar.

Hugo vervolgt: 'Soms denk ik weleens dat de mensen van wie ik het moet hebben zich harder verzetten tegen verandering dan dat tuig daar. Dat wij er meer bij gebaat zijn dat alles schimmig blijft.' Hij kijkt zijn vrouw aan en zucht. Elizabet legt haar hand tegen zijn kaak en wrijft met haar duim over de stoppels. Dan pakt ze de parel in haar oorlel vast en draait hem rond.

'Op Elizabet!'

De pastoor heft zijn glas en de anderen doen mee. Ze klinken en drinken. De pastoor heeft een verrassing voor haar. Hij wil op zondag de mis aan haar opdragen. Aan Elizabet en het geweldige werk dat ze doet. Met gebogen hoofd plaatst ze haar lippen tegen zijn hand en prevelt 'God is groot' terwijl ze denkt aan al die roddels die jarenlang over haar zijn verspreid. Ze verontschuldigt zich om in de keuken een glas water te drinken. De wijn trekt het bloed uit haar hoofd.

Als iedereen weg is en Hugo en zij eindelijk in bed liggen, speelt er een glimlach om haar mond. Wie had kunnen denken dat ze zoveel zou bereiken? De hele stad prijst haar om wat ze doet voor de kinderen van de berg. Haar man houdt meer van haar dan ooit tevoren en Edson gaat bijna studeren. Maria heeft ze in de hand en Manuela zal nooit iets zeggen, al zou je een pistool tegen haar hoofd zetten.

26

De berg

'Anjo.'

Ik zit voor het huis, gebogen over een katoenen dekbedovertrek waarop ik een levensgrote beeltenis van een leeuw moet naaien. Met okergele draad bevestig ik het embleem op de stof. Hierna nog het kussensloop, met een kleinere versie in de rechterhoek. Een verjaardagscadeau voor een rijke jongen uit de stad, die volgende week acht jaar wordt. Zijn moeder heeft het feest een leeuwenthema gegeven: van de slingers die we moeten maken tot het beddengoed in zijn kamer.

'Anjo!'

Ik kijk op en zie een niveau onder me hoe Gía over een laag muurtje springt en zich een weg baant door dicht struikgewas, haar handen als zwaaiende kapmessen; een kortere route naar ons huis dan via het web van steegjes. Als een kat trekt ze zich op aan de pollen van de steile helling, tot ik haar hoofd zie. Ze duwt zich met beide armen omhoog, zwaait haar been over de rand en komt voor me staan.

'Hé. Waarom reageer je niet?'

Ze klopt haar knieën af. Zwarte aarde waait op de grond. Ik strek mijn hand uit om haar bovenbeen te aaien, maar ze slaat hem weg.

'Je moet meekomen. Nu.'

Ik leg mijn werk neer en kijk haar vragend aan.

'Ik was bezig. Wat is er, meiga?'

'Dando, van hierbeneden, zegt dat ze bij Sammy bezig zijn.'

Ik heb geen idee wat ze zegt en kijk glazig omhoog. Gía zucht geïrriteerd, grijpt de spullen van mijn schoot en legt ze binnen. Dan pakt ze mijn hand en wil me van het krukje meetrekken.

'Wacht even, vertel me eerst wat er aan de hand is.'

Gía laat mijn hand los en spuugt de woorden bijna uit. Dando, een jongen die verderop woont met zijn moeder en zeven broers en zusjes, was vanmorgen aan de wandel. Een andere manier om te zeggen dat hij niet naar school gaat, maar overal in de wijk klusjes voor de Organisatie doet, zoals alle jongens uit zijn familie. Hij was in de bovenste uithoek beland en zag daar hoe een paar kerels in de hut van Sammy met haar jongste dochter bezig waren. Sammy is een geretardeerde vrouw, die met haar kinderen in een hut een paar niveaus hoger woont. Verslaafd geboren voedde de vrouw zich van jongs af aan met de zelfgestookte drank van de berg, waarvan de walm alleen al een volwassen man tegen de grond werkt. Helaas kon dit niet voorkomen dat ze de vruchtbare leeftijd bereikte en ze het ene na het andere kind ter wereld bracht, dat eenzelfde lot was beschoren. Ze bekleden de allerlaagste rang binnen de hiërarchie van de berg; de Organisatie kan ze nog niet voor de simpelste klusjes gebruiken. Door iedereen verstoten en genegeerd, leven ze aan de marge van de hoogste bairro en tellen de dagen af.

Gía ratelt het verhaal af en plant dan haar handen in haar zij.

'Wat wil je dat ik doe?' Ik haal mijn schouders op en kijk vragend omhoog.

'Laat maar!' bijt ze me toe terwijl ze met haar hand een wegwerpgebaar maakt. Voordat ik haar kan tegenhouden, stuift ze de weg op naar boven. Even sluit ik mijn ogen en laat mijn hoofd zakken. Dan kom ik omhoog en sprint haar achterna.

Het lukt me haar in te halen en ik grijp haar bij haar bovenarm, maar ze rukt zich los en kijkt me met een woedende blik aan. Het is haar menens. Ik sta stil en zie haar verder rennen, haar haren wapperen achter haar aan. Ik zet de achtervolging in en ren de berg op. Een aantal mensen heeft zich onderweg bij Gía aangesloten, hongerig naar een verzetje. Ik zie de laatste kinderen die achter haar aan rennen, ze moeten achter elkaar lopen om de smalle traptreden te beklimmen. Om ze in te kunnen halen duik ik tussen de beplanting, spring als een aap omhoog tegen de begroeide helling en arriveer net op tijd om te zien hoe Gía met een stok in haar hand de hut binnenvalt. Hijgend sluit ik me bij haar aan en bots tegen haar op in de deuropening.

Even moeten onze ogen wennen aan het donker; grijsteinten klonteren samen tot er silhouetten ontstaan. We onderscheiden drie mannen op een vieze matras op de grond, in hun midden ligt een kleuter. In de hoek zit een broertje toe te kijken, moeder ligt uitgeteld op de vloer. Eén seconde lang staart iedereen elkaar aan, waarna Gía zich op de mannen stort en ze krijsend de hut uit jaagt. Daar heeft zich inmiddels, naast de groep kinderen, een tiental volwassenen verzameld. Schreeuwend en schoppend nemen ze het van Gía over en als een kudde buffels dendert de groep dezelfde weg terug de berg af, de mannen in hun midden voortjagend.

In de hut is het stil. Gía is op de matras gekropen en tilt het kind op. Haar ledematen en hoofd vallen slap over de rand van Gía's armen. De lucht in de hut sluit me in en kokhalzend snel ik naar buiten. Het doet me denken aan de inham aan de hoofdweg waar kadavers worden gedumpt die niet op de vuilstort zijn beland. Als er een paar weken niets wordt opgehaald en de dieren weer tot leven lijken te komen door de trilling van maden en bromvliegen, verspreidt zich eenzelfde zwavellucht. Die is zo geconcentreerd dat je hem met je hand wil wegduwen.

Ik haal diep adem en duik de hut weer in, til de moeder op en leg haar verderop in de schaduw onder een boom. Een van onze buurvrouwen neemt het andere kind, dat apathisch op de grond zit, aan een hand en trekt hem achter zich aan de berg af. Hij huilt niet, stribbelt niet tegen; hij loopt gewoon met de vreemde vrouw mee. Ik kijk ze na en zie hoe de planten en struiken zich sluiten achter de laatste mensen voor wie het schouwspel nu is afgelopen. Alleen Gía en ik blijven over. We zeggen niets. Ze zit op de grond in kleermakerszit met het kind op schoot en ik sta in de deuropening. Tien minuten later verlaat ook het laatste restje leven het kleine lichaam. Samen dragen we het de lange weg naar beneden en leggen het in de berm naast de hoofdweg. We hebben geen laken om het af te dekken.

Als we thuiskomen trekt het schemerdonker net een sluier over ons huis. Op tafel ligt het dekbedovertrek van het jongetje uit de stad, met de leeuw er half op genaaid. Het zal tot morgen moeten wachten.

27

De berg

Bij het buurthuis is het een drukte vanjewelste. Later die dag zal een lading spullen worden afgeleverd en zuster Martha komt langs met de dame die het allemaal voor ze inzamelt in de stad. Pãozinho heeft ontzettend zijn best gedaan. Gekleurde papieren ballen hangen aan een slinger rond het dak en door hem gebouwde picknicktafels van blank hout staan op een veldje voor het gebouw. Vrouwen uit de hele bairro komen hun zelfgebakken creaties brengen. Iedereen ziet er mooi uit; het nieuws dat de chique dame uit de stad komt, veroorzaakt ophef in de wijk. De middag is eigenlijk bedoeld voor de kinderen, maar die worden door hun moeders hardhandig terzijde geschoven. Nagels worden nog snel even gelakt, een losgeschoten pluk haar wordt achter een oor gestoken en er wordt gediscussieerd over de rangschikking van de taarten. De mooiste, met glazuur versierde vooraan voor het bezoek, de misbaksels achteraan. Die kunnen ze later onder de kinderen verdelen.

Lucy kijkt vanaf een afstandje toe, schuin achter een boom. Angelica had haar doen beloven even langs te komen, ze was Pãozinho al weken met de voorbereidingen aan het helpen. Maar Lucy heeft de laatste tijd zo weinig energie, als ze niet moet werken of naar Ester gaat, ligt ze in bed. Ze schrikt een beetje van de drukte, het lijkt wel feest. Overal staan vrouwen: in het buurthuis, in de steegjes die erop uitkomen. Kinderen rennen af en aan. Het duurt even voor ze iemand herkent, omdat de vrouwen er anders uitzien dan normaal. Tot haar verbazing ziet ze bijna al haar vriendinnen uit haar eigen steeg, en zelfs een paar van de jonge meiden, maar die kent ze niet goed. De topjes die normaal gezien ternauwernood hun boezem bedekken, zijn vervangen door blouses die tot bovenaan zijn dichtgeknoopt en de krappe broekjes zijn vervangen door rokken. Allemaal voor wat spullen van een vrouw uit de stad. Net als ze rechtsomkeert wil maken, staat Angelica voor haar. Ze draagt een donkere jurk en haar haren zijn ingevlochten. Ze lijkt wel een oma. Hoofdschuddend neemt ze nu Lucy van top tot teen op – het warrige haar, de oude slippers, het vale jurkje met mottengaatjes – en pakt dan haar arm. Met tegenzin laat Lucy zich mee leiden.

'Hier, ga jij maar bij Pão zitten.'

Ze zet haar vriendin op een plastic stoel tegen de muur, een eindje weg van de tafels. Lucy knikt even naar Pão, die de boel trots overziet, zijn handen als een pastoor voor zijn buik bijeen gevouwen. Hij ziet verderop een jongetje zijn vinger in een laag slagroom stoppen en rent naar hem toe.

'Hé! Jij daar.'

Het ziet er gek uit, alsof hij een hink-stap-sprongwedstrijd doet. Lucy grinnikt en leunt met haar achterhoofd tegen de betonnen muur. Zelfs hier voelt ze zich niet meer thuis. Sinds ze in de hut bij Maria is geweest en het schriftje heeft gelezen voelt ze zich slap en leeg, alsof haar zoon nu pas, zoveel jaar na dato, uit haar baarmoeder is getrokken. Ze bidt iedere dag tot God voor antwoorden, maar die krijgt ze niet. Ze gaapt en luistert naar het gekeuvel van de vrouwen.

'Vorige keer zaten er allemaal overhemden bij. Alsof iemand die hier draagt!'

Er wordt besmuikt gelachen. Op fluistertoon vervolgt de vrouw: 'Ik heb ze op de markt verkocht en die avond aten we gegrilde kip.' Ze slaat haar hand in de lucht tegen die van haar vriendin.

'Ik ben wel benieuwd hoe ze eruitziet,' zegt een ander. 'Waarschijnlijk zo'n trut met een knot en pareloorbellen.' Degene die het zegt trekt een belegen gezicht en schrijdt als een koningin langs de tafels, waarbij ze met haar hand wuift en beleefd glimlacht naar de kinderen. Alle vrouwen schateren het uit, tot een jong meisje uit Lucy's steegje haar keel opzet.

'Jullie zien er zelf allemaal uit als trutten!'

Ze is een van de weinigen die zich niet voor de gelegenheid heeft omgekleed, met niets meer dan een knalgele bikinitop en een afgeknipt jeansbroekje om haar verder blote lichaam. Het is nog een kind, Lucy weet dat haar kamer in de steeg drukbezocht is. Net als bij haar, vroeger. Met holle rug en geheven kin kijkt het meisje de vrouwen uitdagend aan. Ze kauwt met haar kaken ver van elkaar en blaast dan een enorme bel kauwgom. Pas als die in haar gezicht uit elkaar spat, kunnen de vrouwen weer lachen.

Kinderen die zich onder de tafels verschuilen beginnen stiekem bekertjes ranja te pakken en een hond grist een stuk taart van tafel. Pãozinho hinkelt er met gebalde vuist achteraan, Angelica wordt zenuwachtig.

'Kom op, jongens, nog eventjes. Ze komen eraan. Doe niet zo flauw.'

Een vrouw wappert overdreven met haar hand naast haar bezwete gezicht en duwt kreunend haar borst naar voren. Twee knopen springen open en een enorme gleuf komt tevoorschijn. Nu lacht zelfs Pãozinho, tot hij merkt dat Angelica hem met opeengeperste lippen aanstaart.

'Daar zijn ze!'

Een stukje lager roept een jongetje naar boven en iedereen begint te bewegen. Kinderen worden aan hun arm getrokken en op een rij voor de picknicktafels gezet, de haren met spuug plat geduwd. De vrouwen stellen zich achter hen op. Iedereen staart naar beneden, naar de dame die in de verte naast zuster Martha loopt en haar voeten keurig op een rechte lijn voor elkaar plaatst. Achter hen loopt personeel met de handen vol tassen en dozen. Haar glanzende haren, haar motoriek, de pasvorm van haar broek: alles aan de vrouw straalt de *bovenwereld* uit. Als één persoon houden de vrouwen achter de tafels hun adem in terwijl zij het buurthuis nadert.

Elizabet kijkt op en glimlacht als ze hen zo ziet staan.

'Bom dia,' zegt ze beheerst.

'Bom dia!' klinkt het tegelijk uit tientallen kelen.

Lucy springt van het muurtje en snelt de treden af. Aan de zijkant van het buurthuis glipt ze de struiken in. Angelica merkt het vast niet in de chaos. Ze kijkt nog even achterom: niets. Op haar gemak wandelt ze richting de hoofdweg. Ze wil haar hoofd legen, maar hoe? Ze denkt aan het plateau bij de vuilstort, maar voelt de aantrekkingskracht niet meer. Het buurthuis dus ook niet. Toen ze nog jonge meiden waren en Ray over hen waakte had ze het er fijn gevonden, maar sinds alles een generatie is opgeschoven en Pãozinho de conciërge is, is de herinnering fijner. Naar huis? De plek waar alles samenkomt. De plek waar ze met haar moeder heeft gewoond en met Angelica, waar ze samen was met John, de plek waar ze een zoon baarde en een dochter bijna vermoordde, waar ze honderden, waarschijnlijk duizenden klanten heeft afgewerkt en waar ze in de periode voor de bevalling van Ester luisterde naar de woorden van zuster Martha. De enige plek waarnaar ze altijd terugkeerde, iedere dag van haar leven, behalve de keer dat ze op het politiebureau zat. De plek is besmet nu. Alles is besmet.

Aan het einde van de steile steeg ziet ze de hoofdweg opdoemen. Voedselkarren staan te roken, op de grond staan bakken brak water met vissen en schildpadden, de geur van gebrande noten komt haar tegemoet. Haar schouders ontspannen zich wat en ze mengt zich in de massa. Als een weeftapijt glijden mensenstromen langs elkaar heen. Iemand roept haar naam – het is de vrouw van de kippetjes. Met een rood hoofd staat ze boven het vuur en draait met vlekkerige vingers van de specerijen aan de staven met kippen. Rond en rond gaan ze, terwijl het vuur oplaait onder het druppende vet. Lucy zwaait en loopt verder; haar hoofd staat niet naar een praatje. Zonder dat ze het doorheeft slaat ze af richting het Derde. De straten zijn hier breder en de huizen minder wankel. De bakstenen raten zijn her en der bedekt met pleisterwerk, waarop kleurrijke taferelen zijn geschilderd en gespoten. Een kind met een vlieger, een adelaar met een felgele snavel en zijn vleugels dreigend gespreid, een naakte vrouw met haar hand tussen haar dijen, een mitrailleur met BOSNIË eroverheen geschreven in kinderlijke letters. Lucy stopt en kijkt om zich heen. Wat doet ze hier? Verderop ziet ze een hoekhuis dat haar bekend voorkomt. De gevel helt naar achteren en lijkt slechts overeind te worden gehouden door de stroomkabels die naar het huis aan de overkant lopen. Het is het huis waar ze met de meiden TV Globo heeft gekeken en ze voor het eerst van haar leven beelden van de sertão zag. De politieagente in de auto. De kinderen. Het schrift van Maria.

Ze draait zich om en wil terug naar de hoofdweg lopen als ze in haar ooghoeken een opstootje ontwaart. Ze negeert het, kijkt naar de grond en versnelt haar pas. Het laatste waar ze behoefte aan heeft is problemen in een vreemde bairro. Het rumoer zwelt aan en ze kijkt om. Een groep joelende kinderen rent door een belendende steeg en komt duidelijk deze kant op. Lucy drukt zich met haar rug tegen de muur, ze moet nog een paar meter naar de hoofdweg maar heeft geen zin onder de voet te worden gelopen in de hoge, nauwe doorgang; je kunt er amper met zijn tweeën naast elkaar lopen. Dan verschijnt een kolos van een kerel in de uitgang van het andere steegje, schuin tegenover waar Lucy staat. Zijn lichaam vult de ruimte tussen de muren alsof hij in een deuropening staat. Nu ziet ze ook de kinderen achter hem, ze moedigen hem aan alsof ze bij een concert staan, hun vuisten in de lucht. De man slaat af richting Lucy. Hij stormt op haar af en ze kan hem bijna aanraken, zo dichtbij is hij. De man torent boven haar uit en ze ziet hoe zijn bezwete torso heen en weer pompt, bijna alsof hij aan het dansen is en ieder moment met zijn heupen kan gaan draaien. Dan is hij haar voorbij. Bij de hoofdweg stopt hij.

De kinderen rennen haar nu ook voorbij en moeten noodgedwongen blijven staan achter de man die de doorgang blokkeert. Als puppy's springen ze om hem heen. Lucy begrijpt niet wat er gebeurt en strekt haar nek. De man is inktzwart, zonder enige kleurschakering, en misschien is dat de reden dat ze nu pas ziet dat er een bloedspoor loopt vanaf zijn mond, via zijn kin naar zijn buik tot aan zijn kruis. Op de stof van zijn broek breidt een donkere vlek zich uit. Ze schrikt en trekt haar hoofd weer in, probeert zichzelf verder in de muur te duwen. De man draait met zijn hoofd van links naar rechts en heeft zijn ogen wijd opengesperd, alsof hij een spelletje met de kinderen speelt en ieder moment 'Ik ga je pakken!' kan roepen.

Dan ziet Lucy het uiteengereten hondenkadaver dat hij in zijn knuist naast zijn heup houdt; paarse darmen hangen als een slinger over de grond. Lucy slaakt een gil en slaat haar hand voor haar mond. De man draait zijn hoofd en kijkt haar recht in de ogen. Dan trekt hij zijn mondhoeken omhoog in een grijns en ontbloot grommend zijn tanden, spierwit, omtrokken met rode bloedbogen. Alsof een ijzige wind zich om haar heen wikkelt begint ze over haar hele lichaam te trillen, zelfs haar tanden klapperen oncontroleerbaar. Haar knieën buigen door en ze zakt een stukje naar beneden, zoekt met haar handen grip bij de muur achter haar. Dan wendt de man zich weer naar de hoofdweg, slaakt een oorlogskreet en heft het slappe hondenlijf boven zijn hoofd.

'*Vá! Vá! Vá!*' juichen de kinderen. Op de hoofdweg stoppen mensen en stoten elkaar aan. Achter zich hoort Lucy een boze moeder haar kind roepen.

Aangemoedigd door het gejoel van de groeiende menigte voor en achter hem stort de man zich op de dode hond als op een stuk meloen. De zak met ingewanden ketst tegen zijn voorhoofd en laat een natte plek achter. Zijn hoofd verdwijnt in de buikwand en komt eruit met stukken vlees tussen de kaken. Een strop trekt aan rond Lucy's buik en een golf komt omhoog in haar mond. Achtervolgd door gillende jongetjes rent de man weg, terwijl Lucy gulpen lauwe koffie uitbraakt. Bevend staat ze voorovergebogen in de steeg en leunt zwaar met haar handen op haar knieën, slierten lopen van haar neusgaten en mond naar de grond. Ze hijgt en snikt, verslikt zich in haar eigen koffieslijm. Ze staart naar de plas op de grond en probeert zichzelf te herpakken. In haar vizier verschijnen damesvoeten in slippers.

'*Téo! Reynaldo!* Kom terug, kolerejongens!'

Lucy probeert te ademen. Haar neus zit vol dus ze zuigt zuurstof binnen via haar mond. Hard en snel, tot ze sterretjes begint te zien. Ze snuit haar neus, eerst het ene neusgat, dan het andere; de inhoud valt op de grond.

'Wat een idioot,' zegt een vrouw.

'Weet je wie dat is?'

'Nee. Wie?'

'Een van die jochies die uit die schuur zijn gered destijds. Weet je nog? Jaren geleden, op de vlakte.'

'Díe enorme kerel was een van die scharminkels?' De vrouw knikt met opgetrokken wenkbrauwen in de richting van de hoofdweg.

Als Lucy het woord 'sertão' hoort, komt ze overeind en staart de vrouwen aan. Ze keuren haar geen blik waardig.

'Ze hebben ze 's avonds uitgeladen bij het politiebureau en dat was dat. De gouverneur ging met zijn chauffeur naar huis, de agenten gingen naar binnen en die kinderen bleven alleen achter op de parkeerplaats. Kun je het geloven?'

De vrouwen lachen.

'Ze hadden ze gewoon in die schuur moeten laten zitten. Een van de loopjongens is al onderweg naar de wijkofficier. Ik geef hem nog een uur.'

Lucy ziet hoe de vrouw haar vinger overdwars langs haar hals haalt. Ze gillen nog één keer de naam van hun kinderen, maar dan draaien ze zich om en sloffen terug de steeg in.

Het voelt alsof ze zojuist zichzelf heeft uitgekotst. Haar bloed, haar darmen, haar maaginhoud, vocht en lucht. Haar vingertoppen tintelen en haar hoofd is licht, de slippers en het jurkje zijn het enige wat haar lichaam ervan weerhoudt op te stijgen. Ze is schoon en leeg, en opeens weet ze wat ze moet doen.

*

'Dit volk eert mij met de lippen, maar hun hart is ver van mij.'

Lucy neuriet een bekend deuntje terwijl ze opgewekt armen vol kleren uit de lades van de kaptafel naar het bed draagt, waar ze de stapels uitzoekt. Ze houdt een spijkerbroekje in de lucht, amper groter dan een onderbroek. Lucy gooit het op de stapel op de grond. Ze gaat op bed zitten en kijkt naar de kettingen en oorbellen op het tafeltje. De potjes nagellak en de overvolle make-uptas onder het zwarte gespikkelde vlak dat ooit een spiegel was. Misschien wil Angelica het allemaal hebben. En anders de jonge meiden wel. Op haar hoofdkussen de stapel die ze meeneemt. Een paar lange jurken en broeken, ondergoed, T-shirts, de Tupperware-bakjes, een schaar, radio, kookgerei en een bijbel. Het is allemaal helder. Ze voelt zich lichter en sterker dan ze in jaren heeft gedaan. Het enige waar ze tegen opziet, is het Angelica vertellen. Ze betwijfelt of haar vriendin het begrijpt. Het gaat niet om die kleren, deze kamer, de andere meiden of de klanten die ze moet bedienen.

'Niets dat van buitenaf in de mens komt kan hem onrein maken. Het zijn de dingen die van binnenuit uit de mens komen, die hem onrein maken.'

Het gaat om haar eigen apathie. Het wachten op de opdracht van God, het in ontvangst nemen van de woorden van zuster Martha, terwijl ze zelf niets onderneemt. Het treuren om de zoon die ze nooit heeft gekend, die door haar toedoen op de vlakte is geëindigd, terwijl verderop een dochter ligt weg te kwijnen. Een dochter die geen gevoelens bij haar losmaakt. Dát is wat haar van binnenuit wegvreet.

Ze staat op, bindt haar haren in een staart en veegt de vloer aan. De stapels kleding voor Angelica legt ze in een hoek, de spullen die ze meeneemt gaan in plastic tassen, die ze vast buiten zet. Vanuit de deuropening kijkt ze de kamer in. Zonlicht wurmt zich langs haar heupen en door de raamopening naar binnen. Ze lacht. Zo netjes is het hier nog nooit geweest. Ze ziet zichzelf op bed liggen met John, op de sprei die toen nog met grote, kleurrijke bloemen was versierd. Paars en roze. Ze hoopt dat het goed met hem gaat. Met een ruk trekt ze de sprei van het bed; stof schiet omhoog en vult het licht. Buiten vouwt ze het ding op tot een dik vierkant. Dan gaat ze op het stoepje zitten en wacht.

Na ongeveer een uur beginnen de bloemenkelken te trillen en Lucy veert op. Als ze Angelica's bezwete hoofd ziet terwijl ze de traptreden op sjokt, de nette jurk tot aan haar dijen opgestroopt en de vlechten aan alle kanten losgeschoten, schiet ze in de lach.

'En, *linda*? Was het geslaagd?'

Angelica komt hijgend voor haar staan en heft haar hand in een stopgebaar.

'Wacht. Ik,' ze probeert op adem te komen en slikt even, 'moet iets vertellen.'

Dan valt haar blik op de tassen, de opgeruimde kamer, de stapels kleding.

'Wat is dit?'

Lucy klopt op het zand en Angelica komt naast haar zitten.

'Ik ga verhuizen.'

Verderop in de steeg zet iemand een radio aan en muziek schalt door de lucht. Onder hen schreeuwen een paar mannen tegen elkaar. Een bries waait over de boomtoppen, de bloemkelken sidderen even. Het gezicht van de ene vrouw rekt zich langzaam uit, de ogen groot, de wenkbrauwen geheven en de onderkaak die naar beneden zakt; het gezicht van de ander probeert zich kleiner te maken. Lucy wendt als eerste haar blik af. Angelica knippert niet met haar ogen, ze staart naar haar vriendin alsof ze niet kan bevatten wat die zojuist heeft gezegd.

'Ik ga naar Ester.'

Angelica's onderkaak klapt dicht en gaat weer open, alsof ze iets wil zeggen. Lucy wacht, maar er komt niets. Ze pakt de handen van haar vriendin en buigt zich dicht naar haar toe.

'Ik moet dit doen,' fluistert ze. Ze is nu zo dichtbij dat ze het strottenhoofd van haar vriendin zich ziet samenknijpen onder de huid. De zwarte haartjes op haar bovenlip, druppeltjes uit haar porien. Ze is zo stil dat het lijkt alsof ze ter plekke het leven heeft gelaten. Alleen de warme adem die uit haar mond langs Lucy's gezicht strijkt verraadt een hartslag. Dan trekt de vrouw haar handen weg en slaat haar oogleden neer.

'En ik dan?'

Het is geen vraag, maar een constatering. Lucy staart naar de lege handen in haar schoot en ziet ze langzaam vervagen. Als ze met haar ogen knippert spatten tranen uiteen op haar bovenbeen.

'Ik weet het. Maar Ester is mijn dóchter, Angelica.'

Ze hoort het zichzelf zeggen en weet wat haar vriendin denkt. Dat was nooit eerder een argument. Angelica had geen moeder, Lucy had geen moeder, haar eerste kind had geen moeder. Waarom zou Ester opeens een moeder moeten hebben? Lucy weet niet of ze het kan uitleggen. Puzzelstukjes.

Angelica trekt alleen haar wenkbrauwen op en schudt langzaam haar hoofd, haar ogen gefixeerd op de grond. Als ze maar niet weer over God begint. Maar Lucy zwijgt. Ze volgt de lijn van Angelica's enkel, haar kuit, de knik aan de achterkant van haar knie. Iedere centimeter kan ze dromen.

'Alsjeblieft, *irmã*, ik moet voor haar zorgen.'

Het klinkt bijna smekend. Eindelijk keert haar vriendin zich naar haar toe. Lucy heeft haar nog nooit zo gezien. Verslagen.

'Wij horen ook bij elkaar.'

Nu weet Lucy niet wat ze moet zeggen. Een buurvrouw loopt langs en groet hen, ze steken allebei hun hand op en lachen met dode ogen. Lucy duwt zich overeind en klopt haar billen af. Angelica blijft zitten.

'Je mag langskomen wanneer je maar wilt,' zegt ze tegen haar rug.

Ze weet dat het nooit gaat gebeuren. Angelica knikt en zegt iets. Lucy verstaat het niet en buigt voorover.

'Wat zeg je?'

'Ik betaal de huur door. Het is jouw kamer. Van niemand anders.'

Lucy zucht. Ze draait zich om en bukt zich naar een van de gereedstaande tassen. Zodra de andere meiden horen dat ze niet terugkomt, zullen de achtergebleven spullen in het huisje binnen tien minuten zijn verdwenen. Tenzij Angelica het meent en de kamer echt overneemt. Ze gaat voor haar vriendin staan, die nog steeds voorovergebogen op de stoep zit, en drukt iets in haar handen.

'Zou je dit voor me willen bewaren? Het is belangrijk.'

Het is het schoolschrift van Maria, dat ze heeft meegenomen toen ze de hut uit rende. Ze heeft het nooit meer ingekeken, maar durft het ook niet weg te doen. Angelica reageert niet.

'Het is geen afscheid.'

Lucy's stem klinkt afgeknepen. Ze wil haar vriendin in haar armen nemen, maar dan zou ze zichzelf tegenspreken. Ze pakt de tasjes, draait zich om en loopt richting de bloemenhaag. Als ze haar voet op de eerste trede wil zetten, hoort ze haar naam. Ze kijkt om.

'Ik wilde je toch iets vertellen, net?'

Lucy knikt. Ze heeft geen zin in een verhaal over de chique dame en de leuke middag. De tassen voelen nu al zwaar. Het lijkt wel of met de dag de kracht uit haar lichaam vloeit.

'Maria is dood. Een acute aanval. Vannacht.'

Angelica staat op met het schrift in de hand, pakt met haar andere hand de opgevouwen sprei van de grond en loopt haar kamer binnen. Met haar hiel trapt ze de deur achter zich dicht en laat zich boven op de sprei op bed vallen.

28

De stad

Met een wijsvinger smeert Elizabet de rode lippenstift uit. Niet te dik, dat vindt ze niet mooi. Ze dipt haar vinger nog een keer in de pot vaseline op de kaptafel en verdunt het rood ermee. Een glans verschijnt op haar mond. Haar ogen vinden die van Hugo achter haar, en ze blaast hem een kus toe.

'Mooi,' zegt hij, terwijl hij worstelt met zijn manchetten.

'Kom hier.' Elizabet staat op en duwt de zilveren manchetknopen met het stervormige politiewapen erop door de stugge knoopsgaten.

'Moet dat nou echt?' vraagt ze met een spottend lachje om haar mond. Hugo klopt op de insignes op zijn uniform. 'Ja, dat moet echt. Ik ben een voorbeeld voor die jongens, dat stopt niet na werktijd.'

Elizabet heft haar handpalmen ten teken van overgave en loopt naar het bed, waarop ze een pak voor hem had klaargelegd. Ze hangt het terug in de kast en wil bukken om haar pumps aan te trekken. Hugo is naast haar komen staan. Hij pakt haar hand en draait haar rond.

'*Ai Mãezinha*, wat zie je er prachtig uit!' Hij omhelst zijn vrouw en drukt een zoen op haar lippen. Elizabet trekt haar hoofd terug.

'Wacht even.' Ze veegt met haar duim het rood van zijn gezicht.

Samen lopen ze de trap af. De tuindeuren staan open en er zijn al gasten buiten. Vrienden van Edson, familie, een paar buren. Rapmuziek klinkt uit de luidsprekers. Terwijl Hugo naar buiten loopt, blijft Elizabet staan naast een manshoge pot met bloemen in een hoekje van het terras. Witte linten om de bomen naast de poort aan de voorkant van het huis, ballonnen in de achtertuin, een bar met cocktails en jonge meiden die hapjes rondbrengen. Op een verhoging in de tuin staat een dj achter een tafel en boven de bar hangt een spandoek: EDSON 21.

Elizabet ademt langzaam uit. Vanmorgen was de brief van de toelatingscommissie binnengekomen: Edson is aangenomen op de politieacademie. Toen hij de envelop openmaakte en door de kamer begon te rennen, zag Elizabet hoe Hugo's adamsappel op en neer schoot tussen zijn hoofd en zijn hart, zijn vuisten gebald van emotie. Hij had Edson in de houdgreep genomen en met zijn knokkels zijn haar in de war gemaakt. Elizabet keek lachend toe en had snel het ticket van de schouw gepakt. Voordat hij aan de politieacademie begint, mag hij naar Europa. Cadeautje voor zijn eenentwintigste verjaardag. Hugo heeft haar beloofd dat hij vrij zal nemen, zodat ze hem samen kunnen opzoeken. Als ze denkt aan zijn vertrek voelt ze haar keel samentrekken. Steeds vaker spreekt ze af met de zuster bij het tehuis in de stad, waar de gezonde kleintjes wachten op adoptie. Dankzij haar fondsenwerving hebben ze recent een vrolijke muurschildering laten maken en een speeltuin gebouwd. Heel voorzichtig heeft ze haar plan bij Hugo gepolst, wat hij ervan zou vinden. Ze zijn nog niet te oud. En iedereen weet hoe begaan ze is met de kinderen. Deze keer zou het geen geheim zijn, zou ze er wel van kunnen genieten. Hij stond er niet afwijzend tegenover. Als zij maar gelukkig is.

In een hoek van de tuin staat Edson, een paar vriendjes om hem heen. Hij ziet haar kijken en knikt even naar zijn moeder. Zijn donkere krullen glanzen van het vet, net als bij zijn vader. Hij ziet er goed uit, in zijn witte linnen overhemd. Er zit nu al een vlek op het voorpand. Een van de jongens slaat hem op de schouders, zegt iets en de anderen schateren het uit.

Manuela doorkruist met een vol dienblad met glazen de tuin en loopt op Edson af. De oude vrouw lijkt wel gekrompen, zo hoog torent hij boven haar uit. Edson slaat een arm om haar heen, drukt haar onder zijn oksel en plant een zoen op haar voorhoofd. De vrouw moppert zichtbaar en probeert haar champagneglazen recht te houden terwijl Edson haar knuffelt. Even schiet een steek door Elizabets onderbuik.

'Manuela!' Ze wuift naar haar.

De vrouw rukt zich los uit de omhelzing en komt zo goed en zo kwaad als dat kan aansnellen, haar blik gefixeerd op de glazen.

'Ja, senhora?'

'Het ziet er weer prachtig uit.' Elizabet schenkt haar een glimlach en naast elkaar staan ze naar Edson te kijken.

'Senhora?'

Aan haar stem hoort Elizabet dat het belangrijk is, en met haar blik nog steeds op de tuin gericht helt ze wat opzij, haar oor naar Manuela gericht.

'Ja?'

Manuela strekt zich op haar tenen en legt haar hand rond de oorschelp van haar bazin, een vertrouwde parfumgeur komt haar tegemoet.

'*Maria is overleden.*'

Ze fluistert het rechtstreeks haar oor in, zodat er geen kans is dat haar woorden in de lucht ontsnappen.

Elizabet schraapt haar keel. Vervolgens recht ze haar schouders en strijkt haar rok glad. Zwijgend staan ze naast elkaar en kijken naar de tuin die volloopt. Hugo verwelkomt enkele ouders en Edsons voetbalteam komt met groot kabaal via de tuindeur binnen. Elizabet ziet de pastoor; hij wenkt haar en ze perst een glimlach op haar lippen. Dan draait ze zich naar Manuela, pakt het zware dienblad uit haar handen en zet het achter hen op tafel. Ze neemt er twee volle glazen champagne af en duwt er een in Manuela's hand voordat zij kan tegensputteren. Elizabet brengt haar gezicht dicht bij dat van de oude vrouw, drukt het glas tegen het hare en fluistert: 'Op het leven, Manuela. Op Edson.'

Terwijl ze de vrouw blijft aankijken brengt ze het glas naar haar mond en neemt een slok. Dan draait ze zich om en wandelt het gras over naar de pastoor.

Manuela kijkt haar na, het glas champagne onaangeroerd in haar hand. Als ze denkt dat niemand het ziet, duikt ze achter de bloempot langs naar binnen, via de eetkamer naar de hal, de keuken in, waar ze zwaar tegen het aanrecht leunt. Boven de gootsteen draait ze langzaam haar glas om. Het vocht maakt een sissend geluid als het in de diepte uiteenspat. Ze staart naar de bubbels die rond de metalen oogjes cirkels trekken en opborrelen, tot de laatste bel kapot is geknapt en in de afvoerpijp verdwenen.

Het is even na middernacht. Een bries waait door de donkere tuin en doet de bladeren ritselen, een stukje cadeaupapier buitelt over het terras. Overal staan lege glazen, asbakken, bordjes met hapjes en zilveren vorken. Elizabet stapt via de tuindeuren naar binnen; het is drukkend warm in de eetkamer, de en-suitedeuren naar de voorkamer zijn gesloten. Uit de keuken klinkt geroezemoes en gerinkel van glazen en schalen. Manuela dirigeert de meisjes waar het schone servies moet staan en in de tuin wordt alles afgebroken. Elizabet loopt de trap op; ze is te moe om Manuela gedag te zeggen. Ze ziet haar morgenochtend weer. In de slaapkamer knipt ze een schemerlamp aan en schopt haar pumps uit. Gebrom stijgt op uit de kamer onder haar. Hugo zit met een paar andere vaders na te praten in de voorkamer, een fles whiskey en sigaren bij de hand. Edson is de stad in met zijn vrienden.

Ze loopt naar het raam, haar kousenvoeten zakken weg in het wollen tapijt. Haar blik glijdt naar buiten, over de poort van hun huis heen, de wereld in. De lichten in de glooiende straten geven de stad de aanblik van een nachtelijk paardenbloemveld: het lijkt of er duizenden sterren tegelijk uit de hemel op de grond uiteenvallen. Er zijn lichtstrepen, lichtspikkeltjes en lichtbollen; het duizelt haar en ze voelt zich dieper in het tapijt wegzinken. Ze kijkt naar rechts, naar een verkoold vlak in de diepte. De zee, met aan de kustlijn de granieten rots die boven de stad en de berg uit torent. Eenentwintig jaar geleden had ze de rots als jonge vrouw bewonderd, vanaf het hoger gelegen park waar ze diezelfde ochtend haar zoon in ontvangst had genomen. Ze had hem aan de rots geschonken, aan Hugo geschonken, als eerbetoon aan zijn onverzettelijkheid. Nu voelt ze geen bewondering, maar verwantschap.

Ze verschuift haar blik naar de berg. De voet ervan is nog redelijk verlicht, het middelste gedeelte een lappendeken van donker en licht, de top in duisternis gehuld. Die stakkers en hun noodlot, net als de verslaafden bij het stoplicht. Dat is wat er gebeurt als je je bij de dingen neerlegt. Als je te slap bent om jezelf te herpakken. Zij had zich een nieuw lot toegeëigend, een beter lot dan haar was toebedeeld. Elizabet gaapt en schrikt van haar eigen reflectie in het raam, op enkele centimeters van haar gezicht. Haar eigen ogen staren haar koud aan.

Ze loopt weg van het raam en laat zich in de stoel voor de kaptafel zakken. Ze verwijdert de haarklem onder in haar nek en donkere lokken vallen langs haar gezicht. Naast haar knie trekt ze een lade open en haalt er een doosje aspirines uit. Ze klapt het deksel naar buiten, schudt de strips op haar hand en staart naar de ronde pillen in hun doorzichtige verpakking, iedere pil overdwars ingesneden en de merknaam en het aantal milligram rondom erin gestanst. Spierverslappers. De zwaarste.

Ze trekt een andere lade open, haalt er zwarte panty uit en houdt hem omhoog in het licht van de schemerlamp. Nog iets te transparant. Ze steekt haar vuist in één been en doet de arm met de panty erom vervolgens in het tweede been, zodat de stof nu dubbellaags is. In de lange zwarte kous laat ze de pillenstrips vallen en ze knoopt hem dicht, vouwt hem dubbel en legt er nog een knoop in. Samen met het lege aspirinedoosje gooit ze de zwarte prop in de prullenbak onder tafel. Ze komt overeind en kijkt in de spiegel. Duwt haar kin iets omhoog zodat de slappe huid straktrekt, haar kaaklijn geprononceerd. Dan fronst ze haar wenkbrauwen. Onverzettelijk.

29

De berg

Gía zit als een prinses op het krukje van haar moeder en staart naar haar buik. Langzaam verschijnt de bal die erin zit aan de oppervlakte, alsof dit wezen altijd in haar binnenste verstopt zat en zich iedere dag een beetje meer manifesteert. Naarmate haar buik ronder wordt, trekt haar rug holler. Uren kan ze zo zitten, fazer nada, met twee handen op die bol onder haar navel. Soms beweegt er iets onder haar huid, het maakt haar aan het lachen. Ik durf er niet naar te kijken.

Ze kan niet wachten tot het zover is. Soms, als ze vermoeid of misselijk is, til ik haar op en draag haar het hele eind terug naar huis. Ik zorg ervoor dat ze niets tekortkomt. Ik leg geld opzij en koop op de markt een geplukte kip, die ik tot de laatste botsplinter in de soep gebruik. De vrouwen in de buurt roepen naar Gía dat ze maar geluk heeft met zo'n man, en dan antwoordt ze met geheven kin: 'Natuurlijk behandelt hij me goed, wat dachten jullie dan?'

Steeds vaker ga ik op nachtelijke strooptochten de stad in. Ik speur parkeerplaatsen achter appartementencomplexen in de buitenwijken af, zoek op industrieterreinen en een keer loop ik zelfs helemaal naar de universiteit. Soms, als ik naar de gesloten poort staar, hoor ik Gus' stem: *'Tijdens het regenseizoen zuigt een deel van de stam zich vol water en draagt dan een lokale zwelling op zijn stam als een trotse zwangere vrouw. Barriguda, dikbuik, wordt hij ook wel genoemd.'*

Ik zoek verder bij de containers van de openbare bibliotheek.

Boeken laat ik liggen, maar een kuipstoel zonder poten sleep ik mee naar huis; hij kan dienen als luierstoel voor Gía. Van houtafval maak ik een wieg die Gía bekleedt met de lakens die ze van de chique dame uit onze wijk krijgt. Ze naait alles vast met stiksels in felle kleuren, tot het eruitziet als een koninklijke kribbe. Ze is uren bezig met het vouwen, opmaken, rangschikken en herschikken van spullen voor de baby op planken die ik binnen aan de muur heb getimmerd. Buurvrouwen en oude vriendinnen van Beatriz verzamelen babykleertjes voor ons, tot we genoeg hebben om zowel een jongen als een meisje gedurende het hele eerste levensjaar mee te kleden. Van een vrouw met de omtrek van een ijscokar krijgt Gía een lichtpaarse jurk waar ze normaal twee keer in past. Zodra de vrouw is vertrokken, duiken we er samen in en dansen een wals in ons huisje.

Hoewel ik vrees dat haar huid zal scheuren als haar buik nog verder groeit, begint ze langzaam maar zeker het paarse gewaad te vullen, tot het op een dag past. De kleur van de jurk staat prachtig bij Gía's donkere huid en haar zwarte haren vallen in een lange vlecht voorlangs. 's Avonds, als ze zich uitkleedt in het licht van een kaars, kijk ik van een afstandje naar haar nieuwe gedaante. De enorme buik met uitstekende navel die me aanstaart als een ballontuit; daarboven haar borsten, ooit niet meer dan halve citroenschijfjes, maar nu twee dobberende boeien met de tepels als torenklokjes erbovenop. En uit die opgeblazen romp, die lange, stakerige armen en benen. Als ze me ziet kijken, sneert ze: 'Precies wat *Mamae* altijd zei. Wij doen al het werk in dit leven. Vijf minuten plezier, negen maanden dragen, achttien jaar opvoeden en dan ben je oud, lelijk en uitgeblust.'

Waggelend als een eend komt ze naar het matras lopen en laat zich zuchtend vallen, met haar rug naar me toe. Ze wijst naar een plek tussen haar schouderbladen.

'Daar graag.'

Ik snuif even en zet me dan aan mijn taak.

*

De hele dag heb ik zitten werken voor ons huis, in mezelf gekeerd tussen al het lawaai dat me omringt. Steeds meer verstelwerk neem ik over, omdat ik wil dat Gía rust. Ik bid dat het nu niet lang meer duurt. Een van de buurvrouwen verderop is de vroedvrouw van onze bairro; een uit de kluiten gewassen tante met handen als kolenschoppen en een stem als een truckchauffeur. Zij heeft die middag al gedreigd met kruidenmengsels als 'dat kind het nog langer vertikt eruit te komen.' Als ik die avond mijn werk neerleg komt Gía bij me op schoot zitten. Ze lijkt terneergeslagen.

'Zou de baby snel komen?'

Haar gewicht drukt op mijn bovenbeen. Ik sla mijn armen om haar heen en aai over haar buik.

'Wie weet,' zeg ik. Ze neemt mijn gezicht in haar handen en kijkt me aan, haar ogen fonkelen.

'Anjo, misschien is dit wel de laatste avond dat we met zijn tweeën zijn! Zullen we nog één keer gaan dansen op het strand?'

Gía komt omhoog en draait moeizaam met haar heupen. Haar vlecht zwiept in het rond en ik moet lachen om haar gestuntel; alles zit in de weg. Gía verruilt haar paarse gewaad voor mijn lievelingsjurk: de rode met de dunne bandjes. Als ze buiten komt lijkt ze boos. De jurk staat zo strak gespannen over haar buik dat het rood roze is geworden, de rok bedekt nog maar net haar onderbroek en haar borsten puilen uit aan weerszijden van de stof. Alleen haar armen en benen zijn hetzelfde. Als Gía mijn hoofd ziet, kan ze haar lachen ook niet inhouden.

'Nu jij!' beveelt ze.

Ik duik het huis in en pak het wit linnen overhemd dat in een tas met gedoneerde spullen van de rijke mevrouw zat. Toen ik het tussen de overige spullen vond, had ik het uitgehangen en voor een bijzondere gelegenheid bewaard. Voorzichtig steek ik mijn armen in de mouwen en ga er met mijn vingers overheen. De stof is luchtig en de knopen zwaar. Het past precies. Op het voorpand zit een roze vlek, maar die zie je amper.

Als ik de schemering in stap, klapt Gía joelend in haar handen. Het rode jurkje is alweer verwisseld voor het paarse gewaad.

Ze steekt haar arm in de mijne en we beginnen aan de tocht naar beneden. Onderweg roepen vrouwen ons toe. 'Dat duurt niet lang meer, Gía!' En: 'Je moeder is bij je, menina!' Trots als een pauw waggelt ze de helling af. Bij de hoofdweg lopen we het laatste stuk naar de bushalte, tegen de stroom van mensen in die terugkeren van hun werk. Ons kostbare geld besteden we voor één keer aan een buskaartje naar het strand.

Als we daar aankomen gaat de zon net onder. Het rood dat naar de hemel wegtrekt laat vonken achter op het strand, een frisse avondbries zet op vanuit het water, maar het zand gloeit nog onder onze voetzolen. Gele spikkels lichten op van vissersboten die voor anker gaan. Om ons heen worden vuurtjes gestookt en silhouetten van stelletjes schuifelen voorbij. Het is doodstil, op het geluid na van brekende golven op het zand en het gesis als ze zich terugtrekken. Op blote voeten sloffen we richting een afgelegen kampvuur. Een stukje verderop zakken we neer bij de kustlijn in de duisternis; slechts het krijtwit van de maan aan de hemel en de schuimkoppen van de golven tekenen zich helder voor ons af. Ik denk aan de keren dat ik in mijn buis zat en naar de olietankers keek die aan de horizon voorbijtrokken. Het had me altijd angst ingeboezemd, het idee in de nachtelijke zee weg te zakken, waarna de stroperige laag zich boven mijn hoofd zou sluiten en ik in het diepst van de aarde zou verdwijnen. Opeens hoor ik Gus' krakende stem zingen in de keuken:

'*Kijkend naar de zee, droom ik zonder dat het ergens over gaat.*
Niets in de zee, behalve de zee, zie je.'

Ik merk pas dat ik huiver als ik Gía naast me voel rillen in haar dunne jurk. De wind blaast steeds straffer onze kant op en zet de haren op mijn armen overeind. Ik help Gía omhoog en we lopen terug richting het vuur. Er zijn meer mensen bij gekomen. De vlammen tekenen figuren op hun lichamen. Dansende silhouetten in een offerritueel. Ik schrik en trek Gía dicht tegen me aan. Met gesloten ogen stop ik mijn neus in haar kruin en inhaleer diep; haar geur trekt me terug in de realiteit. Ik neem haar bij de hand en we lopen een stukje door, weg van de mensen, de nacht in. Achter het vuur tokkelt iemand op zijn gitaar en zingt met zuivere stem; ik voel Gía in mijn armen ontspannen. We wiegen met zijn drietjes op de muziek, de baby tussen ons in. Gía's wang leunt tegen mijn borst, haar handen achteloos op mijn heupen. Ik strijk over haar onderrug.

'Onvoorstelbaar, hè.'

Ik fluister in haar oor. Ze houdt haar ogen dicht en knikt alleen maar.

De gitarist speelt verder.

'We hebben nog geen naam.'

Loom haalt ze haar schouders op.

'Sócrates,' opper ik, naar mijn favoriete voetballer. Zelfs Gus, tegenstander van alles wat naar sport neigde, was fan van hem omdat Sócrates naast profvoetballer ook arts was. Daar is hij weer. Gus. Ik hoor het knetteren van het vuur, zie de stapels papier die vlam vatten, de rook uit de toren. Mijn kaken verstrakken en ik schud even mijn hoofd als een hond die uit zee komt. Gía's schelle lach snijdt door mijn herinneringen.

'Het wordt natuurlijk een méísje, queridinho!'

Ik lach plichtmatig mee, maar speur tegelijkertijd het strand af, op mijn hoede. Verderop hoor ik golven uiteenspatten op het zand, maar ik kan ze niet meer onderscheiden in het donker. Dat geluid heb ik net niet gehoord, is de zee ruwer geworden? Ik steek mijn neus in de wind, maar die is hetzelfde. Doorbreekt daar iets de kustlijn? Ik knijp mijn ogen samen. In het maanlicht denk ik een schaduw te zien. Een beeld van water dat over een wollen jas stroomt. De pluizige stof wordt langzaam platter en donkerder, tot hij helemaal ondergelopen is. Het water slaat tegen het object, de jas laat los van de ondergrond en begint te drijven. Gía prikt met haar nagels in mijn zij en ik schud weer met mijn hoofd, werp het beeld van me af. Ik trek Gía dichter tegen me aan. Weer dat geklots bij de kustlijn. Een dof geluid, iets wat het water onderbreekt.

Pof. Pof. Pof.

Dit zit niet in mijn hoofd, het gebeurt echt, hier en nu.

Bruusk draai ik Gía een kwartslag om haar het zicht op zee te ontnemen. Met kloppende slapen probeer ik grip op mezelf te krijgen. Dit is belachelijk, het incident met de Ouwe is al zo lang geleden. Als het al heeft plaatsgevonden. De gitarist zet een sneller nummer in. Gía wringt zich los uit mijn greep en waagt een paar danspasjes. Ik probeer mee te doen, maar alles staat op slot.

'Kom op, dansen, Anjo.'

Ze trekt aan mijn arm. Ik hoop dat de gitarist snel op iets anders overschakelt. Hij zit aan de andere kant van het vuur, ik kan hem niet goed zien. De vlammen laaien op, iemand houdt een tak in het vuur. Er zit iets aan die stok geprikt. Een hand draait aan de tak. Gelach op de achtergrond, Gía plukt aan mijn bovenbenen. Ik probeer weg te draaien van het vuur, maar Gía laat het niet toe. Haar handen zitten als klemmen op mijn heupen. Het gelach van daarnet klinkt nu als hees gebrom. De gitarist slaat sneller op zijn snaren, als de handen die op de trommels sloegen op het voetbalveld, en de stok draait mee. Rond en rond, opgezweept door de muziek, of misschien zwengelt de stok de muziek aan, als een slinger aan een levensgrote muziekdoos. Ik concentreer me op het midden van het vuur. De hand die aan de stok draait licht op als een klauw. Het voorwerp aan de stok blijft vaag. Wat is het? Ik adem steeds zwaarder. Gía trekt nog steeds aan mijn heupen. Ik plant mijn voeten steviger in het zand. Ergens in de verte hoor ik haar roepen.

'Anjo? Anjo!'

Ik duw mijn hand richting haar gezicht, maar voel niets.

Nu niet. Laat me met rust.

'Doe niet zo flauw, kom op.'

Gía's stem klinkt steeds verder weg, ergens laag bij de grond terwijl ik me uitrek om het voorwerp te zien. De stok draait maar boven het vuur en opeens zie ik glashelder de opengesperde mond van Alma voorbijkomen. Rode slijmdraden lopen van haar gezicht naar de grond.

Ik strek mijn hand naar het vuur, maar weet dat ik te laat ben.

Alma.

'Wie is Alma?'

Gía prikt met haar nagels hard in mijn zij en brengt me met een klap terug op aarde.

'Wat?'

Wat heb ik gezegd? Ik grijp Gía rond haar middel en trek haar naar me toe.

'Kom hier, meiga, dan dans ik met je.'

Mijn stem klinkt geforceerd, terwijl ik over haar schouder de omgeving verken.

'Ik heb die naam eerder gehoord, wie is het?'

Ik wiebel wat heen en weer, maar Gía blijft me strak aankijken.

'Mijn zusje,' mompel ik.

Ik zoen haar om haar de mond te snoeren.

De rest van de avond probeer ik me alleen nog maar te concentreren op Gía. Als een zoeklicht richt ik me op haar, in de hoop dat alles buiten het schijnsel op de achtergrond raakt. Het moet onze perfecte laatste avond worden. Gía heeft een dromerige waas voor haar ogen en ik zie dat ze zich langzaam terugtrekt, zich voorbereidt op wat haar te wachten staat. Zonder geld voor de bus terug beginnen we aan de lange tocht omhoog via de buitenwijken naar de berg.

'Ik word mama, Anjo,' zegt ze steeds weer, terwijl ze over haar buik aait alsof het een toverlamp is. 'Ik draag het naar huis, al moet ik kruipen.' We lachen en wandelen hand in hand verder, richting het zwarte massief dat boven de stad uittorent.

Pas na middernacht duwen we eindelijk de deur naar ons huis open. Gía kan nog amper de ene voet voor de andere zetten, maar straalt als een mollige engel. Haar oogleden hangen, een flauwe glimlach op haar gezicht. We laten ons op de matras vallen, onder de koelte van de lakens; ze past precies in de halvemaan van mijn lichaam. Mijn hand rust op haar hand, op haar buik.

'Het was perfect,' mompelt ze. Ik zoen haar achterhoofd.

'Ga slapen, meiga,' fluister ik, maar ze hoort het al niet meer.

Terwijl ik naar Gía's ademhaling luister, dommel ik weg en zie een prachtig jongetje voor me, met Gía's fijne trekken en zwarte haar. Ik buig me naar hem toe, maar als ik dichterbij kom zie ik dat hij lichtgroene ogen zonder pupillen heeft, ik kan zo door hem heen kijken. Ik schrik wakker en hap naar adem, probeer het beeld te verdrijven, knijp mijn ogen dicht tot het pijn doet. Maar wat ik ook doe, overal zie ik dat jongetje met die contrastloze blik naar me staren. Hij jaagt me de stuipen op het lijf en ik verschuif mijn benen, woel onder het laken tot Gía met haar elleboog hard in mijn borst prikt. Ze doet me pijn en het jongetje is verdwenen.

Ik verplaats mijn hand op haar buik en voel het kind onder de huid bewegen. Hij maakt een draai, langzaam en gracieus, als een walvis vlak onder het wateroppervlak. Ik ontspan weer. *Sócrates.* Alles zal ik hem geven, dit kind van ons. We spelen samen voetbal met andere kinderen op een veldje onder de middagzon. Stof waait op terwijl hij achter de bal aan rent en iedereen achter zich laat. Dan zie ik hoe hij wordt getackeld, valt en over de grond rolt.

Mijn zoon!

Omdat ik even niet heb opgelet. Ik ben zijn vader, ik moet hem beschermen. Ik faal nu al. Het kind wordt aan een enkel voortgetrokken naar een plek midden op het veld, waar een groep volwassenen en kinderen joelend in een cirkel om hem heen gaat staan. Ik kan er niet bij. Ik ijsbeer om de kring heen, maar kan niet naderen. Het kind ligt in het midden en kijkt omhoog naar mij. Ik zie hoe de mannen kiezels van de grond oprapen en naar hem gooien, handenvol. De kinderen volgen. De steentjes ketsen af tegen het kind en stof spat op. Het jongetje probeert te huilen, zijn armen strekken zich naar mij uit. De mannen gooien nu vuistgrote keien naar het kind. Een dof geluid iedere keer dat ze hem raken. Hij kreunt en krult zich op, op zijn gezicht en schedel verschijnen rode wolken als verfbommetjes die uiteenspatten. Ik blijf nog steeds in een ruime cirkel om hen heen draaien, maar kan niet dichterbij komen. Vanuit mijn tenen komt een oerkreet omhoog, mijn lippen wijken al. Mijn mond staat open, maar er komt niets uit en ze gaan gewoon door. Daar sta ik, als een geamputeerde soldaat: afgekeurd en ongeschikt voor de enige taak die ik heb. Ik bal mijn vuisten; nu komt het erop aan.

Achter mij verzamelen zich mensen. Bekende gezichten. Chico spoort me aan, hij pompt met zijn vuist in de lucht. Ik kijk over mijn andere schouder en zie Raull, João, Davi en Mano op een rij, ze klappen in hun handen. Alma is er en zelfs Donkey staat kwispelend te wachten. Iets achteraf zie ik Gus en Beatriz, naast de vrachtwagenchauffeur met het wiebelende nekje. Ze knikken me toe. Iedereen is er om me aan te moedigen deze laatste stap te nemen.

Het jongetje op de grond huilt niet meer, staart me alleen maar aan. Dan verschijnt Negro uit het niets en gaat met zijn gezicht naar mij toe schrijlings over het kind heen staan. Hij is zo groot dat hij het zonlicht blokkeert, duisternis valt over het veldje. Met een grijns kijkt hij me aan en nu pas zie ik dat hij een rotsblok in zijn handen houdt. Als ik doorheb wat hij van plan is begin ik te trillen van woede, maar het lukt me niet me los te maken van mijn plaats. Mijn benen zijn samengesmolten tot een stam en mijn armen zijn takken die uitmonden in twijgen. Ik ben de boom op het erf. De elementen lachen me uit. Ze hoefden niets te doen, slechts toe te kijken en wachten.

Negro heft zijn armen en kijkt me vragend aan. Iedereen houdt zijn adem in, in afwachting wat ik zal doen. Mijn ogen ontmoeten die van Alma en ik ruik Gía, mijn Gía, zoet als honing, en ik hoor haar aanmoediging in de verte.

'Anjo! Anjo!'

Het is nu of nooit. Ik trek mijn middenrif in, mijn spieren spannen zich samen; jarenlange voorbereiding heeft naar dit moment geleid. Met al mijn kracht haal ik uit. Mijn vuist daalt neer en ik voel hoe tand na tand als porselein onder mijn knokkels verpulvert, tot ik tegen iets hards tot stilstand kom.

30

De stad

Pãozinho knijpt in haar hand: ze zijn er. Ze stappen uit bij de bushalte van het industrieterrein, in de verte ziet ze de schoorsteen al branden. Gefortuneerde nabestaanden kunnen dag en tijd kiezen voor de terhemelstelling van hun geliefden. De anderen gaan ongevraagd eens per week de oven in. Verschil zal er zijn, ook na de dood.

Angelica houdt zich vast aan Pão's arm en met hun blik op de schoorsteen gericht lopen ze langs hangars en fabrieken, tot ze bij een laag betonnen gebouw uitkomen. Blijkbaar zijn zij niet de enigen met dit plan; bij het lijkenhuis voor het crematorium staat een rij mensen tot buiten te wachten. Iedereen moet zich registreren. Terwijl Pãozinho zich achter in de rij aansluit, sloft Angelica naar een overkapping om wat beschutting te zoeken tegen de felle ochtendzon. Ze zakt neer op een plastic stoel en pakt een zakdoek uit haar handtas om haar voorhoofd af te vegen. Een tas met spulletjes rust op haar schoot. In de wachtruimte zitten nog enkele oudere vrouwen, een moeder met een jengelend kind, een knaap met pukkels zit tegenover haar. Angelica knikt even naar hem, maar het joch wendt stoïcijns zijn blik af. Op het zeurende kind na is het stil. Iedereen heeft tassen bij zich, gevuld met afscheidscadeaus voor de laatste reis.

De een na de ander wordt uit de wachtruimte opgeroepen en Angelica dommelt weg in haar stoel, moe van de slechte nacht. Ze droomt van twee meisjes in een kamer met in het midden een bed bezaaid met kleren. De meisjes verkleden zich en paraderen voor elkaar in afzakkende jurken op te grote hakschoenen, met ringen in hun oorlellen en vlekken lippenstift rond hun mond. Ze lachen en springen op het bed tot de veren lam zijn. Ondanks de dunne muren lijkt de kakofonie van buiten ver weg. Muziek, het gehuil van kinderen, brommers, blaffende honden: een gesmoorde flard ervan dringt af en toe door. Dan ziet Angelica zichzelf in bed liggen. Een dun laken over haar bezwete, logge lichaam. Haar borsten vallen zijwaarts, onder haar ogen donkere verdikkingen. Het hoofdeinde van de matras grenst aan de muur, ze houdt haar arm boven haar hoofd, haar handpalm tegen de wand aan gedrukt.

'Boa noite, Lucy.'

Geen reactie.

'Boa noite, Lucy. Boa noite, Lucy.'

Ze blijft het herhalen, haar hand tegen de muur geplakt, maar er komt niets terug.

'Mevrouw.'

'Mevrouw!'

Angelica schrikt op en kijkt in het stuurse gezicht van een man in een vaalgroen uniform. Hij tikt met een pen op zijn klembord en knikt dan naar het gebouw achter hem. Ze schudt de dagdroom van zich af en komt overeind.

Pãozinho staat in de zon een sigaret te roken met een paar andere mannen. Hij maakt aanstalten zijn peuk weg te gooien als hij zijn vrouw ziet, maar ze gebaart met haar hand.

'Blijf jij maar hier,' zegt ze zachtjes. 'Ik wil graag alleen gaan.'

Pãozinho haalt zijn schouders op en neemt nog een hijs van het stompje. Angelica gaat door de ijzeren klapdeuren de centrale hal binnen en huivert even in de koude lucht. Ze had een omslagdoek mee moeten nemen. Gespannen kijkt ze om zich heen. Alles is grijs. De vloer, de muren, de deuren, zelfs de vrouw achter de balie heeft een grauwe huid en grijs haar. Alsof alle leven uit deze plek wordt gezogen en via de schoorsteen het pand verlaat. De grijze vrouw kijkt op en knikt naar een gang die doodloopt op een zwarte deur. Met de tas in beide handen geklemd loopt Angelica met tegenzin de hal door, ze volgt het geluid van haar eigen voetstappen om maar niet te stoppen. Links, rechts, links, rechts, niet omkeren. Er staat een bewaker voor de deur. Precies op het juiste moment duwt hij hem open, zodat ze in een vloeiende beweging kan doorlopen. Met een klap valt de deur achter haar dicht, haar lichaam schokt even mee. Met de tas als een schild voor zich neemt ze de ruimte in zich op.

De kamer is lang en smal, er zijn geen ramen. Aan weerszijden bevinden zich stalen deurtjes in de muur, kolommen hoog en rijen dik. De deurtjes hebben een handvat.

'Rij 16, nummer 3A.'

Angelica had de man niet opgemerkt. Hij kijkt haar niet aan, zijn vinger prikt op een punt op de blocnote in zijn handen.

'Rij 16, 3A,' herhaalt hij. Angelica schuifelt naar voren terwijl ze links en rechts de cijfers leest.

2, 3, 6, 7, 10, 12, 13, 14, 15. Daar is het: rij 16.

Aan de linkerzijde bevindt zich deurtje 3A, ter hoogte van haar middenrif. Ze reikt met haar hand naar het handvat, maar haar arm blijft doelloos in de lucht hangen. Achter haar naderen zware voetstappen, en voor ze iets kan zeggen rukt de man de stalen la voor haar open. Angelica wordt bijna door de lade getroffen en springt achteruit. Ontzet staart ze de man aan, maar die loopt alweer terug naar zijn plaats. Ze durft bijna niet te kijken. Daar ligt ze, haar vriendin, haar familie: Lucy.

Ze streelt het ingevallen gezicht zonder het aan te raken. In niets herinnert deze vrouw aan het stralende blonde meisje dat ze levens geleden op de berg tegen het lijf liep. Angelica hapt naar adem en een raar hees geluid ontsnapt uit haar keel. De laatste keer dat ze Lucy zag was de dag dat ze de rijke vrouw hadden ontvangen bij het buurthuis. Een dag die zo feestelijk begon en zo vreselijk eindigde. Ze ziet Lucy weer weglopen, volle tassen aan de handen, en tussen de bloemenkelken verdwijnen. Angelica vlecht haar vingers tussen die van haar vriendin. Ze voelen koud en rubberachtig. De nagels zijn afgekloven en de huid van haar nagelriemen is teruggetrokken. Ze aait er zachtjes over met haar duim, alsof ze alles weer op zijn plaats wil duwen.

De zuster vertelde dat ze al heel ziek moet zijn geweest toen ze bij het tehuis aankwam. Dat ze hele dagen met Ester op schoot onder de boom zat terwijl het leven uit haar vloeide. Angelica bijt op haar onderlip, de lijnen van hun verstrengelde handen vervagen. Ze vermant zich en pakt de plastic tas van de grond. Een voor een plaatst ze de spulletjes voorzichtig naast Lucy in de lade.

Een flesje nagellak, een zakje mierzoete snoepjes in kleverige wikkels, een halve aardappel waaruit ze een hartje heeft gesneden, een halfleeg potje aloë vera-crème. Het schoolschrift dat Lucy haar op de dag van haar vertrek in bewaring had gegeven, vergeeld, de kaft aan de randen gekruld. Als laatste pakt ze de Tupperwarebak. Rechthoekig als een schoenendoos, met een buigzame deksel erop.

'*Túpper-ware!*'

Die stomme bakken in elkaar gestapeld, aflopend in grootte.

'*Whoopsiedaisy!*'

De woorden fladderen op uit haar geheugen, ze schrikt er zelf van. Angelica houdt de bak krampachtig in haar handen, het bloed van haar vingertoppen trekt weg. Door het deksel heen schijnt de inhoud, blauw en rood. Tientallen ongeopende enveloppen, van lichtblauw papier met een rood-blauwe rand. Een stempel in de hoek: *By Airmail / Par Avion.* Op allemaal staat Lucy's naam op de voorkant, met het adres van het buurthuis. In het begin waren het er een paar per maand. Daarna een heel lange tijd enkele per jaar. Op het laatst kwam er elk jaar alleen nog maar één in december, tot het stopte. Ze zouden hun hele leven bij elkaar blijven, zij en Lucy, dat hadden ze elkaar beloofd; zij waren de puzzelstukjes die in elkaar pasten.

Angelica plaatst de Tupperwarebak met brieven naast Lucy's middel in de koude la. Langzaam ademt ze uit. Even lijkt het alsof ze weer samen in hun kamertje zijn, hand in hand op bed, starend naar het plafond. Ze drukt een kus op haar eigen vingers en legt die op Lucy's voorhoofd. Dan schuift ze met een klap de lade dicht.

31

De berg

Ik ren de hut uit, over het zand, door de dichte begroeiing. In het donker bots ik op tegen een vrouw zo flink als een marmeren zuil. Ik wankel en stap even achteruit. Het is de vroedvrouw; pas als onze blikken elkaar kruisen dringt ook dat andere verlies tot me door. Ik duik kokhalzend langs de vrouw heen en ga er in de nacht vandoor, de berg af. Ik struikel, kruip en sta weer op, ren dwars door struikgewas met mijn armen voor me uit en spring over de geulen met drek. Ik haal mijn huid open aan doornen, glijd van traptreden af en verzwik beide enkels, maar zo lang ik ren blijf ik het gat voor dat zich razendsnel onder mijn voeten uitbreidt. De tollende cent op tafel die je de verkeerde kant op ziet vallen en de onbegonnen race hem tegen te houden voordat hij plat op het hout valt. Kop de dood, munt het leven. Ik ren door alsof het nog kan, alsof ik de val nog kan stuiten. Ik hoor gehijg, van mezelf of van iemand anders; ik kijk om, maar zie niets in het donker. Ik voel de luchtverplaatsing van takken, iets zit me op de hielen, ik ren zo hard dat mijn voeten de grond amper nog raken.

Achter mijn ogen barsten sterren uiteen, alsof er vuurwerk wordt afgestoken in mijn hersenen. Ik duw de beelden voor me uit de donkere berg af, maar ze blijven komen. In een halo van licht verschijnt steeds weer Gía; een paar seconden maar. Haar prachtige gezicht een tot pulp geslagen meloen, tanden als pitjes verspreid om haar heen, tussen haar zwarte haren. Met mijn vuisten dichtgeknepen probeer ik de tijd een minuut terug te dwingen, terwijl het gat achter me bijna mijn voeten heeft bereikt. Het gat dat de nieuwe realiteit is. De realiteit waarin ik straks zal verdwijnen.

Aan het einde van de bairro vlucht ik de hoofdweg af en sla daarna rechts af richting het strand. Pas na een tijdje merk ik dat mijn spieren zo verkrampt zijn dat ik ren als een oude man, mijn rug kromgetrokken en mijn handen vervormd. Als een dronkenman zwalk ik over de weg, de berm in. Pas als ik in de diepte de weerspiegeling van het water onder de maan zie opdoemen, houd ik voor het eerst in. Als vanzelf ben ik de weg naar huis gelopen, naar de buis, en de vuurtoren. In alle windstreken ben ik uitgeleefd: de zee, de berg, de stad en de vlakte.

*

Het is donker in de hut en ze kan het gezicht van de vroedvrouw niet onderscheiden, maar ze herkent het silhouet in de deuropening. Breed en vormeloos, met de haren over haar schedel getrokken in een wrong onder in haar nek. Het doet haar denken aan die keer dat haar moeder zat te wachten op de bevalling van een vriendin een paar deuren verderop. Beatriz zat met een stel vrouwen op krukjes voor het huisje te kletsen, de kinderen speelden eromheen. Af en toe schrokken ze op van het gegil van de barende vrouw of de bevelen die de vroedvrouw naar haar snauwde – dan waren ze even stil, barstten vervolgens in lachen uit en haalden herinneringen op aan hun eigen bevallingen, de ene nog gruwelijker dan de andere. Hoe ze zelf hadden geschreeuwd en gescholden, hoe de vroedvrouw tegen hen tekeer was gegaan of op hun buik was gaan zitten omdat het kind maar niet wilde komen. Verhalen die al honderd keer eerder waren verteld, en van generatie op generatie werden doorgegeven.

Na een paar uur was de vroedvrouw in de deuropening van het huisje verschenen, in de kom van haar arm een glibberige baby. Het kind leek zelf niet door te hebben dat het uit de buik was: zijn knietjes ingetrokken, tenen en vingers naar binnen gekruld, zijn ogen ferm dichtgeknepen. De vrouw hief de baby in de lucht, en met haar vrije hand gaf ze hem een pets op zijn billen. Het hoofdje schoot omhoog, de vingertjes klapten open en prompt begon het kind te huilen. Beatriz en de andere vrouwen stoven op van hun krukjes en joelden en klapten terwijl de tranen over hun wangen liepen. Gía had alleen maar staan staren naar dat mens in de deuropening, als een reuzin met een broodje in de hand, klaar om de eerste hap te nemen. Met de glanzende worm was het helemaal goed gekomen. Een ventje met wangen zo bol en zacht als zijn billen.

De vroedvrouw blokkeert nu het laatste restje maanlicht dat de kamer in viel. Ze loopt niet maar schommelt, haar lijf gaat van links naar rechts als een onbemand schip op de golven. Ze buigt zich over haar heen en schommelt weer terug naar de deur. Gía sluit haar ogen. Buiten hoort ze gedempte stemmen. Het geroezemoes is prettig, als een langgerekte brom die haar in slaap sust. Haar oogleden zijn zo zwaar, ze zakken steeds lager tot ze ze niet meer open krijgt. Ze probeert haar wenkbrauwen op te trekken, maar er gebeurt niets. Alles aan haar is slap en loom, ze voelt haar eigen lichaam niet. Het lijkt of ze achterover door het matras heen begint te zakken in een grote lege duisternis. Waar is Anjo?

*

Het asfalt is koud. Met mijn duim wrijf ik over de knokkels van mijn beurse hand tot er geen gevoel meer in zit. Druppels op mijn voorhoofd en onderarmen. De maan is verdwenen achter dreigende wolken.

'Daar! Daar zit hij!'

Achter me hoor ik voetstappen, ik kijk niet om. De regen tikt nu harder op het wegdek en smoort de stemmen. Dan komt de klap tegen mijn hoofd, achter mijn oor. Een slipper vliegt door de lucht terwijl ik voorover val. Ik steek mijn armen niet uit om mijn val te breken en klap met mijn schedel op de weg. De slipper landt naast me – hij is niet van mij. Het reliëf van het plaveisel schuurt tegen mijn wang, het voelt prettig. Van alle kanten dalen nu klappen op me neer, op mijn benen, in mijn zij, tegen mijn rug en op mijn hoofd, maar ik voel ze niet, ik voel alleen de huid van mijn wang die als een deegroller over de kiezeltjes gaan.

'Pak die filho de puta.'

Ik wring een schouder onder me zodat ik omhoog kan kijken. Onmiddellijk raakt een schoen me in mijn gezicht, maar het is niet erg. De regen daalt op me neer en spoelt alles weg, neerwaarts de helling af naar zee. Een klap slaat alle lucht uit mijn longen, ik hoor een zucht uit mijn mond ontsnappen en opeens wijken de wolken boven mijn hoofd. Ik zit op het erf, onder de oude boom. De zon staat hoog aan de hemel en de schaduw van de takken tekent grillige lijnen op mijn voeten. Alma aan de ene kant, Donkey aan de andere, in doodse stilte. We staren in de verte en zien niets dan leegte, een geel vlak met een blauw plafond. Een leegte die een belofte in zich draagt. Alma fluistert. Ga, zangvogel, mijn kameraad, ga!

*

Ze heeft vreselijke dorst. Alsof ze de avond ervoor een hele fles rum heeft leeggedronken en daarna een gegrilde kip met extra zout heeft gegeten; haar wangen trekken ervan samen. Ze probeert te slikken, voelt de hoofdpijn opkomen vanuit een punt tussen haar ogen, vuurpijlen spatten uiteen – misschien zijn het de lichten van de stad ver weg. Terwijl ze slikt gaat haar tong door haar mond. Ze wil langs haar tanden gaan, maar: niets. Enkel een rafelige boog voor in haar mond, en warme holten in haar wangen. Ze voelt nog eens: niets. Paniek knijpt haar keel dicht.

Anjo. Er komt geen geluid uit haar mond. Ze probeert haar buikspieren samen te spannen om kracht te zetten, maar ze reageren niet. Anjo! Hees gebrom stijgt op uit haar strot. De kamer wordt zwart.

De vroedvrouw zet zich op een kruk naast haar bed. Kordaat

schuift ze een hand onder Gía's nek, schept haar achterhoofd omhoog en brengt een spuit naar haar mond. Gía voelt haar lippen en tong niet, alleen het vocht dat in haar nek loopt, achter haar oorschelpen, in haar haren. Het lukt niet om haar hoofd te schudden. Na een paar slokjes gaat het beter en de paniek zakt een beetje. Ze wil haar vingers naar haar gezicht brengen, maar die worden bruusk weggeduwd, en als ze overeind wil komen, houdt de vroedvrouw haar tegen alsof het niets is – haar hand leunt als een stalen gewicht op haar schouder en het lijkt of ze door het matras heen zakt. Gía vecht tegen de tranen, wil op haar onderlip bijten, maar ook dat lukt niet; de spieren in haar gezicht reageren niet. Terwijl druppels vocht langs haar oorlellen kriebelen, balt ze haar vuisten. Het is alsof zuur de huid van haar gezicht wegbrandt – het maakt niet uit. Flarden van de avond met Anjo: het strand, het kampvuur en de gitarist, ze dansen, lachen, de golven op het zand, haar dikke buik. Een kurk zit in haar keel, haar longen worden afgeknepen, ze stikt bijna. De vroedvrouw tilt haar snel een stukje omhoog. Ze hoest en huilt, snot en kwijl vallen op haar laken, eerst roze, maar steeds roder. De vrouw drukt een handdoek tegen haar gezicht en legt haar weer neer. Gía wil haar van zich afslaan, wegschoppen, haar uit de hut jagen, maar er zit geen enkele kracht in haar lichaam. Dan gaan haar handen naar haar buik, naar haar navel. Ze schrikt niet als haar vingertoppen over de zachte huid gaan. Opeens voelt ze het verschil met de laatste weken, toen het gewicht haar organen afknelde en haar buik voelde als de spierballen van een gewichtheffer, hard en strak. Nu voelt het als de matras waarin ze wegzakt, zacht en welkom.

De vrouw legt iets op haar borst, de geur vindt haar neus en ze sluit haar ogen. Het is heerlijk. Zoet met gember. Ze snuift en krult zichzelf op, haar hoofd en knieën buigen naar het kind, willen haar als een schil omsluiten. Gía lacht. De vroedvrouw lijkt haar gedachten te lezen. Ze trekt haar mondhoeken naar beneden en schudt zachtjes haar hoofd. Gía wil haar niet zien, kan haar aanwezigheid zo dichtbij niet verdragen. Ze probeert zich naar het meisje toe te buigen, maar haar hoofd is te zwaar voor haar nek. Ze drukt haar kin tegen de kruin van het meisje en ademt diep in door haar neus.

'Ik heb de Organisatie ingeschakeld. Ik kon het niet laten gaan, die man is gevaarlijk.'

Gía staart de vrouw aan. Dan glijdt haar blik naar het tafeltje achter haar. Naaiwerk. Ze moet het terugbrengen, haar klanten rekenen op haar. Samen met haar dochter zingen terwijl ze aan het werk zijn. Ze zal het haar leren en ze zal net zo handig zijn als haar moeder en oma. Lezen. Ze zal haar voorlezen. Sprookjes, strips, legendes. Verhalen over de dikbuikboom en de vissers, over de wraakzucht van Riobaldo en de geesten van de vlakte. Ze zal de mooiste kleren dragen. Geen korte broekjes en vale topjes, maar jurken die ruisen in de wind. Vestjes die ze breit van truien van de aardige vrouw. De huishoudster vertelde dat er binnenkort weer een baby bij hen in huis komt; misschien krijgt ze wat oude kleertjes. Naast haar staat de vroedvrouw eindelijk op en loopt naar de deuropening, waar ze als een bewaker blijft staan.

Gía sluit haar ogen en voelt hoe pijn zich als een tang rond haar borst klemt, precies onder het gewicht van haar dochter. Duizenden herinneringen aan Anjo tuimelen door haar hoofd, stromen via haar bloedbaan door haar lichaam en monden uit in de vingertoppen die op haar dochter rusten. Ze strijkt ermee over het ruggetje, heen en weer, tot ze geen verschil meer voelt tussen de huid van haar vingers en de stof van het rompertje. Alma. Kleine Alma. Ze streelt de fluweelzachte voetzolen van het meisje, haar teentjes krullen naar binnen. Het gevoel in Gía's lichaam begint langzaam terug te keren, het tintelt. Ze buigt haar nek een beetje, nu lukt het wel, en strijkt met haar beurse mond langs de haartjes van haar dochter. Zacht en pluizig, zoals Anjo's haar als ze tegen hem aan in slaap viel. Ze drukt haar kind dichter tegen zich aan, laat haar knuistje een wijsvinger omklemmen en ziet hen weer samen lopen op het strand. Hand in hand met hun voeten in het water; steeds weer trok het zand glad achter hun voetstappen, alsof ze er nooit waren geweest.

*

De jongen grinnikt even als hij zijn vrienden aan de overkant ziet zwaaien, maar de lucht die uit de diepte omhoog walmt is zo vies dat hij een braakreflex moet onderdrukken; hij trekt zijn shirt omhoog over zijn mond, doet een paar passen achteruit en steekt een sigaret op. Het uiteinde knettert als hij een hijs neemt, en terwijl hij inhaleert laat hij zijn blik over de berg glijden. Het is gestopt met regenen, maar er ligt nog een glinstering op de boomtoppen. Het hoogste punt in de wijde omgeving; er is niets meer tussen hem en de hemel. Krijtstrepen in de lucht wijzen vliegtuigen na. Hij neemt weer een hijs en staart in de diepte, waar de berg en de stad aan de wortel met elkaar worden verbonden door de zee. Hij denkt aan gisteravond, de inham bij het verlaten strandje waar hij het meisje mee naartoe had genomen. Ze hadden even op de rotsen gezeten, daarna door het brakke water gewaad; drijvend vuil en wrakhout stootte tegen hun schenen, vissen glibberden onder hun voeten. Ze was niet mooi – wel liever dan de andere meisjes, die altijd iets van hem wilden. Ze hadden het gedaan tegen een rots, ze maakte geen geluid. Hij verschuift zijn blik naar de stad met haar stalen constructies die als schilden de zon weerkaatsen, de grond geplamuurd met asfalt en de mensen verschanst achter hun hekken. De mensen met hun gekapte haren, glanzende huid en personeel. Dan de berg, met in de diepte baksteenrode huizen, trappen in pastelteinten en watertanks op de daken, opwaarts overvloeiend in fletse hutten tot de natuur geen tegenstand meer duldt. Een fijnmazig web van elektriciteitsdraden ligt over het oppervlak, als een uitgeworpen visnet. De berg, waar niets statisch is, alles als één organisme door elkaar heen groeit, stenen en planten verstrengeld tot niemand meer weet wat er als eerste was. Waar huizen van de ene op de andere dag verplaatst kunnen zijn, mensen de dagen indelen naar het ritme van de zon en hun leven naar het verstrijken van de seizoenen. En tussen de stad en de berg: de vuilstort.

Hij drukt zijn T-shirt weer tegen zijn neusgaten en kijkt naar beneden, de afgrond in. De vrachtwagens beginnen weg te rijden. Vanaf hier zijn het net speelgoedauto's die door de bergen hobbelen. Tussen de smeulende hopen zoeken ze hun weg naar de uitgang, waar ze in colonne weer richting de stad gaan. Waarom oefent de diepte altijd zo'n aantrekkingskracht uit? Ogen sluiten, armen spreiden en je gewoon laten gaan, kijken of je kunt vliegen. Bijna het proberen waard. De laatste trucks verlaten het terrein, kleine figuurtjes met zakken en emmers snellen toe tussen de rokende stapels.

Hij neemt nog een hijs, gooit de peuk naast zijn slipper en toetst een nummer in op zijn mobiel. Aan de overkant van de afgrond, ook hoog boven de vuilstort maar verborgen tussen de bomen, neemt iemand de telefoon op. Terwijl de jongen zijn ogen op de overkant gericht houdt, luistert hij aandachtig. Hij steekt zijn hand op en zwaait. Hij hangt op. Uit de dichte begroeiing rollen twee jongens een grote, zwarte band op het platte stuk. Het ding komt bij de kleinste jongen bijna tot borsthoogte. Met gestrekte arm houdt hij de band vast, terwijl de ander hem met benzine uit een jerrycan besprenkelt. Daarna houdt hij zijn hand erbij en een vlam schiet door de lucht. Als een slang zoekt het vuur zijn weg langs de rondingen van de band, kruipt door het rubberen profiel, en vlak voor het rond is krijgt het ding een zet. Onmiddellijk verdwijnen de jongens in het struikgewas, dat zich achter hun rug sluit.

Als een vallende ster schiet de vuurbal door het bladerdek aan de overkant, stuitert een paar keer hoog boven de boomtoppen uit en verdwijnt weer in het groen. Kopje onder – even maar. De lichtgevende hoepel maakt sierlijke kringen in de lucht, achternagezeten door rook. Daar is de uitgraving van de vuilstort, een laatste vrije val. Een paar keer stuitert de band van de grond omhoog en rolt dan tegen een heuveltje, waar hij na een korte aarzeling omvalt. Een briesje neemt de laatste rookwalmen mee richting zee tot ze oplossen in het helle blauw van de hemel.